조선소

El astillero
Juan Carlos Onetti

대산세계문학총서 132

조선소

El astillero

후안 카를로스 오네티 지음 — 조구호 옮김

문학과지성사
2015

대산세계문학총서 132_소설

조선소

지은이 후안 카를로스 오네티
옮긴이 조구호
펴낸이 주일우
펴낸곳 ㈜**문학과지성사**
등록번호 제1993-000098호
주소 121-894 서울 마포구 잔다리로7길(서교동 377-20)
전화 02) 338-7224
팩스 02) 323 4180(편집) 02) 338-7221(영업)
전자우편 moonji@moonji.com
홈페이지 www.moonji.com

제1판 제1쇄 2015년 9월 10일

ISBN 978-89-320-2763-0
ISBN 978-89-320-1246-9 (세트)

이 도서의 국립중앙도서관 출판예정도서목록(CIP)은 서지정보유통지원시스템 홈페이지(http://seoji.nl.go.kr)와
국가자료공동목록시스템(http://www.nl.go.kr/kolisnet)에서 이용하실 수 있습니다.
(CIP제어번호: CIP2015023876)

이 책은 대산문화재단의 외국문학 번역지원사업을 통해 발간되었습니다.
대산문화재단은 大山 愼鏞虎 선생의 뜻에 따라 교보생명의 출연으로 창립되어
우리 문학의 창달과 세계화를 위해 다양한 공익문화사업을 펼치고 있습니다.

루이스 바틀레 베레스*에게

---

* Luis Batle Berres(1897~1964): 우루과이의 정치가이자 기자. 1947년 8월 2일부
  터 1951년 3월 1일까지 우루과이 대통령을 역임했다. 우루과이의 발전 모델인 '네
  오바틀리스모Neobatlismo(신 바틀레주의)'를 주창한 사람으로 알려져 있다.

차례

일러두기

1. 이 책은 Juan Carlos Onetti의 *El astillero*(Madrid: Cátedra, 1993)를 우리말로 옮긴 것이다.
2. 본문의 주는 모두 옮긴이의 것이다.
3. 맞춤법과 외래어 표기는 1989년 3월 1일부터 시행된 「한글 맞춤법 규정」과 『문교부 편수자료』 『표준국어대사전』(국립국어연구원)을 따랐다.

산타마리아 I

5년 전, 주지사가 라르센(일명 '훈타카다베레스'*)을 그 지방에서 추방하기로 결정했을 때, 누군가는 그가 돌아올 것이라고, ──이제는 잊힌 사건이 되었을지라도──한때 우리의 주민사(住民史)에서 논란을 유발한 아주 흥미로운 사건인 백일천하**를 연장할 것이라고 농담 삼아 즉흥적으로 예견했다. 그 말을 들은 사람은 그리 많지 않았는데, 당시에 형편없이 몰락함으로써 기력을 상실한 상태에서 경찰의 보호관찰을 받던 라르센 자신도 그 말을 듣자마자 잊어버렸고, 그가 그 지방으로 돌아와 우리와 합류하겠다는 희망을 완전히 버렸다는 것은 확실하다.

어찌 되었든, 그런 사건이 일어난 지 5년이 지난 어느 날 아침, 콜론에서 〈옴니버스〉***를 타고 와 정거장에서 내린 라르센은 잠시 가방을 바닥에 내려놓고는 실크 셔츠의 소맷부리를 손목까지 내리고 나서 비가 그

---

* Juntacadaveres: '시체 수집인' 정도로 번역될 수 있다.
** '백일천하'는 카를로스 오네티의 소설 『훈타카다베레스』(1964)에서 1백 일 동안 지속된 집창촌의 역사를 의미한다.
*** 우루과이에서는 대중교통 수단인 버스를 '옴니버스'라고 부른다.

치기를 기다렸다가 조금 뒤 천천히, 뒤뚱뒤뚱 산타마리아로 들어가기 시작했는데, 예전보다 더 살이 찌고 더 땅딸막해진 것 같은 외모는 평범하고 유순해 보였다.

라르센은 베르나 바에서 주인이 말없이 알은체를 할 때까지 차분하게 주인의 눈길을 좇으며 아페리티프를 마셨다. 그리고 체크무늬 셔츠 차림의 트럭 운전사들 틈에서 혼자 점심 식사를 했다(트럭 운전사들은 이제 기차와 경쟁하며 엘 로사리오와 북부 해안의 마을들로 짐을 운송하고 있었다. 그런 식으로 타고난 것처럼 고래고래 소리를 지르고, 근본을 알 수 없을 정도로 막돼먹은 사람처럼 행동하는 이 건장한 20대 청년들은 몇 개월 전에 개통된 매커덤 포장도로*와 더불어 살아가고 있는 것 같았다). 라르센은 점심 식사를 마친 뒤 브랜디 섞은 커피를 마시려고 출입구와 창문 곁에 있는 테이블로 자리를 옮겼다.

가을이 끝나갈 무렵의 그날 정오에 라르센을 보았다고 확신하는 사람은 많다. 그가 익살맞게 보일 정도로 과장된 행동을 취함으로써 그의 과거 모습이 부활한 것처럼 보였는데, 어떤 사람들은 그가 5년 전에 지녔던 게으른 태도와 남을 빈정거리고 은근히 경멸하는 표정을 되찾으려 애쓰고 있었다고 주장한다. 그리고 그가 일부러 사람들 눈에 띄어 사람들이 그를 알아볼 수 있게 하려는 마음이 간절했기 때문에 누가 그에게 인사할 기미가 보이거나 그를 다시 만나게 됨으로써 눈에 놀라는 기색을 띠기만 하면 쓰고 있던 모자의 챙 언저리에 득달같이 손가락을 갖다 대서 답례를 하려는 듯 손가락 두 개가 조바심을 내며 움찔거렸다고 기억한다. 반면에, 다른 사람들은, 테이블에 팔꿈치를 괸 채 빗물에 젖은

---

* '매커덤 포장도로'는 쇄석(碎石)을 아스팔트 또는 피치로 굳힌 도로다.

아르티가스 대로와 평행이 되게 담배를 꼬나문 그가 식당으로 들어오는 새 얼굴들이 자기를 반기는 표정인지 냉담한 표정인지 헤아려보기 위해 여전히 적대적이고 건방진 태도로 주시하고 있었다고, 또 그가 입술을 무의식적으로 실룩거리며 괜히 헤픈 웃음을 날리면서 사람들의 얼굴을 하나하나 뚫어지게 관찰했다고 기억한다.

그는 점심값을 치르면서 평소보다 과도한 액수의 팁을 주고, 베르나바 위층에 있는 하숙집에 방 하나를 잡아 낮잠을 잔 뒤, 이제 가방을 들지 않음으로써 옛날과 더 유사하고 사람들의 이목을 덜 끄는 모습으로 한가한 외지인 같은 분위기를 풍기며 사람들, 가게 문, 쇼윈도 앞을 지나치면서 산타마리아 시내를 돌아다녔다. 지금까지 걸어온 길을 되밟지 않은 채 모든 길을 통과하면서 A 지점에서 B 지점까지 가는 문제를 해결하고 있다는 듯이, 네모난 광장의 외곽을 빙 돌고 대각선으로 난 두 개의 길을 걸었다. 최근에 새로 검은색 페인트를 칠한 성당 담 앞으로 갔다가 되돌아오기도 했다. 몸무게를 재보고 비누와 치약을 사기 위해 여전히 약사 바르테가 운영하는 약국으로—어느 때보다 천천히, 독특하게, 경계를 하며—들어가서는 〈약사는 17시까지 자리를 비웁니다〉라고 쓰인 안내문을 어느 친구의 예기치 않은 사진이나 되는 것처럼 응시했다.

그리고는 주변을 둘러보겠다고 작정하고서 지저분하게 방치된 거리를 따라 해안도로와 콜로니아*로 가는 도로가 교차하는 곳까지 서너 구역을 내려갔는데, 그 거리 끝 지점에는 현재 치과 의사 모렌츠가 임대해 쓰고 있는, 하늘색 발코니가 달린 작은 집이 있다. 나중에 그가 레돈도의 방앗간 근처에서 축축한 진흙에 신발이 파묻힌 상태로 나무에 등을

---

* Colonia: 식민 시(市)를 뜻한다.

기댄 채 담배를 피우는 모습이 사람들 눈에 띄었다. 그는 만테로의 농장에 딸린 가게 문을 두드려 우유 한 컵과 빵을 샀고, 그의 근황을 알고 싶어 하는 사람들의 질문에 즉답을 회피했다(《그는 침울하고 늙은 모습이었는데, 괜히 생트집을 잡을 것 같았어요. 게다가, 자칫하다가는 우리에게 물건 값을 치르지 않고 가버릴 사람처럼 위협적인 태도로 돈을 내밀었지요》). 콜로니아에서 몇 시간 동안 싸돌아다닌 것 같은 그는 오후 7시 반에 산타마리아에 살 때 단 한 번도 가본 적이 없는 플라사* 호텔 바의 카운터에 모습을 드러냈다. 그곳에서는 정오에 베르나 바에 머물며 보여주던 공격적이고 호기심 어린 어릿광대짓을 밤까지 반복했다.

그는 각종 칵테일을 만드는 방법에 관해, 그리고 칵테일에 넣는 얼음 조각의 크기와 칵테일을 저을 때 사용하는 스푼의 길이에 관해—5년 동안 생매장당해 살며 간직해온 테마에 관한 무언의 암시를 지속적으로 하면서—'바텐더'와 다정하게 토론했다. 아마도 그는 마르코스와 친구들을 기다리고 있었을 것이다. 의사 디아스 그레이를 쳐다보았으나 인사를 하고 싶어 하지 않았다. 이번에도 돈을 치르고 팁을 카운터 위로 밀어놓고 나서 조심조심 굼뜨게 의자에서 내려온 그는 비록 시들어버리긴 했지만 진실이 자신의 발소리에서 나와 오만하게, 곧장 공기 중으로 퍼져 더 많은 사람에게 전해지고 있다고 확신한 채 미리 계산한 짧은 보폭으로 가랑이를 좌우로 넓게 벌려 기다란 리놀륨**이 깔린 바닥을 뒤뚱뒤뚱 걸어갔다.

호텔을 나온 그가 베르나 바 위층에 있는 하숙방에서 잠을 자려고 광장을 가로질렀다는 것은 확실하다. 하지만 그가 그곳으로 돌아온

---

* plaza: 광장을 뜻한다.
** 마루에 까는 일종의 장판이다.

지 2주가 지날 때까지 그를 다시 보았다고 기억하는 사람은 그 도시 주민 가운데 아무도 없다. 그런데, 어느 일요일 오전 11시 미사가 끝났을 때 우리 모두는 교활하고, 늙고, 말끔하게 면도를 하고 분까지 바른 그가 아주 작은 제비꽃 다발을 가슴에 안고 성당 앞 보도에 서 있는 모습을 보았다. 우리는 헤레미아스 페트루스의 딸—외동딸, 푼수, 미혼—이 성깔 사납고 등 굽은 신부(神父)를 잡아끌고 라르센 앞으로 지나가면서 제비꽃을 보고는 씩 웃으려 하더니 공포와 현기증으로 눈을 깜빡거리고, 한 발짝을 더 뗀 뒤 입술을 삐쭉 내밀고, 두 눈을 사팔뜨기처럼 보일 정도로 불안하게 움직이면서 고개를 숙이는 모습을 보았다.

조선소 I

　　라르센이 그 사실을 알아차리지 못한 것으로 보아 그것은 분명 우연이었다. 라르센이 추방당한 5년 동안 그의 연락원 노릇을 했을 가능성이 있는 사람은 산타마리아의 주민을 통틀어 신문 판매업자 프로일란 바스케스뿐이었다. 그런데 바스케스가 글을 쓸 줄 아는지는 검증이 되지 않았고, 그래서 그가 어느 편지에 폐허가 된 조선소, 헤레미아스 페트루스의 번영과 쇠망, 대리석상들이 있는 저택, 그리고 그 푼수 아가씨를 언급했을 것이라고는 믿기지 않는다. 아니 그것은 우연이 아니라 운명이었을 것이다. 운명에 봉사할 준비가 되어 있던 라르센은 자신의 후각과 직감에 따라 자신의 존재를 그 증오스러운 도시의 거리와 술집에 새롭게 과시하는, 순진한 보복을 실행하려고 디시 신다마리아로 돌아왔다. 나중에 그는 그 후각과 직감에 따라 대리석상들과 배수 홈통들이 있고 잡초가 무성하게 자란 그 집에까지, 어지럽게 뒤엉킨 조선소의 전선들 앞에까지 갔다.

　　알려진 바에 따르면, 라르센은 그곳으로 돌아오고 나서 이틀 뒤 이른 시각에 하숙집을 나서 인적 없는 해안도로를 통해 어항(漁港)까지——

그를 알아볼 수 있었던 사람들에 따르면, 그가 그들에게 호의를 베풀지만 답례는 사절한다는 듯 짐짓 겸손한 태도를 취하면서 유난히 뒤뚱뒤뚱, 구두 뒷굽 소리도 요란하게, 뚱뚱한 몸을 이끌고―천천히 걸어갔다. 부두에 도착한 그는 축축한 돌 위에 신문지를 깔고 앉아 눈앞에 펼쳐진 희뿌연 해안과 엔두로 통조림 공장 야적장에서 화물을 실어 나르는 트럭들과 작업용 선박들과 엄청난 속도로 가뿐하고 신비롭게 멀어져 가던 보트 클럽의 기다란 보트들을 바라보았다. 그는 축축한 돌 위에 그대로 앉아, 여전히 맨발에 누더기 같은 여름옷을 걸치고 있는 아이들이 끈질기게 조르는 바람에 사게 된 생선튀김과 빵, 포도주로 점심 식사를 했다. 나룻배가 부두에 도착해 짐을 내리는 모습을 바라보고 승객들의 얼굴을 건성으로 쳐다보았다. 하품을 한 뒤에 검은색 넥타이에서 진주 달린 넥타이핀을 뽑아 이를 쑤셨다. 몇 사람의 죽음을 생각하자 여러 가지 추억, 자신에게 쏟아지던 비웃음, 교훈적인 속담, 그리고 타인들의 운명을 바꾸어보려고 시도했던 기억이 그의 뇌리를 가득 채워갔는데, 사실 그런 운명들은 대개 혼란스러웠고, 이미 다 끝나버렸다. 2시가 다 될 때까지 이런 생각을 하다가 자리에서 일어난 그는 엄지손가락과 집게손가락에 침을 묻혀 바지 주름을 잡고, 전날 밤에 부에노스아이레스에서 발간된 신문을 들고서 강을 거슬러 운행하는, 포장을 쳐놓은 하얀 증기선을 타려고 승선장 계단을 내려가는 사람들과 뒤섞였다.

그는 흔들리는 배에 무심하게 몸을 내맡긴 채 다리를 꼬고 앉아 아침에 하숙방 침대에서 이미 읽은 신문을 다시 읽었다. 챙 달린 모자를 눈썹까지 푹 눌러 쓰고 뻔뻔스럽고 무식해 보이는 얼굴을 약간 치켜듦으로써 애써 신문을 읽고 있는 눈을 가리고, 다른 사람들이 자기를 관찰하고 알아볼 개연성에 대비하고 있었다. 배가 푸에르토아스티예로*라 불리는 곳의 선착장에 도착하자 잠든 여자아이를 안은 채 광주리를 들고 있는 뚱뚱하고 나이 많은 부인을 따라 배에서 내렸는데, 아마도 그는 아무 데서나 그렇게 내릴 수 있었을 것이다.

그는 무성하게 자란 잡초가 뒤엉켜 있어 희뿌옇고 푸르스름하게 보이는 넓은 잔교 옆으로 나 있는 질퍽한 흙길을 과감하게 걸어 올라갔다. 녹슨 기중기 두 대, 그리고 편평한 그곳 풍경에는 과도할 정도로 튀는 네모난 회색 건물과 거대한 글자들이 보였는데, 글자들이 어찌나 심하게 부식되어 있던지, 마치 목쉰 거인이 아주 작은 소리로 헤레미아스 페트루스 앤드 시아(Jeremias Petrus & Cía)**라고 속삭이는 것처럼, 제대로 알아볼 수도 없었다. 이른 시각임에도 창문 두 개에서 불빛이 내비치고 있었다. 그는 초라한 집들 사이를 지나고 덩굴손 줄기가 뻗쳐 있는 철조망 사이를 지나고, 농사일을 마친 뒤 개들이 짖어대는 가운데 삽을 내려놓고 있거나 설거지통에서 접시를 닦다 말고 호기심 어린 눈길로 슬그머니 그를 쳐다보고 그의 반응을 기다리는 여자들 사이를 지나갔다.

바큇자국이 나 있지 않은 흙길이나 진창길은 거칠고 지저분했는데, 새로 세운 전신주들이 불빛을 비춰주겠다는 약속을 아직 지키지 않고 있었기 때문에 더욱더 그렇게 보였다. 그의 등 뒤로는 용도를 알 수 없는 시멘트 건물, 배도 인부도 없이 텅 비어 있는 진수대, 그리고 누군가 작동을 할라치면 삐걱거리는 소리를 내며 금방이라도 부서져버릴 것 같은 낡은 기중기들이 있었다. 하늘은 온통 구름으로 뒤덮여 있었고, 바람은 무슨 일이 일어날 것이라고 예보하는 것처럼 잔잔했다.

---

* Puerto Astillero: '푸에르토'는 '항구'를, '아스티예로'는 '조선소'를 뜻한다.
** Cía: 콤파니아compañía, 즉 '회사'의 약자다.

"정말 지저분한 마을이군." 라르셴은 침을 뱉었다. 땅딸막한 체구에 정처도 없던 그는 산타마리아에서 산 세월과 자신의 귀환과 낮게 덮인 짙은 구름과 자신의 불운에 기가 꺾인 상태로 십자로 길모퉁이에 홀로 서서 웃었다.

길모퉁이에서 왼쪽으로 방향을 틀어 두 구역을 걸은 뒤 술집, 식당, 호텔, 잡화점을 겸한 벨그라노로 들어갔다. 다시 말해, 유리창 안에 범포로 만든 샌들, 술병, 쟁기의 보습 같은 것이 진열되어 있는 상점, 출입구 위에 달려 있는 간판을 전구 불빛 몇 개로 밝히게 되어 있는 건물, 바닥의 반은 흙이고 반은 색을 칠한 판석이 깔린 건물, 즉 라르셴 스스로 금방 〈벨그라노의 그곳〉이라 부르는 법을 배우게 될 가게 안으로 들어간 것이다. 그는 테이블에 앉아 자신이 묵을 방과 소다수 섞은 아니스*와 담배 등 이것저것 요청했는데, 담배는 팔지 않았다. 그가 할 수 있는 일이라고는 오직 비가 내리기를 기다리는 것, 비를 고대하던 진흙에 비가 내리는 모습을—'옴 치료약 판매'라는 글귀를 회반죽으로 동그랗게 써놓은 유리창을 통해—바라보고, 함석지붕에 비가 떨어지는 소리를 듣게 되는 것뿐이었다. 그러고는 결국 모든 것이 끝날 것이고, 그는 신념 같은 것은 포기한 채 직감에 따라 되는대로 행동할 것이고, 결국은 모든 것을 의심하게 될 것이고, 자신의 늙음을 받아들이게 될 것이다.

그가 아니스와 소다수 한 잔을 더 시킨 뒤 스러져간 세월과 정품 '페르노'**를 생각하면서 술과 음료를 조심스럽게 뒤섞고 있을 때 가게 문이 열리더니 웬 여자가 들어와 부리나케 카운터로 다가갔다. 그는, 방금 전에 들린 말 울음소리, 가게 주인 앞에서 열심히 떠들어대는 장화 차림

---

* anís: 한국의 소주와 비슷한 독주다.
** Pernod: 프랑스의 주류 제조 회사 이름이다.

의 키 큰 여자, 그리고 조용히 술집 문을 닫음으로써 방금 전에 들어온 여자가 일으킨 바람을 부드럽게 잠재운 뒤 먼저 들어온 여자 뒤로 가서 차분하고 정중하고 고분고분한 태도로 서 있는, 통통하고 유순하고 중국인처럼 생긴 여자가 서로 연관되어 있다고 생각했다.

라르센은 뭔가 예기치 못한 일이 일어나리라는 사실을 단박에 알아차렸다. 그는, 자신이 장화 신은 여자에게만 관심을 두고 있는데, 모든 것은 두번째로 들어온 여자의 공모와 묵인 아래 이루어지리라는 사실도 알아차렸다. 이 여자―검은 스카프로 머리를 감싼 여자, 즉 짜리몽땅한 다리를 쩍 벌리고 두 손을 맞잡아 배에 댄 채 무표정한 얼굴에 냉소만 흘리면서 주인 여자보다 한 걸음 뒤에 서 있던 하녀―는 라르센의 지루함을 해소해줄 만한 대상이 아니었다. 하녀는 어디선가 본 것 같은 평범한 외모에, 쉽게 분류할 수 있고, 중요한 차이점들이 없이 똑같은, 즉 기계로 찍어낸 것 같은, 개나 고양이 같은, 단순하거나 복잡한 동물 같은 유형에 속하는 여자였는데, 그녀가 어떤 여자인지는 앞으로 보게 될 것이다. 라르센은 카운터 함석판 모서리를 채찍으로 쳐대면서 계속 웃고 있는 다른 여자를 세밀하게 관찰했다. 금발에 키가 큰 그녀의 나이는 서른 살로 보이기도 하고 마흔 살로 보이기도 했다.

뭔가를 보려고 가늘게 뜬 그녀의 투명한 눈―불쑥 치솟았다가 이내 사그라지는 화를 드러내는 것 같은 눈빛, 반항석인 눈빛―은 왠지 어린애 같은 분위기를 풍겼고, 그녀의 절벽 가슴, 그녀가 착용한 남성용 셔츠와 작은 벨벳 나비넥타이도 그런 분위기를 살짝 풍겼다. 승마용 바지 안에 들어 있는 긴 다리, 바지가 헐렁하게 느껴질 정도로 밋밋한 사내아이 같은 엉덩이는 그런 분위기를 더 물씬 풍겼다. 그녀는 커다란 뻐드렁니인 윗니를 드러내며 얼굴 살이 떨릴 정도로 요란스럽게 웃어댔는데, 뭔가에 놀란 것 같기도 하고 경계심으로 바짝 긴장해 있는 것 같기도 한 표정을 보면, 그녀가 시원하게 웃음을 내뱉는 것 같기도 하고, 자기한테서 쾌활하고 소박한 웃음소리가 과도하게 쏟아져 나오는 현상을 관찰하고 있는 것 같기도 했다. 그 웃음이 카운터 위로, 술집 주인의 어깨 위로 멀어져 가서는 진열장 안에 든 병들을 칭칭 동여매고 있던 거미집 사이에서 흔적도 메아리도 없이 녹아버리듯 1초 안에 소멸되는 것을 관찰하고 있는 것 같기도 했다. 뒤로 빗어 넘긴 그녀의 기다란 금발은 목 뒷덜미 부분에서 검은색 벨벳 끈에 묶여 있었다.

"일이 좀 복잡해지겠구먼." 라르센은 뭔가 생각이 있다는 듯 힘주어 말했다. 그는 손가락을 까닥거려 아니스 한 잔을 더 시켰고, 비가 그의 동료처럼, 그의 계획에 개입하는 것처럼, 그의 속마음을 다 안다는 듯이, 지붕과 거리를 부드럽게 두드리고 있다는 사실을 깨닫고는 회심의 미소를 머금었다.

끝 부분이 구부러지고 더 짙은 색을 띠는 윤기 없는 긴 머리카락이 세월의 흐름을 잊은 듯 그녀의 셔츠 뒤에 매달려 있었고, 백합꽃이나 자물통 형태로 둥그스름하게 자른 뻣뻣한 머리카락이 그녀의 핏기 없는 얼굴을 둘러싸고 있었는데, 그녀가 막 주름이 잡히기 시작한 얼굴, 손상된 피부에 화장한 얼굴, 과거가 드러나 있는 얼굴로 아무런 이유 없이 쉰 목소리로 웃었을 때는 웃음소리가 영락없이 딸꾹질 소리, 기침 소리, 하품 소리처럼 들렸다.

술집 테이블에 앉아 있는 손님은 그들뿐이었다. 여자들이 술집을 나설 때는 틀림없이 그의 곁을 지나고 그를 쳐다보게 될 것이다. 하지만 그 순간 그는 뭔가 다르게 처신할 필요가 있다는 생각을, 즉 자신의 모습이 다르게 보이도록 할 필요가 있다는 생각을 해보았다. 넥타이 매무새를 가다듬고, 재킷 윗주머니에 꽂혀 있는 실크 손수건이 두드러져 보이도록 매만진 뒤 천천히 카운터 쪽으로 갔다. 그는 왼쪽 어깨로 여자를 가린 채 주인을 바라보며 정중한 미소를 머금었다.

"아니스 때문에 불평하러 온 게 아닙니다." 라르센은 낮고 낭랑한 목소리로 말했다. "내가 알기로 요즘 같은 시기에는…… 아무튼, 품질이 더 좋은 건 없습니까?" 주인은 없다고 말하고 나서 브랜드 이름 하나를 댔다. 라르센은 은연중 실망한 기색을 드러내며 고개를 가로저었다. 그러고는 옆에 있는 여자의 침묵을 듣고, 그녀 뒤, 즉 그녀에게서 멀리 떨어져 있지만 눈에 띄는 구석에 있던 하녀가 〈이제 늦었으니 그만 가시죠, 비가 오기 시작했잖아요〉라고 말하는 것을 듣고 있었다. 라르센은 외국산 술 브랜드 몇 개를 대려 했지만 제대로 되지 않았기 때문에 자신감을 잃고서 직접 가르쳐주겠다는 듯이 단조로운 목소리로 말했다.

"좋습니다, 사장님, 그건 됐고요. 라벨들이나 좀 보여주세요."

라르센은 여전히 웃음기 머금은 관대한 얼굴로 카운터에 몸을 기댄 채 진열장 안에 든 병들에 붙어 있는 라벨을 천천히 읽어나갔다. 여자가 다시 웃었으나 그는 그녀를 쳐다보려 하지 않았다. 무언가 그더러 그렇게 하라고 촉구하고 있었고, 후두두 떨어지는 빗소리가 그가 가슴에 품고 있던 복수심과 그가 인정받을 만한 장점을 갖고 있다는 사실에 관해 그에게 얘기하고 있었고, 그가 죽어지낸 모든 세월에 의미를 부여할 최종 행위를 수행할 필요성을 그에게 분명하게 알려주고 있었다.

"하지만 아가씨, 난 모든 게 잘 정리될 거라 확신해요. 시간은 조금 걸릴 테지요." 주인이 말했다.

그녀는 다시 웃어댔고, 웃음이 멈출 때까지, 웃음이 잦아들어 추적추적 줄기차게 내리는 비에 흡수될 때까지 상체를 숙이고 있었다.

"좀 기다려봐. 너 비에 젖을까 봐 걱정인 게로구나." 그녀가 고개를 돌리지 않은 채 하녀에게 말했다. 그녀가 누구를 처다보고 있는지는 알 수 없었다. 그녀의 눈이 좌우로 움직이다가 술집 주인의 머리 위 2센티미터 지점에 고정되었다. "그분은 모든 게 잘 정리되어야 할 거라고 말씀하셨죠. 그분은 돈을 투자하고 일자리를 만들었으며, 아이디어를 짜내고 계획을 세우셨어요. 여러 정부가 들어섰다 퇴진하고, 모든 사람이 그렇다고, 그분의 말이 옳다고 말하죠. 정부들이 들어섰다 퇴진하지만 제대로 처리하는 건 없어요." 그녀는 이렇게 말하고서 다시 씩 웃었는데, 웃음소리가 자신의 커다란 뻐드렁니에서 터져 나오기만을 체념한 듯 기다렸고, 눈으로는 결례를 해서 죄송하다는 듯한, 간절하게 애원한다는 듯한 기색을 드러냈다. "내가 어렸을 때부터 쭉 그래왔어요. 이제는 확실하다는 생각이 드는데요, 몇 주만 기다리면 되는 문제죠. 난 내 걱정은 하지 않지만, 그분이 너무 연로해지기 전에 언젠가는 일이 정리되도록 기원하려고 이 하녀와 함께 매주 일요일 오전에 성당에 가고 있어요. 그분이 늙는다는 건 아주 슬픈 일일 거예요."

"아니에요, 아니에요." 주인이 말했다. "곧 모든 게 잘 해결될 겁니다." 라르센은 카운터에 팔꿈치를 괸 채 놀랐지만 여전히 관대한 표정으로 하녀의 얼굴을 처다보았다. 그러고는 씩 웃었고, 그녀가 몸을 좌우로 흔들며 눈을 깜박거리고 입술을 뗄 때까지 희미한 미소를 머금고 있었다. 하녀는 라르센에게서 시선을 떼지 않은 채 한 걸음 내디뎌 다른 여자의 블라우스를 살짝 건드렸다.

"비가 오는 데다 곧 밤이 될 것 같은데, 어서 가시죠." 하녀가 말했다.

그때 라르센은 카운터 위에 놓인 채찍을 민첩하고 예의 바르게 집어 들어서, 여전히 웃고 있는 장화 신은 긴 머리 여자에게 아무 말도 하지 않고 눈길도 주지 않은 채 건넸다. 그는 여자들이 술집을 나설 때까지 기다렸고, 유리창을 통해 보이는 누르스름하고 음울한 풍경 속에서 여자들이 말을 타는 모습을 보았고, 술집 주인과 아니스에 관한 실속 없는 대화를 다시 시작했고, 주인에게 술 한 잔을 권했고, 더 이상 질문을 하지 않았고, 자신이 받은 질문에 거짓으로 대답했다.

라르센이 산타마리아를 떠나는 마지막 배를 타려고 자리를 떴을 때는 땅거미가 깔리고 보슬비가 내리고 있었다. 그는 나무에 맺혀 있다 떨어지는 물방울을 맞으며 선착장의 어스름과 고독을 향해 천천히 걸어갔다. 어떤 계획을 세우고 싶지도, 현실을 수용하고 싶지도 않았다. 승마복을 입은 여자가 뇌리에 떠올랐다. 그녀의 충동적인 성격과 짜증 섞인 반응에 관해 생각해보았다.

정자 I

앞서 밝힌 대로, 2주 뒤 라르센은 미사가 끝날 무렵 성당 현관에서 그해에 처음으로 핀 제비꽃 다발을 가슴에 안고 있다가 겁먹은 표정으로 제단에 바쳤다. 그러니까, 어느 일요일 정오에 그는 그곳에서 자신을 변호하지 않은 채, 경직된 태도로, 말없이 사람들의 조롱을 유발하고 있었고, 몸에 꽉 끼는 검은색 외투 속에서 무덤덤하게, 홀로, 천천히 살이 쪄가고 있었으며, 사람들의 시선과 비바람과 새들에 시달리고, 면전에서는 감히 반복해 내뱉을 수 없는 경멸적인 말에 시달리는 조각상처럼 방치된 상태로 그곳에 있었다. 페트루스의 딸 앙헬리카 이네스가 콜로니아에서 가까운 산타마리아의 친척집에서 살고 있을 때인 6월, 성 요한 세례자 탄생 대축일 무렵에 일어난 일이었다.

그러고 나서, ──이제 다시 푸에르토아스티예로로 돌아와 '벨그라노의 그곳'의 누추한 구석방에 세 들어 살게 된──그는 이니셜 J 자와 P 자가* 사이좋게 붙어 있는 철대문 앞에 서 있었다. 그는 14년 전 페트루스

---

* J와 P는 헤레미아스 페트루스Jeremias Petrus의 첫 글자를 의미한다.

가 조선소 근처 강 옆에 시멘트 기둥 열네 개를 박아 지은 집의 잡초 무성한 정원을 거닐었다. 그리고 전문가적인 기질을 발휘해 하녀 호세피나와 오랫동안 내밀한 얘기를 나누며 가히 기념이 될 만한 수상쩍은 며칠 밤을 보냈다. 페트루스의 죽은 아내가 기른 하녀 호세피나의 나이는 서른 살이었다. 그녀는 연모(戀慕)와 동료의식과 지배욕과 복수심으로 가득 찬 놀이에 삶을 허비하고 있었는데, 그 놀이에서 〈아가씨〉와 아가씨의 어리석음은 놀이의 대상이자 자극제이자 놀이 상대였다. 마침내 라르센은 아가씨를 연속으로 몇 번 만날 수 있었는데, 만남이 늘 거의 동일하고 매우 유사했기 때문에 어느 실패한 장면이 짜증날 정도로 반복되었다고 기억될 수 있을 것이다. 물론, 그런 만남이 지닌 매력은 그동안 라르센이 보낸 시간과 건조한 겨울 햇살과 앙헬리카 이네스 페트루스의 기다란 하얀색 드레스에 드러나는 가벼운 부조화와, 그가 쓰고 있던 검은 모자를 일부러 아주 천천히 들어 올려 자신의 매혹적인, 해맑은, 위선적인 미소 위 몇 센티미터 지점에 몇 초 동안 들고 있던 동작 사이에 균일하게 분배되어 있었다.

그리고 나서 진정한 첫번째 만남, 즉 정원의 면담이 이루어졌는데, 그 면담에서 라르센은 영문도 모르고, 굴욕을 당한지도 모른 채 굴욕을 당했고, 미래의 굴욕과 최종 파멸의 상징 하나를 받았고, 위험을 알리는 빛 하나를 보았고, 그 이유를 정확히 알 수 없지만 모든 것을 포기해야 할 거라고 권유받았다. 그는 그녀가 자기 손톱을 씹으려고 미소를 반쯤 감춘 채 보낸 은밀한 시선을 받으면서 당면하게 된 문제의 새로운 성격을 인식하지 못했다. 그의 나이나 과도한 자신감은 그에게 다양하고 풍부한 경험이 사람을 완벽하게 만들어준다는 믿음을 심어주었다.

늙은 페트루스는 부에노스아이레스에서 변호사와 더불어 변론서를 작성하고 있거나, 자신이 선구자적 비전을 갖고 있다는 증거와 자신이 국가의 위대함을 신뢰하고 있다는 증거를 찾고 있거나, 비참한 생각으로, 경건한 마음으로, 분노에 사로잡혀 장관실과 은행장실을 종종걸음으로 돌아다니고 있었다. 하녀 호세피나는 이틀 밤을 라르센에게 시달리고 실크 숄 하나를 깜짝 선물로 받은 뒤, 앙헬리카 이네스 페트루스뿐만 아니라 특히 그녀, 즉 하녀인 자신을 포함해, 땅이 꺼지라고 한숨을 내쉬었던—막연하고 광범위한 의미에서—모든 여자에 의해 유발된 사랑의 고백과 사랑의 흥분과 고통을 수도 없이 겪은 뒤, 라르센의 구애를 받아들였다. 그렇기 때문에, 어느 날 오후 5시, 멋진 검은색 옷을 잘 다려 말끔하게 차려입은 라르센은 온갖 술책과 자신감으로 무장하고, 탐욕스러운 사람이지만 자제력을 유지한 채 손가락 하나에 사탕 상자를 매달고서 번쩍거리는 구두가 최근에 내린 비로 생긴 도랑물에 젖지 않도록 애쓰면서 유칼립투스 길을 천천히 걸어갔다.

"시계처럼 정확하군요." 호세피나가 대문간에서 약간은 조롱하듯, 약간은 질책하듯 말했다. 그녀는 새 앞치마를 두르고 있었는데, 풀을 잘 먹인 앞치마에는 꽃무늬가 가득했다.

라르센이 모자의 챙을 살짝 들어 올리며 그녀에게 사탕 상자를 내밀었다.

"뭘 좀 가져왔어요." 그가 겸연쩍은 듯 겸손하게 말했다.

'훈타카다베레스'가 기대하던 것과는 달리, 그녀가 손가락 하나를 내밀어 사탕 상자의 하늘색 띠 매듭 부분에 집어넣지는 않았다. 그 대신 자신의 곡선형 샅굴 부위에 사탕 상자를 책처럼 수직으로 받쳐 든 채 부드럽게 미소 짓고 있는 남자의 얼굴에서부터 흠 한 점 없는 에나멜가죽 구두코까지, 위에서 아래로 쭉 훑어보았다.

"당신의 제의를 받아들이지 않았어야 했는데, 참." 그녀가 말했다. "아무튼 지금 아가씨가 당신을 기다리고 있어요. 내가 방금 한 말이 뭘 의미하는지 잊지 마요. 차나 마시고 돌아가면, 그게 아가씨를 존중해주는 거라고요."

"물론 그렇게 하지요, 귀여운 아가씨." 라르센이 수긍했다. 그녀의 두 눈을 쳐다본 뒤로 그의 안색이 어두워져 갔다. "그대가 원하는 대로 하겠소. 주인 아가씨가 원한다면 나는 대문간에서 돌아갈 거요. 그대가 시키는 대로 하겠소, 귀여운 아가씨."

그녀가 다시 그를 쳐다보았는데, 이제는 전보다 작아지고 차분해진 그의 두 눈에는 당연하다는 듯 품위와 복종심이 배어 있었다. 그녀가 어깨를 한 번 으쓱하더니 정원으로 걷기 시작했다. 그녀가 자기를 안으로 들어오라 했는지 안 했는지 확신하지 못한 라르센은 손에 모자를 든 채 미심쩍은 태도로 그녀의 엉덩이와 확고한 걸음걸이를 쳐다보았다. 잔디는 일 년 내내 제멋대로 자라 있었고, 습기를 머금어 윤기가 없는 나무 껍질에는 하얗고 푸른 얼룩이 져 있었다. 정원 한가운데에는―이제 라르센은 그녀가 잡초 사이로 걸어가는 소리, 즉 그녀의 다리가 칼처럼 잡초를 쓰러뜨리며 저벅저벅 걸어가는 소리를 듣는 것만으로도 마음이 놓였다―높이 1미터 정도 되는 담으로 둘러싸인 둥그런 연못이 있었는데, 이끼로 뒤덮인 담 틈새들에는 마른 나뭇가지가 끼어 있었다. 연못 옆에, 그러니까 연못 너머로, 역시 둥그런 형태의 정자가 있었는데, 오리목으로 지어 짙은 감색 페인트를 칠해놓은 정자는 퇴색해 있었고, 벽체는 오리목을 교차시킴으로써 마름모꼴 공간들을 만들어 바람이 통하도록 되어 있었다. 정자 너머로 하얀색과 회색 페인트를 칠한 정육면체의 시멘트 집 한 채가 있었는데, 창이 여럿 달린 집은 외양이 지저분하고, 홍수로 강물이 불어날 때를 대비해 높은 기둥을 세움으로써 과도할 정도로 높게 지어져 몹시 꼴사납게 보였다. 정원이 전체적으로 지저분하고 나뭇가지로 반쯤 뒤덮여 있었기 때문에 대리석 여자 누드 상들이 더욱더 하얗게 보였다. 〈폐허가 다 되도록 방치해두고 있군.〉 라르센은 불만스러운 듯 중얼거렸다. 〈20만 페소*라, 말문이 다 막히네. 집 뒤에서부터 강까지 얼마나 넓은 땅이 있는지 누가 알겠어.〉 호세피나가 연못을 빙 돌아갔고, 라르센은 더러운 연못물과 물 위에 어지럽게 떠 있는 수초, 그리고 연못 한가운데에서 허리를 구부린 채 서 있는 아기 천사를 유순한 태도로 슬쩍 곁눈질해 보았다.

하녀가 정자 문 앞에 멈춰 서더니 힘없이 한 팔을 치켜들어 들어오라고 손짓했다. 풀이 죽어 있던 라르센은 한번 씩 웃고 나서 고개를 한번 주억거리고 모자를 벗어 들어 정자에 있는 시멘트 테이블 쪽으로 걸어갔다. 철제 의자들로 둘러싸인 테이블에는 테이블보가 씌워져 있었고, 그 위에는 찻잔들과 제비꽃이 꽂혀 있는 컵 하나, 그리고 토르타**와 사탕이 담긴 접시들이 놓여 있었다.

"그냥 편안하게 있어요. 아가씨가 곧 오실 거예요. 오후에는 날씨가 그리 춥지 않네요." 호세피나가 사탕 상자를 흔들어대면서 그를 쳐다보지 않은 채 말했다.

"고마워요. 모든 게 완벽해요." 그는 그녀를 향해, 정자의 나무판자를 스치며 급히 멀어지고 있는 땅딸막한 형체를 향해 다시 고개를 숙여 고맙다고 인사했다. 라르센은 자신이 사기를 당하고 있다는 느낌이 드는 이유가 무엇인지 분석해보려 애쓰면서 못에 모자를 걸었고, 철제 의자에

---

* peso: 화폐 단위다.

** torta: 일종의 팬케이크 또는 파이다.

먼지가 끼어 있는지 집게손가락으로 쑥 훑어보고는 손수건을 펼쳐서 깔고 앉았다.

화창한 겨울날이 저물어가는 오후 5시였다. 라르센은 대패질이 제대로 되어 있지 않고, 짙은 감색 페인트를 엉성하게 칠한 나무판자 사이로 형성된 마름모꼴 공간을 통해 해 질 녘 풍경의 마름모꼴 파편들을 주시했고, 바람이 불지 않아도 쓰러져버리는 풀밭으로 달아나듯 내리깔리는 땅거미를 보았다. 축축하고 차갑고 강렬한 냄새, 밤을 재촉하는 냄새 또는 눈을 감기게 만드는 냄새가 연못에서부터 그의 코로 들어오고 있었다. 연못 건너편으로는 홀쭉한 시멘트 각기둥 위에, 자줏빛 어둠에 휩싸인 높은 곳에 세워진 집이 보였는데, 집 아래 빈 공간에는 침대 매트리스와 야외용 의자가 쌓여 있고, 물을 뿌리는 호스와 자전거가 있었다. 라르센은 그 모습을 더 잘 보려고 한쪽 눈을 찡그리면서 그 집은 자신이 그토록 갈망하고 약속받았던 어느 천국이 텅 비어 있는 것 같은 형태라고 생각했다. 그것은 그가 고통스럽지 않은 복수를 하고, 애써 수고하지 않은 채 육체적 욕망을 즐기고, 주목받지 못하는 자기도취적 권력을 행사하는 데 삶의 나머지 시간을 쓰기 위해 마지막으로 들어가려 했던 어느 도시의 문과 같았다.

그는 욕설을 주절거리다가 두 여자를 맞이하러 자리에서 일어나면서부터는 미소를 머금었다. 그는 실쩍 놀라는 기색을 드러내는 것이 좋으리라는 걸 잘 알고 있었는데, 그런 표현은 나중에 대화를 시작할 때도 유용하게 써먹을 수 있었다. 〈아가씨를 기다리고 아가씨를 생각하느라 정작 내가 어디에 있는지도, 아가씨가 올 거라는 사실도 잊고 있었네요. 그래서 아가씨가 모습을 나타냈을 때는 그동안 내가 생각해온 바가 이루어질 것 같은 기분이 들더군요.〉 그러고 나서 그는 하마터면 그녀에게 차를 따라주겠다고 우길 뻔했다. 하지만 그녀를 맞이하러 의자에서 엉덩이를 뗀 채 엉거주춤 서 있는 상태에서, 그 정자 같은 까다로운 세계에서는 예의가 수동적으로 표현될 수 있다는 사실을 이해했다. 앙헬리카 이네스는——우리 안에 갇혀 있지만 아주 오래전부터 매질을 당하고 온갖 고초를 겪어온 동물처럼 아무런 두려움도 없이 눈동자를 굴린 뒤——말을 시작했고, 그 말이 끝났다고 믿었고, 두 번에 걸쳐 갑작스럽게 웃음을 터뜨림으로써 자신의 말이 이해되고 기억되도록 했다고 믿었다. 그녀는 그렇게 눈과 입을 사용하는 것이 자기 웃음소리를 듣기 위해서라는 듯이 두 눈을 크게 뜨고 입을 쩍 벌린 채 잠시 앉아 있었는데, 결국 그 웃음의 두 가지 음조는 공기 속으로 녹아든 것 같았다. 그때 그녀가 진지한 표정을 지으며 라르센의 얼굴에서 자신의 웃음의 흔적을 찾고 있다가 이내 시선을 거두었다.

저 멀리서, 몸의 일부를 가리는 잡초 때문에 몸이 쪼개져 있는 것처럼 보이는 호세피나가 개와 실랑이를 하면서 장미 넝쿨의 지지대를 고정하는 모습이 정자의 마름모꼴 틈새로 보였다. 정자 안에는 아직 확실하지 않은 문제가 있었고, 넓게 펼쳐진 머리카락 속에 든 앙헬리카 이네스의 하얗고 유순한 얼굴이 있었고, 서로의 말을 제지하느라 옥신각신 공중에서 왔다 갔다 하다가 어떤 고백이 이루어지기 전에 체념한 듯 내려지는 굵고 하얀 팔들이 있었다. 그녀는 가슴 부분과 어깨 위에 수를 놓은 연자주색 드레스 차림이었는데, 허리 아랫부분에서 넓게 퍼지는 드레스 밑단이 구두 쇠에 닿아 있었다. 정자 안과 밖으로, 두 사람 위로 겨울의 오후가 깊어갔고, 라르센의 통통하고 빈틈없는 몸을 감싼 공기가 팽팽해졌다가 느슨해지기를 반복하고 있었다.

"그 옛집에 홍수가 났을 때는 밤이었는데, 어머니도 안 계셨어요."

그녀가 말했다. "우리는 침실이 있는 위층에 물건을 올려놓기 시작했고, 각자 자신이 가장 좋아하는 것들을 끌어왔는데, 마치 모험 같았어요. 말은 우리보다 더 겁이 많았고, 암탉들은 물에 빠지고, 소년들은 물에 떠 있는 보트 안에서 살게 되었지요. 아빠는 분노했지만 결코 겁을 내지 않았어요. 소년들은 보트를 타고 나무 사이를 돌아다녔고, 우리에게 음식을 가져다주고 싶어 했고, 우리를 보트에 태워 돌아다니기도 했어요. 그렇게 해서 우리는 먹을 것을 갖게 되었지요. 물론 지금도 새집에 물이 찰 수는 있어요. 아무튼 당시 소년들은 겁도 없이 노를 저어 다니고, 여기저기서 보트를 타고 찾아와서는 셔츠를 벗어 흔들어대면서 신호를 했지요."

"그게 언제였는지 생각해봐요." 라르센이 정자에서 말했다. "하지만 아가씨에게 그런 건 썩 중요하지 않으니까, 그게 언제였는지는 수천 년이 지나도 모를 겁니다. 아무튼, 당시에 나는 정말 우연히 조선소에서 한 구역 떨어진 벨그라노에 있게 되었지요. 사실, 어떻게 살아야 할지 모르겠더군요. 무턱대고 나룻배 한 척을 타고는 맘 내키는 곳에서 내렸어요. 그런데 비가 오기 시작했고, 나는 그 술집에 있게 되었지요. 그런 상황에 처해 있을 때 아가씨가 그곳에 나타난 거예요. 그 순간부터 나는 아가씨를 주시했고, 대화를 해야 할 필요가 있다고 느꼈어요. 다른 의도는 전혀 없었고요. 나는 이곳 출신이 아니에요. 하지만 아가씨를 만나지 않고 아가씨와 얘기를 나누지 않은 체 떠나고 싶지는 않았어요. 이제는 떠날 수 있고 제대로 숨을 쉴 수 있게 되었네요. 아가씨를 직접 보고 뭐든 얘기할 수 있으니까요. 내 삶이 어떻게 전개될지는 잘 모르겠어요. 하지만 이번 만남이 이미 내게 보상을 해주고 있어요. 아가씨를 만나 이렇게 대면하고 있으니까요."

호세피나가 개를 때리자 개가 짖어댔다. 개를 데리고 정자 안으로 들어온 호세피나는 미소를 머금은 채 숨을 헐떡거리며 앙헬리카 이네스의 얼굴과 라르센의 음울한 옆모습과 시멘트 테이블 위에 덩그러니 놓인 접시들을 번갈아 쳐다보았다.

"부탁할 건 전혀 없어요." 라르센이 큰 소리로 말했다. "하지만 아가씨를 다시 보러 오고 싶네요. 아무튼, 고마워요, 두루두루 정말 고마워요."

라르센은 구두 뒷굽으로 탁 하고 바닥을 치는 소리를 내며 자리에서 일어나 고개를 숙여 인사했다. 그가 못에 걸어놓은 모자를 들어내는 사이에 페트루스의 딸은 자리에서 일어나 웃고 있었다. 라르센은 다시 한번 고개를 숙여 인사한 뒤 의자에 깔아놓은 손수건을 집어 들었다.

"벌써 밤이 되었네요." 호세피나가 소곤거렸다. 그녀는 한쪽 궁둥이를 정자 출입구 기둥에 기댄 채 팔짝팔짝 뛰어대는 개에게 뻗쳐 있던 자기 손을 쳐다보고 있었다. "나와요, 배웅해줄게요."

귀머거리와 소경이라도 된 것처럼 아무 소리도 듣지 못하고 아무것도 볼 수 없는 상태가 된 라르센은 하녀의 인도를 받으며 점점 차가워질 것 같은 날씨와 잡초를 스칠 때 나는 날카로운 소리와 처량하게 보이는 불빛과 멀리서 들리는 개 짖는 소리와 깜깜한 어둠 속으로 사라졌다.

이제 대담해지고 원기를 되찾은 라르센은 대문에 붙어 있는 J 자와 P 자 아래에서 호세피나의 턱을 받쳐 들고 작별 키스를 하려고 고개를 숙였다.

"고맙소, 귀여운 아가씨." 그가 말했다. "나는 고마워할 줄 아는 사람이오."

하지만 그녀가 한 손으로 그의 입을 막았다.

"됐어요." 그녀가 고분고분한 말〔馬〕에게 명령하듯 건성으로 말했다.

조선소 II

헤레미아스 페트루스와 라르센이 어떻게 만나게 되었는지는 알려져 있지 않다. 틀림없이 라르센이 벨그라노의 주인 포에테르스의 도움을 받아 페트루스에게 면담을 제안했을 것이다. 그렇기 때문에 라르센이 산타마리아의 어느 주민에게 이런 호의를 베풀어달라고 부탁했을 것이라는 생각은 할 수 없다. 그리고 벌써 반 년 전에 조선소 사장이 조선소를 지키고 주도하는 권한을 상실했다는 사실을 알아두는 것이 좋다.

어찌 되었든, 회합은 정오에 조선소에서 열렸다. 당시까지만 해도 라르센은 시멘트 기둥 위에 세워진 그 집에 들어갈 수가 없었다.

"갈베스와 쿤스." 페트루스가 두 사람을 가리키며 말했다. "각각 회사의 관리 부문과 기술 부문을 담당해요. 참 훌륭한 협력사들이오."

젊은 대머리 사내와 늙은 검은 머리 사내는 페트루스를 당황스럽게 만들려고 비꼬는 태도, 적대적인 태도, 공모자 같은 태도를 취하며 그에게 쌀쌀맞게 손을 내밀더니 즉시 그의 얼굴을 쳐다보며 말했다.

"내일 저희가 재고 조사를 끝내겠습니다, 페트루스 씨." 더 늙은 쿤스가 말했다.

"재고 실사죠." 갈베스가 과장되게 달콤한 미소를 머금고, 손가락 끝을 서로 문질러대면서 바로잡았다. "현재까지는 나사 하나 부족하지 않아요."

"꺾쇠 하나도 부족하지 않죠." 쿤스가 맞장구를 쳤다.

늘 쓰고 다니는 검은 모자 차림의 페트루스는 책상에 기대선 채, 소리를 잘 들을 요량으로 손을 한쪽 귀에 대고 오므린 채, 유리 없는 창과 오후의 빛과 추위를 향해 눈길을 돌렸다. 그는 입술을 꽉 다문 채 뇌리에 떠오르는 생각 하나하나에 정확하게 동의하면서 예민하고 거만하게 고개를 끄덕였다.

라르센은 자신을 기다리고 있는 두 사내의 굳은 얼굴에 드러난 적대감과 냉소를 다시 보았다. 도전하고 증오를 되갚는 것은 그의 삶에 의미를 줄 수 있었고, 습관과 즐거움이 될 수 있었다. 무엇이든지 간에, 구멍 뚫린 함석지붕보다, 먼지가 잔뜩 끼고 한쪽으로 기울어진 책상보다, 벽에 밀려 잔뜩 쌓인 서류철과 서류함보다, 못쓰게 된 창문의 쇠 격자에 엉켜 붙어 자라는 날카로운 잡초보다, 가구들(오래 사용하고 좀이 쏠아 제 기능을 잃어버리고, 서둘러 장작으로서의 본성을 드러내야 할 처지에 있는)과 비, 태양, 발자국 때문에 더러워진 상태로 시멘트 바닥에 어지럽게 뒤섞인 서류보다, 그리고 두루마리 형태로 피라미드처럼 쌓이거나 펼쳐진 상태로 벽에 붙어 찢긴 창백한 파란색의 설계도에 드러난 작업, 회사, 번영에 대한 코미디, 즉 화를 돋우고 극도로 흥분하게 만드는 그 코미디보다 좋았다.

"바로 그렇소." 마침내 페트루스가 천식에 걸린 것 같은 목소리로 말했다. "우리는 채권단협의회가 요청하기 전에, 자신들의 이익이 충분히 보호받을 수 있다는 확신을 그들에게 정기적으로 줄 수 있어요. 우리는 정의가 실행될 때까지 저항해야 해요. 일에 관한 한 나는 아무 일도 일어나지 않은 것처럼 늘 열심히 했어요. 모름지기 선장은 자기 배와 함께 침몰하는 거잖아요. 하지만 여러분, 우리는 침몰하지 않을 겁니다. 배가 기울어 표류하고 있지만 아직 난파된 건 아니라고요." 이 마지막 문장을 말하는 동안 그가 속으로 불어대는 휘파람 소리가 새 나왔고, 그의 눈썹이 뭔가를 기대하고 있다는 듯이, 거만하게 위로 추켜올라갔다. 그가 이내 누런 이를 드러내며 모자의 챙을 쓱 긁었다. "내일 틀림없이 재고 실사를 끝내주면 좋겠소, 여러분. 라르센 씨……"

갈베스와 쿤스가 무엇 때문인지 모를 애매한 조소를 두드러지게 내비치고, 게다가 자신들이 속한 계급 제도에서는 반드시 필요한 공모 관계를 부지불식간에 보여주는 한 쌍의 미소를 머금은 채 라르센에게 작별 인사를 하는 동안, 라르센은 두 사람의 얼굴을 천천히, 용의주도하게 쳐다보았다. 그러고는 꼿꼿한 자세로 종종거리며 걸어가는 페트루스의 몸을 계속 따라가면서 의식적으로, 악의도 없이, 거의 슬퍼하지도 않은 채, 습기, 종이, 겨울, 화장실, 멀리 떨어진 곳, 폐허, 속임수의 냄새가 배어 있는 공기를 들이마셨다. 그는 고개를 돌리지 않은 채 갈베스 또는 쿤스가 낮은 목소리로 하는 말을 들었다.

"조선소의 위대한 노인이죠. 자수성가한 사람이에요."

그러고 나서 라르센은 갈베스 또는 쿤스가 헤레미아스 페트루스의 목소리를 모방한 딱딱하고 격식 있는 목소리로 내뱉는 말을 들었다.

"주주 여러분, 나는 선구잡니다."

페트루스와 라르센은 문 없는 사무실 두 개—먼지, 무질서, 손으로 만질 수 있을 것 같은 고독, 전화 교환대의 뒤엉킨 전선들, 청사진들의 강렬하고 믿을 수 없을 정도로 선명한 파란색, 다리가 부서진 똑같은 가구들——를 통과했고, 페트루스는 흙먼지가 자욱하게 덮이고, 전화기 두 대와 아직 사용하지 않았지만 세월의 흐름과 더불어 닳아버린 초록색 압지(押紙)가 놓인 타원형 탁자를 한 바퀴 돌았다.

　페트루스는 모자를 걸어놓고 나서 라르센더러 자리에 앉으라고 했다. 페트루스는 짙은 눈썹을 잔뜩 찌푸리고 두 손을 탁자 위에 펼쳐놓은 채 잠시 생각에 잠겼다. 페트루스는 라르센의 눈을 쳐다보며 즐거움을 표시하지도 않고, 기다랗고 누런 이 말고 다른 것은 보여주지 않으면서, 그리고 아마도 그 누런 이를 아직도 간직하고 있다는 작은 자부심 정도를 드러내 보이면서, 기다랗게 펼쳐진 구레나룻 사이로 뜻밖의 미소를 머금었다. 추위로 몸을 벌벌 떨고, 분노나 놀라는 기색을 드러내지도 못하는 라르센은 몇 개월 또는 몇 년 전에 갈베스, 쿤스, 그리고 십수 명의 비참한 사람들——그 모든 사람이 이제는 뿔뿔이 흩어졌고, 사라져버렸으며, 그들 가운데 일부는 죽었고, 그들 모두는 유령이 되었다——이 들으며 희망을 품고 고마움을 느꼈던 페트루스의 불후의 연설에서 말 마디마디가 잠깐잠깐 끊기는 동안에 동의를 표하면서 고개를 끄덕였는데, 또박또박 느릿느릿 나오던 문장들과 변하기 쉽고 매력적인 제안들은 하느님의 존재나 행운의 존재, 또는 비록 늦지만 실패하지는 않는 정의의 존재를 그들에게 확인해주었다.

　"3천만 페소가 넘어요, 라르센 씨. 그리고 이 수치에는 최근 몇 년 동안 이루어진 자산 일부에 대한 엄청난 평가절상 분이 포함되어 있지도 않고, 또 팔기 좋은 땅으로 다시 변할 수도 있는 수 킬로미터에 이르는 길들, 철로의 첫번째 구간 같은, 아직 구제받을 수 있는 다른 많은 것 또한 포함되어 있지 않아요. 나는 지금 실제로 있는 것, 3천만 페소라는 돈을 마련하기 위해 언제든지 팔 수 있는 것에 관해 말하고 있는 거요. 건물, 배에서 나온 폐철, 각종 기계가 있고 간이창고에는 예비품이 있는데, 선생이 언제든지 조사해볼 수 있어요. 이 문제에 관해서는 쿤스 씨가 지시를 받게 될 겁니다. 모든 정황으로 볼 때 판사가 파산을 선고할 거고요. 그렇게 되면, 우리는 정말 숨이 콱콱 막히게 하는 채권단협의회의 관료적인 회계 관리에서 자유로워져서 회사를 회생시켜 새로운 활력을 불어넣을 수 있을 거요. 이제부터 나는 필요한 자금을 요청해보겠소. 내가 할 일이라고는 선택하는 것뿐이오. 선생, 그런 일을 하는 데는 선생의 조력이 중요할 거요. 나는 사람을 제대로 평가할 줄 아는 사람이고, 내 선택을 후회하지 않을 자신이 있소. 하지만 선생이 시간을 허비하지 말고 회사와 접촉할 필요가 있어요. 선생에게 헤레미아스 페트루스 주식회사의 총지배인 자리를 주겠소. 선생의 책임은 아주 크고, 선생을 기다리고 있는 업무는 막중할 것이오. 급료는 선생의 업무에 대한 헌신성, 지적 능력, 정직성 면에서 회사가 기대하는 것이 무엇인지 선생이 인식하고서 선생이 제의하는 걸 기다렸다가 결정할 것이오."

페트루스가 얼굴 정면에 두 손을 모아 손가락 끝이 맞닿게 한 채 말했다. 그는 다시 두 손을 탁자 위에 내려놓고 누런 이를 드러냈다.

"사장님께서 말씀하신 대로, 그 문제는 제가 회사 상황을 전반적으로 파악하게 되었을 때 답변해드리겠습니다." 라르센이 차분한 태도로 대답했다. "이건 갑작스럽게 결정해야 할 문제가 아니라고 봅니다." 라르센은 앙헬리카 이네스가 자기에게 사랑뿐만 아니라 존경심을 느끼기 시작했을 때 불신감을 드러내고 얼굴을 찡그린 채 자기를 바라보면서, 아버지 페트루스가 그에게 조선소에 자리 하나를 제공할 것이라고 확인해준 며칠 전부터 머릿속으로 계산해보았던 수치를 상기했다. 그 자리는 라르센을 붙잡아놓을 수 있는 뭔가 매력적이고 확실한 것이었으며, 라르센이 당시에 고려하고 있던 부에노스아이레스에서 받은 제안들보다 더 좋은 직책과 미래를 보장하는 것이었다.

헤레미아스 페트루스가 자리에서 일어나 모자를 집어 들었다. 라르센은 앞으로 전개될 상황을 미리 걱정하고, 신뢰의 회복을 떨떠름하게 받아들이면서, 노인의 굽은 등이 유발하는 느낌, 즉 노인을 보호해주고 싶은 마음을 소극적으로 거부하면서 페트루스를 수행해 텅 비어 있는 방 두 개를 통과해서 햇빛이 비치고 공기가 싸늘한 중앙사무실로 갔다.

"젊은 친구들은 식사하러 갔구먼." 페트루스가 엷은 미소를 머금으며 관대한 목소리로 말했다. "하지만 우린 시간을 허비하지 맙시다. 선생은 오후에 다시 와서 자신을 소개하세요. 선생이 총지배인이니까요. 나는 정오에 부에노스아이레스로 떠나야 하오. 자세한 것은 나중에 조정합시다."

라르센은 홀로 남았다. 그는 뒷짐을 쥔 채 설계도와 서류, 먼지투성이 바닥, 신음 소리를 내듯 삐걱거리는 판자를 조심스럽게 밟으며 텅 비어 있는 거대한 사무실을 돌아다니기 시작했다. 과거에는 창문에 유리가 끼워져 있었고, 피복이 벗겨진 이중(二重) 전화선이 전화기에 꽂혀 있었으며, 남자 20, 30명이 각자 사무용 책상에서 상체를 숙인 채 일에 몰두했고, 아가씨 하나는 《좋은 아침입니다. 페트루스 주식회사입니다》라고 말하면서 전화 교환대의 잭을 실수 없이 꽂았다가 빼냈고, 다른 아가씨들은 철제 캐비닛에 서류를 빼고 넣으며 부지런히 움직였다. 늙은 사장 페트루스는 여직원들에게 가슴받이가 달린 회색 작업 바지를 입으라고 강요했고, 아마도 그런 이유 때문에 여직원들은 그가 자신들이 미혼으로 지내며 염문 한번 일으키지 못하게 강요한다고 믿었을 것이다. 우편물 담당 부서의 사환들은 매일 적어도 3백 통의 편지를 발송했다. 저기 저 구석에는 오늘처럼 늙고, 자신에 차 있고, 몸집이 왜소한 그 노인이 눈에 보이지 않게, 반신반의하며 앉아 있었다. 3천만 페소.

젊은 친구들, 즉 쿤스와 갈베스는 '벨그라노의 그곳'에서 점심 식사를 하고 있었다. 만약 라르센이 그날 정오경에 자신의 허기에 신경을 썼더라면, 만약 그가 상징들 사이에서, 그리고 자신도 모르게 강화하고 사랑했던—이제는 그 사랑의 강도와 재회와 고향의 공기를 들이마시게 됨으로써 얻게 된 마음의 평화와 더불어—끝장 분위기에서 굶기로 작정하지 않았더라면, 아마도 그는 구원받을 수 있었을 것이다. 혹은 적어도 그가 자신의 파멸을 수용할 필요도 없이, 그의 파멸이 명백하게 드러나지도 않고, 널리 알려지지도 않고, 사람들이 그의 파멸을 고소해하는 일도 없이 계속해서 스스로 파멸해갔을 것이다.

라르센은 푸에르토아스티예로의 선착장에 도착해 광주리 하나를 든 채 잠든 여자아이를 안고 있는 뚱뚱하고 나이 많은 부인을 따라 별 생각 없이 배에서 내린 그날 오후부터 여러 번에 걸쳐 자신이 어두컴컴하고 탐욕스러운 함정에 빠지게 될 것이라고 예감했었다. 이제 그는 함정에 빠졌는데, 그 함정에 어떤 이름을 붙일 수도 없었고, 단지 그 함정에 빠지려고, 절망적이고 터무니없는 마지막 피난처에서 차분하게 지내려고 그곳까지 왔고, 계획을 세웠고, 미소를 머금었고, 과감하게 행동하고 인내심을 발휘했다는 사실도 인식힐 수 없는 상태였다.

만약 라르센이 건물 밖으로 나가는 계단을 찾으려고 텅 빈 건물 안을 이리저리 돌아다녔더라면—불가사의하게도, 그의 발치에서는 쇠로 만든 요정이 나선형 유리 불꽃이 활활 타오르는 거대한 횃불 하나를 가볍게 받쳐 들고서 미소를 머금으며 계속해서 날아다니고 있었는데, 그녀의 빳빳한 옷자락과 머리카락은 바닷바람에 휘날린 상태였다—, 틀림없이 점심 식사를 하러 '벨그라노의 그곳'으로 들어갔을 것이다. 그렇게 되었더라면, 그가 24시간 뒤, 즉 영문도 모른 채 돌이킬 수 없는 선택을 해버린 다음 날 정오경에 실제로 일어났던 일이 그 당시에——지금, 그가 자신의 몰락을 받아들이기 전에——일어났을 것이다.

왜냐하면 그다음 날 정오에 라르센은 '벨그라노의 그곳'으로 들어갔고, 갈베스와 쿤스가 점심 식사를 하고 있던 자리에서 고개를 돌려 그를 쳐다보는 모습을 보았기 때문인데, 두 사람은 라르센을 부르지도, 자리에 함께 앉자고 권하지도 않았다. 갈베스와 쿤스는 마치 구름 낀 하늘을 쳐다보며 비가 내리기를 한가하게 기다리고 있다는 듯이, 라르센에게 어떤 것을 묻거나 원하지도 않고서 의뭉스러운 눈길과 표정, 라르센의 의중을 대충 알고 있다는 눈길과 표정을 유지하고 있었다. 그래서 라르센은 외투 단추를 풀면서 그들이 앉아 있는 테이블로 다가가서 악을 쓰듯 말했다.

"괜찮다면 실례 좀 하겠소이다."

라르센은 두 사람과 보조를 맞춰 식사를 하려고 냉육(冷肉) 요리를 걸렀다. 그들은 수프, 구운 고기, 푸딩을 먹는 동안 날씨와 농작물 추수와 정치와 여러 지방 주도의 밤 생활에 관해 열을 내다가도 가끔씩은 성의 없이, 어떤 것도 역성들지 않고 계속해서 얘기했다. 커피를 마시며 담배를 피울 때, 두 사람 가운데 나이가 더 많은 쿤스, 머리카락과 눈썹이 하얗게 세어가는 것처럼 보이는 쿤스가 갈베스를 쳐다보면서 손가락 하나로 라르센을 가리켰다.

"그러니까 선생이 새로운 총지배인이라는 말씀이군요? 얼마죠? 3천? 미안합니다. 하지만 갈베스가 관리 책임을 맡고 있으니 우리도 곧 알게 될 겁니다. 갈베스가 장부에 기록해놓아야 하니까요. '라르센 관련 대변

(貨邊) 항목' 라르셴, 맞죠? 6월 치 급료로 2천 또는 3천 또는 5천 페소가 책정될 겁니다."

라르셴은 잠시 한 사내를 쳐다보고 나서 뜸을 들이며 다른 사내를 쳐다보았다. 라르셴은 자신의 저음과 간결한 말투에 어울리는 모욕적인 문장, 방방 울려 퍼지는 문장 하나를 이미 만들어놓고 있었다. 하지만 그들이 자신을 놀리게 될지는 확인할 수 없었다. 머리숱이 많고, 얼굴이 둥그스름하고, 몸이 뚱뚱하고, 등을 거미처럼 웅크리고 있으며, 얼굴에 주름 몇 개가 깊게 파여 있는, 나이가 더 많은 쿤스는 흑석(黑石)처럼 검고 소년 같은 꿈이 살아 있는 눈, 호기심 가득한 눈으로 라르셴을 쳐다보았다. 다른 사내 갈베스는 천진난만한 미소를 머금어 청년 같은 치아를 드러내면서 조용히 자신의 대머리를 쓰다듬었다.

〈이 친구들, 아직 자기 것으로 만들지 못한 여자들에게 오늘 밤에 해줄 잡담거리를 찾고 있는 것처럼 아주 신바람이 나 있구먼. 아니 여자들을 갖게는 되겠지. 그럼 불쌍한 인간이 넷이 되겠군. 내가 괜히 이 친구들과 싸울 이유가 없어.〉

"당신이 말했다시피, 그건 그렇습니다." 라르셴이 말했다. "나는 총지배인입니다, 아니 페트루스 씨가 내 조건들을 받아들이게 되면 나는 총지배인이 될 겁니다. 그리고 물론, 그런 건 이러쿵저러쿵 얘기할 필요가 없고, 난 회사의 현황에 관해 살펴볼 겁니다."

"현황이라고요?" 갈베스가 물었다. "좋습니다."

"우리는 선생을 방금 전에 알았습니다." 쿤스가 존경심이 배어 있는 미소를 섬광처럼 내비치며 말했다. "하지만 선생께 진실을 얘기해주는 게 옳은 일이지요."

"잠깐만요." 갈베스가 끼어들었다. "선생은 고급 기술을 가진 전문가니까, 남아 있는 것들이 강물의 습기나 산소 때문에 부식될 수 있다는 걸 알 겁니다. 시간이 지나면 결국 모든 게 부식되고, 녹이 슬기 때문에 버리든지 팔든지 해야겠죠. 바로 그런 일을 하려고, 새로운 일거리를 찾으려고 선생이 있는 겁니다. 기술이사의 급료가 2천 페소입니다. 나는 헤레미아스 페트루스 주식회사에 일거리를 만드는 문제를 매달 절대 잊지 않고 있습니다. 하지만 이건 다릅니다. 이건 내 일입니다. 라르센 씨, 만약 선생이 총지배인 자리를 수용하기로 결정한다고 가정하면 급료는 얼마나 요구할 건지 물어봐도 되겠습니까? 그저 궁금해서 묻는 것이니 양해하기 바랍니다. 1백 페소건 2백만 페소건 선생이 요구하는 대로 정확히 기록해놓겠습니다."

"나도 회계에 관한 한 한두 가지 정도는 알고 있습니다." 라르센이 미소를 머금으며 말했다.

"당신이 우리의 친구 분께 제대로 알려줘요." 쿤스가 미소 띤 표정으로 자기 잔에 포도주를 따르며 갈베스에게 말했다. "전임자들은 어땠는지 숨김없이 알려주면 이분을 도울 수 있잖아요."

"물론 나는 급료 문제를 이미 결정해놓고 있습니다." 갈베스가 대머리를 흔들어대면서 동의했다. "내가 선생께 물었던 이유가 바로 그 때문입니다. 라르센 씨 자신이 조선소 총지배인의 급료가 어느 정도면 적당하다고 판단하는지 알고 싶었던 겁니다."

"전임자들이 얼마를 받았는지 당신이 이분께 알려줘야 할 거요."

"고맙지만 그럴 필요는 없습니다." 라르센이 말했다. "그동안 그 문제에 관해 생각해보았습니다. 5천 페소 이하면 받아들이지 않겠습니다. 매달 급료 5천 페소에다 향후에 진행되는 일의 결과에 따라 성과급을 보장받는 조건입니다." 라르센은 당분을 빨아들이려고 커피 잔을 들고 있는 동안 자신이 말실수를 하고, 조롱거리가 되어버렸다는 느낌을 받았다. 하지만 도중에 멈출 수가 없었고, 함정에서 빠져나가려고 뒷걸음질을 칠 수도 없는 상황이었다. "내 능력을 입증하기에는 내 나이가 많습니다. 그 정도 액수면 받아들이겠습니다. 그 정도는 다른 데서도 벌 수 있으니까요. 내가 중요하게 생각하는 것은 회사를 가동시키는 겁니다. 수백만 페소가 있다는 것을 난 이미 알고 있습니다."

"어떻게 생각해요?" 쿤스가 테이블보 위로 상체를 숙이며 갈베스에게 물었다.

"좋습니다, 괜찮습니다." 갈베스가 말했다. "기다려보세요." 갈베스는 자기 두개골을 쓰다듬으며 라르센에게 미소를 보냈다. "5천입니다. 축하합니다. 이건 최고 액수입니다. 그동안 우리는 2천, 3천, 4천, 5천을 주고 총지배인을 고용해왔습니다. 좋습니다. 이게 총지배인 직책에 합당한 보수입니다. 하지만 한 가지 말해줄 게 있습니다. 마지막으로 5천을 받은 사람은 스와츠라는 독일인이었습니다. 그가 나와 선구자인 페트루스 가운데 누구를 죽이려고 했는지는 확실히 알려져 있지 않습니다만, 둘 중 하나를 죽이겠다며 엽총 한 정을 빌려 내 집과 회사 건물 사이에 있는 뒷문에서 일주일 동안 기다리다가 결국 홀연히 떠났는데, 사람들의 말에 따르면 그가 차코*로 가서 일 년 전에 급료 4천을 받고 일했다고 합니다. 이건 다 선생을 도우려고 해주는 말입니다. 그리고 나는 그 당시에 비해 돈 가치가 많이 떨어졌다는 걸 알고 있습니다. 선생은 6천을 요구할 수도 있을 겁니다. 그렇지 않아요, 쿤스?"

"내 생각에는 그게 합당해 보이는군요." 쿤스가 갑자기 심각하고 서

---

* Chaco: 아르헨티나, 파라과이, 볼리비아가 접하고 있는 지역의 이름이다.

글픈 표정을 지으며 손가락 두 개로 무성한 머리카락을 빗어 내리면서 말했다. "6천 페소라. 썩 많지도 적지도 않은 액수지요. 그 자리에 합당한 액수입니다."

그때 라르센이 담배에 불을 붙이더니, 비록 그렇게 하는 것이 우스꽝스러운 짓이며 실수라고 해도, 잊고 있던 뭔가를 마땅히 방어해야 한다는 듯이, 미소를 머금은 채 상체를 뒤로 젖혔다.

"거듭 고맙습니다." 라르센이 말했다. "5천이면 됐습니다. 우리 내일부터 시작합시다. 미리 알려주겠는데요, 난 다들 열심히 일하는 것을 좋아하는 사람입니다."

두 사내는 머리를 끄덕여 동의했고, 커피를 더 시켰으며, 서로 담배와 성냥불을 주고받기 위해 시간을 들이고, 침묵을 유지했다. 둘은 유리창을 통해 진흙투성이 잿빛 도로를 바라보았다. 갈베스는 재채기가 나오려 한다는 듯 호들갑스럽게 대머리를 뒤로 젖혔는데, 재채기는 나오지 않았다. 그러고 나서 그는 계산서를 달라고 해 서명했다. 인적 없는 거리에 마지막으로 남아 있는 물웅덩이에 하늘이 비쳤다. 웅덩이에 비친 하늘은 우중충한 암갈색이었다. 라르센은 앙헬리카 이네스와 호세피나를 생각했고, 자신을 위안하는 효능이 있는 지난 일들을 생각해보았다.

"좋아요. 원한다면, 5천에 해주겠습니다." 갈베스가 쿤스를 쳐다보고 나서 말했다. "같은 업무니까, 난 별 상관없습니다. 하지만 여기서는 다들 선생이 페트루스의 사위나 마찬가지라고 말하던데요. 그게 만약 사실이라면, 축하합니다. 아주 훌륭한 아가씨에 3천만 페소라. 물론 그게 현금도 아니고, 모두 선생 것도 아니지요. 하지만 그게 회사의 자본금이 아니라고는 누구도 내게 감히 말할 수 없을 겁니다."

뭔가에 정신이 팔린 상태에서 그 사실을 깨닫기 시작한 라르센은 물고 있던 담배의 위치를 옮기려고 도발적이지만 둔하게 입술과 혀를 움직였다.

"그 문제는, 구체적인 것도 전혀 없고, 개인적인 겁니다." 라르센이 천천히 말했다. "두 사람이 오해 없이 알아야 할 필요가 있는 건 오직 내가 총지배인이라는 사실이고, 우리는 내일부터 본격적으로 작업을 시작한다는 겁니다. 오늘 오후는 부에노스아이레스에 전보 몇 통을 보내고, 전화를 하면서 보내야겠습니다. 오늘 여러분은 하고 싶은 대로 하세요. 내일 오전 8시에 나는 사무실에 있을 테니, 그때 사안들을 다시 조정해봅시다."

라르센은 자리에서 일어나 꽉 끼는 외투를 별 생각 없이 몸에 걸쳤다. 슬픔에 젖어 주저하던 그는 오직 증오심에만 의지함으로써 자신의 위치를 강화할 수 있는 작별 방식을 괜스레 모색하고 있었다. 그리고 술에 취한 사람처럼, 자신이 더 이상 믿지 않는 충동적인 방식으로 행동했다.

"9시예요." 갈베스가 미소를 지으며 말했다. "우리는 9시 이전에는 절대 회사에 도착하지 않습니다. 하지만 선생이 날 필요로 한다면, 간이 창고, 즉 선거(船渠)* 옆에 있는 오두막으로 와서 날 부르세요. 언제든 상관없습니다."

"라르센 씨." 쿤스가 순진한 표정으로 자리에서 일어나면서 말했다. 얼굴에 파인 주름살이 흉터 같았다. "선생과 함께 식사를 하게 되어 무척 반가웠습니다. 선생이 제의했다시피, 급료는 5천이 될 것입니다. 하지만 내가 하고 싶은 말은 선생이 너무 적게 요구한다는 겁니다. 현실적으로 그건 거저나 다름없습니다."

---

* 선박의 건조나 수리 또는 짐을 싣고 부리기 위한 설비다.

"다음에 봅시다." 라르센이 말했다.

하지만 이 일은 너무 늦게, 그러니까 24시간 뒤에 발생했다. 페트루스와 면담한 그날 정오에, 비록 그의 급료가 아직 결정되지 않았다 할지라도 이미 총지배인 직함을 갖고 있던 라르센은 점심 식사도 잊은 채 사람들, 그들의 관심사, 여러 사무실로 분리되어버린 거대한 공간에서 사라진 그들의 몸짓을 상기해본 뒤, 큰 창고와 부두의 잔해 쪽으로 통해 있는 철제 계단을 천천히, 삐걱거리며 내려가기 시작했다. 자신이 고립무원 상태로 노출되어 있다고 느낀 라르센은 과장되게 몸을 부들부들 떨면서 굼뜬 동작으로 계단을 내려왔는데, 두번째 층계참과 다음 층계참을 잇는 계단에서는 벽들이 사라지고 없어 삐걱거리는 철제 계단이 허공에서 흔들거렸다. 그러고 나서 그는 날카로운 잡초에 신발과 바지가 버려지지 않도록 주의하면서 축축한 모래땅을 걸었다. 바퀴가 모래밭에 빠져 있고, 보닛이 열려 있어 엔진룸의 부품들이 녹슬어버린 트럭 곁을 지났다. 바람의 힘을 빌려 트럭에 침을 뱉었다. 〈믿기지 않는군. 노인이 이런 것들을 보지 못하다니. 이 트럭이 지붕 밑에만 있었더라도 5만 페소는 넘게 받을 텐데.〉 그는 현관 문턱 아래로 계단 세 개가 있는 목제 오두막 앞을 몸을 꼿꼿이 세운 채 활기차게 지난 뒤 간이 창고 또는 선거라 부르게 될 문 없는 거대한 창고로 들어갔다.

희끄무레한 빛이 비치고, 한기가 감돌고, 바람이 지붕의 얇은 함석판에 난 구멍들을 통해 신음 소리를 내며 들어오는 가운데, 키 작은 라르센은 허기 때문에 기운이 쫙 빠진 상태였음에도 용도를 알 수 없는 녹슨 기계들 사이를 주의를 기울이며 걸었다. 양옆에 놓인 거대한 선반들, 즉 나사, 볼트, 꺾쇠, 너트, 드릴 같은 부품으로 가득 찬 사각형 상자들이 놓인 거대한 선반들 때문에 형성된 좁은 통로를 통과하면서는 고독과, 쓸데없이 구획을 정해놓은 공간들과, 원한을 품은 쐐기풀이 연장들의 구멍을 관통하는 모습에 의기소침하지 않겠다고 다짐했다. 그는 조난당했을 때 사용하는 구명보트를―〈8인용인데, 구멍이 송송 뚫린 캔버스 돛에 방부 처리된 목재, 고무로 된 현측(舷側)이라. 최소한 1천 페소는 나가겠군.〉―쌓아놓은 더미 옆 구석에서 걸음을 멈추고는 기계 도면이 그려지고 하얀 글씨가 쓰인 청사진 하나를 집어 들었다. 청사진은 진흙이 묻어 딱딱해지고, 기다란 풀잎들이 한 몸처럼 달라붙어 있었다.

"제대로 방치되어 있군." 그가 신랄하고 경멸적인 어투로 크게 말했다. "쓰지 않을 거면 간수나 제대로 하지. 이걸 허드레 창고에 버리면 되나. 이런 건 바뀌어야 돼. 노인 양반이 이런 걸 참아주려니 정신이 돌아버렸겠구먼."

그가 자기 목소리의 메아리를 들으려고 한 말은 결코 아니었다. 바람이 부드럽게 선회하면서 내려와 큰 창고 한쪽을 통해 천천히 들어오고 있었다. 지저분한 말, 위협적인 말, 거만한 말을 포함한 그의 모든 말은 발음이 끝나자마자 잊혔다. 애초부터, 높다란 천장을 이루는 널빤지, 철에 슨 녹 껍질, 수 톤에 이르는 철재, 어지럽게 뒤엉켜 제멋대로 자라는 잡초 말고는 더 이상 아무것도 없었고 앞으로도 영원히 없을 것이다. 그는 꾹 참는 사람으로, 지나가는 사람으로, 국외자로, 큰 창고 한가운데에 머물고 있었다. 전설과 바다의 모험과 지난 노동과 겨울의 냄새를 품고 있는 공기 속에서 다리와 촉수를 파르르 떨고 있는 한 마리의 시꺼먼 곤충처럼 무기력하게, 멍하게 움직거리면서 머물고 있었다.

옷에 때가 묻지 않도록 청사진을 외투 주머니에 조심스럽게 집어넣었다. 입 한쪽을 움직여―서로 적대적이었다가 너무 여러 번 패함으로써 이제는 옷처럼 부드럽고 편안해진 옛 경쟁자들에게 보내는 것처럼―

고독과 공간과 폐허를 향해 관대하고 남자답게 미소를 지어 보였다. 그는 뒷짐을 지었고, 뭔가 구체적인 것이 아니라 모든 것을 향해, 보이거나 묘사된 것, 즉 말이나 상상력을 동원할 필요도 없이 기억될 수 있는 것을 향해 다시 침을 뱉었다. 두려움, 가지각색의 무지, 빈곤, 파괴, 그리고 죽음을 향해 침을 뱉었다. 고개를 움직이지 않은 채 혀와 입술의 완벽한 협조를 통해 침을 뱉었다. 위를 향해, 앞을 향해, 숙련된 솜씨로, 단호하게 침을 뱉고 나서는 포물선을 그리며 뻗어가는 액체의 이동 경로를 묘한 만족감을 느끼며 뒤쫓았다. 그는 '사무실'이라는 단어도 '사무용 책상'이라는 단어도 생각하지 않았다. 〈가장 큰 방, 유리 칸막이가 설치되어 있거나 아직도 유리 칸막이가 남아 있는 그 방은 노인이 차지했기 때문에 내 사무실은 전화 교환대가 있는 방에 차려야겠군.〉

　　오후 2시쯤 되었을 것이다. 갈베스와 쿤스는 재고 조사를 마무리하려고 이미 돌아와 있을 것이다. 이제는 벨그라노에서 점심 한 끼를 해결하는 것도 불가능했다. 그는 천장에 뚫린 구멍 밑에서 이랑처럼 열을 지어 쌓인 채 썩어가는 구명보트들을 힘차게 밀어 사이를 벌리면서 외투 주머니에 양손을 꽂은 채, 자신의 키가 몇 센티미터인지, 어깨 넓이가 어느 정도인지, 늘 축축하게 젖어 있는 땅과 억센 풀밭을 밟는 구두 뒷굽의 압력이 어느 정도인지 정확히 인지한 채 큰 창고 출입구를 향해 걷기 시작했다. 모자를 머리에 대충 올려놓은 채, 붉게 녹이 슨 상태로 열 지어 놓은 기계들, 아마도 영원히 멈춰 있을 기계들, 시체 같은 연장들이 놓인 선반들, 건물 천장까지 높이 솟은 선반들, 시야를 벗어날 정도로 높이 치솟은 냉랭하고 지저분한 선반들, 우리가 상상할 수 있는 가장 높은 사닥다리의 맨 끝 층계보다 더 높아 보이는 선반들의 단조로운 기하학적 형태들을 조사하기 위해, 의무감 때문에, 불신으로 가득 찬 눈동자를 이리저리 돌리면서 가고 있었다. 라르센은 무덤 속에 들어 있는 철물들로부터, 능(陵) 속에 들어 있는 덩치 큰 기계들로부터, 그리고 잡초, 진흙, 그림자, 5년 또는 10년 전에 어느 노동자의 어리석고 교만한 의지와 어느 십장의 비속어들이 점유했던 무질서한 각면(角面)들로 이루어진 전사자 기념비로부터, 패배의 고통과 회의(懷疑)를 빼내기 위해 그 고통과 회의를 진지하게 짊어지고서, 자신이 행하던 의식에 적합하다고 느끼는 속도를 유지한 채 차근차근 앞으로 나아갔다. 그는 경계심을 늦추지 않은 채, 초조하게, 무자비하게, 아버지처럼 간섭하면서, 은근히 위엄 있게 승진과 해고를 확대하겠다고 결심한 채, 모든 것이 자기 것이라고 믿을 필요가 있었고, 모든 것에 의미를 주고, 자신이 살아갈 세월과 그 결과 자기 삶 전체에 이 의미를 부여하겠다는 단 하나의 의도를 지닌 채, 모든 것에 전심전력을 다해 자신을 바칠 필요가 있었다. 그는 부드러운 바닥을 소리 없이 밟고, 눈동자를 연신 좌우로 굴리면서, 부식된 기계들을 향해, 거미집으로 뒤덮인 선반의 칸들을 향해 차근차근 걸어갔다. 이제는 뭔가를 골똘히 생각하면서, 뭔가에 붙잡힌 상태로 천천히 걸어서 가녀린 찬바람이 부는 곳으로, 안개에 뭉쳐지고 있던 습기로 나왔다.

정자 II

　　라르셴은 이미 마법에 홀려 결심을 굳힌 상태였기 때문에 다음 날 '벨그라노의 그곳'으로 들어가 갈베스, 쿤스와 함께 점심 식사를 했다. 그가 자기 월급을 5천 또는 6천 페소로 정해 이름을 급여 명부 맨 앞에 올려놓는 것을 선택했는지는 확실히 알려지지 않았다. 실제로, 라르셴이 하나의 숫자 또는 다른 숫자를 선택하는 문제는 그저 갈베스에게만 중요성을 지닌 것으로, 갈베스는 매달 25일이면 타자기로 급여 명부를 쓰고 사본 몇 부를 만들다가 일을 멈추고 버럭 화를 내며 자신의 대머리를 문질러댔다. 매달 25일이면 그는 자신이 반복적이고 지속적으로 어리석은 짓을 하고 있다는 사실을 다시 발견하고 인지했다. 이렇듯 그는 자신의 어리석음을 주기적으로 발견하고 인식하게 되면 일을 중단하고 자리에서 일어나 갈색 스카프를 목에 두르고 뒷짐을 진 채 넓고 황량한 사무실 안에서 왔다 갔다 하다가 쿤스에게 공허하고, 소리 없고, 늘 과도하고 헤픈 미소를 보여주기 위해 쿤스의 제도 책상 앞에 멈춰 섰다.

　　장부에 정확하게 기입되어 있는 액수는 5천 또는 6천 페소였는데,

5천이든 6천이든 라르센은 자신이 믿고 있던 미신에 따라 홀수나 짝수를 선택하게 될 것이다. 라르센은 그 숫자와 그 밖의 다른 것을 선택했고, 이제는 매일 아침 누구보다 빨리 조선소 사무실에 도착해 추위로 몸을 부르르 떨면서 생각을 가다듬었는데, 이제는 총지배인실로 지정되어 있는 방, 검은 케이블이 어지럽게 얽혀 있는 전화 교환대가 위압적인 사무실, 이제는 먼지도 덜 끼어 있고 덜 더러웠으며 아무 소리도 들리지 않고 아무 소리도 내지 않는 사무실에 정착하기 위해 그가 압도한 사람이 갈베스와 쿤스뿐이라는 사실은 차마 인정하지 못했다.

〈이 불쌍한 작은 뚱보, 무덤도 없는 이 시체, 이 부지런한 개미 새끼.〉 만약 라르센이 두 달 전 아침 8시에 총지배인실로 들어가 모자와 외투와 장갑을 벗고 구멍 뚫린 가죽 의자에 앉아 전날 오후에 선별해 책상에 놓아둔 서류 더미를 검토할 수 있었더라면 이렇게 말했을 것이다.

그가 하루 동안 케이블을 수리한 뒤로 버저들이 기능을 발휘하고 있거나 다시 발휘하기 시작했다. 그는 사무실 칸막이에 달린 문의 젖빛 유리에 검은색 페인트로 '총지배인실'이라 써놓았다. 오전 새참 때, 항상 5년이나 10년 전 날짜가 적힌 〈친애하는 관계자님들〉에게 보낸 파란색 종이를 읽는 따분함에서 벗어나고, 가격, 선박의 총톤수, 전문가들의 보고서, 매매 제의와 피할 수 없는 수정 제안에 관한 이야기를 접어둔 뒤, 삭삭 살베스와 쿤스에게 연결된 버저 두 개 가운데 하나를 누르고, 넥타이를 매만지고, 고독 속에서 연습 삼아 눈을 찡긋거리고 씩 웃어보았다. 두 사람은 버저의 작은 종이 요동치며 흔들리는 소리를 듣고서부터 냉소를 날리기 시작하고, 총지배인실 문을 두드려 들어가도 좋겠느냐고 묻고, 그를 총지배인이라 불렀다.

물론 그가 월말에 5천 페소건 6천 페소건 월급을 받을 가능성은 없었다. 하지만 갈베스건 쿤스건, 총지배인실의 나무와 유리로 된 문을 밀고 들어오는 남자에게 미소를 짓고 다정한 손길로 의자를 권하는 라르센의 만족감을 부정하는 사람은 아무도 없었고, 말은 그럴싸하게 들렸지만, 아무런 의미도 없는 것에 불과할 가능성이 농후한 테마들, 즉 영업 수지 변동 사항, 배의 기관부 압력의 현재 한계 수치 등에 관해 묻고 대답을 듣는 그 우스꽝스러운 즐거움을 부정하는 사람도 없었다.

라르센은 다리를 꼬았고, 손가락 끝을 모두 한데로 모아서 주의 깊고 의심 많아 보이는 둥그런 얼굴의 입술 앞에 올려놓은 채 자신이 페트루스가 되어 그의 경험과 지배력을 이용하는 상상을 가끔 했다.

갈베스와 쿤스 두 사람 가운데 누군가, 책상 반대편에서 라르센에게 시도 때도 없이 미소를 보내고, 고개를 끄덕여 동의를 표하고, 부적절한 순간에 〈총지배인님〉이라는 말을 써가며 만들어가던 짜증나는 농담이 라르센의 가슴을 훈훈하게 만들었다.

"난 이해해요, 물론이죠, 확실해요, 당연히 그렇죠, 그건 바로 내가 생각하고 있던 바예요." 그는 마치 친구에게 돈을 빌려주려는 것처럼 말 사이사이에 이런 추임새를 집어넣으며 즐겁고 신중하게 말했다.

하품이 나오는 께느른한 정오가 되면 라르센은 늘 몇 년 전의 책상용 달력 한 장을 찢어내 방금 전에 들은 아주 특이한 단어들을 적었다. 자리에서 일어나 갈베스 또는 쿤스를 껴안고, 외설적인 말로 속마음을 드러내고, 갈베스 또는 쿤스의 등을 토닥거려주고 싶은 욕망을 느꼈다. 하지만 기꺼이, 유감스러운 마음으로 그에게 고마움을 표하고 싶은 생각도, 손을 가볍게 흔들고, 우정 어린 미소, 인정하는 미소를 보내면서 그를 보내고 싶은 생각도 결코 들지 않았다.

라르센은 늘 그들이 나가는 소리가 들릴 때까지 기다렸다. 특이하고 수상쩍은 문장들이 쓰인 종이쪽지들을 천천히 찢어버리고 나서 모자를 쓰고, 외투를 입고, 장갑을 끼고, 유리 없는 큰 창을 통해 선거를 바라보았고, 물웅덩이와 물웅덩이를 둘러싼 잡초 줄기들의 고독을 보았으며, 넓고 큰 중앙사무실의 먼지 긴 바닥에 구두 뒷굽 소리가 울려 퍼지게 만들었다. 라르센은 화장실과 닭장으로 연결된, 철망으로 만든 뒷문을 통해 '벨그라노의 그곳'으로 들어간 뒤, 자기 방에 처박혀 닳아 해진 크레톤 사라사*를 씌운 버들가지 소파에 앉아 벌벌 떨며 『엘 리베랄 *El liberal*』** 신문을 읽으면서, 지붕을 강타하며 점점 깊어가는 겨울에 손가락 욕을 하면서 점심이 나오기를 기다렸다. 구매 사항과 작업 사항을 기록해놓은 서류철들, 즉 상상해보려 갖은 애를 썼음에도 그에게 아무것도 말해주지 않고, 이제는 아무에게도 의미가 없는 그 서류철들을 아침부터 치워버리고, 흔들어 먼지를 털어내고 일별해본 뒤 오후에 자신이 사무실에 마지막으로 남아 있는 사람이라는 사실을 깨달았고, 쓸모없는 자물통에 열쇠를 꽂아 사무실 문을 잠그고, '벨그라노의 그곳'으로 가서 면도를 하고 난 뒤, 소맷부리가 약간 닳기는 했지만 항상 깨끗하고 윤기가 자르르 흐르는 실크 셔츠를 입었다. '벨그라노의 그곳'을 나가면서 혹시 주인과 마주치게 되면 행선지를 그럴듯하게 꾸며대고, 길게 돌아서 가고, 흙길과 보도 위에 자신의 속임수와 이중성이 드러나는 발자국을 남겼는데, 그 발자국은 변화무쌍하고 분명하지 않은 길 같고, 구불구불 기발하게 만들어진 샛길 같았다.

---

* 휘장용 커튼, 의자 덮개 등으로 사용하는 천이다.
**『조선소』뿐만 아니라 오네티의 여러 작품에 등장하는 산타마리아의 지역 신문이다. 『조선소』가 발표되고 나서 3년 뒤에 출간된 『훈타카다베레스』에서는 이 신문과 라르센이 긴밀한 관계를 맺고 있다는 사실이 드러난다.

조만간 그는 무거운 종을 울리고, 철 대문을 통과하고, 하녀에게—이제 그녀는 조롱하는 태도, 무뚝뚝한 태도를 보인다—눈에 띄게 억누른 감정 때문에 서글퍼진 미소를 보내고, 입을 살짝 실쭉해 보이고, 눈길을 보냈는데, 이 모든 것은 하녀가 그의 체념을 공유하도록 유도했다. 이제는 안내를 받을 필요가 없어졌지만, 그는 하녀 뒤를 따라 정원의 식물 냄새를 맡으며 식물 사이로, 꼼짝도 하지 않는 조각상들의 하얀색이 꿰뚫어놓은 선명한 밤의 두 벽 사이로 걸어갔다.

그는 대문에서 50미터 떨어진 정자에 도착했을 때 체념한 기색을 드러내지 않은 채 미소를 머금었다. 그는 젊음과 자신감을 지닌 사람, 열심히 일하거나 미래를 열어가는 사람, 더 행복한 내일을 건설하는 사람, 꿈을 꾸고 실천하는 사람, 불사신 같은 사람이었다. 그리고 그는 철제 의자에 펼쳐놓은 손수건에 앉기 전에, 환희와 놀라움이 드러나는 미소를 오랫동안 머금기 전에 그녀에게 키스를 할 수도 있었다. 그의 환희와 놀라움은 이런 생각에서 비롯된 것이었다. '이 순간을 고대하며 하루 종일 마음을 졸였는데, 지금 이게 사실인지 도무지 믿기지가 않는군.'

아니면, 아마도 그가 하녀의 말을 들은 뒤에, 시멘트 기둥 위에 떠받쳐진 집, 그에게는 닫혀 있는 집 쪽으로 멀어지던 개 짖는 소리를 들은 뒤에 두 사람은 단지 키스만 할 수 있었을 것이다(《그저 거실, 계단, 재봉실 등 당신이 거주하는 여러 장소를 보고 그곳에 머물기 위해서일 뿐이오.》 그는 요청했다. 그녀는 얼굴을 붉히며 다리를 꼬았다. 그녀는 고개를 숙인 채 실실 웃더니 페트루스가 그를 집으로 초대하기 전에는 안 된다고, 결코 안 된다고 말했다).

혹은 아마도 당시에 두 사람이 키스를 하지 않았을 수도 있다. 라르센이 여전히 신중하게 처신하고, 페트루스의 딸이 어떤 여자인지 발견하고, 그녀와 잊힌 마리아 또는 글래디스*는 어떤 면에서 일치하는지 발견하고, 공포와 히스테리와 설익은 결말을 야기하지 않으려면 어떤 유혹의 기술을 발휘할 수 있을지 발견하게 될 불가피한 순간을 기다리고 있었을 가능성이 있다. 〈내가 기억할 수 있는 어떤 여자보다 광적인 여자야.〉 라르센은 짜증과 감탄을 뒤섞으며 '벨그라노의 그곳' 침대에 누워 생각했다. 〈이 여자는 교양은 있는데 아주 특이하고, 남자는 전혀 겪어보지 못한 것 같아.〉

만약 이것이 사실이라면, 그리고 실패에 대한 두려움과 확정할 수 없는 다른 사안에 대한 두려움이 라르센의 의무감보다 더 강렬하거나, 그녀를 지체 없이 소유하도록 그를 충동질하는 사명감, 그의 여자관계에 어떤 의미를 부여할 수 있는 유일한 근거를 시간을 허비하지 않고 만들도록 그를 충동질할 사명감보다 더 강렬하다면, 정자에서 이루어진 석양의 면담들 가운데에서 가장 중요하고 풍요로운 것, 즉 앙헬리카 이네스 페트루스가 만들 수 있었을 완전한 문장을 받아들이는 것이 합당한데, 그 문장은 다음과 같다.

〈나는 그가 도착하기 두 시간 전, 한 시간 전에 땀을 흘리고 방 안을 서성거리기 시작한다. 왜냐하면 괜히 두렵고, 또 그가 오지 않을까 봐 두렵기 때문이다. 얼굴에 크림을 바르고, 몸에 향수를 뿌린다. 그가 자리에 앉기 진 바지가 구겨지지 않도록 무릎 부분을 추켜올릴 내 그의 입을 쳐다본다. 나는 웃을 때 눈을 포함해 얼굴을 손으로 다 가리기 때

---

* Gladys: 5세기 영국 웨일스 지방의 성녀. 웨일스 족의 족장인 성 군들레우스Gundleus 가 글래디스와 결혼하려고 애썼으나, 글래디스의 아버지가 극구 반대했기 때문에 글래디스를 납치한 뒤에 결혼했다고 한다. 이들 부부는 결혼 초기에 방탕한 생활을 하다가 첫 아들 성 카독Cadoc을 낳은 뒤로는 수도 생활을 시작해 성공했다. 그 후 부부는 합의하에 별거를 하고, 은수자로서 여생을 보냈다.

문에 부끄러움을 느끼지 않고서 그를 맘껏 쳐다본다. 정자에서 그가 내 손을 잡는다. 그에게서는 베이럼* 냄새, 내 냄새, 아버지가 화장실에서 담배를 피울 때 나는 냄새, 마른 비누 거품 냄새가 난다. 느글거리는 느낌이 들지만 구역질은 나지 않는다. '네그라'** 호세피나가 웃는다. 호세피나는 모든 걸 알지만 내게는 아무 말도 하지 않는다. 하지만 내가 그 사실을 알고 있다는 걸 호세피나는 모른다. 나는, 내가 알고 있는 사실을 호세피나가 내게 묻도록 호세피나를 어르고 달래거나 선물을 준다. 하지만 호세피나는 결코 묻지 않는다. 알 수도 없고, 상상할 수도 없는 일이기 때문이다. 호세피나는 화가 나면 웃고, 내가 알고 싶어 하지 않는 것들을 내게 묻는다. 그건 바로 크림과 향수다. 그런 질문을 받으면 나는 창문 밖을 바라보거나 '딕'***에게 입을 맞춘다. 딕은 짖어대고, 집 밖으로 내려가려 하고, 내가 함께 따라가기를 바란다. 나는 진실과 거짓을 생각하고, 이 둘 사이에서 혼동하고, 진실과 거짓이 밝혀지는 시각이 언제인지 항상 알고, 나는 거의 틀리지 않는데, 그는 내가 '그가 모퉁이에서 대문 쪽으로 걸어온다'고 말하는 순간에 오는 수밖에 없다.

처음에 나는 그가 아빠의 동생이기를, 하루에도 시시각각으로 그의 입과 손과 목소리가 달라지기를 원했을 것이다. 그렇게 되기만을. 그는 이곳으로 오고, 나를 좋아한다. 내가 애써 그를 찾지는 않기 때문에 그가 내게로 와야 한다. 이제 아빠와 그는 친구가 되었고, 그들이 함께 사무실에 있을 때면 나는 그들을 보지 못한다. 아빠는 하늘을 쳐다보고, 아빠의 얼굴은 혈색이 좋지 않고 삐쩍 말라 있다. 하지만 그는 그렇지 않다.

---

* bayrhum: 머리에 바르는 향유다.
** Negra: '피부가 검은 여자'라는 뜻이다.
*** Dick: 뒤에 나오는 '로드Lord'와 마찬가지로 개 이름이다.

나는 집 밖으로 내려가서 그를 기다리고, 그가 도착해 내 손을 잡고 나를 쳐다보기 시작할 때 나는 딕과 더불어 웃기 시작하고, 무엇을 보든지 웃기 시작하는데, 더 이상 웃지 않으려고 또는 내가 웃고 싶은 방식으로 웃으려고 짧게 웃는다. 그러고 나서 나는 살짝 미소를 띠며 그가 자리에 앉는 모습을 본다. 그는 손가락으로 바짓가랑이를 잡아 살짝 들어 올리고는 가랑이를 벌린 채 가만히 앉는다.

내가 진실을 생각할 때는 밤인데, 그때는 그가 가버린 뒤고, 우리는 성인들과 망자들을 위해 촛불을 켠다. 하지만 나는 정자에서 항상 거짓말을 생각한다. 그가 내게 말하고, 나는 그의 입을 쳐다보고, 나는 그에게 한 손을 내밀고, 그는 내가 누구이고 어떤 사람인지 차분하게 설명한다. 하지만 나 역시 운다. 침대에서 그 거짓말이 생각나면 나는 정자 바닥에 있는 잔디를 구둣발로 쓰다듬는다. 나는 결코 그의 마음을 상하게 하지 않고, 그를 확실하게 알려고 애쓴다. 나는 엄마를 생각하고, 끝없는 겨울밤들을 생각하고, 선 채 잠들어 있는 '로드'와 로드의 등에서 파열되는 빗방울을 생각하고, 아주 먼 곳에서 죽은 라르센을 생각하고, 다시 생각하고 운다.〉

오두막 I

추문은 틀림없이 나중에 발생했을 것이다. 하지만 그 추문을 잊지 않으려면 아마도 지체하지 않고 들추는 것이 좋을 것이다. 어찌 되었든, 라르센이 '벨그라노의 그곳'의 주인인 포에테르스의 일그러진 얼굴을 새롭게 쳐다보기 전에, 포에테르스가 미소를 거두기 전에, 그리고 라르센에게 제대로 인사를 하기 전에, 라르센이 음식과 세탁 외상값을 갚기 전에, 틀림없이 그런 일이 일어났을 것이다. 자신이 '훈타카다베레스'라 불리는 것을 수용했을 때처럼 뚱뚱하고, 성마르고, 상상력이 부족한 라르센이 20년, 30년 전의 장면들, 즉 마테*와 담배를 이용한 다이어트, 계속해서 반복되지만 지켜지지 않은 약속, 그리고 다리미, 담배 한 개비, 아침의 뜨거운 물을 얻기 위해 호텔 보이에게 바치던 굴욕적인 뇌물을 회상하기 전에.

추문은 늘 연장될 수 있고, 추문을 감추는 것이 가능하기까지 하다. 추문은 그날 오후 이전에도 언제든지 생길 수 있었는데, 보아하니, 그날

---

* mate: 아르헨티나 등지에서 즐겨 마시는 허브 차다.

오후에 이런 일이 일어났던 것 같다. 앙헬리카 이네스 페트루스는 라르센의 사무실에 들어갔다가 나와서 중앙사무실과 계단을 연결하는 출입구, 회오리바람이 느릿하게 불던 출입구 앞에서 멈춰 섰다. 그리고 나서 가슴 윗부분이 찢어진 드레스, 어깨띠를 풀어 허리까지 내려놓은 드레스 차림의 그녀는 코트를 느슨하게 풀어헤친 채, 자만심이나 겸손도 드러내지 않고 천천히 몸을 돌려 지저분한 유리창 위에 '총지배인실'이라 쓰인 검은 페인트 글씨를 향해 갔다.

우리는, 정상적인 삶과 유리되어 있고 삶에 대한 의욕을 가장할 마음도 없는 상태에 처해 있던 라르센이 허기와 불운에 시달리고 있다고 느낀 순간에 대해 얘기할 수 있다. 어느 토요일 정오가 지난 뒤, 라르센은 7년 전 2월 23일에 작성되어 당시 엘 로사리오 도크에 정박해 있던 '티바' 호의 보유사인 카예 앤드 선 유한회사(Kaye & Son Co. Ltd.)의 담당자들에게 보낸 선박 수리 견적서를 사무실에서 읽고 있었다. 48시간 동안 폭풍우가 휘몰아치고, 물이 불어 오른 그 시꺼먼 강은 유례를 찾아볼 수도, 결코 잊을 수도 없는 장면이었다. 4, 5일 전부터 라르센이 먹은 것이라고는 정자에서 차를 마시면서 곁들인 파이 몇 조각과 젤리 몇 개뿐이었다.

그는 서류철을 내려놓고 천천히 고개를 치켜들고 있었다. 바람 소리를 들었고, 갈베스와 쿤스에게서는 아무런 인기척이 들리지 않는다고 느꼈고, 자신의 허기 또한 들을 수 있다고 느꼈는데, 허기는 이제 위(胃)에서 머리까지, 뼈마디까지 옮겨가 있었다. 아마도 '티바' 호는 7년 전 3월에 밀을 싣고 엘 로사리오 항을 출발했다가 침몰했을 것이다. 아마도 선장 J. 채드윅은 런던까지 별 탈 없이 배를 운항할 수 있었을 것이고, 카예 앤드 선 유한회사(휴스턴 노선)는 템스 강에서 배를 수리했을 것이다.

아마도 카예 앤드 선 유한회사 또는 미스터 채드윅은 직권으로 선박 수리 예산을 수용했거나, 흥정을 한 다음에 최종 가격을 수용했을 것이고, 여자 이름을 지닌 그 지저분한 회색 배는 짐을 싣지 않은 채 강으로 내려와 조선소 앞에서 닻을 내렸을 것이다. 하지만 신문 기사 스크랩과 엘로사리오에서 발송된 편지, 헤레미아스 페트루스가 서명한 다른 편지의 사본, 그리고 상세한 견적서만으로 이루어진 얇은 서류철에서는 진실을 찾을 수 없었다. '티바' 호의 나머지 역사, 즉 행복하거나 애석한 배의 최후는 문서고를 이루고, 현재는 총지배인실 벽을 50센티미터 높이로 덮고 있으며, 그 건물의 나머지 부분에 흩어져 있는 서류철과 서류함 더미 속 어딘가에 숨어 있을 것이다. 아마도 월요일에 그 사실을 밝혀낼 수 있거나 아니면 영원히 밝혀내지 못할 수도 있을 것이다. 어찌 되었든, 그는, 결말이 있건 없건, 수백 개의 유사한 이야기를 갖고 있었다. 그런데 그들 서류를 수개월, 수년 동안 읽어도 별 소용이 없을 것이다.

그는 서류철을 덮어놓고, 그 서류철을 이미 읽었다는 사실을 알아볼 수 있도록 표지에 자신의 이름 첫 글자를 휘갈겨 썼다. 외투를 입고 모자를 집어 들고는 사무실들이 있는 층의 모든 문과 가구의 자물통, 작동되고 있는 모든 문, 열쇠와 빗장이 있는 모든 문의 자물통을 채우면서 돌아다녔다.

그는 관리부서, 타자실, 기술부서와 수출부서가 있던 사무실 한가운데, 갈베스의 책상 앞에 서서 천으로 장정한 커다란 회계장부들을 바라보았는데, 표지에는 페트루스라는 이름이 적혀 있고 책등에는 색인표들이 계단처럼 붙어 있었다.

허기는 무엇을 먹고 싶은 욕망이 아니라 배고픈 상태로 혼자 있는 데서 비롯되는 슬픔이었고, 깨끗하게 빨아놓은 하얗고 매끈한 식탁보,

세밀하게 꿰맨 부분이 있고 묻은 지 얼마 되지 않은 얼룩이 있는 식탁보에 대한 향수였다. 빵을 씹는 소리, 김이 모락모락 나는 요리들, 동료들이 상스럽게 즐거워하던 모습이 생각났다.

그는 갈베스가 살던 나무 오두막을 떠올려보았는데, 갈베스는 아마도 갈대밭과 지붕 사이에서 아내, 아이 여럿과 함께 살았을 것이다. 거의 오후 1시경이었다. 〈이 '티바' 호 사건, 그리고 미국인 채드윅 앤드 선. 그런 일들이 일어날 때면, 그런 일들을 우리가 알게 될 때면…… 회사가 편지 한 통만 보내고 말 건가요, 아니면 우리가 엘 로사리오에서 대리인을 채용하고 말 건가요? 내가 지금 엘 로사리오에 관해 언급하고 있지만, 우리의 영향권 안에 있는 항구라면 다 해당되는 겁니다. 업무 시간도 아닌데 여러분을 귀찮게 해서 미안합니다.〉

하지만 그들은 라르센이 말할 기회를 주지 않았고, 고기를 굽느라 피어오르는 연기가 외투에 닿지 않도록 그가 몸을 조금 비틀면서 멈춰서서는, 쪼그리고 앉아 있는 한 무리의 사람들 앞에서 모자를 벗어 들고 미소를 머금은 바로 그 순간에 질문과 거짓말을 해야 하는 의무를 그에게서 제거해버렸다. 그들은 그가 검게 그을리고 짜리몽땅하고 촌스러운 몸으로, 마치 모자의 챙이 무기나 고귀함의 상징, 가치 있는 공물이나 된다는 듯이 단단히 붙잡은 채, 번들거리는 작은 신발을 신은 발로 계단의 철제 디딤판을 시끄럽게, 너듬너듬 밟으며 바람 속으로, 공너도 들어오는 것을 본 뒤부터 그에게 말할 기회를 주지 않겠다고, 서로 말 한마디 없이, 눈길조차 주지 않은 채 작정해버렸다.

"마테 한잔 하실래요? 저 사람이 내 아내입니다. 불이 꺼지려고 해서 살펴보아야 하기 때문에 잠시 실례하겠습니다." 갈베스는 연기가 회오리처럼 피어오르고 고기의 기름덩이가 지글거리는 상황에서 미소를 머금은 채 말했다.

독일 남자가 자리에서 일어나 고개를 끄덕여 라르센에게 인사했다. 그러고는 팔을 뻗어 그에게 마테를 건넸다.

"고맙소. 잠시 들렀을 뿐이오." 라르센이 말했다.

라르센은 모자를 벗고 나서 얼굴이 반반한 여자에게 악수를 청했는데, 임신한 상태에 머리를 제대로 빗지 않은 여자는 오두막 계단에서, 오두막을 빙 둘러싸고 있는 널빤지들로 이루어진 곳, 즉 여름밤이면 아마도 행복해하면서, 아마도 감사해하면서 강바람을 쐬기 위해 앉아 있을 포치라 부르는 곳에서 라르센 쪽으로 다가오고 있었다.

여자는 남자용 외투와 신발을 착용한 상태였다. 걸을 때 크고 하얀 몸이 좌우로 흔들거렸다. 머리를 매만지면서 오고 있었는데, 이는 괜히 머리를 빗듯 매만지려는 시도도 아니고, 머리를 빗지 않았거나 머리 매무새가 흐트러졌다는 것을 변명하려는 것도 아니고, 그저 바람 때문에 머리카락이 눈 위로 흐트러지는 것을 방지하기 위해서였다.

"영광입니다, 아주머니." 라르센은 과거에 자신이 여자들과 처음으로 만났을 때 흘리던 옛 미소(사람을 현혹하고, 스스로를 보호하고, 도발적이고, 자극적이고, 의중을 완전히 숨길 수 없는 미소), 시간과 상황에 관계없이 변화하지 않는 미소가 스르르 지어진다고 느끼면서 빠르고 명확하게 말했다.

라르센은 마테를 빨면서 주변을 살펴보았다. 개집을 확대해 만든 것처럼 보이는 나무 오두막은 닳아빠진 계단 세 개를 통해 문간과 연결되어 있고, 과거에 파란색 페인트를 칠한 흔적이 남아 있었으며, '티바' 호의 사체에서 꺼내온 것 같은 키가 벽에 엉성하게 붙어 있었다.

라르센은 애완견 두 마리가 자신을 의심한다는 사실을 알아차렸고,

사무실이 있는 회색 건물, 벽돌로 지은 큰 창고, 금속판, 녹, 부식, 바람에 의해 훼손되지 않은, 얇은 막 같은 강물의 표면을 바라보았다.

"여긴 썩 나쁘지 않군요." 그가 역시 부드러운 미소, 은근한 질투심이 배어 있는 미소를 다시 머금으며 말했다.

키가 큰 여자는 개들이 자기 가랑이 사이에 숨어 있는 상태에서 외투 입은 어깨를 냉정한 태도로 으쓱하면서 아이처럼 때가 낀 이를 드러내 보였다.

"가난한 사람들은 어떻게 사는지 보러 오셨겠지." 서 있던 갈베스가 씁쓸한 미소를 머금은 입에 봄비야*를 문 상태로 설명했다.

"친구들을 보러 왔어요." 라르센은 상대방이 진지하게 말할 가능성을 발견하기라도 했다는 듯 부드러운 목소리로 말했다. 마테의 뜨겁고 씁쓸한 물이 빠른 속도로 내장을 타고 흘러들었다. 여차하면 그들과 싸우고, 고기 굽는 틀을 발로 차버리고, 여자를 쳐다보면서 음탕한 말을 내뱉어버릴 수 있을 것 같은 느낌이 들었다.

"사무실에서 나오는 중이었어요." 라르센이 자기 손톱을 뚫어지게 쳐다보면서 읊었다. "그때 이번 주말을 이용해 보고서 하나를 준비해야겠다는 생각이 들더군요. 오전 내내 문서고를 살펴보았지요. 몇 년 전에 파손되어 엘 로사리오 항구에서 수리를 받게 된 어느 배의 선장에게 송부한 수리비 예산서를 지세히 검토해보았어요."

라르센은 그들이 심술 때문에 자신이 말을 계속하도록 내버려두었다고 생각했는데, 정작 그들은 라르센이 자신의 행위가 절망적인 어릿광대 짓이라고 고백하도록 강요하기 위해 비꼬는 방식으로 정중한 침묵을 유

---

* bombilla: 마테를 마실 때 사용하는 빨대다.

지하고 있었다. 라르센은 두 손을 호주머니에 찔러 넣고 고개를 숙인 채, 햇빛을 받아 시들해진 잡초들을, 진흙이 묻어 딱딱해진 종이들을, 더러운 웅덩이들 사이에서 오르락내리락하고 있던 자신의 구두코를 내려다보았다. 포치──그는 그들이 오두막 측면에 붙어 있는 널빤지 마루를 '발코니'라고 부른다는 사실을 나중에 알았다──에 있는 라디오에서 탱고가 흘러나오기 시작했거나 그가 그때서야 비로소 그 탱고 음악을 듣기 시작했다.

"'티바' 호라는 어느 배에 관한 건데요. 그 배는 엘 로사리오에서 밀을 실었고, 항해를 하기 위해서는 수리를 할 필요가 있었죠. 그런데 그 후 배가 어떻게 되었는지는 잘 몰라요. 문서고의 서류철이 제대로 정리되어 있지 않아 배의 흔적을 찾는 게 어렵네요." 라르센은 그들과 작별하는 방법을 찾고 있었다. "내가 보기에 우리가 취해야 할 첫번째 조치는, 이런 말을 해도 될는지 모르겠지만, 서류철과 거래 장부를 모조리 재정리하는 겁니다."

이제 미칠 지경이거나 죽을 지경이 되었다고 생각하던 라르센은 빗물로 검게 변한 흙 위에서 자기 구두코가 움직이는 것을 무심코 내려다보다가 꼼짝도 하지 않던 펑퍼짐한 여자에게 괜히 말을 걸었다. 라르센은 더 이상 어떻게 해볼 도리가 없게 되자 고개를 쳐들고, 그들, 즉 남자들, 그 여자, 개들을 쳐다보았다. 그는 호주머니에 손을 집어넣은 상태로 숨을 헐떡거렸으며, 삐딱하게 쓴 모자는 한쪽 귀에 닿아 있었고, 두 눈은 다시 반짝거리며 뭔가를 탐색하고 있었다.

"해마다 다르지요." 쿤스가 울적한 표정을 지으며 말했다. "내가 그 배의 수리비 문제에 간여했는지는 생각나지 않는군요."

갈베스는 웅크리고 앉아 계속해서 불을 바라보고 있었다.

"다 되려면 아직 멀었어요?" 여자가 물었다.

그러자 갈베스가 칼을 쥔 채 상체를 숙였다. 그는 도저히 이해할 수 없다는 듯이, 그녀의 얼굴 또는 그녀의 질문이 그가 사전에 알아차리지 못해 부끄러워하는 어떤 것을 그에게 알려주기라도 했다는 듯이, 깜짝 놀라며 그녀를 쳐다보았다. 그는 여자에게 미소를 지어 보이고는 여자의 이마에 입을 맞추었다.

"찻물이 식었군요." 쿤스가 말했다. "만약 월요일에 내게 그 서류철을 보여준다면 알게 될 겁니다."

갈베스는 라르센에게 다가갔고, 미소를 흘리지 않으려 애썼다.

"외투는 안에다 벗어놓지 그래요?" 갈베스가 부드럽게 지시했다. "안으로 들어간 김에 접시와 나이프, 포크를 가져오세요. 쉽게 찾을 수 있어요. 함께 식사합시다."

라르센은 갈베스를 쳐다보지 않고서 계단 세 개를 올랐고, 침대에 외투를 내던져놓고는 모자를 다시 썼고, 양철 접시와 납 포크를 가져와서는 마치 자신이 음식을 제공한다는 듯이, 다시금 침묵을 지키고 있던 세 사람에게 관대하게 미소를 지어 보였고, 지글거리며 익어가는 고기를 편한 자세로 응시하면서 라디오에서 흘러나오는 코맹맹이 탱고, 향수와 복수가 담긴 탱고 가사를 흥얼거렸다.

그때 라르센은 자신이 다른 환상을 결합하고, 다시는 하지 않겠노라 스스로 약속했던 거짓말을 다른 방식으로 함으로써 페트루스 주식회사를 가상으로 경영하는 것이 가능하다는 사실을 천천히, 신중하게 수용하기 시작했다. 라르센이 이번 달 말에 받기로 한 5천 또는 6천 페소는커녕 먹고살기 위해 필요한 돈 단 1페소도 받지 못하게 될 것이라는 사실을 가슴속 깊이 깨달았을 때, 언젠가 그가 수다스러운 술꾼 특유의 미소를 머금고 '벨그라노의 그곳'의 카운터로 다가갔는데도 주인이 그를 거들떠보지도 않고서 계속 신문을 읽고 있거나 파리를 쫓고 있을 때, 그가 정자와 연결된 미로, 추위 때문에 꽁꽁 언 상태로 서 있던 대리석상들 사이로 난 친숙한 미로로 접어들기 전에 와이셔츠의 커프스를 숨겨야 했을 때, 아마도 그는 그렇게 하겠노라고 말할 수밖에 없었을 것이다. 혹시 라르센이 위기의 시간에 어떤 광기, 어떤 악습, 또는 어떤 여자에게서 벗어나 안전한 피난처로 돌아가듯이, 단순하게 포기해버린 것일까.

하지만 라르센이 망상에 사로잡힐 수 있는 기회는 이번이 마지막이었다. 그래서 그는 자신이 애를 쓰고 있다는 사실을 감추면서도 필사적인 의지를 드러내면서, 총지배인직과, 정자의 점증하는 추위와, 갈베스가 남자 옷을 입은 여자와 지저분한 개들과 함께 살아가던 오두막 안 또는 주위에 놓인 음식들 사이에 깨뜨릴 수 없는 경계를 설정해놓고 있었다.

가끔씩 솟구치는 자비심은 별도로 하고, 그리고 늘 즐거워하는 여자의 태도(《그녀가 체념한 상태였기 때문도 아니고, 그 남자와 함께 잠을 자는 특권 때문도 아니며, 바보이기 때문도 아니다》) 뒤에 숨어 있는 비밀은 라르센에게 결코 밝혀지지 않을 것이라는 의식은 별도로 하고, 라르센이 참아야 할 것은 그리 많지 않았다. 실제로 라르센은 그들과 함께 있었던 것이 아니라 다른 갈베스와 쿤스를, 행복하고 비참한 다른 여자들을, 자신이 궁지에 몰려 있고 절망적인 상태에 처해 있다는 느낌을 정상적인 것으로, 한없이 참을 수 있는 것으로 경험하도록 도와주었던—특별한 의도도 없이, 라르센을 진정으로 인식하지도 않은 채, 그들 스스로 서로를 돕는다는 본능적인 충동에 그 어떤 것도 보태지 않은 채—이름도 얼굴도 사라져버린 친구들을 제법 정확하게 복제한 인물들과 함께 있었다. 그들은 자신들 나름대로 첫째 날부터 굴욕감을 느끼지 않은 채 라르센의 이중 수법을 놀리지 않고 용인했다. 라르센은 8시부터 12시까지, 그리고 3시부터 6시까지 총지배인 업무를 본 뒤에 저녁 식사 시간까지는 사라져버렸고, 사람들이 늙은 페트루스에 관해 얘기하거나 그의 딸의 존재에 관해 암시할 때도 침묵을 지켰다.

저녁 식사(이제는 거의 항상 스튜 종류를 준비했는데, 추위 때문에 조리를 오두막 안에서 할 수밖에 없어 연기가 문제였다)는 포도주 몇 리터를 마시고, 라디오에서 희미하게 흘러나오는 탱고를 듣고(개들이 잠을 자는 가운데 여자가 높이 치켜세운 옷깃의 온기 속에서 미소를 머금은 채 쉰 목소리로 은은하게 탱고를 읊조리는데, 가사의 단어마다 즐거움의 신비와 온전한 천진성을 표출하고 있었다), 다양한 에피소드와 의도적으로 특정 개인을 언급하지 않은 다채로운 회고담을 차분하게 교환하면서 늦은 시각까지 이루어졌다.

그들이 이제 더 이상 라르센을 미워하지 않고, 라르센의 행위를 받아들이고 있다는 것이 거의 확실했다. 왜냐하면 그들이 라르센을 미친 사람이라 여겼기 때문이고, 라르센이 자신의 광증과 일치하는 심각한 광증을 그들에게 불어넣었기 때문이다. 왜냐하면 1947년에 어느 선체 외부에 페인트칠을 했을 때 제곱미터당 단가에 관해 라르센이 말했기 때문이거나, 결코 강을 거슬러 오르지 못할 유령선들을 수리함으로써 훨씬 더 많은 돈을 벌 수 있다는 유치한 계략을 제의하는 그의 진지하고 느릿한 목소리를 그들이 들어주는 것에 대한 막연한 보상을 그가 제안했기 때문이다. 왜냐하면 그들은 라르센이 빈곤을 상대로 벌이는 전투의 양상들을 지켜보면서, 그리고 라르센이 빳빳하고 깨끗한 칼라, 번들거리지 않는 바지, 다림질을 한 하얀 손수건을 과시하려고, 신뢰감, 정신의 평화, 부(富)만이 부여할 수 있는 천박한 만족감을 내비치는 미소 띤 얼굴, 찡그린 얼굴을 보여주려고 끝없이 행하는 불확실한 전투에서 승리하고 패배하는 것을 지켜보면서 즐거워할 수 있었기 때문이다.

정자 III / 오두막 II

그 며칠 동안 라르센은 자신에게 유일하게 남아 있는 물건을 팔려고 남쪽 두번째 항구 메르세데스까지 내려갔다. 그 물건은 어디에 있는지 알 수 없는 어느 여자에 대한 추억이 담긴 브로치였는데, 루비 하나가 박힌 다이아몬드 브로치의 가격은 몇 년 동안 만족스럽게, 꾸준히 올랐다.

그는 금은방 카운터에 몸을 살짝 기대고 선 상태에서 브로치를 빼앗기다시피 팔아버렸다. 그러고는 미신에 의거해 작은 금은방, 자신의 의지를 실현하고 추억을 되살릴 수 있는 금은방을 찾아보았다. 금은방은 공터 앞 시장 근처에 있었는데, 그곳에서는 온갖 비단, 양말, 잡지, 여성용 신발을 팔고 있다. 폭이 좁은 유리 카운터를 사이에 두고 콧수염을 짙게 기른 무덤덤한 아랍인과 떨어져 있던 라르센은 여자들에게 줄 선물, 즉 무용한 물건들, 용도가 불분명하고 복잡한 물건들을 만지작거리는 옛 즐거움에 빠져들었다. 물건들은 자기를 만지는 손과 바라보는 눈이 있으면 그것들과 재빨리 친구가 되었고, 해를 거듭하면서 천천히 닳아지고 의미가 유순하게 바뀌어갔다.

"죄다 비싸기만 하고 좋은 건 없군요." 라르센이 괜히 한 마디 던져보았지만, 그의 말은 아랍인이 작정하고 유지하던 서글픈 침묵 속으로 사라져버려 아무 소용이 없게 되었다.

그는 용기에 거울이 달리고 뚜껑에 문장(紋章)이 새겨진 황금색 콤팩트가 마음에 들어 골라 들고는 뻔뻔스럽게도 파우더 분첩으로 코와 뺨을 토닥거려보았다. 똑같은 콤팩트를 두 개 샀다.

"표면에 흠이 생기지 않도록 잘 싸주세요."

그는 낯선 식당에서 외롭게 점심 식사를 하고, 호주머니에 막대 초콜릿을 잔뜩 채워 넣은 뒤 첫번째 나룻배를 타고 돌아왔다.

그날 밤 갈베스의 오두막에서는 사람들이 그 자리에 없던 라르센을 두고 농담을 섞어가며 얘기했다. 라르센은 빚을 갚고 두 달 치 방세를 선불로 지급한 뒤에 '벨그라노의 그곳'의 주인과 함께 저녁 식사를 했다. 라르센은 주인과 함께 시계 산업, 인생의 부침, 어느 신생 국가의 무한 가능성 등에 관해 새벽녘까지 얘기하면서 주인 앞에서 몰래 취하고 있었다. 자리가 끝나갈 무렵 라르센은 마지막 코냑을 마시려고 카운터로 돌아가서는 채권단협의회가 페트루스의 3천만 페소를 곧 양도할 것인데, 양도가 이루어지기만을 기다렸다가 자신과 앙헬리카 이네스의 약혼 소식을 알릴 것이라고 주인에게 넌지시 말했다.

라르센은 갈베스의 집에서 계속 식사를 하는 데 쓸 돈 2백 페소가 남아 있다는 생각을 하면서 잠을 자러 올라갔다. 자신이 마지막 지점에 도달해 있다고, 약 2개월 뒤에는 잠잘 곳도 먹을 것도 없는 처지가 될 것이라고, 늙어가는 것은 숨길 수가 없는데 이제는 그리 신경 쓰지 않는다고, 브로치를 팔아버려 불행이 닥칠 것 같다고 생각하면서 잠이 들었다.

라르센은 새벽녘에, 실제로 잠을 방해하는 요인이 없었음에도, 선

잠을 자고 난 뒤 사무실에서 8시 또는 9시 정각에 업무를 개시하고, 전날 보류해두었던, 폐기된 옛 사건들에 관한 서류철 더미 앞에서 체념한 듯 고개를 절레절레 흔들었다. 중앙사무실로 건너가서 갈베스와 쿤스가 11시에 마시는 커피를 데우고 있던 빈 테이블로 다가가고 싶다는 생각 때문에 정신 집중이 되지 않을 때까지 서류를 읽었다. 그는 방금 전부터 두 사람이 움직거리고 대화하는 소리를 듣고 있었다. 갈베스는 고개를 숙인 채 커다란 회계장부들을 들여다보고 있고, 독일 출신 남자는 도면들의 선명한 파란색과, 부기장(簿記帳)에서 분리되어 나온 비밀스럽고 딱딱한 수학 기호들에 둘러싸여 있었다.

라르센은 아스팔트 기계와 덤프트럭의 견적서를 검토하느라 잠시 동안 두 사람을 잊을 수 있었다. 그리고 다시 그들을 생각했고, 읽고 있던 서류철을 천천히 치웠다. 가능하면 몸을 적게 움직이려 애쓰면서 담배에 불을 붙였다. 별 의욕 없이 높아지는 목소리와 대답 없는 웃음소리가 들렸다. 바람 소리, 나무 삐걱거리는 소리, 개 짖는 소리, 거리와 침묵의 길이를 재는 데 소용되는, 점 같은 작은 소리가 들렸다.

〈저 친구들 나만큼 미쳤군.〉 라르센은 생각했다. 고개를 뒤로 젖힌 채 차가운 공기 중에서 꼼짝도 하지 않았다. 두 눈은 튀어나와 있고, 작은 입술은 담배를 물고 있으려고 경멸하듯 삐죽 튀어나와 꼬여 있었다. 마치 스스로를 염탐하는 것 같았고, 여러 해 전에 실제 모습 같지 않은 어느 황폐한 사무실에 틀어박힌 채, 조난 사고를 예방하고 수백만 페소를 벌어들일 수 있다는 견해에 관해 비판적인 보고서들을 읽는 게임을 하면서 오전 시간을 보내는 뚱뚱하고 망상에 사로잡힌 자신을 멀리서 바라보고 있는 것 같았다. 마치 30년 전에 여자들과 친구들 앞에서 농담 삼아 상상으로 묘사했던 자신의 현재 모습, 즉 온갖 약속과 엄청난 부와 완벽한 것들의 절정에서 영원히 멈춘 상태로 변하지 않을 어떤 세계, 그들(그와 얼굴에 먼지를 잔뜩 뒤집어쓴 청년들, 그와 헤픈 웃음을 흘리는 여자들)이 알고 있던 어떤 세계 안에 있는 자신의 모습을 보고 있는 것 같았다. 자신이 실현 불가능한 라르센 하나를 발명하고 있다는 듯이, 자신의 그런 착각을 자신이 손가락질하며 비난할 수 있다는 듯이.

그는 유일한 어떤 시간과 공간에서, 즉 특정 시기에 특정 장소에서, 어느 과거의 자기 모습을 몇 초 동안 볼 수 있었다. 그는 마치 막 죽은 사람 같은 모습이었고, 나머지는 이제 추억, 경험, 교활한 계획에 불과했다.

〈그들은 영락없이 나와 같은 광대다. 그들은 그 노인을, 나를, 3천만 페소를 조롱하고 있다. 그들은 이것이 현재 조선소이거나 과거에 조선소였을 것이라는 사실조차 믿지 않는다. 그들은, 이곳에 왔던 배들, 일하던 2백 명의 노동자, 주주총회, 증권거래소에서 등락하던 채무증서와 주식에 관한 이야기를 그 노인, 나, 서류철, 건물, 그 강이 할 수 있도록 교양 있게 인내하고 있다. 그들은 자신들이 관계하고 행하는 것도, 돈의 수치도, 무게와 크기의 수치도 전혀 믿지 않는다는 사실을 나는 알고 있다. 하지만 그들은 매일 철제 계단을 올라가고, 일곱 시간의 작업이 끝나면 게임을 하러 오고, 그 게임이 조선소의 거미, 배수관, 암쥐, 스펀지처럼 푸석푸석하게 썩은 목재보다 더 진실하다고 느낀다. 그리고 만약 그들이 미쳐 있다면 나도 미쳐야 할 것이다. 왜냐하면 내가 고독 속에서 게임을 함으로써 나만의 게임에 몰두할 수 있었기 때문이다. 하지만 만약 그들, 다른 사람들이 나와 함께 게임을 하게 된다면 그 게임은 진지해지고, 실제적으로 변하게 된다. 내가 그런 식으로 받아들이는 것은——그것이 게임이었기 때문에 나는 게임을 했다——광기를 받아들이는 것이다.〉

라르센은 정신을 차렸고, 피곤했고, 기력이 없었다. 그는 담배를 내

뱉고 나서 자리에서 일어나 총지배인실이라는 글씨가 쓰인 문으로 가서 문을 밀고 나왔다. 미소를 머금은 얼굴로 두 손을 비비며 갈베스와 쿤스가 커피를 마시고 있는 테이블로 다가갔고, 두 사람은 의자에 매달려 있는 다리를 앞뒤로 흔들어대고 있었다.

"커피 한잔 주겠소?" 그들이 커피를 따라주기 전에 라르센이 먼저 부탁했다. "후식으로 커피 한잔, 배고플 때 커피 한잔. 커피는 그 어떤 아페리티프보다 훌륭하죠. 단 한 번도 사용하지 않은, 수 킬로미터에 달하는 그 레일 때문에 짜증이 납니다. 고속도로에 관한 생각은 아주 좋아요. 하지만 물론, 허가를 받아야 했지요."

"적어도 침목은 남아 있잖아요." 갈베스가 말했다. "우리는 침목을 태워 요리를 하고 우리의 몸을 데우고 있어요."

"뭔가는 이용할 수 있겠죠." 독일 남자가 스스로를 위안하듯 말했다.

"그렇게 한다고 해도 안타까운 일이죠." 라르센이 말했다. 그는 커피 잔을 탁자에 내려놓고, 상대방 남자들의 얼굴을 쳐다본 다음에 손수건으로 입술을 훔쳤다. "오늘 오후에는 사무실에 출근하지 않을 겁니다. 오늘 밤을 위해 두 사람에게 50페소를 주고 갈 테니, 필요한 것 좀 사서 우리 파티 한번 합시다."

"오늘은 토요일이 아니라는 걸 잊지 마세요." 쿤스가 말했다.

"좋아요." 갈베스가 말했다. "우리 한번 즐겨보죠. 걱정할 이유가 없잖아요. 재정도 흑자 상태고요."

점심 식사를 한 뒤 라르센은 침대에 누워 꿈을 꾸었다. 전에 본 적이 있는 얼굴들이 오목한 벽을 이루고 있었는데, 그들의 표정에는 뭔가를 조사하고서 체념한 사람의 허탈감이 배어 있었다. 잠에서 깨어난 그는―조끼를 입고 있었지만 이제는 몸이 춥고, 속이 더부룩했다―침대에 드러누운 채 멀리 떨어져 있는 동물들의 울부짖는 소리에서 저녁이 다 되었다는 신호를 듣고, 창문 아래에서 올라오는 하숙집 주인의 목소리를 들었다. 담배 한 개비를 찾고, 담요를 펴서 발을 덮고, 천장에서 그날의 잔광을 보고, 모든 인간이 공유하는 쌀쌀하고, 조용하고, 어머니 같은 천국인 시골의 유년 시절을 회고해보았다. 담배 연기 속에서 암모니아 냄새와 어부들의 방치된 해변 냄새를 맡았다. 일주일마다 하수관 하나가 터지거나 간이 변소 하나가 넘쳐났다. 고무장화를 신은 주인이 여종업원 둘과 사환에게 지시를 하고 있었다.

라르센은 오후 6시의 햇살이 천장에 비치기를 기다렸다. 거울 앞에서 수염이 덥수룩한 턱살을 쓰다듬고, 머리에 물을 묻히고, 손가락 세 개에 활석가루를 묻혀 뺨, 이마, 코를 마사지했다. 넥타이를 매고, 양복 상의를 입고, 콤팩트 가운데 하나를 고르면서는 아무런 생각도 하지 않으려 했다. 〈이 신사가 거울에서 나를 쳐다보는군.〉 그는 몸이 굳은 상태로 고요하고 차가운 밤공기 속으로 걸어 들어갔고, 높다란 나무 사이에서 유난히 작아 보이는 시꺼먼 형체를 이끌고 구둣발 소리를 삼키는 축축한 흙길을 따라 아래로 내려갔다.

대문은 닫혀 있었다. 아직은 어슴푸레한 창문의 불빛을 바라보고, 대문 중앙에 서서 개 한 마리와 더불어 침묵의 소리를 들으면서 종에 매달려 있는 줄을 세 번 당겼다. 〈이러다간 총으로 자살을 할 수도 있겠구먼.〉 그는 스스로에게 연민의 정을 느끼며 뚱하게 생각했다. 이제 개가 움직이는 소리는 들리지 않았다. 누군가 초저녁의 파르스름한 어둠으로부터 모습을 드러내더니 정자를 에돌아 좁은 벽돌 길을 따라 걸어왔다. 개가 숨을 헐떡거리며 달려오더니 대문과 조각상들을 향해 좌우로 왔다

갔다 하면서 짖어댔다. 나무 끝자락부터는 빛이 희미해지고 있었다. 〈나도 할 수 있……〉 라르센은 생각했고, 어깨를 한 번 으쓱한 뒤 호주머니에서 콤팩트를 꺼냈다.

라르센에게 다가와 멈춰 선 사람은 호세피나가 아니라 앙헬리카 이네스였는데, 흰색 긴 드레스의 허리 부분을 불끈 동여맨 그녀 주위를 개가 껑충껑충 뛰면서 휘돌고 있었다.

"다시는 안 올 거라 생각했어요." 앙헬리카 이네스가 말했다. "아빠가 곧 도착하실 텐데요, 아빠가 대문을 열어두는 걸 싫어하시기 때문에 닫아두고 있어요. 호세피나는 주방에 있어요."

"할 일이 많았거든요." 라르센이 설명했다. "일이 많은 데다 뭔가를 찾으러 산타마리아에 다녀와야 했어요."

그녀는 결국 대문 한쪽을 열어젖히고 나서 개를 뒤로 밀쳤다. 개를 위협해 쫓아버리려는 듯 돌멩이 하나를 집어 드는 시늉을 하면서 허리를 굽힌 채 웃기 시작했고, 한 팔을 라르센에게 건네며 고개를 쳐든 채 웃었다. 여름 꽃 향기가 그녀를 감쌌다. 두 사람은 정자 쪽으로 다가가면서 정자 안에 있는 노란 불빛을 보았는데, 움직이지 않는 그 불빛은 밤이 무르익어갈수록, 그들이 가까이 다가갈수록 커졌다.

두 사람은 살짝 흔들거리는 촛불의 섬광 속으로 들어갔다. 라르센은 돌 탁자 중앙에 묵직하게 놓인 단단한 가지촛대—여러 가지 동물과 꽃 형상으로 이루어진 고색창연한 촛대—를 유심히 살폈다. 〈유대인들 것 같은데. 순은으로 만든 것 같아.〉

그녀가 탁자 위로 상체를 숙인 채 다시 웃었기 때문에 촛불이 흔들렸다. 하얀 드레스 끝단이 구두의 반짝거리는 리본에 닿았고, 모조 진주 목걸이로 치장한 목과 가슴에 촛불이 집중되었다. 라르센은 공손하게 모자를 벗어 들고 서서 습기와 추위의 냄새를 맡으면서 그것들을 드레스의 하얀색과 비교해보았다.

"기념이 될 만한 것 하나 가져왔어요." 라르센은 이렇게 말하며 살짝 한 걸음 다가가 그녀에게 콤팩트를 보여주었다. "별건 아닙니다만 아가씨가 관심을 가질 만한 것이라서요."

사각형의 도발적인 신품 콤팩트가 초의 불꽃을 더 노랗게 만들었다. 여자가 다시 웃었는데, 이번에는 새가 지저귀는 소리 같았다. 그녀는 그의 제의를 거절하는 투로 뭐라 중얼거리고는 뭔가 미심쩍어 하는 태도로 팔을 뻗어서 결국 작은 금속제 상자를 낚아챘다. 멀리서, 개가 왔다 갔다 하면서 짖고 있었다. 하늘이 갑자기 어두워지자 촛불은 호시탐탐 기회를 엿보았다는 듯이 더 높게, 더 활활 타올랐다.

"아가씨가 나를 기억할 수 있도록." 라르센은 그녀에게 가까이 다가가지 않은 채 말했다. "아가씨가 콤팩트를 열어 눈과 입술을 비춰볼 수 있도록 주는 거예요. 내가 아가씨 없이는 살 수 없다는 사실을 아가씨가 거울을 보면서 이해하라는 의미일 수도 있죠."

걸걸하고 설득력 있는 그의 목소리가 그녀에게는 아련하게 들렸는데, 아마도 그녀가—거울에서 반쯤 벌어진 자기 입을 보고 있는 사이에, 콤팩트 앞에서 꽉 다문 이를 좌우로 왔다 갔다 하고 있는 사이에—라르센 없는 어느 밤 또는 영원히 타락해버린 라르센과 함께하는 어느 밤을 상상했을 가능성이 있었다. 하지만 그는 자신의 행동, 자신과 아가씨 사이에 있는 거리, 자신의 구부러진 다리, 복부에 갖다 댄 모자에 대해 부끄러움을 느끼고 있었다. 자신의 잘못된 태도를 수정할 수 없었던 그는 자신의 우둔함을 고통스럽게 인식했고, 자신이 방금 전에 내뱉은 말의 정확성에 감탄했다.

"정말 예뻐요, 정말 예뻐요." 그녀는 추위로부터 콤팩트를 보호하려는 듯 두 손으로 콤팩트를 감싸 가슴에 갖다 댄 채 도발적인 태도로 라르센을 쳐다보았다. "이제 내 거예요."

"아가씨 거예요." 라르센이 말했다. "아가씨가 나를 기억하도록 아가씨에게 주는 거예요." 그의 머리에는 아름답고 유용한 말이 떠오르지 않았는데, 그는 그 이야기가 어느 겨울 초저녁 추위 속에서 촛불 일곱 개가 타오르는 가운데 그녀가 황금색 상자 하나를 만난 것으로 끝날 것이라는 예감을 받아들였다. 그는 모자를 탁자 위에 올려놓고 애원하듯 슬픈 미소를 머금은 채 그녀에게 다가갔다.

"만약 아가씨가 알게……" 그가 애매하게 말했다. 그녀는 콤팩트를 보호하기 위해 팔을 오므리고 다리를 움직이지 않은 상태로 상체를 뒤로 젖히면서 한발 물러났다.

"안 돼요." 그녀가 소리를 지르더니, 즉시 주문에 걸린 것 같은 목소리로 노래를 부르듯 중얼거렸다. "안 돼요, 안 돼요, 안 돼요." 하지만 라르센이 그녀의 팔을 만지자마자 그녀가 선물을 떨어뜨리며 라르센에게 입술을 허락했다. 머리를 촛대 받침 옆에 둔 채 저항도 하지 않고 울면서 웃고 있었다. 두 사람이 자리에서 일어나고 있는 사이에 호세피나의 발소리와 목소리, 개가 달려오는 소리와 헐떡거리는 소리가 두 사람을 위협적으로 에워쌌다.

앙헬리카 이네스는 눈을 굴려 눈물을 조금 더 흘리려고 애를 썼다. 그녀의 소맷자락이 촛불에 닿자 라르센이 손으로 촛불을 껐다. 그가 콤팩트를 찾아 바닥을 더듬거리는 사이에 불에 타 그슬린 털 냄새가 났다.

호세피나는 어둠 속에서 개에게 뭔가를 주겠다고 약속하면서 가까이 다가오고 있었다. 라르센은 모자를 집어 들고 여자의 이마에 입을 맞추었다.

"꿈속에서도 이처럼 행복한 순간은 없었소." 그는 열정적으로 거짓 말을 내뱉었다.

밤에 외투 깃에 고개를 파묻고 스카프를 두른 채 오두막에 가까이 다가가는 동안 그는 자신의 승리를 기뻐하는 것이 불가능하다는 사실을 깨달았는데, 그 승리는 승리라고 생각할 수조차 없는 것이었다. 그는 반짝거리는 황금빛 마름모꼴 촛불들 사이에서 자신이 앙헬리카 이네스에게 키스를 했는지 확실하지 않다는 듯이, 혹은 실제로 한 여자와 키스한 것이 아니라는 듯이, 혹은 그녀에게 키스한 사람은 자신이 아니라는 듯이, 기운이 빠지는 느낌이 들면서 자부심을 느낄 수도 없었고, 회의적인 생각이 들었다.

여러 해 전만 해도, 그가 여자에게 길을 트는 것은, 그것이 쾌락을 주는 것이든 쾌락과는 별개이든, 필수불가결한 의식이자 시의적절하게 효과적으로 완수되어야 할 하나의 과제에 불과했다. 그는 급료를 주는 우두머리처럼 걱정도 없이, 문제도 일으키지 않고서 한두 번 그런 일을 했다. 자신의 의무를 인식하고, 타인의 복종을 확인하면서. 하지만 항상, 가장 서글프고 강압적인 경우조차도, 그는 사랑에서 충만감과 밋밋한 자부심을 뽑아냈다. 말을 하지도 않고 괜히 관심이 없는 척하는 친구들 앞에서 냉소적인 태도와 경멸하듯 입을 비쭉거리는 미소를 과장스럽게 내보일 필요가 있던 몇 번의 경우조차도 그랬다. 친구들은 새벽녘 모임에서 라르센의 여자가 도착하는 것을 보고는 졸리지도 않는데 하품을 했다. 그리고 그들은, 어리석게도, 자신들이 맨 처음 만들어내거나 기억해낼 수 있었던 대담한 의미의 문장을 뱉어냄으로써 침묵을 깨뜨리기 위해 갖은 애를 썼다. 〈경기에 라브루나*를 투입한 것은 문제가 있지.〉

이제는 그렇지 않았다. 이제는 자만심이나 부끄러움을 느낄 여지가 없었고, 자신의 기억에서 분리된 상태, 텅 빈 상태가 되었다. 그는 왼쪽으로 조선소 뒤편의 거대한 벽돌 벽 끝에 이르렀을 때 요란하게 침을 뱉었다. 그리고 모닥불의 따스한 빛과 함석지붕에 반사되는 빛을 보았다. 오두막 쪽으로 방향을 틀면서 얼굴 표정을 수습하고, 조용하고 차가운 바람이 음악처럼 중얼거리는 소리와 불에 구워지는 고기 냄새와 불타는 나뭇가지 냄새를 실어오는 사이에 다시 침을 뱉었다.

'여자들은 죄다 미쳤어.' 그는 마음을 진정시키면서 생각했다.

그는 정신이 멍한 상태로 고개를 쳐들고 진흙에 벽돌이 박힌 구불구불한 길을 더듬거리며 걸어 앞으로 나아갔는데, 어둠에서 모닥불로 나아가고 있는 동안 그의 표정은 즐겁고 다정하게 변해갔다. 그는 자신이 비용을 지불한 파티를 향해 다가가고 있었다.

"좋은 밤입니다, 여러분." 그가 사람들에게 모습을 드러내며 소리쳤다. 그는 사람들과 인사를 나누고 개들의 콧잔등을 어루만져주었다.

식사가 끝난 뒤 그는 오두막 안에서 여자와 단둘이 잠시 함께 있게 되었다. 개들을 어루만졌을 때처럼 향수에 젖고 후회하는 표정으로 콤팩트를 여자에게 건넸다. 단지 이렇게만 말했다.

"나를 기억하고, 그걸 열어서 거울에 얼굴을 비춰보라고 주는 겁니다."

머리를 빗지 않고, 무뚝뚝하고, 지저분한 여자는 몸에 걸친 낡은 남

---

* Angel Amadeo Labruna(1918~1983): '라 마키나La Máquina(기계)'라는 별명으로 불렸던 아르헨티나의 축구선수로, 중남미 축구 역사의 한 페이지를 장식했다.

자용 외투의 깃을 커다란 브로치로 고정해 턱밑까지 여며놓은 상태였는데, 불룩 튀어나온 배 때문에 몸매가 볼품없고, 기름기가 번지르르한 얼굴 때문에 지적인 면이 드러나봐야 소용이 없었으며, 드러날 가능성도 없었다. 여자는 라르센의 선물을 살짝 거절하는 듯하더니, 비꼬듯 웃음을 흘리고는 참을성 있고 애정 어린 눈길로 라르센을 쳐다보았다. 마치 라르센이 자기 아버지, 큰오빠, 약간은 특이하고, 심성이 착하고, 인내력이 있는 어떤 사람이나 된다는 듯이.

"고마워요. 예쁘군요." 그녀는 이렇게 말하고서 콤팩트를 열더니 거울에 자신의 사자코를 이리저리 비춰보았다. "이런 것이 내게 소용이나 있는지 모르겠네요…… 당신이 내게 이런 걸 선물하다니 참 우습군요. 하지만 잘했어요. 괜찮아요. 만약 당신이 내게 뭘 원하는지 물었더라면 전혀 없다고 대답했을 거예요. 하지만 나중에는 내가 이렇게 생긴 콤팩트를 사달라고 부탁했을 거라 생각해요." 그녀는 용수철이 눌리면서 나는 찰칵 소리가 듣기 좋아서 콤팩트를 귀에 댄 채 닫았고, 황금 빛깔과 뚜껑에 새겨진 하트 모양의 문장을 불빛에 비춰보고 나서 호주머니에 집어넣었다. "이제 커피 물이 준비되었을 거예요. 원하는 게 뭐죠? 키스 한 번 해줄까요?"

그녀는 대놓고, 화도 내지 않고 이렇게 제의했다. 라르센은 담배에 불을 붙인 뒤 황홀한 듯 그녀에게 작은 미소를 보냈다. 순간 그는 필사적으로 희미한 희망을 품었다. 〈이 여자는 진짜 여자야. 목욕을 하고, 옷을 제대로 갖춰 입고, 화장을 하고 있었더라면. 내가 이 여자를 몇 년 전에만 만났더라면.〉 그는 황홀감과 더불어 아쉬움을 느꼈다.

"고맙습니다만 됐습니다, 아주머니. 원하는 게 전혀 없습니다."

"그렇다면 밖으로 나가서 얘기들 나누세요. 커피 내갈게요."

그는 어깨를 한 번 으쓱하고는 단호한 태도로 오두막 밖으로 나와서는 그날 밤 두번째로 쓸모없는 승리감에 취한 복잡한 상태로 차가운 공기 속으로 들어갔다. 그들은 모닥불 곁에서 커피를 마시고 나서는 목이 가는 큰 유리병*에서 계속 포도주를 따라 마시고, 정치와 축구와 다른 사람들의 성공한 사업에 관해 얘기했다. 여자가 이미 오두막 안에서 개들과 함께 잠들어 있을 때 갈베스가 기지개를 켜고 나서 라르센에게 미소를 보냈다.

"아마도 믿기지 않을 겁니다." 그는 라르센에게 이렇게 말해놓고는 재빨리 쿤스를 쳐다보았다. "하지만 내가 페트루스 노인을 아무 때나 감옥에 보낼 수는 없는 일이죠."

라르센이 나뭇가지에 붙어 있는 불로 담배에 불을 붙이려고 상체를 숙이면서 무심하게 물었다.

"그런데 그를 감옥에 넣으려는 이유가 뭡니까? 그렇게 할 수는 있다 해도, 그렇게 해서 대체 뭘 얻게 되는 거죠?"

"이유가 있지요." 독일 남자가 부드러운 어조로 말했다. "얘기하자면 길어요."

라르센은 담배를 건성으로 입에 문 채 상자 위에 꼼짝도 하지 않고 앉아서 그의 말을 기다렸다. 쿤스가 기침을 하자 개 한 마리가 달려 나와 석쇠 주변에 묻어 있던 기름을 핥더니 뼈 하나를 사시고 딸_락 소리를 내며 놀았다.

멀리서 수탉 우는 소리가 들리고 밤이 이슥해졌음을 느꼈을 때, 라르센은 갈베스의 하얗고 큰 미소가 포물선을 그리며 하늘로 올라가는

---

* '다마후아나damajuana'라고 불리는 이 유리병의 용량은 보통 3~10갤런이다.

것을 곁눈으로 보았다.

"내 말이 믿기지 않을 겁니다." 갈베스가 서글픈 목소리로 말했다. 〈그는 미소를 짓지도 않았고, 만족스러워하지도 비웃지도 않았다. 그는 본디 그런 사람이었다. 입술은 벌리고 이는 꽉 다물고 있었다.〉"하지만 난 할 수 있습니다."

라르센은 불순한 증오와 차분함과 자신감이 드러난 그 음성을 언제, 누구에게서, 어디서 들었는지 기억해보려 애썼지만, 아무 소용이 없었다. 그 또는 그의 친구라면 누구에게든 위협을 가하고, 먼 장래에 그들에게 가혹한 복수를 하리라고 약속하는 어느 여자의 목소리였음에 틀림없었다.

갈베스는 계속해서 허공을 쳐다보며 웃었다. 라르센은 피우던 담배를 뱉어냈고, 세 사람은 겨울밤의 검은 하늘, 줄로 간 은가루 같은 은하수, 이름을 붙여달라고 요구하며 고집스럽게 떠 있는 외톨이 별들을 쳐다보았다.

조선소 III / 오두막 III

다음 날 오전 10시에 쿤스가 총지배인실의 문을 두드리더니 주눅이 든 모습으로 햇빛에 금니 하나를 드러내 씩 웃으며 안으로 들어섰다(햇빛은 희미한 회색이었고, 물기와 추위로 이루어진 거대한 구름들을 뚫느라 쇠진한 상태였다. 날씨는 궂었고, 무심한 바람 한 줄기가 건물에 뚫린 모든 구멍을 통해 휘파람 소리를 내며 들어왔다).

라르센은 서류철 더미들 사이에서 고개를 쳐들어 멍한 상태로 조롱, 게임, 숨겨진 절망의 냄새를 맡고 있었다.

"실례합니다." 쿤스는 상체를 숙여 인사를 한 뒤 닳아빠진 한쪽 구두 뒷굽으로 다른 구두의 뒷굽을 쳤다.

"관리이사님이 총지배인님께 면담을 요청하는데요. 면담의 은총 말입니다. 관리이사님은 자신이, 정확히 말하자면, 몇 가지 구두 진술의 진실을 증명할 상황에 처해 있다고 생각하거든요."

라르센은 쿤스를 쳐다보면서 입술을 씰룩거리고 어깨를 사르르 떨었다. 잠시 침묵, 분노, 비애가 흘렀다. 쿤스는 빛이 바래 불그스레해진 낡은 스카프를 목에 두 번 두른 상태였는데, 스카프 위로 솟아나온 텁수룩한 얼굴은 술에 취해 있지도 공격적이지도 않았다. 더욱이, 쿤스가 이런 식으로 빙빙 돌려 전달하는 메시지는 그의 성격과는 전혀 어울리지 않았고, 고정된 그의 검은 두 눈은 더없이 슬퍼 보였다.

"들어오라고 하세요." 라르센이 말했다. 그러고는 쿤스에게 거만한 태도로 이를 내보였다. "내 사무실은 항상 열려 있잖아요."

독일 남자는 말없이 고개를 주억거리고는 몸을 돌려 사무실을 나갔다. 그는 항상 기대감, 에너지, 원한 맺힌 분노로 전율하면서 게임을 하고 있었다. 라르센은 겨드랑이 밑에서 권총을 꺼내 반쯤 열려 있는 서랍에 집어넣고는 배로 서랍을 밀어 닫았다. 바람이 바닥에 떨어진 종이들 속에서 소곤거리고, 높은 천장 부근에서 작은 소용돌이를 일으켰다. 갈베스가 문을 두드렸는데, 그 역시 도전적이지 않은 태도로, 억지스러운 미소를 머금으며 책상까지 다가갔다. 그의 양쪽 뺨은 더 크고, 더 늙고, 더 노랬다.

"기술이사님이 내게 알려주기를……" 라르센은 또박또박 말하기 시작했다. 하지만 앞에 있는 상대는 라르센에게 손을 펴 보이고 미소를 더 크게 짓더니 너덜너덜한 초록색 종이를 마치 어렵사리 취득한 승부수나 된다는 듯이 탁자 위에 부드럽게 내려놓았다.

라르센은 당황스러운 듯 종이의 소용돌이무늬를 유심히 바라본 뒤에 종이에 쓰인 것을 읽었다. 헤레미아스 페트루스 S. A.,* 주식 발행 승인, 1만 페소, 총지배인, 비서, 주주에게 할당된 배당금.

"그러니까 당신이 1만 페소짜리 증서 한 장을 갖고 있다는 말이군요……"

---

* 'S. A.'는 'Sociedad Anónima'의 약자로, 주식회사를 가리킨다.

"특이하게 보이죠, 그렇죠? 1만 페소짜리입니다. 내가 그를 감옥으로 보내버릴 수도 있다고, 어젯밤 총지배인님께 한 말을 기억하시겠죠."

미소를 머금고 있던 갈베스가 이제는 바퀴벌레를 밟을 때 터져 나오는 것 같은 소리를 냈다.

"그렇소." 라르센이 말했다.

"이제 이해하셨어요?"

"뭘 이해한다는 말이죠?"

"위조입니다. 그가 이걸 위조했는데, 위조를 얼마나 더 했는지는 모릅니다. 적어도 이건 위조고, 그가 증서에 서명했어요. 읽어보세요. J. 페트루스라고 쓰여 있잖아요. 주식 발행 증서 원본이 둘 있어요. 하나는 첫번째 주식 발행 증서고요, 나머지는 증자를 위한 것이죠. 이 증서는 그 둘 가운데 어느 것도 아닙니다. 그가 수많은 증서에 이처럼 서명을 해서 팔아먹었다니까요."

서명을 만지작거리는 그의 손가락은 아주 오래된 치즈 색깔을 띠었다. 그의 손이 탁자 위에 있는 종이를 들어 올렸다.

"좋아요." 라르센이 편안한 태도로 쾌활하게 말했다. "당신은 이 사안에 확신을 가지고 있으며, 제대로 이해하고 있군요. 그가 증서를 위조했다는 거죠. 그 늙은 페트루스가 말이오. 당신은 그를 감방으로 보낼 수 있고, 보아하니 그가 꽤 여러 해의 징역형을 선고받게 될 것 같군요."

"이것 때문이죠." 갈베스가 증서를 집어넣은 호주머니를 탁탁 치면서 다시 씩 웃었다. "그는 절대 감방에서 나오지 못할 겁니다. 그리고 형기를 다 채울 만큼 살 수도 없어요."

"수치스러운 짓이죠." 라르센이 창문을 바라보면서 말했다. "유리를 사서 구멍들을 막으려면 뭔가를 팔아야겠군요."

"그래요. 겨울에는 유쾌한 게 하나도 없다니까요." 갈베스는 더 희미하고 무기력하게 씩 웃으며 말했고, 몸을 돌려 아침 비를 바라보았다. "우리는 큰 창고에서 매달 2천 페소어치의 물건을 내다 팝니다. 쿤스와 내가 반반씩 나눠 갖고요. 그 독일인은 총지배인님을 끼워줄 생각을 하지 않았어요. 우리가 이기심 때문에 총지배인님더러 함께하자는 말을 하지 않았다고는 생각하지 마세요."

"우리가 뭘 할 수 있었겠습니까?" 갈베스가 유리창에 난 황량하고 오래된 삼각형 구멍을 쳐다보며 말을 이었는데, 미소를 머금은 축축한 입술 양끝이 파르르 떨렸다. "3천 페소는 너끈하겠죠. 한두 해 정도는 쓸 겁니다."

라르센은 그가 먹고살려고 무슨 짓을 저질렀는지 생각하고 있었다.

"고맙군요." 라르센이 말했다. "좋아요. 그래요. 당신은 그를 감옥으로 보낼 수 있어요. 하지만 그렇게 해서 우리가 뭘 얻게 되는 거죠?"

"아무것도 없습니다." 갈베스가 말했다. "만약 그가 감옥에 갇히면 우리는 모든 것을 잃을 거고요, 24시간 내로 쫓겨날 겁니다. 그건 그렇다 치고, 다른 이유가 있습니다. 그 늙은이는 그렇게 감옥에서 죽어야 할 사람이기 때문이죠. 총지배인님은 잘 모르세요."

"그래요. 나는 잘 몰라요." 라르센은 생각에 잠겨 동의했다. "그렇게 하는 것이 더 나을 수도 있고, 그렇지 않을 수도 있어요. 마음대로 하세요."

"고맙습니다." 갈베스가 다시 한 번 긴장된 상태로 함박웃음을 지으며 말했다. "허락해주셔서 고맙습니다."

라르센은 자신이 다치게 될 위험에 처했다는 듯 아주 조심스럽게, 구역질을 느끼며, 서글픔을 느끼며 가슴에 매달려 있는 권총집에 권총을 다시 꽂아 넣은 뒤에 의자에서 일어났다. 창문의 구멍들을 통해 들어오는 바람에는 이제 차가운 이슬방울이 실려 있었는데, 이슬방울이 책상 위에 어지럽게 놓인 실크 종이들을 경쾌하게 사르르 때렸다. 이들 종이는 금속화(金屬化)에 관한 보고서의 일부였다. 라르센은 믿기지 않는다는 듯이, 입을 쭝긋 내민 채, 입술로는 전선(電線)이 가볍게 떨리는 것 같은 소리를 내면서, 실눈을 뜨고서 자신이 어느 정도 거리에 떨어져 있는 글씨까지 읽을 수 있는지 확인해보았다. 〈조선소와 배를 수리하는 공장이 금속화를 채택함으로써 크나큰 도움과 많은 문제의 해결책을 도출했다. 페인트가 제아무리 좋고 항산화 작용이 뛰어나다고 해도 강철이나 철이 산소와 접촉할 때 전기화학적 현상이 일어나는 것을 막을 수 없는데, 아연은 전기화학적 반응을 피하면서 직류전기성 회로를 닫아버리기 때문에 강철이나 철의 부식을 막는 유일한 황산화 금속이다.〉

라르센은 자신의 삶이, 자신이 중요하게 생각하던 사물들을 이끌고 흘러감으로써 자신에게서 멀어지는 것을 걱정하지 않았다. 그는 이제 그 사물들에 진정으로 관심이 없기 때문에, 이제 본능적으로 그 사물들을 원하지 않기 때문에, 그리고 그 사물들을 계속해서 유지할 필요도 자신이 교활하게 행동할 필요도 없기 때문에, 입을 쫙 벌린 채, 입술에는 차가운 거품을 묻힌 채 참아내면서, 자신의 턱이 지방질 속으로 가라앉고 있다고 느꼈다. 〈마침내 내가 개입하고, 그렇게 함으로써 우리를 파멸시키지 않은 채, 우리가 자본을 잠식하지 않은 채 더 많은 것을 얻어내는 방법이 무엇인지 그 남자에게 가르쳐줄 때까지, 적어도 매달 확실한 1천 페소는 있다. 그러면 아무 문제가 없다. 그럼에도 불구하고, 그가 내게 위조된 증서들에 관해 얘기한다. 젠장, 언제부터인지 모르겠지만 그가 자신의 살가죽과 셔츠 사이에 법적인 증거물을 넣어둔 채 잠을 자고,

쏘지 못해 안달이 난 듯 장전한 권총을 들고 있는 인간이라는 생각이 든다. 그러자 나는 오한이 느껴지고, 무엇을 하고 싶은 의욕도 없어지고, 아무 생각도 떠오르지 않는데, 어떤 것을 선택해야 최선인지는 솔직히 잘 모르겠다.〉

라르센은 무감각하게, 거의 아무런 생각도 없이, 자신의 고독한 범죄 행위를 즐기면서, 자신이 계속해서 라르센으로 존재하기 위한 그 계획적인 게임은 현재 자신이 하고 있는 게임보다 이루 말할 수 없을 정도로 유치했다고 막연하게 의심해보면서 고개를 천천히 앞으로 내밀었다. 책상에 배를 바짝 갖다 대고 두 팔을 앞으로 쭉 뻗어 보고서를 가장 멀리 떼어놓고는 실눈을 뜬 채 읽어보았다. 〈귀하의 요구에 따라, 우리는 고탄소강, 스테인리스스틸, 청동, 인(燐), 그리고 배빗메탈, 감마합금 등 다양한 소재를 공급할 수 있습니다.〉

빗방울 몇 개가 라르센의 뺨을 때렸다. 그는 자리에서 일어나 바람 소리를 덮어버리는 침묵을 들었다. 그가 보고서들을 한 군데로 모으는 사이에 어느 탱고의 세 소절만을 잔잔하고 흥겨운 격정을 실어 반복적으로 읊조리는 소리가 들려왔다. 사무실 문에 다다랐을 때는 자신이 모자를 삐딱하게 고쳐 쓴 뒤 뭔가를 잊었다는 사실을 깨달았다. 자신이 진실한 친구의 우정을 시험했다는 사실에, 누구도 원인을 헤아릴 수 없는 잔인한 짓을 했다는 사실에 웃음이 나오려고 했다.

정오경에 그는 황량하고 커다란 사무실에서 외투 단추를 풀어놓고 가랑이를 쫙 벌린 채 다시금 허세를 부리고 있었다. 갈베스와 쿤스의 탁자들, 아직 장작으로 변하지 않은 책상들, 군데군데 파인 서류함들, 까닭 없이 한쪽으로 치워져 있는 쓸모없는 타자기들을 쳐다보았다. 천장에서 떨어지는 물방울로부터 바닥을 보호하던 누런 종이들이 바람에 부풀렸다. 그 옆에서는 부서진 파이프에서 물이 흘러 깡통 위로 떨어지고 있었다. 라르센은 즐거운 듯, 약간은 걱정스러운 듯, 복수심을 살짝 드러내며 외투 단추를 채우면서 5년 또는 10년 전 사무실의 부산한 소음을 회고했다.

그는 철 계단을 통해 보슬비가 내리는 바깥으로 나갔고, 오두막에 사는 사람들에게 전혀 노출되지 않은 채 진흙길을 건널 수 있었다. 마치 모든 것을 처음 본다는 듯이, 뭔가를 예감했다는 듯이, 이제 첫눈에 반한 사랑의 희열 속에서 그 예감이 들어맞고 있다는 듯이 잰걸음으로 가고 있었다. 갈베스의 오두막, 한쪽 벽에 기울어지게 붙어 있는 배의 키, 잡초, 웅덩이들, 녹슨 뼈대만 남은 화물차, 낮은 돌담, 사슬들, 닻들, 돛들을 향해. 그는 비참한 인간들만이 비 뿌리는 하늘에서 구별해낼 수 있는 잿빛의 정확한 색조를 알아보았는데, 고름 같은 가느다란 선이 구름을 갈라놓고 있는 것처럼 보이고, 아득히 먼 하늘에 스며든 냉소적인 빛이 황량하게 보였다. 이제 그의 모자 위에 빗물이 고이고 있었다. 그는 걷는 속도를 일정하게 유지한 채 호인 같은 미소를 머금었고, 강과 나무 사이 가장 먼 곳에서 들려오는 바람 소리까지 들으려 애쓰고 있었다. 꼿꼿하게 세운 몸을 과장스럽게 좌우로 흔들며 이제 원래의 형체와 이름을 잃어버리고 어지럽게 뒤엉킨 전선들 사이에 갇힌 쇳덩이들을 지나가 그늘 속으로, 쌀쌀한 추위 속으로, 큰 창고의 과묵함 속으로 들어갔다. 선반들, 빗줄기, 먼지와 거미줄로 이루어진 뭉치들, 검붉은 녹을 둘러쓰고 있으면서도 여전히 권위를 가장하고 있는 기계들을 쭉 살펴보았다. 아무 소리도 내지 않은 채 선거(船渠) 끝 지점까지 걸었고, 구명보트의 가장자리에 엉덩이를 들이밀어 자리를 잡았다.

그는 천장 귀퉁이를 쳐다보면서──그리고 선거 안으로 스며드는 바람이 즐겁게 불어오는 경로들을, 익살스러울 정도로 집요하게 지붕을 때리며 소리를 내기 시작하는 비의 고풍스러운 리듬을 보고 있었다──호주머니에서 건성으로 담배를 찾아 불을 붙였다. 담배 피우기, 먹기, 몸 보호하기, 타인 존중하기, 미래 등 자신에게 중요하지 않은 것들을 헤아려볼 수 있었다. 그날 정오에 무슨 일이 발생했거나 아마도 갈베스를 만난 뒤에 총지배인실에서 뭔가를 잊었을 수 있다. 하지만 어찌 되었건 상관없었다.

그는 쥐가 선반에 놓인 너트, 볼트, 스패너를 갉아 먹는 소리를 떠올리고는 씩 웃었다. 장래에 페트루스의 집에서 호세피나라 불리는 공범이자 풍만한 가정부, 그리고 희미하고 무감각한 미소를 머금은 앙헬리카 이네스라는 여자와 함께 보낼 어느 겨울의 안락한 정오를 흐뭇한 미소를 머금은 채 떠올려보았다. 그의 뇌리에 떠오른 앙헬리카 이네스는 벽난로의 장작불이 고르게 타오르도록 유지하면서도 몇 명인지 모를 수많은 아이를 귀여워해주고, 운 좋은 라르센의 밝은 얼굴을 양순한 시선으로 바라보고, 호소력 있는 목소리로 속삭이다가, 고인이 된 자신의 아버지이자 라르센의 장인인 페트루스의 거대한 타원형 초상화를 쳐다보고 있었다. 2미터 높이에 걸린 그 얼굴은 의지가 굳세고, 본심을 드러내지 않고, 근엄하고, 구레나룻에 둘러싸여 있고, 모범적이고, 권위적이고, 고분고분해 보였다.

라르센은 간이 창고 뒷문으로 다가갔고, 빠르게 기세가 꺾이며 그치는 비를 응시했고, 강에서 다가오는 안개 장막이 항해에 어떤 결과를 가져올지 헤아려보았다. 그는 진흙탕을 첨벙거리며 갔다가 되돌아오면서 자신이 내는 소리를 즐기고, 두려움, 의구심, 무지, 가난, 쇠퇴, 그리고 죽음에 관해 골똘히 생각했다. 담배 한 개비를 더 꺼내 불을 붙였고, 널빤지로 만든 사무실을 발견했는데, 방치되어 있는 사무실에는 문도 달려 있지 않았다. 사무실 안에는 야전침대, 책 한 권이 놓여 있는 상자, 이 빠진 에나멜 세면대가 있었다. 쿤스의 집이었다.

〈생각하지 못한 게 또 있었군. 그 독일인이 어디에 사는지 알아본다는 생각도 전혀 들지 않았어.〉 라르센은 사무실 안으로 들어가 어깨를 움츠린 채, 벽을 향해 고개를 쭉 늘여 빼고 담배가 배에 닿을 정도까지 고개를 숙인 채 야전침대에 앉아 있었다. 태도가 어찌나 겸손하고 우호적이었던지 갑자기 쿤스가 들어온다 해도 화를 내지 않을 것 같았다. 〈이건 불행한 일이야—라르센은 생각했다—그에게 닥쳐와 집요하게 그를 물고 늘어지고, 그를 배반하고 물러가버린 불행이 아니라 아주 오래되고, 냉정하고, 푸르스름한 불행 말이야. 몰려와서 머무는 불행이 아니라, 다른 것이야. 비록 그 불행이 자신을 과시하려고 사건들을 이용한다고 할지라도 불행은 그 사건들과 아무 상관이 없어. 불행한 일은 가끔 있는 거야. 그리고 언제부터였는지는 잘 모르겠지만, 이번에도 불행한 일이 있어. 내가 괜히 헛물만 켜면서 돌아다녔지 정작 그 불행이 무엇인지 알아내지도 못했고, 총지배인직을, 3천만 페소를, 정자에서 소리 없이 웃던 그 입을 갖고 싶다는 꿈을 꾸면서 불행이 커지도록 도와버렸어. 그리고 이제 내가 뭘 하든지 간에, 그것은 훨씬 더 강력하게 내게 달라붙을 거야. 앞으로 내가 해야 할 것은 바로 이것뿐이야. 무엇이든, 마치 다른 사람이(아니 각 행위마다 주인이 하나씩 있기 때문에, 다른 사람들이) 한 사람에게 그것들을 하도록 값을 지불하고, 그 사람은 자신이 하는 행위의 최종 결과에 그리 상관하지 않은 채 가능하면 최선을 다해 일을 완수할 뿐인 것처럼, 별 관심도 없이, 별 의도도 없이, 한 가지 것을 하고 또 다른 것을 하는 거지. 이것은 바로, 결과가 잘 나오든 잘 나오지 않든 상관하지 않고, 그게 무슨 의미가 있든 상관하지 않은 채 남의 일을 하듯 하나를 하고, 다른 것을 하고, 또 다른 것을 하는 거야. 항상 그렇게 해왔잖아. 이건 예상되는 손해를 피하는 것이나 축복을 받는 것보다 더 나아. 그렇게 될 때 불행은 자신의 행위가 무용하고, 무의미해지기 시작하고, 위축되고, 쇠퇴한다는 것을 알지.〉

라르센은 검게 변한 플라타너스에서 떨어지는 마지막 빗방울을 맞으며 밖으로 나갔다. 그가 갈베스의 오두막으로 가서 문을 두드리자 여자가 문을 열어주었는데, 여자의 등 뒤로 갑자기 침묵이 흘렀고——개들이 투정하듯 짖어대는 소리, 라디오에서 나오는 폭스트롯 음악만이 멀리서 아련하게 들려왔다——. 그는 그녀에게 거만한 말투로 〈실례합니다〉라고 말한 뒤 그녀에게 눈길도 주지 않고서 그녀와 함께 집 안 더위 속으로 들어갔고, 남자들의 환대를 받았고, 의자를 끌어당겨 앉은 뒤 모자를 벗어 마른 땅바닥에 내려놓고는 갈베스의 함박웃음에 짧고, 느긋하고, 호소력 있는 미소로 응답했다.

"식사는 하셨어요?" 여자가 물었다. "못하셨을 것 같은데, 좀 드실래요? 먹을 게 남아 있지만, 새로 만들어드릴게요."

"고맙습니다. 스튜를 드셨다면, 혹시 국물이나 수프 한 그릇 주실 수 있는지요." 라르센이 그릇을 보면서 말했다.

"스테이크는 해드릴 수 있어요." 여자가 말했다.

"고기가 넉넉합니다." 쿤스가 덧붙였다.

"감사합니다만, 됐습니다." 라르센이 고집했다. "고맙습니다, 아주머니. 정말 고맙습니다만, 정말 따뜻한 국물 한 그릇이면 됩니다. 그렇게만 해주셔도 큰 호의를 베푸시는 겁니다."

라르센은 자신의 겸손이 지나쳤다고 생각했다. 갈베스는 조롱하는 듯한 눈초리로 라르센을 뚫어지게 쳐다보았다. 여자가 식탁에서 뭔가를 치우고 나서 땅바닥에 놓인 라르센의 모자를 집어 올렸다. 라르센은 자기 어깨, 등 뒤 가까이에서 그녀를 느꼈고, 그녀는 말을 하지 않기로 작정한 듯 타닥타닥 소리를 내며 타오르는 불 위로 고개를 숙인 채 생각에 잠겨 있었다.

"우린 오늘 밤까지 와인 없이 지내고 있습니다." 쿤스가 말했다. "럼주 한잔 하실래요? 몇 병이나 되거든요. 맛이 아주 형편없는지 도무지 떨어지지가 않네요."

"수프나 육수 좀 마시고 나서요." 라르센이 대답했다.

여자는 말이 없었다.

갑자기 바람 한 줄기가 요란스러운 소리를 내며 오두막을 두 번 휘감았다. 바람 때문에 화로의 불길이 납작하게 깔리며 흔들거렸다. 쿤스가 팔을 엇갈리게 해 손을 어깨 위에 갖다 댔다.

"그동안 어디 계셨나요?" 쿤스가 물었다. "우리는 총지배인님이 페트루스를 찾아갔다고 생각했어요."

"페트루스 씨, 돈* 헤레미아스 말이에요." 갈베스가 말했다.

라르센이 갈베스에게 미소를 지어 보이려고 고개를 쳐들었으나 갈베스는 접시에다 담배를 비벼 끄고 있었다. 이제 바람이 오두막 위를 격렬하게 맴돌고 있었다. 그들은 거리감, 중압감, 걷힌 구름이 주는 느낌 때문에 주눅이 들어 입을 다물었다. 여자가 식탁에 수프를 갖다놓고서 라르센의 다리 주변에 있는 개들을 떼어냈다.

"실례하겠습니다." 라르센은 이렇게 말하고 나서 숟가락으로 수프를

---

* don: 신분이 높거나 나이가 많은 남자의 이름 앞에 붙이는 경칭이다.

떠먹기 시작했다. 앞에서는 남자 둘이 지켜보고 있었다. 라르센의 뒤에는 개들이 낑낑대는 소리와 여자의 적대감이 머물러 있었다. 라르센은 수프를 떠먹다 말고 나무판자 벽의 구석을, 시계를, 기다란 초록색 손잡이가 달린 단지를 쳐다보았다. "여러분께 감사하고 싶군요. 하지만 음식을 먹고 싶은 생각이 간절했던 건 아닙니다. 따뜻한 것 한 그릇이면 무엇이든 좋을 거라 생각했습니다. 그래서 그때 이 집 문을 두드려야겠다는 생각이 들더군요."

"우리는 총지배인님이 페트루스의 별장으로 갔을 거라는 얘기를 하고 있었습니다." 쿤스가 재빨리 말을 낚아챘다. "그리고 적어도 그 노인을 만나지 못하게 될 거라는 얘기를 하고 있었습니다. 내 생각에는, 노인이 다음 주까지는 돌아오지 않을 겁니다."

"좋아요, 그건 우리에게 중요하지 않아요." 갈베스가 웃었다. "그들은 내가 거짓말을 하도록 내버려두지 않을 겁니다. 총지배인님이 페트루스의 별장에서 누구를 만나든지 우리에게는 중요하지 않다고 내가 말했어요."

"갈베스." 여자가 라르센의 등 뒤에서 경고했다.

"미안합니다만, 총지배인님이 오늘 점심 때 노인을 찾아가서 몸조심을 시켰을 수도 있다고 생각했던 거지요." 쿤스가 말했다.

"비가 와서." 갈베스가 덧붙였다. "총지배인님은 내가 위조 증서들 가운데 하나를 가지고 있다는 사실을 노인에게 알려주려고 별장까지 걸어가려고 했는데, 비 때문에 발이 묶여버린 겁니다."

"갈베스." 여자가 라르센의 등 뒤에서 엄하게 꾸짖듯 반복했다.

"그래요." 갈베스가 말했다. "총지배인님은 페트루스 노인이나 그의 딸에게 알리려고 별장까지 갈 생각이었죠. 내가 말했죠. 아니 우리 모두가 말했어요. 그럴 수 있었다고요." 갈베스는 가랑이 사이에 있던 배불뚝이 럼주 병을 들어 올리더니 잔을 잡지도 않고서 콸콸 소리가 나게 잔세 개를 채웠는데, 이를 내보이지 않았지만 불그레하게 변한 입에는 계속해서 즐거운 기분이 살짝 드러나 있었다. 미소를 머금지 않고 꽉 다문 입술은 막 면도를 끝낸 것처럼 벌거숭이였다.

"총지배인님은 비가 내리는 데도 가서 알려주려고 했지만, 그래봤자 아무 소용이 없었을 거예요. 왜냐하면 페트루스 노인은 그 사실을 우리보다 더 잘, 우리보다 훨씬 더 먼저 알고 있거든요. 우리 모두 그 얘기를 했어요. 처음에는 한 사람이, 나중에는 다른 사람이 그 얘기를 또 했지요. 그리고 나는 만약 그런 일이 일어났다면, 만약 총지배인님이 의무를 다하기 위해,—어찌 되었든 나는 매달 25일에 총지배인님에게 6천 페소의 외상을 지고 있지요— 그리고 경고를 하려고 비에 흠뻑 젖은 상태로 별장까지 갔다면, 총지배인님이 내게 호의를 베풀어주는 것이 되었을 겁니다. 아마도 나는, 누가 내게 그런 호의를 베풀어주기만을 오래전부터 고대하고 있었는지도 모릅니다."

라르센은 빈 수프 그릇을 부드럽게 밀어낸 뒤 담배에 불을 붙이고는 갈베스가 채워놓은 술잔에 든 술을 마실 수 있을 정도로 상체를 숙여갔다.

"뭘 좀 더 드릴까요?" 여지기 물었다.

"아까 말씀드렸다시피, 이젠 됐습니다. 고맙습니다, 아주머니. 뭔가 따뜻한 것, 그러니까 자선을 요청하러 왔을 뿐입니다."

"조선소의 이익을 증대시키려면 총지배인님이 다른 새로운 것을 모색했어야 한다는 생각이 들더군요." 쿤스가 갈베스의 부드러운 미소를 거의 앗아가면서 말했다. "배를 만들거나 수선하는 것 말고 다른 일을 해야죠."

"예를 들어, 해적 행위나 매춘 같은 거 말입니다." 갈베스가 말을 이었다. 쿤스가 술잔을 치켜들더니 눈동자를 돌리고 나서 고개를 뒤로 젖혔다.

여자의 지저분하고 상처 난 두 손이 라르센의 빈 접시를 치웠다. 개들은 거대한 침상에서 잠이 들었는지 조용했다. 멀리서 바람이 휘파람을 불면서 떠듬거리고 있었는데, 어디로 불어갈지 스스로 결정해야 하는 바람이 오고 가는 소리를 모든 사람이 들을 수 있었다.

"문제는 엘 로사리오에서 우리가 어느 대리인에게 의지할 수 있느냐 없느냐를 알아봐야 한다는 겁니다." 갈베스가 말했다. "우리는 작업량을 두 배로 늘릴 수 있을 것이고, 푸에르토아스티예로까지 배를 가져올 항해사 팀을 보유할 수 있을 겁니다. 선원용 모자를 살 수 있을 것이고요, 제1사장(斜檣),* 뱃머리, 앞돛대, 가로돛, 뒷돛대의 세로돛에 관해 진지하게 논의할 수 있을 겁니다. 우리가 중역실의 삼목 탁자에서 해전(海戰) 게임을 할 수 있을 거라고요."

라르센은 금방이라도 부서질 것 같은 고리버들 소파에 홀로 앉아 술을 마시면서 연기에 그을린 천장 널빤지들을 향해 커다란 이를 무심하게 드러내보였다.

"오늘 비가 내리기 시작하자 오후에는 일하러 가고 싶은 마음이 들지 않더군요." 쿤스가 말했다. "실제로, 급할 게 전혀 없으니까요. 여기 우리 친구가 최근 자료를 장부에 기록하고, 또 내가 계산할 예산은 그리 급할 게 없으니까요. 내 생각에는 총지배인님이 참을 줄 아는 사람 같아

---

* '제1사장'은 이물에서 앞으로 튀어나온 돛대 모양의 둥근 나무를 말한다.

요. 우리 여기서 술이나 마시고 빗소리나 듣고 모건과 드레이크의 음악에 관한 얘기나 하십시다."

"어떻게 생각하세요?" 갈베스가 물었다.

라르센은 럼주 한 잔을 다 마신 뒤에 잔을 채우려고 술병을 향해 팔을 뻗쳤다. 바보같이 씩 웃어버릴 것 같다는 느낌이 들었는데, 그렇게 되면 그의 목소리는 불안정하게 나올 것이다. 여자가 라르센 옆으로, 식탁과 갈베스 옆으로 지나가 물기 촉촉한 창문에 얼굴을 마주한 채 멈춰 섰다. 큰 몸집에 후덕한 그녀가 유리창에 맺힌 빗방울을 향해 부드럽게 상체를 숙였다.

"지금 나는 아주 만족합니다." 라르센이 말했다. 그는 무심하게 여자의 목덜미를 바라보고 있었다. 그녀의 곱슬머리는 길고 거칠었다. "좋습니다. 내가 고맙게 생각하는 건 수프 때문도, 럼주 때문도 아닙니다. 아마도 여러분이 나를 집 안으로 들어오라고 한 것에 약간은 고마움을 느꼈을 겁니다. 방금 전까지만 해도 나는, 불행이 내 것이라는 듯이, 내게만 닥쳤다는 듯이, 불행이 내 안으로 들어와 언제까지 머무를지 모른다는 듯이, 내 스스로 불행하다고 느꼈는데, 지금은 만족합니다. 이제 보니 불행이 내 밖에서 다른 사람들을 점유하고 있네요. 그렇게 보니 모든 게 더 쉬워지는군요. 한 가지가 병이라면 다른 것은 전염병이죠." 라르센은 럼주 반 잔을 들이켠 뒤 갈베스가 자신에게 보낸 의미심장하고 뭔가를 기대하는 듯한 미소에 답해 씩 웃었다. 여자는 계속해서 등을 돌린 상태로 고개를 숙이고 어렴풋한 적대감을 노출하고 있었다.

"럼주 드세요." 쿤스가 말했다. "이럴 땐 빗소리나 듣고 낮잠이나 한숨 자야죠. 더 이상 뭐 있겠어요?"

"그래요." 라르센이 말했다. "현재가 더 좋아요. 하지만 사람은 항상

할 일을 갖게 되죠. 왜 그것을 하는지는 모른다 할지라도 말이에요. 확실한 건 오늘 오후에 내가 별장으로 가서 노인에게 위조 증서에 관해 말할 수 있다는 거죠. 그렇게 할 수 있다고요."

"내 이미 말했다시피, 총지배인님이 뭘 하든 난 상관없어요." 갈베스가 대꾸했다. 여자가 기름때 낀 유리창의 빗방울로부터 떨어져 나왔다. 그러고는 갈베스의 몸 주위로, 낡아빠진 안락의자 주위로 한 팔을 둘렀고, 하얗고, 약간 생글거리는 듯한 얼굴을 식탁 쪽으로 숙였다.

"노인에게든 딸에게든." 그녀가 중얼거렸다.

"노인에게든 딸에게든." 라르센이 말했다.

조선소 IV / 오두막 IV

갈베스가 조선소에 출근하기를 거부했던 그 주(週)가 이 이야기의 어느 시점에 위치해야 하는지 지금 확실하게 아는 사람이 전혀 없다 할지라도, 틀림없이 그런 주가 있었다.

갈베스가 없는 첫째 주는 라르센에게 그 겨울의 진정한 시련의 날이었음이 틀림없다. 나중에 찾아온 고통과 회의가 더 견디기 쉬웠을 정도였다.

라르센은 그날 아침 10시경에 조선소에 도착해 제도 책상 위에 우표 수집 앨범을 펼치고 뚫어져라 들여다보던 쿤스의 옆모습에 인사하고, 마음이 편치 않은 상태로 사무실에 들어갔다. 서류철 더미를 바꿔가면서 11시까지 읽으려고 애썼는데, 그사이 갑작스럽게 내리기 시작한 보슬비가 깨진 유리창 모서리에 부딪쳐 튀어 올랐다. 〈내 걱정만 해야지 다른 건 걱정할 필요가 없어. 나는, 궂은 날씨에, 불운에, 찌든 때에 포위당해 슬프고 주눅 든 상태로 이 책상에 앉아 있어. 그런데도 이 비가 다른 사람들에게도 내릴지, 그들의 지붕을 심드렁하게 때려댈지 신경을 쓰고 있어.〉

그는 소리 없이 자리에서 일어나 문 쪽으로 가서는 관리부 사무실 안을 엿보았다. 갈베스는 아직 출근하지 않았다. 쿤스는 커다란 창문을 바라보면서 마테를 마시고 있었다. 라르센은 갈베스가 확실히 없어질 수 있다고, 자신이 얼굴도 모르는 전 총지배인들이 건넨 횃불처럼 받아들였던 망상의 종말이 시작될 수 있다고 곰곰이 생각해보았고, 예견하지 못한 결말이 보이는 순간까지 자신을 지탱하겠다고 스스로에게 약속했다. 만약 갈베스가 게임을 포기하겠다고 결심했다면 그런 결심이 쿤스에게 전염되었을 가능성이 있다. 한 남자와 다른 남자, 그리고 만삭의 여자와 개들은 세상, 즉 다른 세상, 즉 다른 사람들의 세상을 보지 못할 수도 있다. 하지만 이제 라르센은 그렇지 않다.

라르센이 정오 무렵까지 기다렸으나 쿤스는 총지배인실 문에 얼씬도 하지 않았다. 보슬비는 멈추었고, 사무실 창에 묵직하게 걸려 있던 지저분한 구름 하나가 안으로 들어오려다 주저하고 있었다. 라르센은 서류철을 밀쳐두고 창문으로 가서 먼저 한 손을, 그러고 나서 나머지 손을 안개 속으로 들이밀었다. 〈그럴 수가 없어.〉 그가 되뇌었다. 향후에 일어날 일을 위해 지난날을, 젊은 시절을 되살리려 했을 것이다. 향후에 일어날 일을 하기 위해 다른 종류의 믿음을 취하려 했을 것이다. 〈하지만 우리가 선택하는 것은 절대 허용되지 않고, 그 대신 선택을 받을 수 있었다는 사실을 나중에서야 비로소 이해하게 되지.〉 그는 귀에 거슬리는 침묵을 들으면서 겨드랑이에 매달려 있는 권총의 방아쇠를 만지작거렸다. 쿤스가 의자 등받이에 상체를 기대며 하품을 했다.

라르센은 자신의 입과 뺨이 자주 씰룩거린다고 느끼며 책상으로 돌아가 반쯤 열린 서랍에 권총을 집어넣었다. 〈그가 나를 놀리려 하면 나는 그를 모욕할 것이고, 그가 싸움을 걸면 그를 죽여버리겠어.〉 그가 기술이사를 부르려고 초인종을 눌렀다.

"예." 쿤스가 큰 소리로 대답했다. 그리고 나서 그는 상의 단추를 잠그며 들어왔다.

"퇴근할 생각이었나요? 이 서류철들을 검토하느라 잊고 있었네요. 시간이 이렇게 되었는지 모르고 있었어요. 탐피코 사건에 관해 뭔가 알고 있나요?"

"탐피코라고요? 전혀 모르는데요. 옛날얘기 같군요." 쿤스는 이렇게 대답하고 나서 다시 하품을 했다.

"그래요, 탐피코." 라르셴이 강조했다. 그는 그제야 비로소 눈길을 들어 쿤스를 쳐다보았다. 쿤스의 둥그런 얼굴, 덥수룩한 수염, 뻣뻣하고 숱 많은 검은 머리, 그리고 재킷의 단추 부분에서 넥타이의 검은 매듭으로 올라가던 손을 보았는데, 손에도 털이 많았다. "물론, 그 사건은 당신 시대에 일어난 게 아니죠. 하지만 아주 흥미로운 선례예요. 그 배는 프로펠러축이 고장 나는 바람에 화물도 내리지 못한 채 서둘러 조선소로 들어왔어요. 인화성 물질을 싣고 오는 것처럼 보였는데, 조선소 안에서, 그러니까 바로 이곳, 약간 더 북쪽에서 불타버렸지요. 서류에 기록된 바에 따르면, 당시에 보험 제도가 없었거나 모든 수화물이 보험에 가입되지는 않았어요." 라르셴은 서류철을 되는대로 펼쳐 읽는 시늉을 했다. 지붕을 두드려내는 소리가 너 많은 비가 쏟아지고 있다는 사실을 알렸다. "그럼 돈은 누가 지불합니까? 누구 책임인 거죠?"

라르셴은 아이를 쳐다보는 것처럼 그를 쳐다보면서 온화하고 장난스러운 미소를 지었다.

"그에 관해서는 한 번도 들어보지 못했습니다." 쿤스가 대답했다. "게다가, 이해가 안 됩니다. 그게 얼마나 오래전에 일어났는지도 모르잖아요. 강에서 활활 불타는 모습이 참으로 장관이었겠네요. 잘 모르겠어요. 하지만 조선소는 책임질 일이 없어요."

"확실해요?"

"두말할 나위가 없는 것 같은데요."

"제대로 알아두는 게 항상 좋은 거죠." 라르센은 기지개를 켜고는 번쩍거리는 손톱이 달린 손가락으로 서랍 모서리를 문질렀다. 쿤스의 작고 검은 두 눈을 탐색했다. "갈베스는 오늘 오전에 출근하지 않았나요?"

"예, 본 적이 없는데요. 어젯밤 함께 차마메에 갔습니다. 하지만 그 친구와 헤어졌을 때 그 친구 몸 상태가 그리 나쁘지는 않았습니다."

"그가 병가를 냈나요?"

"냈을까요? 비가 오고 있네요. 이제 퇴근하겠습니다." 갑자기 쿤스가 관심 있게 라르센을 쳐다보았다. "만약 그 친구가 출근하지 않았다면, 몸이 아팠을 겁니다. 오늘 오후 러시아인들이 트럭을 가져오기로 해서 기다리고 있는데, 이게 문제네요. 내가 그 사람들과 흥정하는 걸 갈베스가 도와주기로 약속했거든요." 쿤스는 작별을 고하려고 손을 쳐들었고, 사무실 문에 이르렀을 때 몸을 돌려 라르센의 얼굴을 즐기듯, 천천히, 뚫어지게 쳐다보았다.

"무슨 일이 있습니까?" 쿤스가 소곤거렸다.

"전혀." 라르센은 이렇게 말했고, 쿤스가 자리를 뜨자 안도의 한숨을 내쉬었다.

그는 오두막에서 점심 식사를 하지 않았다. 벨그라노의 주인이 카운터에서 몇 가지 주제로 말을 걸어도 전혀 대꾸하지 않은 채 조용히 고기 한 조각을 먹었다. 오후 5시에 물웅덩이를 피해가며 갈베스를 만나러 갔다. 이제 라르센은 인내심 있는 사람, 도량이 넓고 온정적인 사람이 되어 있었다.

여자는 외투로 몸을 감싼 채 집 현관문 앞 계단에 앉아 있고, 개 한 마리는 그녀의 무릎에 있고, 다른 개는 바닥에서 그녀의 커다란 구두에 주둥이를 들이밀고 있었다. 비에 젖은 그녀의 얼굴이 안개 속에서 부드럽게 반들거렸다. 라르센은 괜히 찾아왔나 후회가 들고 마음이 어두워지고 무거워지면서 자신이 침입자라는 생각이 들었다. 그는 모자챙을 살짝 들어 올리며 인사했고, 여자의 나이를 면밀하게 계산해보았다. 두 사람은 기운이 빠진 상태로, 서로 믿지 못하는 상태로 각자 딴생각을 하고 있었고, 어떤 소리도 두 사람을 도와주러 오지 않았다.

"사실 아주머니는 내 딸뻘이에요." 라르센은 이렇게 시인하고 모자를 벗었다.

그러자 침묵이 조금 더 깊어졌다. 마치 자기 가장자리를 조금씩 갉아먹던 속삭임에서 벗어났다는 듯이. 바닥에 있던 개가 몸을 부르르 떨며 기지개를 켜고 꼬리를 흔들었다. 여자는 무릎에 있던 개의 가슴을 긁었다. 목에 두른 두툼한 빨간색 스카프의 아랫부분에 매달린 커다란 옷핀을 외투 깃에 걸어 고정해놓은 상태였다. 그녀의 얼굴 표정이 썩 부드럽지 않았다. 두툼하고 창백한 입술 양끝이 느슨하게 올라가 있었다. 가늘게 뜬 눈은 뭔가를 보고 있다는 느낌을 주지 않았다. 라르센은 끈 대신 전깃줄로 묶여 있고 진흙과 나무 잎사귀가 진뜩 묻은, 그녀의 기다린 남자용 구두를 주시했다.

"아주머니." 라르센이 말하자 그녀의 미소가 커졌다. 하지만 두 눈은 계속해서 아무것도 보지 못하는 것 같았고, 이제 안개는 두 사람 위에서 이슬방울 형태로 응고되고 있었다. "아주머니, 모든 게 금방 정리될 겁니다."

"그렇게 되겠죠." 그녀는 이렇게 대답하면서 입을 벌려 웃었다. "들어가서 그 사람에게 한 수 가르쳐주거나 좋은 얘기 하나 해주세요. 그는 침대에 처박혀 벽을 보면서 자신에게 분풀이를 하고 있어요. 잠을 자려고도 하지 않아요. 아픈 것도 아니고요. 만약 당신이 보낸 회사 측 의사가 그 사람이 아프지 않다는 사실을 확인하게 된다면 참으로 어처구니없을 것이라고 내가 말해주고 있었어요. 회사가 그를 해고하겠다고 결정하면, 그래서 우리가 여길 떠나 판잣집에서, 선실 같은 곳에서, 개집 같은 곳에서 살게 되는 것 말고는 다른 방법이 없게 되면 끔찍할 거라고 말해주었다니까요. 일단 들어가서 한번 시도해보세요. 그가 죽은 시늉을 할지 당신과 대화하기를 원할지는 모르잖아요. 게다가 안에 술도 한 병 있어요."

라르센은 추위와 습기로 짜증이 나 있었기 때문에, 자신이 그녀를 얼마나 사랑하는지, 자신들이 몇 년 동안 서로 떨어져 안부도 모르고 지내는 동안에도 특이한 방법, 서로 애를 태우는 방법을 통해 남매처럼 지냈음을 여자에게 제대로 설명할 문장을 발견할 수 없었다. 라르센은 모자를 쓰고 나서, 마치 명령에 따른다는 듯이, 잠시 실례하겠다는 의미로 허리를 살짝 굽히고 여자 쪽으로 걸어갔다.

그녀가 비켜섰고, 라르센은 포장마차의 승강계단처럼 생긴 세 단짜리 계단, 즉 별 쓸모도 없어 보이건만 쇠사슬로 오두막 한쪽과 묶여 있는 계단을 조심스럽게 밟아갔다. 희뿌연 실내로 들어간 그는 그리 어렵지 않게 침대 모서리 쪽을 향해 갔다.

남자는 나무판자 벽 쪽으로 얼굴을 향한 채 누워 있었다. 숨 쉬는 소리가 들렸는데, 그가 눈을 뜨고 있다는 것이 확실했다.

"어떻게 지내시나요?" 라르센이 잠시 뜸을 들인 뒤 일부러 건성으로 말했다.

"좀 꺼져주시죠." 갈베스가 부드럽게 대꾸했다.

라르센은 부아가 치밀어 올랐지만 참고 있었다. 한 발로 의자를 끌어당겨 앉으려고 자세를 낮추었을 때 탁자 위에 놓인 술병이 눈에 띄었다. 술이 거의 가득 차 있는 병에는 포도, 옥수수, 깃털이 그려진 라벨이 붙어 있었다. 그는 양철 잔에 술을 따라 조금 마신 뒤 천을 덧대 꿰맨 자국이 있는 깨끗한 담요에 가려진 갈베스의 오른쪽 등을 바라보면서 자리에 앉았다.

"당신은 언제든 나를 쫓아낼 수 있어요. 하지만 당신과 얘기할 필요가 있기 때문에 나가지는 않겠소. 이 코냑이 아주 형편없지만, 한잔 권하겠소."

라르센은 다시 한 모금을 마신 뒤 주변을 둘러보았다. 그는 그 오두막이 자신이 하고 있는 게임의 일부라고, 그런 몰골의 집을 조선소 안에 세울 수가 없다는 단 한 가지 이유 때문에 그곳에 지어져 사람이 살게 되었을 것이라고 생각했다.

"우리는 목적지에 거의 다 와 있어요. 나는 당신에게 그걸 말할 권한이 있고요. 며칠만 더 지나면 새롭게 전진할 수 있을 거요. 당국의 허가를 받았을 뿐만 아니라 필요한 자금도 갖고 있어요. 수백만 페소가 있다고요. 아마도 페트루스라는 이름에 어떤 이름을 추가함으로써 회사 이름을 바꾸거나 성(姓)이 아닌 다른 이름으로 대체할 필요가 있을 거요. 밀린 급료 얘기를 당신에게 할 필요까지는 없을 거요. 새롭게 구성되는 경영진이 급료 건을 인지하고 지불할 테니까요. 페트루스도 나도 다른 해결책을 수용하지는 않았을 거요. 그래서 당신이 이것저것 따져볼 수 있을 거요. 그건 사안을 정리하고, 당연히 그렇듯 체면을 유지하면서 살게 하기 위한 거요. 하지만 실제로 중요한 것은 앞으로 받게 될 급료요. 그리고 또 하나는, 회사가 사원들을 위한 집을 지을 부지예요. 물론 의무적으로 그 집에서 살아야 하는 건 아니지만, 틀림없이 아주 편할 거요. 곧 당신에게 설계도를 보여주겠소. 이 모든 문제에 관해 나는 페트루스의 확답을 받아놓았소."

물론 라르센이 페트루스의 확답을 받아놓은 것은 아니었다. 그가 가지고 있는 것이라고는 그 끈질긴 망상, 그가 유지하고 실행하는 주문(呪文), 그리고 그 모든 것을 연기할 필요성뿐이었다. 라르센은 더럽고 차가운 오두막에서 관리이사 갈베스의 무관심한 반응에 술을 마셔도 취하기는커녕 정신이 번쩍 든다고 느꼈다. 업무의 일환으로서 곧이곧대로 받아들인 그 어릿광대짓 외에는 겨울, 노쇠함, 갈 곳 없음, 죽음의 높은 가능성밖에 없었다. 갈베스가 침대에서 일어나 입을 열고 병 속에 든 술을 마시게 할 수만 있다면 무슨 대가라도 치르고 싶은 심정이었다.

라르센은 패배를 인정하지 않은 채, 페트루스의 별장 정자에서 반복했던 독백을 모방해 혼잣말을 했다. 라르센이 자신과 발레스 형사와의 만남, 탁자에 놓인 권총, 자신이 불만스럽게 내뱉었던 침에 관해 거짓으로 꾸며서 얘기하자 갈베스가 다리를 쫙 펴고, 하품을 하면서 고개를 돌렸다.

"좀 꺼져주시죠." 갈베스가 다시 한 번 더 요청했다. "내일은 출근할 겁니다."

두 사람은 상대방을 지나치게 놀리지 않고서 함께 씩 웃었다. 둘 다 진지한 분위기를 유지하고자 했기 때문이다. 그러고 나서 두 사람은 오랫동안 꼼짝도 하지 않은 채 진실이 무엇일지 말없이 생각했다. 전에 거칠게 짖어대던 개들의 소리가 이제는 들려오지 않았다. 라르센이 오후를 헛되이 보낸 것은 아니었다. 이제는 예의 바르게 처신하고, 감정을 억누르고 있었다. 라르셴이 술병을 집어 들어 탁자 위에 놓았다. 그는 갈베스의 말을 믿지 못했기 때문에 그곳을 떠나지 않았다.

라르셴은 사람을 놀라게 하는 어둠 속에서 더듬더듬 세 단짜리 계단을 내려가서는 뒤뚱거리며 공터를 가로질렀다. 여자도 개들도 없었다. 상쾌한 바람 한 줄기가 하늘을 말끔하게 만들고 있었기 때문에 자정 무렵에는 별을 볼 수 있으리라는 확신이 들었다.

산타마리아 II

    마지막 정기 여객선은 16시 20분에 푸에르토아스티예로를 통과해 남쪽으로 항해한 뒤 오후 5시경에 산타마리아에 도착했다.

    배는 아침 첫 배만큼 속도가 느렸다. 비를 피할 수 있는 천막이 설치된 배는 계란, 목이 가는 큰 유리병, 편지, 안부 인사, 그리고 강기슭에 대려는 시도를 하기도 전에 일렁거리는 물결 위에서 흔들거리게 될 모호한 전갈(傳喝)들을 내려주기 위해 각 포구에 들를 것이다. 하지만 날씨가 좋지 않았음에도 불구하고, 5시에 산타마리아에는 햇빛이 비칠 것이고, 부두에는 구경꾼들이 나와 있을 것이다. 라르센은──무엇보다도 그는 아무런 목적도 없이 가고 있고, 자신의 여행은 의미 없는 휴지기, 헛된 행위일 뿐이라는 사실을 알고 있었다──눈으로는 놀라는 시선들 또는 조롱 또는 단순한 인사를 찾고, 꽉 다문 입술로는 욕설을 정리해 마음에 담고 있다가 퍼부을 준비를 하고, 가식적인 손은 옷깃 속에 감춰져 있고 가식적인 손가락으로는 방아쇠를 만지작거리면서 무슨 일이 발생하면 분노를 가장해 계속해서 잡아당길 준비를 한 상태로 포구의 자갈길과 비좁은 비탈길을 걷고 싶은 생각이 없었다.

〈더욱이, 의사 디아스 그레이를 만나는 일 따위는 아마도 결코 일어나지 않을 거야. 아마도 디아스 그레이는 부아가 치밀어 올라 있거나, 어느 암소나 우둔한 외국 여자가 태반을 배출할 준비를 하고 있기를 기대하면서 라 콜로니아의 가로등 옆에 서 있을 거야. 디아스 그레이는 정말 바보 같은 인간이지. 오늘 같은 이런 우중충한 날씨에, 그토록 맹목적이고 끈질긴 어떤 행위가 불운을 더욱더 심화할 수도 있다는 미신만 아니었더라면 내가 떠나는 것을 막을 수 있는 것이 전혀 없었겠지만, 내가 디아스 그레이를 찾으러 그곳으로 간다면, 그것은 바로 내가 조금도 망설이지 않고 어리석은 것이라고 부르는 것을 디아스 그레이가 그 누구보다 더 많이 소유하고 있기 때문이야.〉

그래서 푸에르토아스티예로를 떠난 라르센은 바람 속에서 몸을 곧추세우고 손가락 두 개로 모자를 붙잡은 채, 벨그라노의 객줏집을 향해 진흙길을 걸어갔다. 그는 방으로 올라가서 자기 모습을 거울에 찬찬히 비추어보고는 면도를 하고 넥타이를 바꿔 매야겠다고 작정했다. 〈그의 작고 차분한 얼굴에서는 뭔가 끊임없이 발산되고 있는데, 그런 것을 뭐라 불러야 할지 잘 모르겠다. 그에게 연민을 품고, 그의 어깨를 토닥여주고, 그에게 이봐요 디아스 그레이 형제라고 불러주고 싶은 생각이 든다.〉

그는 객줏집 주인과 함께 베르무트를 마시려고 아래층으로 내려가 카운터에 앉아서 담배 연기와 축축하고 불쾌한 냄새로 가득 찬 술집에 있는 여러 무리의 사람들을 쳐다보았다. 그들 가운데 가죽 재킷을 입고 방수 외투를 걸친 노인과 젊은이 둘이 보였다. 그들은 유리창 옆에서 백포도주를 마시고 있었다. 한 젊은이가 정기적으로 입을 벌려 이를 드러냈다. 그는 가끔 팔뚝으로 유리창을 닦았는데, 팔뚝에 힘을 주고 유리창을 닦을 때마다 함께 있던 친구들과 소용돌이치는 잿빛 노을을 쳐다보면서 미소를 지었다.

"저 친구들 이런 날씨에 뭘 낚을 수나 있을까요?" 라르센이 연민에 찬 표정으로 물었다.

"믿기지 않겠지만 물의 흐름에 따라 달라져요." 객줏집 주인이 말했다. "가끔 물이 탁해지면 평소보다 훨씬 더 많이, 몸이 지칠 정도까지 잡게 된다니까요."

벽 높은 곳에 걸린 시계의 눈금판에는 아페리티프 광고가 희미하게 새겨져 있었는데, 시계가 4시 반을 가리켰을 때 라르센은 손으로 이마를 치고 나서 손가락으로 카운터를 짚었다.

"아이고!* 주인이 손에 냅킨 하나를 든 채 허리를 꼿꼿하게 세웠다. "뭘 잊으셨나요?"

라르센은 잠시 고개를 가로젓더니 자신감을 드러내며 씩 웃었다.

"별거 아니오. 오늘 밤 산타마리아에서 아주 중요한 약속이 있거든요. 그런데 마지막 배가 조금 전에 떠나버렸어요. 사실, 대단히 중요한 약속이었는데."

"아하!" 주인이 말했다. "알겠네요. 점심때 호세피나라는 여자가 와서 내게 은밀하게 알려주었는데, 돈 헤레미아스가 오늘 밤 산타마리아에 온다더군요. 자정에 말이에요."

"그래요." 라르센은 그렇다고 말했다. "하지만 내가 할 일은 전혀 없어요. 우리 한 잔 더 마실까요?"

"마지막 배는 16시 20분입니다. 사람들은 불평을 하지만, 그래도 전에는 한 주에 한 척만 운항하다가 요즘엔 두 척을 운항하거든요. 배 두

---

* 여기서 주인은 감탄사를 독일어('Gott')로 표현했다.

척이 운항하게 되었을 때 우리가 여기서 파티를 벌였다니까요." 주인은
흥분을 억누르며 술잔에 천천히 술을 채웠다. "누가 알겠어요. 잠시 실례
하겠소." 주인은 술잔을 들어 단숨에 들이켜더니 어부들이 있는 곳으로
가서 자리를 잡았다.

라르센은 바에 홀로 앉아, 몰아치는 폭풍우와 강을 향해, 어디서 나
는지 정확히 알 수 없지만 구린내가, 깊이 파헤쳐진 흙냄새가 난다고 생
각되는 곳을 향해, 벨그라노의 살롱에 스며들어 있는 죽음의 기억을 향
해 고개를 돌리고서 삶과 여자들을 생각하고, 조선소 구석에 놓인 거대
한 개집 위로 늘어져 있던 플라타너스들의 앙상한 가지를 통해 불어오
던 바람 소리를 생각했다.

〈그러니까, 모든 것이 끝장나기 시작하는 지금, 그 미치광이 여자와
그녀의 웃음은 그 정자에 있을 것이고, 그 여자는 고리에 걸려 있던 남
자용 외투를 입고 있을 테지. 그 두 여자는 실제로 한 여자야. 정확히 똑
같은 여자야. 다른 여자들이 있었던 게 결코 아니고, 스스로 반복되는
한 여자만 있었는데, 늘 동일한 방식으로 반복되었지. 반복할 수 있는 방
식은 채 몇 개가 되지 않았고, 그런 방식들로는 나도 모르게 나를 낚아
챌 수는 없었지. 그래서 마을의 살롱에서 처음으로 춤을 추었던 때부터
마지막까지 모든 것이 나를 편안하게 만들어서 일이 비탈길을 내려가는
식으로 착착 진행되었고, 나는 시간을 두고 인내심을 갖고 기다리기만
하면 되는 일이었지.〉

주인이 엄지손가락으로 빈 술잔을 감싸 쥐고 미소를 머금은 채 카운
터로 돌아왔다.

"한 잔 더 줄까요?"

"고맙습니다만, 사양하겠습니다." 라르센이 말했다. "양껏 마셨으니

까요."

"좋을 대로 하시오." 주인은 더러운 냅킨으로 하릴없이 마른 나무판을 닦았다. "뭔가 있어요. 만약 그게 내가 생각하는 것처럼 그토록 중요하다면, 페트루스 씨가 오늘 밤 하는 일을 당신이 보게 된다면…… 썩 편한 일은 아니겠지만, 틀림없이 뭔가 있어요. 저 친구들은 바다가 시작되는 엔두로 저 아래에 있는 미게스에서 온 사람들이에요."

"그곳은, 가봐서 압니다." 라르센이 불쑥 이렇게 말했는데, 담배를 입 한쪽으로 꼬나문 그의 윤곽이 두드러져 보였다.

"만약 당신이 그럴 마음이 있으면…… 내가 저 친구들에게 얘기해 두었는데, 당신을 기꺼이 산타마리아까지 데려가줄 거요. 배가 제법 흔들릴 것이고, 또 비를 피할 차일도 없어요. 마음이 내키는지 생각해봐요. 뱃삯은 받지 않을 거요."

라르센은 세 사내를 향해 고개를 돌리지도 않은 채, 사내들의 시선과 그들이 소심하게 주억거리는 고갯짓에 눈길을 주지도 않은 채 씩 웃었다.

"돛배인가요?"

"모터 달린 배예요." 술집 주인이 말했다. "'라우라' 호라고 하는데, 당신도 그 배를 본 적이 있을 거요. 하지만 물론, 저 친구들은 불필요한 일에 기름을 쓰지는 않을 거요."

"고맙군요." 라르센이 중얼거렸다. "몇 시에 떠난답니까?"

"곧 떠나지요. 떠날 준비가 되어 있어요."

"좋습니다. 월요일에 갚을 테니, 가능하다면, 괜찮다면, 50페소만 빌려주세요. 월요일에 계산해줄게요."

주인은 카운터 서랍을 열더니 초록색 지폐를 꺼내 들어 카운터를 부드럽게 쳤다. 라르센은 고개를 끄덕여 알았다는 표시를 하고는 손가락 두 개로 지폐를 휘감아 낚아챘다. 그러고는 서두르지 않고, 발소리를 죽인 채, 겸손하게 보이려 애쓰면서, 두 손을 외투 주머니에 집어넣고서, 그리고 거의 재로 변해버린 담배를 인자하고 우호적인 입술에 여전히 매달고 어부들에게 다가갔는데, 그들은 미소를 머금은 채 고개를 끄덕거리며 자리에서 일어섰다. 그렇게 해서 라르센의 산타마리아 여행이 시작되었다.

* * *

광장 모퉁이에 있는 주유소의 점원 하겐은 자신이 라르센을 알아보았다고 생각했다. 바로 그날 밤에 라르센을 보았을 것이다. 비가 내리는 밤이었고, 라르센이 푸에르토아스티예로에 정착해서 산타마리아에 마지막으로 찾아온 뒤에도 몇 번을 더 찾아왔을 것이라고 증언해주는 사람은 아무도 없는 실정인데, 이번 경우는 더 혼란스럽고, 온갖 추측을 자아냈다.

〈걸어가는 모습을 보아하니 그 사람인 것 같았어요. 전깃불도 거의 없고, 비까지 내려 정확히 알아보지는 못했지만요. 내가 그를 보았다고도 할 수 없고, 그를 보았다고 믿는다고도 할 수 없는 입장인데요, 그를 보았다면, 그 이유는 오후에 지나갔어야 하는 샌들 공장의 트럭이 밤 10시 정도가 된 그 시각에 왔기 때문이에요. 자동차 경적이 아주 세게 울리기 시작했기 때문에 나는 '누에바 이탈리아'에서 밖으로 나왔어요. 운전사와 욕설을 주고받다가 운전사에게 말했지요. "그 경적 좀 잠시 멈춰봐요." 나는 주유기 호스를 공중에 치켜든 채 라르센이 걸어오고 있는 것 같은 길모퉁이를 바라보고 있었어요. 당신에게 말했다시피 다시 비가 내리고 있었고, 가로등 불빛은 없는 거나 마찬가지로 아주 희미했어요. 그가 바로 라르센이었다면, 라르센은 비에 흠뻑 젖은 상태로 걸었는데, 예전보다 더 늙어 보이더군요. 챙이 좁은 검은 중절모를 앞으로 기울어지게 눌러 쓴 그는 균형을 잡으며 빨리 가려고 평소보다 팔을 더 세게 흔들면서 걸었어요. 그런 상태인데다, 쏟아지는 비가 그의 얼굴을 때리고 있었기 때문에 내가 그의 얼굴을 제대로 확인하는 게 불가능했지요. 아주 막연하게 그 사람일 것이라고 추측하는 수밖에요. 사람들은 그가 수도에 머무르고 있을 것이라고들 말했는데, 나는 그가 정오에 오는 나룻배도, 오후에 오는 나룻배도 타고 오지 않았다고 확실히 말할 수 있어요. 만약 그가 5시 7분 기차를 타고 왔다면, 내가 그 사실을 모를 수는 없죠. 당시 그는 내가 있던 곳에서 채 반 블록도 떨어지지 않은 곳에 있었지만 불빛이 어둡고 비까지 내려서 제대로 구분하기가 어려웠어요. 자동차에 필요한 고무 제품, 타이어 등을 파는 가게들이 충분하지 않다는 듯이, 그런 물건들을 파는 진열장을 설치하려 한다면서 현재 길모퉁이 건물 모서리 부분을 부수고 있는데, 그가 바로 그 길모퉁이에 모습을 드러냈다가 결국 그 의사의 차에 가려졌고, 어느 건물의 현관으로 들어가 버렸을 거예요. 내가 혼동할 리가 없어요. 왜냐하면 그 의사가 의사 직함을 갖게 된 뒤부터는 자동차의 놋쇠판을 닦지 않았다 할지라도, 놋쇠판이 가로등 불빛을 받아 반짝거렸거든요. 만약 라르센이 길모퉁이를 돌았다면, 그가 부두나 기차역에서 오고 있던 게 아니었어요. 딱 반 블록이나 그보다 가까운 거리였다니까요. 그런데 앞서 언급했던 그 열악한 상황에서 내가 그를 보고 있었다는 게 문제예요. 하지만, 내가 새삼스럽게 맹세할 것까진 없지만, 정말 그 사람 같았다니까요. 무엇보다도, 당시는 반동이 덜했지만 특유의 통통 튀듯 종종거리는 걸음걸이, 뭐라 정확히 설명하기는 곤란하지만 팔을 흔드는 모습, 외투 소매 밖으로 나와 있는 셔츠 소맷부리를 통해 그를 알아보았던 거예요. 혹시나 내 생각이 틀렸을지도 모른다는 변덕스러운 마음이 들어 나중에 곰곰이 따져보았는데, 내 육감이 맞았다는 생각이 들더군요. 그렇게 비까지 오고 추운 날씨라면 다들 호주머니에 손을 집어넣고 다닐 테니까요. 그런데 그는 그러지 않았어요. 바로 그 사람이었어요.〉

* * *

하겐이 라르센을 어슴푸레하게 본 바로 그 시각에 의사 디아스 그레이는 평소처럼 저녁 식사를 하면서 건성으로 글을 읽고 나서, 하녀가 식탁을 치우고, 식탁보를 반반하게 펴고, 카드 한 벌을 그의 곁에 놔두는 사이에 홀로 식탁에 앉아 계속해서 글을 읽으면서, 잠을 이루려면 어떤 수를 쓰는 게 좋을까, 수면제와 호흡법과 상상력의 속임수를 어떻게 조합시켜볼까 생각하기 시작했다. 아마도 그런 생각을 하는 주체는 그가 아니라 그 안에 있지만 몇 년 전부터는 따로 기능하고 있는 정확한 기억력이었을 것이다. 그는 자신이 다시 젊어졌다고 느끼게 만드는 것 말고는 다른 목적이 없는 짧은 도전을 하면서 늘 아무것도 하지 않은 채, 새벽을, 아침을, 오늘 밤과 어울리는 다른 밤을 맞이하겠다는 계획을 세웠다.

만약 어떤 환자도 그를 부르지 않는다면, 그리고 결국 그가 사게 된 그 고물 자동차를 타고 우스꽝스러운 속도로, 덜컹거리며 달릴 일이 생기지 않는다면, 그 시각은 그가 종교음악이 수록된 음반을 턴테이블에 올려놓고 혼자 고독하게 카드 게임을 하면서 음악에 심취하는 때인데, 그는 살짝 흥분한 상태로 카드의 킹과 에이스 가운데 어느 것을 사용할지, 세코날과 브로민화물* 가운데 어느 것을 복용할지 망설이면서, 늘 같은 음악을 순서까지도 똑같이 들어 다 외우고 있었기 때문에, 청각의 4분의 1만을 이용해 들었다.

바뀌지 않는 그 야간 프로그램에 사용되는 음반들, 음악의 급격한 크레셴도와 와르르 무너져 내리는 끝부분은 각각 명확한 의미를 지니고 있었는데, 그것들의 의미는 그가 말이나 생각을 통해 표현해낼 수 있는 어떤 것보다 훨씬 더 명확하게 표현되고 있었다. 하지만 디아스 그레이, 산타마리아의 이 의사, 쉰 살에 육박하고 대머리가 거의 다 된 가난한 노총각, 권태에 익숙해져 있고 행복해지는 것을 부끄러워하는 데 익숙해져 있는 이 남자는 그 음악——그 음악, 약간의 허세에 따라, 그리고 매일 밤을 느껴보겠다는 전도(顚倒)된 욕망, 하지만 진실이 밝혀지기 직전까지, 피할 수 없는 소멸에 이르기 직전까지 보호되던 욕망에 따라 선택된 것이 분명한 음악——에 청각의 4분의 1 이상의 주의를 기울일 수 없었다. 가끔 그는 자신이 듣고 있던 음악을 이를 악문 채 휘파람으로 불어대는 매력 없는 장난을 치면서 자긍심을 가지고, 단호하게 카드의 세븐이나 잭을 다른 줄에 옮겨놓았다.

하겐이 말한 밤이든 다른 밤이든, 아무튼 그날 밤 10시에 디아스 그레이는 현관 벨 소리를 들었다. 그는 자신의 흔적을 숨기고 싶어 하는 것처럼 식탁보 위에서 카드를 뒤섞어버리고, 재생되고 있던 음반의 작동

---

* '세코날'과 '브로민화물'은 모두 수면 유도 약물이다.

을 중지시켰다. 〈그들이 이 밤 시간에 전화를 하지 않는다면, 그것은 긴급한 일이 발생한 경우다. 그들은 어떻게 해서든 의사를 붙들어둘 필요가 있는데, 의사를 붙들지 못하게 되면 절망감을 경험하고, 의사의 모습을 보자마자 의사에게 말을 하면 마음이 편해지는 그런 미신적인 생각을 한다. 아마도 프레이타스는 한 주 이상 살지 못할 것이다. 그렇게 되면 처방 받은 강심제를 복용할 것이다. 그리고 자신의 장례식에 쓸 아마포(亞麻布)에 관해 바보 같은 자식들과 함께 얘기할 것이고, 자신이 남길 순종 경주마에 관해 막내아들과 함께 얘기할 것이다. 만약 그가 새벽에 죽는다면 나는 그들에게 나의 노고, 나의 불면, 나의 인내력을 해가 뜰 때까지 보여줄 것이다.〉 디아스 그레이는 식당에서 나와 진료실로 갔고, 현관홀에 이르렀을 때 하녀에게 소리를 질렀고, 그러자 그녀가 다락방에서 계단으로 내려오는 소리가 들리기 시작했다.

"신경 쓰지 마세요. 제가 열게요."

그녀는 2미터 아래에 있는 방풍문으로 갔는데, 그 문은 결코 잠긴 적이 없었다. 라르센은 모자를 벗어 빗방울을 털었고, 미소 띤 얼굴로 미안하다면서 인사했다.

"올라오세요." 디아스 그레이가 말했다. 디아스 그레이는 진료실로 들어간 뒤 문을 열어두었다. 책상에 몸을 기대고 선 채 라르센을 기다리면서 진료실로 올라오는 그의 물에 젖은 구두가 철버덕거리는 소리를 듣고, 걸걸한 그 목소리, 일그러진 그 미소와 연관된 기억을 되살려보려 애쓰고 있었다.

"안녕하세요." 라르센이 방금 전에 다시 썼던 모자를 벗으며 말했다. "제가 진료실 바닥을 엉망으로 만들고 있군요." 라르센은 몇 걸음 더 걸었고, 이번에는 다른 방식으로, 즉 겸손하지도, 예의 바르지도 않게 미소를 지었다. 머리는 한쪽 어깨로 기울어져 있고, 깊이 파묻힌 눈가로 깊은 주름 몇 개가 잡혀 있었는데, 동그란 눈은 빈틈이 없어 보였다. "저를 기억하시겠습니까?"

디아스 그레이는 모든 것을 기억하고 있었다. 그는 책상에 몸을 기대고 미동도 하지 않은 채 부드럽게 입술을 깨물었고, 과거의 일이 생각나 감정이 북받쳐 올랐고, 바닥에 깔린 리놀륨에 조용히 빗물을 떨어뜨리고 있는 남자에게 터무니없는 연민의 정을 듬뿍 느꼈다. 디아스 그레이는 한 손으로 라르센의 손을 잡은 채 다른 손은 라르센의 비에 젖은 차가운 어깨 위에 올려놓았다.

"외투 벗고 앉으실래요? 전기난로가 있는데, 가져오라 할까요?" 디아스 그레이는 자신이 라르센보다 더 강력하고 사심 없는 보호자라고 느꼈고, 그런 느낌을 거리낌 없이 드러냈다. 라르센은 괜찮다고 말했다. 라르센은 점잖은 태도로 외투를 벗더니 진료대로 가서 그 위에 모자와 함께 내려놓았다.

〈하지만 라르센은 이곳에 단 한 번도 있어보지 않았고, 자기 여자들 가운데 누군가를 데려와 쓸데없이 몸을 벌려 검경(檢鏡)으로 내진을 받도록 하는 일은 단 한 번도 없었다. 혹은 항생제가 발명되기 이전 시대의 어느 날 늦은 오후에 나를 찾아와서는, 친구 사이에 있을 수 있는 거만한 태도로, 나더러 소식자(消息子)로 진찰해달라고 부탁했을 수도 있다. 그럼에도 불구하고, 그는 진찰실 내부를 다 기억하고 있다는 듯이, 이번 방문이 과거의 수많은 밤에 이루어진 방문의 반복이라는 듯이 움직이고 있다.〉

"선생님." 라르센이 의사 디아스 그레이의 눈을 쳐다보면서 짐짓 근엄한 태도로 무뚝뚝하게 말했다.

디아스 그레이는 크로뮴으로 도금한 의자를 라르센에게 갖다주고 자신은 책상 뒤로 가서 앉았다. 〈그의 왼쪽 어깨 뒤 구석에 병풍이 펼쳐져 있고, 진료대에는 라르센의 외투가 시체처럼 널브러져 있고—외투의 칼라 끝에 놓인 모자는 마치 보이지 않는 반반한 얼굴 위에 놓여 있는 것 같고—, 책장들이 있고, 유리창에는 다시 비가 들이치고 있다.〉

"오랜만이군요." 디아스 그레이가 말했다.

"몇 년 됐죠." 라르센이 수긍했다. "담배 피우시나요? 참, 담배는 거의 피우시지 않았죠." 라르센은, 자신에게서 뭔가가 도망치고 있었기 때문에, 진료실 한가운데에서 불편한 철제 가죽 의자에 앉아 있는 자신이 고립되고 노출되어 있다고 느꼈기 때문에 짜증 섞인 태도로 성냥불을 켰다. "우선, 이해 좀 해주세요. 그 당시 제가 선생님을 난처하게 만들었던 것을 모두 사과하고 싶습니다. 선생님은 비록 그 사안에 어떤 의무도 지지 않았고, 또 선생님에게 전혀 중요한 일도 아니었건만, 흠잡을 데 없이 처신하셨죠. 다시 한 번 감사드립니다."

"아닙니다." 디아스 그레이는 그날 밤과 그 만남을 가능한 한 최대로 이용하겠다고 작정하고서 천천히 말했다. "나는 그저 당시에 옳다고 생각한 것을, 또 내가 하고 싶은 것을 했을 뿐이오. 베르그네르* 신부님이 돌아가셨다는 사실을 알고 있나요?"

"얼마 전에 신문에서 보았습니다. 그분 승진하셨지요, 네? 주도(州都)의 다른 자리가 맡겨진 걸로 알고 있는데요."

"아닙니다. 그분은 이곳을 결코 떠나신 적이 없어요. 떠나려 하지 않으셨지요. 그분이 편찮으셨을 때 내가 보살펴드렸어요."

---

* 베르그네르Bergner 신부는 『훈타카다베레스』에서 산타마리아에 사창가를 만들려는 라르센의 계획에 반대하는 인물로 등장한다.

"제 말을 믿지 못하시겠다는 거로군요. 하지만 일이 다 끝난 뒤에 신부님이 대단한 분이라는 사실을 알게 되었어요. 신부님은 당신 일을 하시고, 저는 제 일을 하고 있었지요."

"잠깐만 기다리세요." 의사가 자리에서 일어나며 말했다. "그렇게 흠뻑 젖은 뒤에 마시면 좋은 게 있거든요."

디아스 그레이는 식당으로 가서 럼주 한 병과 잔 두 개를 들고 돌아왔다. 그는 술잔에 술을 채우는 동안 얇은 커튼처럼 유리창에 부딪치는 빗소리와 그 뒤로 깔려 있는 시골의 정적을 듣고 있었다. 유년 시절에 들었던 동화를 듣고 있기라도 하듯 오한을 느끼고, 씩 웃고 싶은 마음이 생겼다.

"밀수품이군요." 라르센이 술병을 들어 올려 자세히 살펴보며 말했다.

"네, 그럴 겁니다. 나룻배로 실어 오지요." 디아스 그레이는 라르센이 자신의 환자라도 되는 것처럼 대수롭지 않게 여김으로써 다시 자신감을 회복하고, 자신을 보호할 수 있다는 생각을 하고서 다시 책상 뒤로 가서 앉았다. "잠깐만요." 상대가 술을 마시고 있는 사이에 디아스 그레이가 다시 말했다. 그는 도구를 보관해두는 진열장이 있는 구석까지 가서 전화선을 뽑은 뒤에 책상의 의자로 되돌아왔다.

"술맛이 달지 않고 아주 좋습니다." 라르센이 말했다.

"알아서 따라 드세요. 그러니까 그 신부님에 관해서는 그렇게 생각했다는 거로군요. 나는 신부님과 당신이 아주 많이 닮았다고 생각했고, 여전히 그렇게 생각하고 있습니다. 물론 서로 닮았다는 사실을 설명하려면 얘기가 아주 길어지지요. 게다가, 그 모든 건 이제 옛 얘기가 되었으니까요. 그리고 당신은 뭔가 일이 있어 나를 찾아왔을 테고요. 나는 당신이 산타마리아에 있었다는 사실을 몰랐습니다."

"아닙니다, 선생님." 라르센이 술잔에 술을 채우며 말했다. "다행히도 저는 건강이 좋습니다. 저는 지금 산타마리아에 있지 않습니다. 그리고 제 말을 믿으세요. 제가 만약 선생님을 만나고 싶지 않았더라면 이곳을 다시 밟지 않았을 겁니다. 이제 설명해드리겠습니다." 라르센은 눈길을 쳐들었는데, 그가 미소를 지을 때면 입가에 잡히곤 하던 주름이 이번에는 심각하게 잡혔다. "지금 푸에르토아스티예로에, 페트루스의 회사에 있습니다."

"그렇군요." 디아스 그레이는 상대가 입을 다물어버릴까 봐 두려워 신중한 태도를 취하고, 밤이 그에게 선사한 것에 대해 고마워하면서도 미심쩍다는 듯이 대답했다. 그는 술을 한 모금 마시고 나서 마치 모든 것을 이해하고 수용했다는 듯이 씩 웃었다. "그래요. 난 페트루스 노인과 그의 딸을 압니다. 푸에르토아스티예로에 환자 고객들과 친구들이 있거든요."

디아스 그레이는 즐거운 마음을 숨길 요량으로 다시 술을 마셨고, 담배가 가득 들어 있는 담배 한 갑이 자기 책상 위에 있는데도, 라르센에게 담배 한 개비를 달라고 청하기까지 했다. 하지만 그는 아무도 조롱하고 싶지 않았고, 개인적으로 우습게 보이는 사람은 단 한 명도 없었다. 그는 낯설지만 따스한 감정을 느끼자 곧 기분이 좋아지면서 몸이 찌르르 떨렸고, 남자들의 삶은 불합리하고 무용하게 지속되고, 또 어떤 식으로는 그가 그 불합리성과 무용성을 확인할 수 있도록 그에게 공짜로 특사(特使)들을 보내주면서 지속되기 때문에 자신이 겸손하고, 행복하고, 인정받는다고 느꼈다.

"책임이 큰 자리죠." 디아스 그레이가 담담하게 말했다. "무엇보다도 회사가 어려운 이 시점에서는. 페트루스가 당신을 오래전부터 알고 있었습니까?"

"아닙니다, 그는 제 과거에 관해서는 전혀 모르고 있습니다. 푸에르토아스티예로에서는 아무도 모릅니다. 아주 우연한 만남이었습니다, 선생님. 당시 제가 아는 사람을 언급하다가 선생님의 이름을 밝혔던 겁니다."

"그 사람들이 그런 건 내게 전혀 묻지 않던데요." 디아스 그레이는 다시 술을 마시고 빗소리를 들었다. 그는 자신이 조바심이 아니라 편안한 호기심에 휩싸여 있다고 느꼈다. 그는 라르센에게서 눈길을 거두고, 말을 그치고, 책장에 꽂힌 책들의 등을 응시했다. 침묵이 흐르는 가운데 라르센은 말을 시작하려고 헛기침을 해댔다.

"그건 그렇다 치죠. 문제는 두 가지입니다. 선생님께 여쭙고 싶었습니다. 선생님. 제가 대화를 나눌 수 있는 사람은 선생님뿐이라는 사실을 저는 알고 있습니다."

〈늙어버린 이 남자, 훈타카다베레스, 혈압이 높고, 점점 벗어지는 두피에 온화한 미광이 비치는 이 남자는 다리를 쫙 벌린 채 앉아 있고, 둥그스름한 배가 허벅지 위로 튀어나와 있다.〉

"페트루스에 관해 말하자면, 그는 지금 길모퉁이 플라사 호텔에서 자고 있어요." 디아스 그레이가 말했다. "바로 오늘 오후에 그와 얘기를 나누었죠."

"알고 있었습니다. 선생님." 라르센이 씩 웃었다. "선생님이 믿든 믿지 않으시든, 제가 지금 여기에 있는 이유는 그게 아닙니다."

〈더러운 여자들이 기꺼이 내는 더러운 돈으로 지난 30년을 살아온 이 남자는 자신의 삶을 거칠고 과감하고 근거 없는 배신으로 대체하면서 삶을 방어하는 데 탁월했다. 과거에는 한 가지 방식을 믿었고, 지금은 다른 방식을 계속해서 믿고 있는 그는 죽으려고 태어난 것이 아니라 승리하고, 자기 고집대로 살려고 태어났는데, 삶이 무한하고 영원한 하나의 영토이기 때문에 이 순간에도 삶 안에서 전진하고 이익을 뽑아내야 하는 사람이다.〉

"뭐든지 물어보세요. 잠깐만 기다리세요." 디아스 그레이는 식당으로 가서 전축을 틀었다. 문이 반쯤 닫혀 있었기 때문에 음악 소리가 빗소리보다 더 크게 들리지는 않았다.

"먼저, 회사 문제인데요, 선생님. 어떻게 보십니까? 선생님도 아셔야 합니다. 제 말은, 페트루스가 회복할 가망이 있느냐 하는 겁니다."

"5년도 넘는 과거부터 지금까지 산타마리아에 있는 호텔과 클럽에서 아페리티프를 마시면서 그 문제를 토의해오고 있어요. 나도 나름대로 정보가 있다고요. 하지만 당신이 그 현장에 있고, 경영자잖아요."

라르센은 다시 입술을 비틀다가 손톱을 쳐다보았다. 두 사람은 서로의 눈을 탐색하고 있었다. 이제 빗소리는 들리지 않았고, 전축에서 흘러나오는 성가 합창 소리가 진료실을 채우기 시작했다. 강에서 활기 없는 뱃고동 소리가 짧게 들려왔다.

"우리가 마치 성당에 있는 것 같군요." 라르센이 고개를 주억거리며 부드럽고 공손한 어투로 말했다. "선생님께 솔직해지렵니다. 저는 경영 쪽을 맡고 있지 않습니다. 현재는 회사 업무를 제대로 파악하려고 전반적으로 공부를 하고, 가격을 책정해보고 있습니다." 라르센이 겸연쩍다는 태도로 어깨를 으쓱했다. "하지만 그곳은 폐허나 다름없습니다."

〈그리고 바로 이 남자, 죽을 때까지 적어도 여기서 1백 킬로미터는 떨어져 있어야 했을 이 남자는 자신의 굳은 발을 페트루스 노인이 쳐놓은 거미집에 집어넣어 거미집에 남아 있는 것과 얽히기 위해 돌아와야

했다.〉

　"내가 알고 있는 바에 따르면, 희망이 전혀 없어요." 디아스 그레이가 말했다. "회사를 청산해보았자 아무도 이익을 얻지 못하기 때문에 회사를 아직 청산하지 못했어요. 주요 주주들은 오래전부터 실패한 사업이라 생각하고서 다 잊어버렸다니까요."

　"확실합니까? 페트루스는 3천만 페소를 들먹이고 있는데요."

　"그래요. 그건 나도 이미 알고 있는데, 오늘 오후에도 그가 그에 관해 말하는 걸 들었어요. 페트루스는 미친 상태이거나 아니면 미치지 않으려고 계속해서 그렇게 믿으려 용을 쓰고 있지요. 회사를 청산하면 10만 페소는 받겠지만, 내가 아는 바로는, 그가 개인적으로 1백만 페소 이상의 빚을 지게 될 겁니다. 하지만, 그사이에 서류를 제출하고 관련 부처들을 찾아다니겠죠. 게다가 그는 이제 아주 늙었습니다. 당신은 급료를 받고 있나요?"

　"현재 현금을 받고 있지는 않습니다."

　"그렇군요." 디아스 그레이가 부드럽게 말했다. "나는 페트루스의 다른 경영자들을 만난 적이 있어요. 많은 수가 산타마리아에서 나룻배를 기다리고 있는 사이에 퇴직했지요. 그런 사람이 아주 많았어요. 그런데 유사한 경우는 하나도 없었지요. 페트루스 노인은, 언젠가는 모든 사람과 다른 어떤 사람을, 심지어는 환멸과 굶주림으로 살이 찌고 절대 떠나지 않을 누군가를 찾아낼 수 있다는 희망을 가지고 늘 그들을 선발하거나 각기 다른 특성을 지닌 사람을 일부러 선발하는 것 같았어요."

　"아마도 그랬을 겁니다, 선생님."

　"내가 그 사람들을 보았어요."

　(3년 동안에 헤레미아스 페트루스 주식회사의 총지배인, 관리이사 또

는 기술이사를 맡은 사람이 대여섯 명은 되었을 텐데, 이들은 자신들에게 친밀한 곳들, 적어도 자신들이 이해할 수 있고 어디에 있는지 알 수 있는 곳들로부터 단순히 멀어진다고만은 생각할 수 없었던 어느 유배지를 떠나서 돌아가는 길에 산타마리아를 거쳤다. 결국 그들은 서로 그리 많이 다르지도 않은 셈이었다. 그들은 가난 또는 이상야릇하고 볼품이 없어 궁상맞기 이를 데 없는 옷 때문에 동족이 되어 있었다. 하지만 그들은 철저하게 감시를 받으며 진행되는 쇠퇴에서 드러나는 어떤 분위기, 페트루스 노인의 전염성 광기에 의해 형성된 작은 군대의 제복처럼 보이는 옷에서 드러나는 공통적인 분위기를 풍기고 있었다. 아마도 앞에서 언급한 사람들의 두 배는 될 만한 숫자의 다른 사람은 산타마리아에서 적대적이고 심술궂지만 믿을 만하고 도전할 만한 세계와 새롭게 접촉하는 모습을 보인 적이 없었다. 그들 가운데 일부는 푸에르토아스티예로에서 나룻배를 타고 뿔뿔이 흩어졌다. 나머지 사람들은 자부심과 혼동될 수 있는 어떤 두려움, 그들을 익명으로 만들고, 보이지 않게 만들어버린 두려움에 여전히 휩싸인 채 그 도시를 스쳐 지나갔다. 그들은 서로 그다지 다르지 않았다. 게다가 시선까지도 닮았는데, 원래 비어 있는 시선이 아니라, 예전에 그들이 가진 적이 있고 믿은 적이 있던 것이 비어 있는 시선이었다. 그리고 그들이 그곳을 도망치면서 밟았던 육지의 첫 땅에 사는 사람들의 눈에는 여전히 담겨 있는 것을 담고 있지 않은 시선이었다.

그들은, 그들과 얘기를 나누었던 모든 사람이 알고 있는 바대로, 그리고 그들 자신들이 인정하고 있던 바대로, 실제로 푸에르토아스티예로에서 돌아가고 있었는데, 강변에 있던 여느 마을과 같은 푸에르토아스티예로는 독일인 이민자들과 메스티소*들의 오두막들이 강변을 따라 페트루스 주식회사

---

* mestizo: 인디오와 백인의 혼혈이다.

124

의 건물, 겉이 벗겨지고 떨어져 나간 회색 시멘트 입방체, 녹슨 철물이 점유한 폐허를 둘러싸고 있는 곳이었다. 그들은 산타마리아에서 나룻배로 몇 분 거리에 있는 어느 지점, 즉 결의가 넘치고 필사적인 남자가 농장의 철조망과 갈대 숲 사이로 난 길을 걸어가야만 한다면 두 시간이 걸릴 지점에 도착했다. 그들은 자신들이 돌아간다는 생각에 주절주절 늘어놓는 자신들의 공허한 열망을 친절하게 들어주던 사람들 곁을 떠나올 때와 같은 눈을 지니고 있었다. 그들의 눈은 물러나면서 그 도시를 가로질렀던 다양한 계급의 다른 경영자들, 미래에 도착하게 될 경영자들과 그들을 이어주고 강하게 결합했다. 그들의 눈과 시선에는 놀라울 정도로 격렬하지만 즐거워하는 빛이 역력했다. 경영자들은 그렇게 돌아가고 있었다. 그들은 자신들이 만지는 나무, 손, 유리창, 그들에게 질문하는 입, 미소, 안타까워하고 놀라워하는 모습에 고마워했다.

하지만 그들의 눈에 드러난 이런 즐거움은 자신들이 유배지로부터 돌아가는 것이 즐겁기 때문에 유발된 것이 아니었다. 단지 그것 때문이 아니었다. 그들의 눈에는 자신들이 막 부활했다는 듯한 기색이 역력했고, 막 벗어난 죽음에 대한 기억——말과 침묵으로 옮길 수도 없고, 말과 침묵에 적대적인 어느 기억——은 이제 자신들의 영혼이 지닌 속성이라는 듯한 기색이 역력했다. 그들의 눈을 보면 그들은 어느 특정 장소에서 돌아오고 있는 것이 아니었다. 그들은 세상에 존재하지 않는 곳에 머물다가, 절대적인 고독, 야망, 안전, 시간, 권력 같은 상징들이 허위적으로 채워져 있는 고독 속에 머물다가 돌아왔다. 그들은 페트루스 노인이 제대로 의식하지도 못한 채 만들어놓은 어느 개인 지옥으로부터 완전히 맑은 정신으로, 진정 자유로운 상태로 돌아온 것이 결코 아니었다.)

전축에서 흘러나오는 음악은 우정과 사랑, 위안을 주는 것이었다. 라르센은 고개를 한쪽으로 기울이고, 양손으로 술잔을 쥐어 무릎 사이에 놓고, 관대한 마음으로, 그 면담의 의미나 예상할 수 있는 결과에 대해서는 전혀 믿지 않고, 승리를 하려면 꾹 참고 견디는 수밖에 없다고 확신한 채 음악을 듣고 있었다.

"하지만 안심하세요, 선생님. 우리는 굶어 죽지 않을 겁니다. 제가 그곳 사람들과 남아 있는 간부들을 잘 조직해놓았기 때문에 불평할 이유가 없습니다. 그리고 저 역시 떠날 생각이 없습니다."

"그렇군요. 아마도 당신이 바로 페트루스가 필요로 하던 사람, 그 일을 하기에 가장 적합한 사람일 수도 있겠죠. 만약 다른 사람이 나를 찾아와서 그런 얘기를 했다면 내가 틀림없이 웃었겠지만, 이건 웃기는 일도, 믿지 못할 일도 전혀 아니에요. 여기서는 뭔가를 아는 사람이 아무도 없다는 게 특이하지요."

"푸에르토아스티예로는 죽은 상태입니다, 선생님. 사람들이 배를 타고 오지도 않고 떠나지도 않기 때문에 나룻배들도 오지 않습니다. 오늘만 해도 이곳에 오려고 어선 한 척을 빌려야 했습니다." 라르센은 경멸하듯, 변명하듯 씩 웃었다. 새로운 음반이 라르센의 터무니없는 희망을 확실하게 북돋아주고 있었다.

"그래서 당신이 그곳에 있군요." 디아스 그레이가 갑자기 신명이 나서 말했다. "모든 것이 잘되고, 모든 것이 잘 정리되어 있군요. 솔직히 말하자면, 나는 호텔 바에서 오후 7시에 마시는 아페리티프 말고는 술을 거의 입에 대지 않아요. 그리고 늘, 거의 늘 동일한 사람을 만나고, 동일한 일을 해요. 그 사람들은 바로 당신과 페트루스예요. 내가 그렇게 되리라 예상했어야 했지요. 이제야 그걸 깨닫고서 부끄러워하고 있어요. 당신도 알다시피, 삶에는 그리 놀랄 만한 게 없어요. 우리를 놀라게 하는 것은 모두 삶이 지닌 의미 그 자체지요. 하지만 우리는 교육을 잘 못 받았고, 교양 없는 사람이 되려고 해요. 아마도, 당신은 그렇지 않을 것이고, 페트루스 또한 그렇지 않을 테지만 말이오." 디아스 그레이는 다정하게 미소를 머금었고, 라르센이 책상에 놓아둔 술잔을 채웠다. 그러고는 동정심을 감춘 미소를 머금은 채 천천히 자기 술잔을 채웠다. 디아스 그레이는 침묵이 흐르는 가운데 전축에서 나는 찰깍 소리를 들었다. 음반은 한 면이 다 끝났고, 비가 그치고 바람도 불지 않았다.

"마지막으로 한 가지만 말씀드리겠습니다. 선생님." 라르센이 부탁했다. "오늘 밤 제가 해결해야 할 아주 중요한 문제가 몇 가지 남아 있어서요. 제가 선생님을 만나 이렇게 함께 있다는 게 얼마나 좋은지 선생님은 모르실 겁니다. 저는 늘 디아스 그레이 선생님이 이 마을에서 가장 훌륭한 분이라고 생각했고, 말했습니다. 선생님의 건강을 빕니다. 삶에는 놀라운 것이 없다는 선생님 말씀이 맞습니다. 적어도 진짜 남자들에게는 말입니다. 이런 비유를 해도 좋을지 모르겠습니다만, 우리는, 여자를 알듯이, 삶을 속속들이 알고 있지요. 그러니 삶의 의미에 관해 제가 헛소리를 한다고 생각하지 마세요. 저도 제법 알고 있습니다. 누구든 뭔가를 하지만 자신이 하는 것 이상은 할 수 없습니다. 달리 말하자면, 늘 선택해서 하지는 않는다는 겁니다. 하지만 다른 것에 관해 말하자면……"

"그 밖의 것들 역시 마찬가지예요. 내 말을 믿으세요." 의사가 가난한 환자들을 위해 의대에서 주입받은 대로 참을성 있게, 그리고 분명하고 명확하게 말하는 습관에 따라 말했다. "당신과 그들. 모든 사람은 우리의 삶의 방식이 일종의 어릿광대짓이라는 사실을 알고 그 사실을 받아들일 수 있지만, 각자 자신의 어릿광대짓을 보호해야 할 필요가 있기 때문에 그 사실을 받아들이지 않지요. 물론, 나도 마찬가지고요. 페트루스가 당신에게 총지배인직을 제의할 때 그는 어릿광대가 되고, 당신이 그것을 받을 때 당신도 어릿광대가 된다는 겁니다. 그것은 하나의 게임인데, 당신과 페트루스는 다른 사람이 그 게임을 하고 있다는 사실을 알아요. 하지만 당신들은 입을 다물고 시치미를 떼지요. 페트루스는 조선소의 기능이 정지되지 않았다는 사실을 알고서 교섭을 유리하게 이끌기 위한 최후 수단이 될 만한 경영자를 필요로 하는 거예요. 당신은 혹시 언젠가 기적이 일어나서 사안이 정리되고 당신이 밀린 급료를 요구할 수 있게 될 때를 위해 급료를 적립해가기를 원하고 있어요. 이건 내 추측이오."

음반의 마지막 곡이 흐르고 있었다. 이 음악은 한 남자가 결코 즉흥적으로 생각해낼 수 없는 매력적인 형식의 동의를 선택하도록 간청하고 있었다. 〈나는 그가 이해하든 말든 상관할 필요가 없다. 다시는 그를 보게 되지 않을 것 같다. 나는 말할 수 있는데, 그에게가 아니라, 그가 알고 있는 것에 관해서가 아니라, 그가 내게 말하고자 하는 것에 관해 말할 수 있다.〉

"선생님이 승리합니다. 이 문제에서는 말입니다. 하지만 뭔가 더 있습니다." 라르센이 씩 웃었다. 마치 공적인 축하 인사를 덧붙인다는 듯이, 그리고 그 밖의 어떤 것의 가장 중요한 부분, 즉 자신의 광기, 금속화 계획, 아마도 지금 바다 속에 쓰러져 누워 있을 배들의 선체를 보수할 예산, 폐허로 변한 조선소의 창고에서 외롭게 품었던 망상, 모든 사물에 대한 그의 헤어날 수 없는 격정적인 탐욕, 되살아난 기억, 조선소에 거주했던 고통 받은 영혼들을 감추기 위해서라는 듯이.

"뭔가 있을 겁니다. 만약에 없었다면 당신은 이미 호텔에서 페트루스와 함께 있었겠죠. 라르센, 당신 말마따나 사람이란 항상 자신의 행위와 일치하게 존재하는 건 아니에요. 당신 말이 맞을 수도 있지요. 나는 지금 우리가 방금 전에 했던 얘기에 관해, 삶의 의미에 관해 생각해보고 있어요. 우리가 삶에 대해 똑같은 생각을 한다는 데, 사람은 자신의 행위와 일치하게 존재하지는 않는다는 데 오류가 있어요. 그건 거짓말이라고요. 삶이란 우리 모두가 보는 것, 아는 것, 바로 그것뿐이거든요." 하지만 디아스 그레이는 다음과 같이 말할 용기가 나지 않아 생각만 했다. 〈이 의미는 명확하고, 삶은 이 의미를 결코 숨기려고 애쓰지 않는데, 사람들은 어리석게도 그 의미를 제대로 이해하지 못한 채 처음부터 말로, 조바심을 내며 싸운다. 사람들이 삶의 의미를 수용하는 데 무능하다는 증거는, 모든 가능성 가운데 가장 믿을 수 없는 가능성, 즉 우리 자신이 죽을 것이라는 가능성이 삶에서는 아주 흔한 것이고 매 순간에 이미 일어났던 하나의 사건이라는 사실에 있다.〉

턴테이블의 바늘이 소리 없이 음반을 긁으며 몇 바퀴 돌았고, 다시 찰깍 소리가 들리고 나서 평화로운 침묵이 흘렀다. 디아스 그레이는 공허하고 지루하다고, 왠지 후회스럽다고 느꼈다.

"지당한 말씀입니다, 선생님. 하지만 저는 말썽거리를 찾으려 한 적이 결코 없습니다. 그래요, 뭔가 다른 것이 있습니다." 라르센은 물기에 젖어 윤이 나지 않는 구두를 내려다보며 양말을 추켜올렸다. "선생님은 페트루스의 딸을 아시나요? 앙헬리카 이네스라고. 우리는 약혼한 사이입니다."

디아스 그레이는 그 면담이 하나의 꿈이거나 적어도 전혀 예상치 못했던 어떤 사람이 어느 날 밤 몇 시간 동안 자기를 행복하게 만들기 위해 만든 한 편의 코미디라는 생각이 들어 즐거우면서도 차마 웃을 수는 없었기에 책상 위에 놓인 담뱃갑에서 담배 한 개비를 잡아 뽑으면서 다시 의자에 앉았다.

"앙헬리카 이네스 페트루스라." 디아스 그레이가 중얼거렸다. "방금 전에는 내가 확신이 없었기 때문에 시원찮게 말했어요. 당신과 페트루스. 완벽하게 보여요. 깊이 생각해보니 모든 것이 완벽하네요."

"감사합니다, 선생님. 그런데 다른 문제가 있습니다. 선생님은 이미 그걸 알고 계실 겁니다." 라르센은 상대가 자기 말을 믿을 것이라는 희망도, 의도도 갖지 않은 채, 그저 우정 어린 경의를 표하는 방식으로, 자기 구두에서 눈길을 뗀 뒤 더욱더 순진하고 더 솔직한 관심을 드러내며 진심 어린 표정으로 의사를 향해 눈길을 치켜들었는데, 이처럼 다채로운 표정은 그가 50년 동안 드러낼 수 없던 것이었다. 디아스 그레이는 라르센의 표정에 드러난 의도, 즉 디아스 그레이 자신의 호감을 얻기 위한 그 역겨운 의도, 괜히 무관심한 척하는 의도가 하나의 문장으로 표출되기라도 한다는 듯이 고개를 끄덕였다. 디아스 그레이는 조바심을 내며 기다렸다. "물론, 우리는 서로 사랑하고 있습니다. 늘 그렇듯이 모든 것은 무(無)나 다름없는 상태에서 시작합니다. 하지만 진지하게 단계를 밟아가고 있습니다. 이렇게 비가 오는데도 제가 어선을 타고 이곳에 오게 된 가장 중요한 이유는 그 문제에 관해 선생님과 상의하기 위해섭니다. 그녀에게 자식이 있을 수도 있고, 그래서 결혼이 그녀에게 해로울 수도 있습니다."

"두 사람 언제 결혼합니까?" 디아스 그레이가 깊은 관심을 드러내며 물었다.

"바로 그 문제입니다. 제가 그녀더러 마냥 기다려달라고 할 수만은 없다는 점을 이해해주시기 바랍니다. 선생님이 전문가로서 함부로 말씀하시지 않는다는 사실을 알지만, 제가 알고 싶어 하는 바는……"

"좋아요." 디아스 그레이가 몸을 책상 쪽으로 끌어당기고는 하품을 하고 나서 평화롭게 미소를 머금었는데, 눈에 눈물이 그렁했다. "특이한 여자지요. 정상이 아니에요. 정신이 이상하지만, 지금보다 더 이상해질 가능성은 거의 없어요. 자식은, 안돼요. 그녀의 어머니가 정신병으로 죽었는데, 물론, 구체적인 원인은 정신발작이었지요. 그리고 페트루스 노인은, 내 이미 말했다시피, 완전히 미치지 않으려고 괜히 미쳤다고 위장하는 거예요. 이런 말을 한다는 게 미안한 일이지만, 두 사람이 결혼해도 자식을 두지 않는 것이 좋을 거예요. 그녀와 함께 사는 문제에 관해서는, 그녀가 어떤 사람인지는 당신도 알고 있을 거라 생각해요. 당신이 그녀를 감당할 수 있을지는 당신이 잘 알 거요."

디아스 그레이가 자리에서 일어나 다시 하품을 했다. 라르센은 걱정이 가득한 순진한 표정을 순식간에 거둬들이더니 무릎관절에서 삐걱거리는 소리가 날 정도로 진료대로 걸어가서 외투와 모자를 집어 들었다.

이제, 그날 밤에 일어난 일을 온전히 재건하지 못한 상태에서, 그 사건에 역사적인 중요성이나 의미를 부여하고 싶은 변덕스러운 마음 상태에서, 아무도 관심을 두지도 않고 썩 중요하지도 않은 이 모든 사안을 조종하고, 뒤섞고, 이 사안들을 가지고 함정들을 만들면서 기나긴 겨울밤을 짧게 만드는 무해한 게임을 하는 상태에서, 플라사 호텔 술집 '바텐더'의 증언이 나온다.

'바텐더'는 라르센에 관해 그가 제공받은 묘사, 풍부하지만 말해준 사람들이 각기 다른 부분을 강조함으로써 서로 모순적이기까지 한 묘사에 부합하는 한 남자가 그 겨울비 내리는 어느 밤에 술집의 바로 다가와 헤레미아스 페트루스 씨가 호텔에 〈투숙하고〉 있는지 물었다는 사실을 시인한다.

〈'투숙하다'는 말이 옛말이었기 때문에, 나는 '시몬스의 피츠'를 생각하다 말고 그를 두 번이나 쳐다보았죠. 거의 모든 사람이 '숙박하다'라거나 '있다'라는 표현을 사용하잖아요. 콜로니아의 일부 사람들, 즉 아마도 이곳에서 태어났을 노인들은 '머물다' 같은 표현을 쓸 수도 있겠죠. 이 남자는 외투 주머니에서 손을 빼지도 않고 모자를 벗지도 않고서 '투숙하다'라고 말했어요. '좋은 저녁입니다'라는 인사말도 하지 않았고, 나도 듣지 못했어요. 그 옛말을 들으니, 아마도 그의 목소리 때문이기도 했겠지만, 젊은 시절 동네 길모퉁이에 있던 카페들이 생각나더군요. 옛것들 말이에요. 그 남자가 그렇게 말했을 때 나는, 내가 할 일도 아닌 데다 술잔들이 항상 깨끗한 상태였건만, 행주로 술잔 하나를 닦고 있었어요. 당시 할 일이 전혀 없는 상태였고, 술집은 거의 비어 있었으며, 바에는 아무도 없었기 때문이죠. 나는 흑인 '바텐더' 찰리 시몬스를 생각하고, 그가 발명하고 이름 붙인 '피츠'를 생각하고, 그가 내게 전해준 제조법이 가짜라는 증거에 대해 생각하고 있었어요. 왜냐하면 내가 그에게 제조법을 요구하자마자 그가 곧바로 알려준 데다, 술의 색깔은 아주 예뻤지만 맛이 끔찍했기 때문이고, 게다가 실제로 그가 그 술을 만드는 걸 내가 단 한 번도 직접 보지 못했기 때문이죠. 당시 그는 리키에서 잠깐 동안 일했어요. 나중에 그곳은 '노네임'이라 불렸는데, 그 후로는 어떻게 불렸는지 모르겠어요. 당시 나는 무심결에 그것과 그전에 일어난 다른 것을 생각하고 있었어요. 그때 그 남자가 왔는데, 그가 산타마리아에 살고 있을 때 내가 그를 단 한 번도 보지 못했다 할지라도, 아마 당신이 내게 말한 바로 그 남자가 맞을 거예요. 작달막한 키에, 자신만만해 보이고, 살이 찌고, 노년기에 접어들고 있었지만 여전히 건강하고, 세월의 흐름에는 아랑곳하지 않는 것 같은 분위기를 풍겼어요. 그더러 손님의 명단과 열쇠를 관리하는 호텔 수위 토비아스에게 가서 물어보라고 했어야 했지요. 하지만, 나는, '혹 페트루스가 호텔에 투숙하고 있다면'이라는 문장이, 정확히 말해 '투숙'이라는 단어가 나를 사로잡았기 때문에 그에게 대답을 해버렸어요. 그렇다고 대답하고 몇 호실인지 알려준 거죠. 우리 모두는 그 사안에 대해 알고 있었고, 서로 얘기했거든요. 그러니까, 페트루스 노인은 병이 들어, 혹은 병이 든 척하면서 아침부터 '리빙룸'을 갖춘 신혼부부용 스위트룸 25호실에 들어가서는 하루 종일 탄산수 한 병 말고는 아무것도 시키지 않았어요. 사람들이 무슨 말을 했건, 그 프랑스 남자*가 페트루스에게 이번 숙박비와 전에 밀린 숙박비를 합쳐 수천 페소에 달하는 숙박비 계산서를 감히 제시했는지는 우리 가운데 누구도 알지 못했어요. 우리 가운데 누구도 페트루스가 계산서가 아니라, 내가 상상할 수는 없지만 당연히 '페트루스와 회사' 또는 '페트루스와 페트루스'라 부를 수 있는 어느 '은행' 계좌에 잔고가 있는 수표에 서명하는 것은 보지 못했다는 거지요. 그 남자는 살짝 고개를 끄덕여 내게 감사를 표한 뒤 엘리베이터 쪽으로 걸어가기 시작했어요. 나는 그를 불러 세워놓고 내부 전화로 미리 연락해보라고 말하고 싶었지만 그냥 가만히 있었고, 그는 계속해서 걸어갔죠. 그는 당신이 묘사해준 바와 같았어요. 원래 몸무게가 많이 나가는데, 더 많이 나가는 것처럼 보였어요. 검은 옷을 입은 그는 텅 빈 술집의 정적 속에서 구두 굽 소리를 내며 걸었는데, 복도의 카펫이 깔린 부분에서는 그 소리가 나지 않았어요. 마치 앞가슴에 뭔가를 껴안고 가는 것처럼 등이 굽은 모습이었지요. 불쌍한 남자. 나만 그렇게 생각한 게 아닐 거예요. 당시 나는 내가 본 남자 중 최고로 옷을

---

* '그 프랑스 남자'는 라르센을 가리킨다.

잘 입는 흑인 찰리 시몬스를 생각하고 있었죠. 그리고 그때를, 기억날 수밖에 없던 과거 어느 때를 생각했어요. 그때가 언제냐 하면, 찰리 시몬스가 긴 스푼으로 멍하게 '피츠 진' 한 잔을 휘젓고 있다가 자신이 하고 있던 작업이 더 훌륭하게 될 수 있을 것이라고 생각했던 때, 또는 새로운 것이나 더 좋은 것을 첨가하지 않고 재료의 양과 종류를 살짝 바꾸기만 해도 자신이 더 유명해질 수 있을 것이라는 사실을 깨달았던 때 말이에요. 찰리 시몬스가 그 진을 어떻게 만들었는지는 지금도 잘 모르겠고, 그래서 계속해서 그에 관해 자문해보고 있는 중이에요.〉

문은 잠겨 있지 않았다. 그래서 라르센은 어스레한 거실을 살금살금 통과해 침실로 들어갔다. 침실 불빛을 통해 보니 페트루스 노인이 신혼부부용 침대의 4분의 1 정도를 차지하고서 몸을 웅크린 채 드러누워 있었다. 손에는 펜을 들고, 크로뮴 고리가 달린 검은색 수첩은 무릎에 올려놓은 상태였다. 페트루스 노인이 시든 얼굴을 라르센에게 돌렸는데, 놀라거나 두려워하는 표정 대신 직업적인 호기심만 살짝 드러낼 뿐이었다.

"안녕하세요, 실례합니다." 라르센이 말했다. 라르센은 호주머니에서 손을 빼내 가짜 벽난로 위에 설치된 선반에 조심스럽게 모자를 놓았다.

"누군가 했더니, 당신이군요." 노인이 말했다. 그는 얼굴을 돌리지 않은 채 펜과 수첩을 베개 밑에 넣었다.

"어찌 되었든, 우리가 함께 이곳에 있게 되었습니다, 사장님. 제가 정말 두려워하는 것은⋯⋯" 라르센이 재빨리 앞으로 나아가 악수를 청하자 페트루스가 아주 작고 깡마른 손을 내밀어 라르센의 손을 잡았다.

"그래요." 페트루스가 말했다. "의자 하나 갖고 와서 앉으시오, 선생." 페트루스는 라르센을 찬찬히 뜯어보더니 자기가 본 것이 맞다는 듯 고개를 끄덕였다.

"조선소 일이 모두 잘되기를 기대하고 있습니다. 우리는 승리를 목전에 두고 있는데, 단지 며칠이 걸릴 것인지가 관건입니다. 요즘에는 정의로운 행위도 승리를 해야만 의미가 있다는 게 서글픈 일입니다. 어느 장관이 한 말이 기억납니다. 직원들과 무슨 문제가 있습니까?"

라르센은 침대에 걸터앉아 천사들의 환심을 사려고 씩 웃었고, 유령 같은 수많은 직원을 생각하고, 아마도 그들이 남겼을 테지만 어떤 경우든 증거가 되지 못하는 흔적들에 관해 생각했다. 갈베스와 쿤스에 관해 생각하고, 남자용 외투를 입고 있는 여자의 배를 향해 뛰어들던 개 한 쌍을 생각했다. 그뿐만 아니라 웅덩이와 창문처럼 생긴 구멍, 나사가 풀려 허술하게 매달려 있는 경첩도 생각했다.

"아무 문제 없어요, 선생. 처음에는 터무니없는 저항이 약간 있었지요. 하지만 지금은 모든 게 기계처럼 돌아가고 있다고 자신 있게 말할 수 있어요."

페트루스는 씩 웃고 나서 그것은 정확히 자신이 기대했던 것이라고, 사람들을 선발해 임무를 부여하는 데 실수하지 않을 자신이 있다고 말했다. 〈나는 경영자다. 그건 경영자가 지녀야 할 첫번째 덕목이다.〉 밖은 밤의 어둠에 휩싸여 고요하기만 했고, 세상이 얼마나 넓은지 도저히 헤아릴 수 없었다.

이곳에는 담요가 덮고 있는 노쇠한 몸, 수직으로 세워진 베개에서 씩 웃고 있는 시체의 누런 머리, 늙은 남자와 그의 게임밖에 없다.

"반가운 일입니다." 라르센은 페트루스의 말을 곧이곧대로 믿고 담담하게 말했다. "저는 조선소 문제에 신경 쓰고, 직원들이 일을 효율적으로 잘하는지 감시하는 동안 제가 후위를 책임지고 있다고 늘 생각해 왔고, 그동안 어르신께서는……" 라르센은 만족스러운 듯 숨을 내쉬었는데, 비에 젖은 외투 속으로 오한이 났다.

"사선(射線)에 서 있는 거지요, 선생. 정말 그래요." 노인은 미소를 머금으며 내심 기뻐했다. "위험이 클수록 영광도 큰 법이오. 하지만 만약 후위가 실패하게 되면……"

"그런 생각 때문에 제가 힘을 내게 됩니다."

"이 모든 것은 내 작품이오." 페트루스가 손을 미끄러지듯 아래로 내려 순간적으로 베개 밑에 있는 수첩을 만지며 말했다. "나는 모든 것이 다시 제대로 작동되는 것을 보기 전에는 죽지 않을 거요. 그전에 내가 죽는다는 건 불가능한 일이오. 하지만 선생의 작업은 내 작업만큼 중요해요. 만약 조선소가 단 한 시간만 멈춰버린다면, 펜대나 굴리는 그런 사람들, 부활한 그 인간쓰레기들의 접견실에서 내가 무엇을 지킬 수 있겠소?"

라르센은 소심하게, 감사하는 마음으로 즐거운 표정을 지으며 고개를 끄덕였다. 페트루스 노인은 재빨리 미소를 거두었고, 긴 구레나룻 사이에 든 깡마른 얼굴은 뭔가를 기대하고, 공손하지만 뭔가를 요구하는 표정을 신중하게 드러내기 시작했다.

남녀 한 쌍이 큰 소리로 대화를 하면서 방문 앞으로 지나갔다. 남자는 꾹 참고 있었다는 듯 경멸적인 어투로 뭔가를 부정하고 있었다.

"어르신께서 명령을 내리실 순간을 위해 모든 것이 준비되어 있다는 것을 확신합니다." 라르센이 힘주어 말했다.

하지만 밖에서 들리는 남녀의 목소리도, 침대 다리 쪽에서 들려온 이 목소리도, 미라가 된 원숭이처럼 베개에 무중력 상태로 기대어 있는 그 얼굴에게 라르센이 했던 심문의 단호함을 완화해주지 못했다.

〈그의 얼굴에 제대로 잡혀 있는 주름은 미소가 아니다. 그는 그 누

구에게도 전혀 관심이 없고, 나는 내가 아니고, 오늘 밤 조선소의 확고
부동한 총지배인 자리를 차지하고 있는 서른번째 몸 또는 마흔번째 몸
도 전혀 아니다. 나는 고작 불신의 대상이다. 그리고 그는 나를 전혀 두
려워하지 않는다. 나는 문을 두드리지도 않은 채 들어갔고, 늦은 시각이
고, 그는 오늘 밤 자신이 산타마리아에 있을 것이라고 내게 알리지 않았
다. 그는 내가 거짓말을 하는 이유가 무엇인지, 내가 어떤 계획과 희망을
갖고 있는지 알고 싶어 할 것이다. 그는 그런 것에 대해 알고 싶어 조바
심을 내고 있다. 그사이 그는 즐기고 있다. 그는 이런 게임을 하기 위해
태어났고, 내가 태어난 날부터 20년 동안 유리한 조건에서 게임을 하고
있다. 나는 사람이 아니고, 그래서 그가 얼굴에 드러내는 미소는 말썽을
일으키는 미소가 아니다. 그 미소는 일종의 얼굴 가리개고, 일종의 명령
이고, 묘수와 방책이 강구되기를 기다리는 동안 시간을 벌기 위한 술책
이다. 그 의사는 늘 그렇듯 살짝 제정신이 아닌 상태지만, 그의 말이 옳
았다. 우리 가운데 몇은 동일한 게임을 하고 있다. 이제 모든 것은 우리
가 하는 게임의 방식에 달려 있다. 노인과 나는 돈을 많이 원하고, 우리
는 둘 다 근본적으로 돈을 원한다는 약점을 갖고 있다. 왜냐하면, 그래,
바로 그런 것이 한 남자를 재는 척도이기 때문이다. 하지만 그는 다른
방식으로 게임을 하는데, 게임판의 크기만이 아니라 그가 보유하고 있
는 칩의 숫자도 다르다. 비록 그는 시간이 얼마 남지 않았고 자신이 그
사실을 알고 있다 해도 게임을 시작하는 데는 나보다 덜 절망적이다. 오
히려 그는 나보다 이점을 더 많이 갖고 있고, 솔직하게 말하자면, 그가
오직 중요하게 여기는 것은 게임 자체이지 이기는 것이 아니다. 나 역시
마찬가지다. 그는 내 형이고 아버지이며, 그래서 나는 그에게 인사를 한
다. 하지만 가끔 나는 놀라고, 나는 이해득실을 따지지 않고 게임을 한

다.〉

방금 전에 복도를 지나간 여자와 남자가 남긴, 사람의 것처럼 들리지 않는 부드러운 속삭임이 저 멀리서 정적을 꿰뚫었다. 그런 다음 그들은 마지막으로 문의 빗장을 거는 소리를 남겼고, 광장 위에 드리워진 블라인드 너머로 비가 내리는 밤은 상쾌한 바람이 신음 소리를 내는 밤, 어느 기억만큼 생생한 밤으로 바뀌었다.

생경하게도 머리가 베개에 거의 수직으로 기대어 있던 그는 망연자실한 상태였는데, 그가 자신의 공격적인 그 하얀 구레나룻이 드러내는 한계를 인식함으로써 원기를 얻어 성마른 기색을 띠기 시작했다. 면담 결과에 대한 믿음이 부족했던 라르센은 일부러 고개를 깊이 숙이고 뒤늦은 신뢰감을 표현하면서 다가갔다. 〈나는 이 유리창 밑에서 손에 권총을 들거나 권총을 곁에 둔 채 발에 힘을 주어 바닥을 딛고 서서 항상 무용한 도전의식을 간직하고 있으면서도 거리를 둔 채 무관심하게 수많은 밤을 보냈다.〉

라르센은 강에서 울리는 뱃고동 소리를 세 번 들었는데, 소리가 쉰 듯하고 약해서 명확하게 들리지 않았다. 그가 몸을 휘감고 있는 축축한 외투를 벗을 힘도 없는 상태에서 담배를 만지작거리자 담배는 찌든 담배 냄새, 오래된 향수 냄새, 이발관에서 그의 머리에 발라준 구식 포마드 냄새와 더불어 그를 유혹했다. 과거에 이발관에는 수많은 거울이 나란히 붙어 있었는데, 몇 년 전에 허물어져 이제 흔적조차 찾을 수 없었다. 라르센은 모든 사람이 곧 이해하게 될 사안을 갑자기 의심하기 시작했다. 자신이 유령들로 이루어진 세계에서 유일하게 살아 있는 인간이라는 사실을, 의사소통은 불가능하고 심지어는 바람직하지도 않다는 사실을, 증오의 크기만큼 연민이 생긴다는 사실을, 드러내지 않는 어떤 불쾌감, 경의와 관능성 사이에 분배된 어떤 관심은 요청될 수 있고, 드러낼 필요가 있는 유일한 것이었다는 사실을 의심하기 시작했던 것이다.

"그렇소, 선생." 페트루스 또는 페트루스가 아닌 그의 목소리가 차분하게 말했다. 그때 라르센은 용서를 구하고, 자신은 충성심 때문에, 그리고 자신이 헤레미아스 페트루스와 페트루스의 야심과 완전히, 제어할 수 없을 정도로 일치되기 때문에 그렇게 행동했을 뿐이라고 짧게 설명했다. 라르센은 그 모든 것을 열거하지 않고──사안을 속속들이 알기보다는 예감하는 문외한의 겸손한 태도를 보이며──, 위조된 증서, 성찰과 두려움에서 비롯된 꿍꿍이셈의 산물인 그 증서에 도사린 위험성에 관해 간략하게 말했는데, 위조 증서는 갈베스가 터무니없이 무모하게 도전적인 태도를 취하며 라르센에게 보여주었던 것으로, 갈베스가 그 증서를 가지고 변덕스러운 어느 순간에 자신들의 세상을 끝장낼 수도 있는 그 절망적인 무책임성을 드러내며 신중하지 않게, 계속해서 게임을 하게 되리라는 건 의심할 여지가 없었다.

아마도 이미 늦었을 수도 있으리라. 물론 폭력이 동원될 수도 있었는데, 라르센은 갈베스의 행위가 성공하리라고 확신하고 있는 게 분명했다. 하지만 가장자리에 동그란 그림들이 그려져 있고, 숫자들이 반복적으로 쓰여 있고, 오른쪽 아랫부분에 페트루스가 알아볼 수 없는 글씨체로 휘갈겨 쓴, 부정할 수 없는 서명이 적힌 푸르스름한 종이가 부적절한 장소에 돌아다니는 유일한 위조 증서는 아니었을 것이다. 이 경우에 폭력은 아무런 소용이 없을 것이고, 역효과를 내게 될 것이다.

헤레미아스 페트루스는 눈을 감은 채 라르센의 말을 들었다. 또는 라르센이 자신의 이야기 가운데 특정 부분을 잘 모르겠다고 애석해하던 어느 순간에 눈을 감았다. 페트루스는 베개에 머리를 기댄 채 계속해서 꼼짝도 하지 않았는데, 그는 이제 뻔뻔스럽게 전시되어 있는 작은 머리에 불과했다. 담요 밑에 있는 페트루스의 아이 같은 상체, 앙상한 다리, 철사 줄과 낡은 종이로 만든 것처럼 보이는 손까지도 불룩 솟아나온 부분 없이 반반했다. 베개 위에는 무감각하고 무신경한 머리와 충격을 받을 준비가 되어 있는 가면밖에 없었다. 바람이 그곳까지는 불어오지 않았다. 바람은 강 위 하늘을 깨끗하게 만들고 길게 퍼져 나가더니 광적인 고집을 부리며, 자신의 행위를 설명하는 것 같은 소리를 내며 나무와 잎사귀를 제거하겠다는 의지를 드러내며 돌아왔다.

"그게 바로 현 상황입니다." 마침내 라르센이 짜증을 내며 말했다. "아마도 그건 중요하지 않을 수도 있습니다. 제가 실수를 한 겁니다. 하지만 갈베스는 그 증서가 위조되었다고 확신하고 있기 때문에, 언제가 되었든 위조 증서 건에 구역질을 느끼며 잠에서 깨어난 날에는 사장님을 감옥에 처넣어버릴 수 있다고 자신하고 있습니다. 두고 보십시오. 저는 총지배인실에서 금속화 문제에 관한 작업을 하고 있는데, 그자가 그 구겨진 초록색 종이를 제게 거칠게 내밀었습니다. 저는 그의 행동에는 아랑곳하지 않고 그를 믿지 못하겠다는 태도를 보여주었습니다. 하지만 즉시 사장님을 만나서 알려드려야겠다는 생각이 들어서 어선 한 척을 빌려 탔던 것입니다."

페트루스는 눈을 깜박거리다가 이내 감고서 〈그래요, 선생〉이라는 말을 몇 번 되풀이했다. 그러고는 이해했다는 표정을 지으면서, 그리고 라르센에게는 미소를 지으려고 괜히 이를 드러낼 필요도 없고, 애써, 고의적으로 얼굴에 주름을 잡을 필요도 없다는 사실을 알려주면서 라르센을 쳐다보았다. 하지만 라르센은 그 무감각한 머리가 미소를 짓고, 눈에 보이지는 않지만 의심할 바 없는 그 탐욕스러운 미소가 자기를 조롱하는 것이라는 사실을 알아차렸으며, 그 미소가 갈베스, 증서, 위험, 주식회사, 남자들의 운명과 함께 라르센 자신을 포함하고 있다는 사실을 깨달았다.

이제 페트루스는 하얀 눈썹 아래에 있는 날카로운 두 눈, 투명하고 촉촉한 두 눈을 뜬 상태였다. 페트루스는 증서 가운데 하나는 증서를 위조하는 작은 모험을 시작하고서 바로 도둑맞았다고, 그리고 그 모험은 페트루스 자신이 '기업경영'이라 부르고, 회사에 '헤레미아스 페트루스 S. A.'라는 이름을 붙이고자 했던 모험과 연계해본다면 상당히 중요하고 필요했다고, 열의 없이 설명했다. 법원에 위조 증서를 제출하는 것은, 단 며칠, 몇 주 동안만 페트루스 자신을 승리 또는 정의로운 행위에서 떨어져 있게 하는 애석한 장애, 즉 현재 상황에서 훨씬 더 애석한 장애를 의미했을 것이라고, 지친 상태로 인정했다. 증서 하나가 필요했을 뿐인데, 증서가 필요했다는 사실이 바로 유일한 위험 요소였다. 라르센은 충실하게 뒤를 돌봐주었고, 그 다급한 상황에 라르센 자신이 어선을 빌려 타고 폭풍우가 몰아치는 강을 건너온 것은 자신이 그 문제들과 회사가 처한 위험에 깊이 개입되어 있음을 충분히 증명하고 있었다.

그 증서가 산타마리아 법원에 제출되지 않도록 해야 할 필요가 있었고, 제출을 막기 위한 모든 수단은 효과적이었으며 보상받을 수 있는 것이었다. 페트루스가 다시 눈을 감았는데, 이는 자신이 라르센이 그만 돌아가기를 바라고 있으며, 그 증서가 법원에 제출되든 말든 자신은 중요하게 여기지 않는다는 사실을 증명했다. 페트루스는 지금 이런 방식으로 즐기고 있으며, 계속해서 다른 방식으로 즐길 것이다. 페트루스는 여러 해 전부터 게임의 성과는 믿지 않았다. 그는 죽을 때까지 게임을, 합의된 거짓말을, 망각을, 맹렬하게, 즐겁게 믿을 것이다.

라르센은 질투심 때문에 약간 화가 나고, 아리송한 칭찬 때문에 풀이 죽은 상태로 비에 젖어 형태가 일그러진 모자를 집어 들기 위해 발뒤꿈치를 든 채 벽토를 바른 벽난로 쪽으로 갔다. 모자의 각이 잡힌 부분을 손가락 두 개로 집어 올려 머리에 쓴 뒤, 여전히 발뒤꿈치를 든 상태로 침대 쪽으로 되돌아와서는 손을 호주머니에 넣은 채 꼿꼿하게 서서 페트루스의 온몸을 위에서 아래로 쫙 훑어보았다.

하얗고 노란 얼굴은 가면 같고, 눈썹은 검고, 머리가 벗어진 페트루스는 담요와 거의 직각으로 누워 잠을 자는 것처럼 보였다. 가늘고 힘없는 입술이 약간 벌어진 채로 다물어져 있었다. 〈이 사람 같은 인간은 이제 몇 남아 있지 않다. 이 사람은 내가 갈베스, 갈베스의 임신한 아내, 쌍둥이 개를 없애주기를 바라고 있다. 이런 것이 아무 소용이 없다는 사실을 이 사람은 알고 있다. 이제 그만 가봐야겠다. 이 사람이 잠에서 깨어나 나를 쳐다보면 얼굴에 침을 뱉어줘야겠다.〉

라르센은 무릎을 굽히지 않은 채 페트루스의 이마에 입술이 닿을 정도로 상체를 숙였다. 페트루스의 얼굴은 여전히 움직이지 않고, 뭔가에 몰입해 있고, 무사하고, 비밀스럽고, 노란색이었다. 라르센은 허리를 편 뒤에 손가락 하나를 움직여 모자의 챙을 만졌다. 발뒤꿈치를 든 채 어둠에 휩싸인 작은 거실을 가로질러 문으로 가서 문을 열었다. 복도 끝에 있는 방에서는 방금 전에 대화를 하면서 지나간 남자와 여자가 사납게 말다툼을 하고 있었는데, 그 소리는 바람 소리와 나무 벽 때문에, 거리가 멀었기 때문에 잘 들리지 않았다.

산타마리아 III

만약 우리가 라르센을 개인적으로 만났거나 라르센에 관해 안다고 믿는 사람들의 견해와 예측을 인정한다면, 라르센이 페트루스와 면담한 뒤에 자신이 조선소로 복귀하기 위한 수단을 모색해 재빨리 찾았다는 사실을 당연히 알 수 있을 것이다.

라르센은 이제 위조 증서를 손에 넣을 필요가 있었고—또는 자신에게 산발적으로 생기는 미미한 의욕을 모두 이용해 이런 필요를 수용하기로 했다—, 마치 아무런 이익도 얻지 못한 채 복잡한 과정을 통해 몇 가지 사실을 알아낼 목적으로 희생을 감수하려는 듯이, 단순하게, 막연한 야심을 가지고, 호기심에 가득 차서 그 증서를 페트루스에게 제공할 필요가 있었다.

하지만 그날 밤 라르센이 유일하게 한 걱정이, 적이 막 생각해낸 술책을 부리지 못하도록, 그리고 라르센 자신에게 맡겨진 증서 회수 작전을 현장에서 실행하기 위해 한시 바삐 조선소에 당도하는 것이었음을, 타당한 이유와 다른 사람들의 증언으로 인해 우리가 인식한다 해도, 이제, 즉 이야기가 이 정도로 전개된 시점에서는, 아무도 일을 서두르지 않는다는 사실 또한 확실하고, 혹 누군가 서두른다 해도 별 소용이 없을 거라는 사실 또한 확실하다.

결과적으로, 광장을 대각선으로 건넌 뒤 가랑비 내리고 바람 부는 곳에 있게 된 라르센은 조선소가 한없이 격리되어 독립적이고 완전한 세계로 변했다는 사실이 다른 세계의 존재, 즉 라르센 자신이 언젠가 산적이 있으며 현재 발을 딛고 서 있는 이 세계를 배제하지 않고 있다는 점을 놀랍게도, 피로와 걷잡을 수 없는 흥분에 휩싸인 상태에서 깨달았다. 라르센은 왼쪽 길로 꺾어져 강변길을 빠른 걸음으로 걷기 시작했고, 길모퉁이들, 축축한 건물 외벽들, 그리고 빗발이 약해지는 보슬비 속에서 띄엄띄엄, 흔들흔들, 켜져 있는 특이한 가로등 불빛들이 눈에 익다는 생각을 해보았다.

라르센은 불을 밝힌 시꺼먼 세관 건물들을 지난 뒤 강 쪽으로 내려가, 엔두로로 가는 길을 걸었다. 이제 비는 그쳤고, 돌풍이 도시로 불어와 골목길을 하나하나 휩쓸었다. 〈만약 내가 돌아와야 했다면, 왜 하필 오늘 같은 밤이며, 왜 내가 가장 지저분하고 비참한 곳을 향해 달려가고 있는 것일까.〉 라르센은 한 손을 외투 깃 사이에 집어넣고, 바람에 모자가 날아가지 않도록 고개를 잔뜩 숙인 채, 철벅철벅 걸음을 뗄 때마다 양말이 물에 젖는다고 느꼈다.

라르센이 작은 카페의 불빛을 발견했을 때는 이제 죽은 생선 냄새는 나지 않았고, 반 구역쯤 더 가자 음악 소리가, 기타로 연주하는 빠른 왈츠 소리가 들렸다. 그는 카페 문을 열고 들어가 등 뒤로 더듬더듬 문을 닫으면서 담배 연기, 어둑한 머리들, 가난, 스쳐 지나가는 안심, 무감각한 분노, 늘 놀라움을 유발하는 과거의 얼굴을 보았다. 그는 의도적으로 도전적인 태도를 취하고, 자신의 감정을 스스로 이해할 때까지 숨긴 채 카운터 쪽으로 다가갔다.

"친구들에게 인사도 하지 않나요? 나 바레이로인데, 기억납니까?"

카운터 뒤에는 지저분한 하얀색 재킷 단추를 목까지 잠그고, 면도도 하지 않은 젊은 사내가 있었는데, 피곤해 보이는 그가 용감하게 미소를 지었다.

"바레이로, 물론 기억하죠." 라르센은 대화 상대가 누구인지도 모른 채 이렇게 말하면서 손을 내밀었고, 악수를 하기 전에 상대의 손을 툭 쳤다. 그들은 날씨에 관해 말했고, 라르센은 럼주 한 잔을 주문했다. 라르센은 바에 살짝 몸을 기대고 술집 내부 쪽으로 몸을 반쯤 돌린 자세를 취한 채, 조용히, 호기심을 드러내지 않고서, 금방 편안해진 마음으로, 한 시기 동안 죽어 있고 묻혀 있던 다른 세계에서 자신과 함께 살았던 사람들, 동료들을 친근하게 쳐다보았다. 이제 거세게 몰아치는 바람의 무게와 소리에 몸을 웅크린 채 크게 기대하지는 않지만 조바심을 내며 기다리던 사람들의 침묵이 흐르는 사이에, 기타를 든 남자가 술집 한가운데에서 무릎을 벌려 기타의 위치를 잡으면서 성긴 콧수염 아래로 연신 미소를 지으며 기타의 음을 조율하고 있었다. 라르센은 페트루스 노인의 다양한 산업적 환상에 이끌려 엔두로로 온 메스티소들, 농장 일꾼들, 혹은 에스탄시아* 노동자들의 졸리는 듯하고 심드렁한 얼굴을 알아보았다. 여자는 많지 않았는데, 다들 뻣뻣하고, 성깔 사납고, 싸구려 티가 났다. 기타를 치는 남자가 눈동자를 굴리며 왈츠를 연주하기 시작했다. 철제 셔터, 그리고 나무와 양철로 만든 간판의 뒷면으로 이루어진 실내의 구석에는 거대한 쇠 고리, 정체를 알 수 없는 마른 물질이 가득 들어 있는

* estancia: 아르헨티나, 칠레, 우루과이 등의 대농장 또는 대목장을 가리킨다.

타구(唾具), 잠들어 있는 수고양이, 탁자 위로 손을 힘껏 마주 잡고 있는 남자와 여자가 있었다.

"공장이 닫힐 거라는 말들이 이제 다시 나돌고 있어요." 바레이로가 말했다. "하지만 그 이유를 아는 사람은 아무도 없지요. 물고기를 잡으려는데 사방에서 물고기가 날뛰는 격이에요. 대체 무슨 문제가 있는지 종잡을 수 없다니까요. 급료 20페소나 30페소로 부자가 될 거라는 환상을 가졌던 그 불행한 사람들은 더더욱 이해하지 못하죠. 그걸 아는 사람은 저 위에 있어요. 그 사람은 공장이 닫혀도 돈을 벌고, 열려도 돈을 벌지요. 비록 그럴 가망이 없어 보인다 할지라도 말이에요. 여기서 머무르려고 돌아왔나요? 댁의 사생활을 캐내려고 묻는 건 아니에요."

"그렇소. 지나가는 길에 들렀을 뿐이오. 주(州)의 북부에 사업거리를 갖고 있거든요."

"사업거리라." 바레이로가 이번에는 미소를 머금지 않은 채 라르센의 말을 따라 했다.

탁자들 쪽으로 시선을 돌린 라르센은 기타가 망가뜨리고 있는 노래, 즉 사람들의 표정, 침묵, 그리고 술잔들 위로 모여 있는 얼굴들에 드러난 동정적인 기색을 외면하는 노래에는 신경 쓰지 않은 채, 탱고 가사를 음미했다. 그는 추위로 몸을 떨었고, 럼주 한 잔을 더 받아 들었다. 구석 탁자에 앉아 있던 남자가 고개를 숙였다. 어깨가 넓은 그는 체크무늬 셔츠 차림에 검은 손수건을 목에 두르고 있었는데, 옆으로 맨 매듭이 눈에 띄었다. 기름기가 흐르는 머리카락을 눈 위까지 내려오게 빗은 여자는 뭐가 그리 못마땅한지 잔뜩 찌푸린 표정이었는데, 그 얼굴은 이제 제2의 얼굴, 즉 움직이지만 늘 쓰고 있는, 아마도 잠을 잘 때만 벗어놓을 것 같은 가면이었다. 라르센의 경험이 과거에 정확하다고 검증한 적이 있던 옛

직관의 도움을 받아 모든 것을 발굴해 재건했음에도 불구하고, 라르센은 그녀의 파르르 떨리는 살갗을 통해 빛처럼 새 나오는 부드러움, 거부, 수줍음, 애수에 찬 허영심으로 이루어진 투박한 기호들 밑에는 실제로, 여자의 첫 얼굴, 즉 나중에 만들어지지도 만들어지도록 도움을 받지도 않은, 태어날 때 부여받은 본래의 얼굴이 있었다는 사실을 충분히 이해하지 못했다.

〈그런 얼굴이 있었다고 해도, 그 누구도, 결코 그런 얼굴을 본 적이 없었을 것이다. 왜냐하면 그녀는 혼자 있을 때만, 그리고 주변에 흘끔 쳐다보거나 곁눈질을 할 수 있는 거울이나 유리창이 없을 때만 맨얼굴을 드러내고, 보여줄 수 있기 때문이다. 그리고 최악의 경우는——나는 그녀의 경우만 생각하지 않는다——그녀가 3년 전부터 애써 덮어왔던 자기 얼굴을, 기적이 일어나, 깜짝 선물로, 생각이 바뀜으로써, 볼 수 있게 된다 할지라도, 그녀가 그 얼굴을 좋아할 수도 없고, 알아볼 수조차 없을 것이다. 하지만, 그녀는, 어찌 되었든, 적어도, 이 가면보다 떼어내기가 더 어려운 다른 결정적인 가면을 그녀에게 만들어줄 주름살이 생기기 전에, 비교적 젊은 나이에 죽는 특권을, 향유하게는 될 것이다. 그렇게 되면, 슬픔과 삶의 끊임없는 걱정거리가 제거된 평온한 얼굴이 되면, 그녀는 아마도, 두 노파가 그녀를 발가벗겨, 그녀에 관해 얘기하고, 그녀를 씻겨주고, 다시 옷을 입혀주는 행운을 누릴 수도 있을 것이다. 럼주를 마시려고 그녀의 오두막집으로 들어온 사람들 가운데 일부가 성수에 적신 나뭇가지를 딱딱한 태도로, 격식을 차려가며, 그녀의 이마 위에 흔들어댐으로써 물방울들이 변덕스러운 촛불의 도움을 받아 아주 잠깐 동안 만들어내는 기묘한 형태의 비말(飛沫)을 관찰하는 것은 아주 불가능하지만은 않을 것이다. 그때, 만약 그런 일이 일어난다면, 누군가는 결국 그녀

의 얼굴을 보게 될 것이고, 그녀는 자신이 삶을 헛되게 살지 않은 거라고 말할 수 있을 것이다.〉

체크무늬 셔츠를 입은 남자가 그녀에게 감언이설을 늘어놓아 그녀의 가면들이 동요하도록 만들었다. 카페 밖 저 위에서는 바람이 자신들의 작은 공간에서 움츠리고 있던 사람들을 신경 쓰지 않은 채 농작물과 나무를, 그리고 밤공기에 노출된 소들의 윤기 나는 엉덩이를 거센 소리를 내며 밀어붙이고 있었다. 기타 연주자가 다시 노래 한 곡을 연주하기 시작했고, 자신에게 술 한 잔을 사준 사람에게 감사를 표하려고 자리에서 엉거주춤 일어섰다. 바레이로는 라르센의 눈길을 주시했다.

"저 여자 보기와 달라요." 그가 약간의 자만심과 약간의 짜증을 드러내며 말했다. "흥정을 하느라 밤을 새울 수도 있는 여자라고요. 북부 지방에서 온 여자라고들 합니다. 아마도 당신이 지금 가고 있는 그 지역에서 온 여자일 거요. 일할 때는 거칠어지는 여자예요. 하지만 그것 말고는 좋은 친구죠."

카페의 지붕, 곧게 뻗은 진흙길, 통조림 공장 건물 위로 회오리바람이 장난스럽게 불고 있었다. 하지만 이제 더 격렬해진 회오리바람이 콜로니아 위로, 겨울의 밀밭 위로, 검은 평지를 통해 도시의 다른 쪽으로 더 듬더듬 가고 있던 우유 배달 트럭 위로 불고 있었다.

"강 위쪽으로 가는 배는 몇 시에 탈 수 있나요?" 라르센이 카운터 쪽으로 몸을 돌리더니 술값을 계산하려는 듯이 호주머니에서 뭔가를 찾으며 물었다.

"됐으니, 내가 계산하게 해줘요." 바레이로가 말했다. "정기 여객선은 6시까지 없어요. 하지만 혹시 화물선이 있으면 데려가줄 수도 있겠죠."

남자가 강해 보이는 체크무늬 등판을 의자 등받이에 기댔다. 이제 가격이 정해지자 굳었던 여자의 얼굴이 풀어지며, 심술궂은 앙탈이 드러난 미소, 즐거운 비밀을 맛볼 것이라는 기대감이 드러난 미소가 얼굴을 덮었는데, 그녀는 자기 방까지 가는 동안, 그리고 새벽녘까지 그 미소를 유지할 것이다. 남자가 그녀와의 만남을 축하하려고 술 두 잔을 시켰다.

세상은 이렇듯, 그 밖의 다른 사람들의 세상으로 계속해서 존재하고, 바뀐 적이 없고, 방치되지 않았다. 라르센은 별다른 책임감을 느끼지 않은 채 마음이 차분해진 상태로 스스로를 바레이로라고 밝힌 남자에게 작별 인사를 한 뒤, 아주 오래전에 이 다른 행성에서 길게 거주하는 동안 여러 카페의 지저분한 바닥을 수차례 밟았을 때처럼 우아하게 균형을 잡고, 진저리나는 오만을 드러내면서 술집 안을 가로질렀다.

라르센은 고개를 숙이고 잔뜩 웅크린 상태로, 뱃머리가 만들고 퍼져 나가게 하는 잔물결을 향해 승선권을 움켜쥔 주먹을 내뻗으면서 믿을 만한 첫번째 징후를 감지했다. 막 떠오른 태양이 찌르는 듯 차가운 빛을 비추고 있었다. 〈어느 날 아침, 겨울의 아름답고 상쾌한 아침.〉 라르센은 신경을 딴 데로 쓸 요량으로 이런 구절을 생각해보았다. 그러고는 망각을 해야 용기가 생기기 때문에 다음 구절을 떠올려보았다. 〈바람 없는 어느 겨울날의 이 햇빛이 나를 둘러싸고 나를 쳐다보는데, 그 겨울날은 무심하고 차가운 이 햇빛 속에 들어 있다. 나는 나를 비추는 하얀 햇빛처럼 아주 무심하게, 이유가 있기 때문에, 첫번째 행위, 두번째 행위, 세번째 행위를 할 것이고, 그렇게, 내가 만족해서건 지쳐서건, 멈춰야 할 때까지, 이해할 수 없는 뭔가, 아마도 다른 것을 위해 유용할 것이기 때문에, 나의 중재를 통해 이루어졌다는 사실을 내가 수용하게 될 때까지, 행위를 계속해 나갈 것이다.〉

라르센은 1마일을 더 간 뒤에 하품을 했고, 자신을 보호해주는 검은 모자의 앞 챙을 의기양양하게 치켜세웠다. 라르센은 배 안의 말굽처럼 생긴 벤치에 함께 앉아 있는 승객들의 졸리고, 떨리는 몸을 관찰했다. 그는 눈을 깜박거렸고, 막 떠오른 태양, 눈을 부시게 하고 제어할 수도 없는 태양 쪽으로 따가운 눈을 돌렸다. 태양은 거대한 파충류 동물들의 무감각한 비늘투성이 허리 위로 매끄러운 빛을 투사하고, 인간이 다시 부재하게 됨으로써 태어난 다른 동물의 무리 위로도, 의외로 정확하게, 다시 빛을 투사할 것이다.

그때—배가 선회해 뱃머리를 주억거리며 〈포르투갈 사람들의 선착장〉이라 불리는 좁먹은 나무 선착장으로 접근해 갔다—, 라르센은 아픈 곳을 촉진하는 의사처럼, 맨 처음 느껴지는 두려움을, 변절을, 공포의 가장 접근하기 쉬운 부분, 즉 그를 에워쌈으로써 무뎌졌기 때문에, 그리고 인간적인 속성의 영향을 받고 있었기 때문에 약해지고 견딜 만해진 부분을 수용하겠노라고 작정했다. 그때 라르센은 생각했다. 〈이 몸. 다리, 팔, 성기, 내장, 그리고 내가 사람과 사물을 사귈 수 있도록 해주는 것. 바로 나이기 때문에 나를 위해 존재하지 않는 머리. 하지만 내 몸통에 빈 공간이 있는데, 그 공간은 이제 비어 있지 않고, 작은 조각들, 대팻밥, 줄밥, 가루, 내게 중요했던 그 모든 것의 잔류물, 다른 세계에서 나를 행복하거나 불행하게 만들어주도록 내가 허용했던 그 모든 것이 가득 차 있다. 그리고 내가 그곳에 머물도록 해주었거나 머물 수 있었더라면, 나는 아주 기꺼이 다시 시작할 만반의 준비가 되어 있다.〉

산타마리아 IV

바야흐로 살짝 붉어지고 있던 태양이 이미 강 위로 상당히 높이 올라가 있었다. 의사 디아스 그레이가 잠에서 깨어나 막 빠져나온 꿈속 장면들을 어떻게든 오래 간직하기 위해, 장면들에 대한 그리움과 장면들이 주는 달콤한 느낌을 부담 없이 강화하기 위해 일부러 눈을 감은 상태로 더듬더듬 첫 담배를 찾을 시각이었다. 그 장면들은 어머니, 잊고 있던 여자 친구, 그의 베개 위로 흘러내렸던 미소──혹은 모든 이별사의 덧없는 하얀색──, 무엇보다 더 자기 것이고, 더 순수하고, 자신이 잠들어 있을 때 갖게 된다고 상상하는 것보다 조금 더 젊은 얼굴 위로 흘러내리던 미소였다.

디아스 그레이는 담배에 불을 붙이고 어둠 속에서 실눈을 떴다. 그는 자신이 막 뛰어든 날의 더위와 기온을 가늠해보려 애쓰고 있었다. 방문 진료, 환자의 방문, 고독의 좋은 점과 나쁜 점, 지난 밤 라르센과의 대화, 페트루스의 딸을 생각했다. 그는 그녀를 단 두 번 만났을 뿐이다.

몇 년 동안 페트루스의 가족은 한 곳에서 몇 개월 이상 머무르지 않고 산타마리아, 푸에르토아스티예로, 그리고 유럽의 여러 도시에서 살았다. 물론 페트루스 노인의 부재는 이주한 가족의 다른 구성원들의 부재에 비해 늘 더 짧았다. 그리고 실제로 페트루스 노인이 하는 일이라고는 아내, 딸, 가정부, 처제 또는 여동생과 함께 지내고, 그 여자들이 안전하고 편안하게 지내도록 하고, 자신이 후회 없이, 즐거운 계산을 미리 해두고서, 그녀들을 잊기 위해 한동안 그녀들의 삶을 세세하게 계획해놓는 것이었다. 그의 모습은 이랬다. 키가 작고, 깡마르고, 행동이 민첩하고 빈틈이 없었으며, 당시는 검은색이었던 뻣뻣한 구레나룻을 기르고, 중산모를 쓰고, 전쟁이 끝난 뒤 유행하던 몸에 꽉 맞는 양복에 짧은 재킷을 입었는데, 그런 차림은 그처럼 복잡하고 근엄한 권위를 지닌 사람을 위해 발명된 것처럼 보였다. 그가 당시 주문해 입던 옷에는 놀랄 만한 패션 감각이 여전히 남아 있었다. 그는 남편과 아버지라기보다는 자신이 일을 효율적으로 처리했다는 흐뭇한 기분을 보상으로 찾을 뿐인 고용인이자 집사이자 가족의 조언자 같은 사람이었다. 그는 다른 사람들이 자기에게 감사를 표하건 말건 대수롭지 않게 여기고, 아내(딸은 아직 태어나지 않았거나 셈에 넣지 않았다), 그리고 여행을 할 때마다 새롭게 바뀌지만 늘 동일하고, 반드시 함께 가야 할 그 여자 친척이 편의, 위신, 건강, 풍경의 아름다움에서 그와 견해를 같이하느냐 마느냐는 그다지 신경 쓰지 않았다.

그는 아마도 결코 외부에서 자극을 받을 필요가 없었을 허영심을 만족시키기 위해서라기보다는, 사업이 필연적으로 공포와 공상에 불과할 수밖에 없었던 시기에 자신의 능력을 부드럽게, 자극적으로 실현한 것을 성공으로 간주해야 했기 때문에 조직체의 그런 작은 승리들을 얻는 데 몰두했다. 그처럼 작고, 유익하고, 무시할 만한 성공들은 기차 시간, 관광 안내 책자, 도로 지도, 우정 어린 지침과 충고들을 따르거나 어겨가면서 얻은 것이었다.

　1930년대에 경제공황이 발생했을 때, 결국 그의 가족은 푸에르토아스티예로에 정착했는데, 이렇게 한 이유는 24시간 동안 논쟁을 벌인 끝에 콜로니아 공동묘지에 묻히게 된 페트루스 부인을 위한 것이었다. 페트루스는 부인의 사체, 득시글거리는 구더기, 해골, 화장한 뼛가루를 자기 집 정원에, 벽돌과 대리석과 철로 만든 작은 건물, 양면 지붕을 가진 건축물에 보존하려는 뜻을 품고 있었는데, 그 건축물은 건설업자 페라리가 돈까지 받고 서둘러 설계한 것이었다. 그리고 그는 조문객들과 사제, 묘를 조성하는 인부들 앞에서 한 가지 맹세를, 즉 시청의 여러 공무원 및 각종 조례와 씨름하다 패한 데서 비롯된 것이 틀림없는 아주 인상적이고, 폭력적인 과장법을 사용한 약속 하나를 하고 나서 아내를 콜로니아의 공동묘지에 매장하도록 했다. 주지사에게 전신으로 부고를 보냈는데, 세 줄짜리 전보 문구가 어찌나 오만했던지, 〈나, 페트루스〉라고 서명한 것처럼 보였다. 페트루스가 받은 답장은 장례식 불참의 결례를 애도 표현을 통해 상쇄하는 조서(弔書) 한 통뿐이었는데, 조서는 콜로니아 공동묘지에 묻혀 있는 페트루스 부인의 무덤에 일주일 동안 비가 내린 뒤에 도착했다(페트루스 부인이 죽은 때는 겨울이었고, 앙헬리카 이네스는 어머니의 죽음을 잊지 못했다).

　나중에 페트루스는 독일어로 맹세했는데, 독일어 맹세는 결국 진흙을 잔뜩 묻힌 조문객 수를 늘린 인디헤나* 몇을 고려하지 않은 것이었다. 〈나는 그대의 몸이 조국에서 편히 쉬게 할 것이라고 하느님께 맹세하오.〉 페트루스는 '몸' '조국' '하느님'이라는 단어를 유난히 강조했다. 이

---

* indígena: 중남미 원주민인 '인디오indio'의 다른 명칭이다.

해하기 힘든 태도였다. 왜냐하면 평소에 페트루스의 모습에 드러난 모든 것은 도도한 남자인 페트루스가 모자도 쓰지 않고서 진흙투성이 구덩이 위로 한 팔을 들어 올린 채 거칠고 쉰 목소리로 결코 완수하지 못할 맹세를 하고 있는 그런 감상적인 모습과 무관했기 때문이다. 페트루스는 다시금 주춤하더니 누군가 건네준 흙 한 줌을 받아 들고서 관을 둘러싼 보랏빛 띠에 서로 연결되어 쓰인 세 글자 위에 정확히 떨어뜨렸다.

그전에, 그러니까 페트루스 부인이 죽은 지 불과 한 시간도 못 되어, 상가에서 건축주의 의도를 이해하고 충실히 따르겠다는 열망에 사로잡힌 건축업자 페라리는 순종적인 태도로 하얀 종이 위에 연필을 움직여가며 작업비, 대리석과 세공한 철제의 가격, 미장공과 석공의 임금, 운송비 등을 계산했다. 하지만 그는 뭔가를 만들어내고 해석하기 위해 투쟁하는 예술가 특유의 즐거움과 고뇌를 드러내듯이 몸을 파르르 떨었다. 다른 사내, 즉 홀아비가 된 페트루스는 고집스럽게, 반복적으로 시시콜콜 간섭하고 비협조적인 태도를 취하며 페라리의 등 뒤를 왔다 갔다 했다.

아마도 이때 페트루스와 딸은 푸에르토아스티예로의 집에 머무르겠다고 확실하게 결정했을 것이다. 그들은 침실 수를 늘리고, 정원에 조각상들을 갖다놓았는데, 몇 주 동안 나룻배들이 가구, 그릇, 장식품 들이 담긴 상자들을 운반해주고 운임을 받았다.

하지만 페트루스는 현재의 산타마리아 항구 근처 어느 섬에 있는 라토레의 대저택을 사려 했다. 현재까지는 위협적일 정도로 불어난 적이 없지만, 당시에 불어나던 강물을 피하기 위해 석조 기둥 위에 지은 집에 페트루스 자신과 가족이 이주하기 전 일이었다. 페트루스 노인이 그 국가 영웅의 뚱뚱하고 유들유들하고 타락한 자손들과 한 면담들은 기억할 만한 가치가, 변형시켜 얘기할 만한 가치가 있다. 보아하니, 페트루스가 그들에게 아첨을 하고, 음모를 꾸미고, 인내하면서 합의의 초석을 다질 수 있을 정도로 충분한 돈을 제의하기에 이르렀던 것 같다. 당시 페트루스는 영원히 축축한 분홍색 벽으로 이루어지고, 철 격자가 달린 창이 백 개나 되고, 집의 건축학적 위업을 과거에는 감히 믿을 수도 없고, 믿기도 어려웠을 게 틀림없는 둥근 탑이 있는――만(灣)을 드나드는 보트가 먼 거리를 에도는 수고를 해야 했던 섬에 있는――대저택을 자택으로 소유할 수도 있었다.

아마도 그렇게 되었더라면, 즉 페트루스가 그 섬에 머물게 되었더라면, 그의 이야기와 우리의 이야기는 바뀌었을 것이다. 아마도 운명이, 허세와 화려한 것에 쉽사리 감동하는 군중처럼 감동해서 페트루스를 도와주겠다고 결정했을 수도 있고, 그 전설적인 인물, 즉 산타마리아, 엔두로, 아스티예로의 황제인 헤레미아스 페트루스의 미래를 미학적이거나 조화로운 방식으로 확고하게 만들어줄 필요가 있다고 결정했을 수도 있다. 대저택의 둥근 탑에서 우리를, 우리의 요구를, 우리의 급료를 챙겨주고 있는 우리의 주인 페트루스. 페트루스가 탑 꼭대기에 등불 하나를 설치하도록 했을 가능성이 있다. 우리가 어느 화창한 날 밤에, 강변에서 별과 혼동될 만한 창문들의 불빛, 헤레미아스 페트루스가 창문 너머에서 밤새 우리를 지배하면서 밝혀놓은 그 불빛을 바라보기만 했어도 우리의 예속 상태는 충분히 멋지고, 활기찰 수 있었을 것이다. 하지만 그 영웅의 손자들은, 페트루스가 탐욕을 부리고, 상대를 얽어매고, 상대의 불손한 태도를 무시하고, 옥신각신 입씨름을 하고, 결국은 매번의 면담 끝 무렵에 달콤하고 부드러운 목소리로, 딴 세상 사람 같은 얼굴을 하고서, 그동안 토론에 부쳐지고 즉석에서 대수롭지 않게 결정된 사안에 관해 무자비하게 요약한 내용을 밝히는 능력을 흥미롭게 또는 혐오감을 느끼며 알게 된 바로 그 순간에, 페트루스의 제안을 수용하려고 맥없이 고개를 끄덕거렸다. 그런데 라토레의 대저택은 자신의 운명에 반해 역사적인 기념물로 선언되었다. 국가가 대저택을 구입한 뒤 대리 역사 교사 한 명을 상주시켜 대저택에 물이 새어드는지, 잡초가 침범하는지, 조수가 밀려와 대저택의 토대를 침식하지 않는지 등을 점검해 정기적으로 보고할 수 있도록 교사에게 급료를 지급하기로 결정한 것이다. 지금 그 역사 교사의 이름은 썩 중요하지 않지만, 이름이 아란수루*였다. 사람들의 말에 따르면, 그는 변호사였지만 당시는 변호사 일을 그만둔 상태였다.

　디아스 그레이가 페트루스의 딸을 가까이에서 본 것은 딱 두 번이었다. 첫번째는 페트루스의 가족이 푸에르토아스티예로의 집으로 이주한 뒤이자 소녀의 어머니가 죽기 전이었는데, 그때 소녀는—당시 다섯 살쯤 되었을 것이다—한쪽 다리에 낚싯바늘이 박혀 있었다. 당시 페트루스가 집에 있었더라면, 그는 새롭게 조성된 광장 앞에 의원 간판 하나가 달려 있었다는 사실을 망각하고서, 사람들이 그에게 의원이 있다는 사실을 상기시키려고 갖은 애를 쓰더라도 귀를 닫은 채, 딸이 피를 흘리는 것을 원했다는 듯이, 딸을 차에 태워 산타마리아를 가로질러 콜로니아의 병원으로 데려갔을 것이다. 하지만 그 노인, 당시의 페트루스, 즉 현재와 똑같지만 구레나룻이 검고 더 뻣뻣했던 페트루스는 틀림없이 주주들이 될 만한 사람들과 갖게 될 회의를 생각하면서 돈을 계산하고 있거나, 기계를 사고 기술자들과 고용 계약을 체결하느라 유럽을 돌아다니고 있었

---

* Aránzuru: 오네티의 다른 소설 『주인 없는 땅Tierra de nadie』의 주인공이다.

156

을 것이다. 그래서 그 돌발 상황과 가능성 있는 결과들, 즉 소녀가 죽느냐 절름발이가 되느냐 하는 문제, 페트루스의 분노에 찬 복수를 유발하는 문제에 대처해야 했던 사람은 바로 소녀의 어머니거나 당시 소녀를 돌보고 있던 고모였다. 〈생각해보세요, 의사 선생님, 애 아버지가 얘더러 어부의 부두에는 가지 말라고 신신당부했다니까요.〉 당시 페트루스 노인은 (비록 커다란 바위 블록을 강변에 쌓는 작업이 이미 시작되었다고 해도) 진흙 벽 위에 나무판자를 단(壇)처럼 올려놓은 것에 불과한 것을 부두라 불렀다. 그리고 페트루스가 공장의 첫번째 윤곽을 연필로 거칠게 그렸을 때 그곳을 부두라고 썼을 가능성이 농후하다. 아니면, 그 지역을 조사하고 땅을 구입하려고 깔보는 듯한 표정으로 강변에 접근했을 때, 그가 그곳을 부두라고 생각했을 것이다. 그리고 어부들에 관해 말해보자면, 당시 그곳에 어부라고는 나중에 벨그라노의 주인이 된 포에테르스밖에 없었는데, 그는 노름 때문인지 아버지와 싸웠기 때문인지, 아니면 그가 평계로 삼고 있던 이 두 가지 이유 때문인지, 강변 근처 오두막에서 혼자 살고 있었다.

소녀와 소녀의 하녀, 그리고 개에게는 사람들이 낮잠 자는 시간에 낚시를 하느라 꼼짝도 하지 않는 포에테르스의 주변을 맴돌면서 각자 고기가 낚이기만을 조마조마하며 기다리는 것보다 더 좋은 놀이거리가 없었다. 포에테르스가 낚싯줄에 매달린 납돌을 휙 돌려 던지자 고통스러운 비명이라기보다는 경계를 하는 비명 소리 같은 특이한 소리가 들렸고, 그는──자신이 그렇게 하고 싶은 생각이 없다는 것을 알면서도──소녀의 다리 위로 상체를 숙였다. 포에테르스는 하녀를 집으로 보내 그 사실을 알리도록 조치하고, 낚시에 매달려 있는 낚싯줄을 짧게 끊은 뒤, 낚싯대, 미끼를 담은 깡통, 낚싯대 걸이, 납돌, 철사, 찌 등 원시적인 낚시

도구를 챙겨 사라져버렸다.

사람들이 소녀를 발견했을 때 소녀는 울지도 않고, 꿈쩍도 하지 않았는데, 겁먹은 개가 혀로 소녀를 핥으며 위로하고 있었다. 소녀의 어머니도, 당시 소녀를 보살피고 있던 고모도, 하인들 가운데 아무도, 정원사들도, 공사 중인 집(2년 전에 완공되었는데, 계속해서 개량 중인)에서 허겁지겁 뛰어나오던 인부들도, 협동심이 더 약한 다른 일꾼들, 즉 당시 조선소 건물 건설 작업에 참여해, 어렴풋이 모습을 드러내던 들보와 벽돌로 이루어진 기하학적인 형태의 건물들 사이에서 점심 식사를 하고 있던 미장이와 석수장이들, 또는 아마도 이제는 목수들까지 포함되어 있을 그 일꾼들 가운데 아무도, 소녀의 허벅지 뒷부분, 즉 궁둥이 가까운 곳에 박혀 있는 낚싯바늘을 빼낼 엄두를 내지 못했다.

앙헬리카 이네스는 걱정스러운 표정으로 조언 한마디씩 하면서 자신을 에워싸고 있던 얼굴들로 인한 공포를 극복했을 때 다시금 미소를 머금었다. 햇볕에 새까맣게 그을려 강인한 인상을 풍기는 소녀는 커다랗고 투명한 두 눈을 천진난만하게 깜박거리고, 바람도 없는 오후에 밧줄처럼 딱딱하고 뻣뻣하게 땋은 머리를 찰랑거리면서 다시금 특유의 묘한 태도를 취했다. 디아스 그레이는 처음에 소녀의 상처를 씻으려고 허벅지에 바른 물이 낮잠 시간의 햇빛에 반짝거리며 마르는 모습을 상상했다. 그런데 새빨간 피가 가늘게 갈겨 쓴 글씨 같은 형태로 계속해서 흘러나오고 있었다. 흘리지 말아야 할 피였고, 실제로 처음 흘리는 피였다. 닻처럼 반쯤 박혀 있는 은빛 낚싯바늘은 소녀의 일부, 소녀의 몸과 평화의 일부가 되어 있었다.

사람들이 이러쿵저러쿵 격려와 예측을 하는 가운데 소녀의 어머니와 고모는 책임감을 절감하고, 페트루스의 검고 짙은 눈썹 앞에서, 페트루스의 폭발하는 욕설 또는 침묵 앞에서 자신들이 극복해야 할 공포를 미리 익혀두면서, 신에게 의지하고, 신을 선택했다. 어머니와 고모는 소녀의 다리를 비단 손수건으로 동여매고, 조선소 건설 현장의 십장에게 운전대를 맡겨 소녀를 자동차에 태운 채 제대로 나 있지도 않은 흙길을 달려 산타마리아로 데려갔다.

그곳에 막 자리를 잡은 디아스 그레이는, 사람들이 그에게 일종의 선물이라고, 참깨*라고, 위협이라고 반복적으로 말해주던 페트루스라는 이름이 지닌 점증하는 명성에는 무감각한 상태였는데, 그는 진료실을 가득 채우는 특이한 형태의 히스테리, 자신이 콜로니아에서 진료를 시작한 지 불과 몇 개월 후면 정상적인 것, 일상적인 것, 예견할 수 있는 것으로 변할 사람들의 히스테리를 견뎌냈다.

진료대에 누워 있는 소녀는 둥그런 얼굴로 멍하게 천장을 쳐다보다가 낚싯바늘 쪽으로 차분하게 눈길을 돌렸다. 아무 옷이나 대충 걸치고 나온 한 여자와 다른 여자는 굽 없는 커다란 신발을 신고, 혈통 좋은 순종 동물처럼 젖가슴이 크고, 아름답고 화려한 머리 모양에, 넋이 나간 상태에, 세상의 다른 일에는 거의 신경을 쓰지 못한 채, 비극의 심각한 목소리들, 온갖 설명, 그리고 소리를 삼키며 우는 소리 사이에서 갈팡질팡하면서 진료대에서 떨어져 조용히 물러나다가 넓은 등과 펑퍼짐한 엉덩이를 벽에 부딪혔다. 잠시 후 그녀들은 다시 자신들의 임무를 떠맡으려고 잠시 그 상황에서 빠져나와 상황을 판단하면서 숨을 골랐다. 고개를 살짝 가로저음으로써 대기실에 머물기를 거부했던 그린고** 십장은 진

---

* 여기서 말하는 '참깨(sésamo)'는 『천일야화』의 「알리바바와 40인의 도적」에 나오는 주문 "열려라 참깨(Ábrete, sésamo)"에서 차용한 것으로, 참깨는 마법의 주문을 가리킨다.
** gringo: 일반적으로 영어를 사용하는 외국인을 의미하는데, 우루과이에서는 '영국인'

료실 문에 살짝 몸을 기댄 채 자신의 충성심에 자부심을 느끼며 비지땀을 흘렸다.

디아스 그레이는 소녀를 마취하고 절개한 뒤 '에스' 자 형태의 낚싯바늘을 빼내 어머니 또는 고모에게 선물로 주었다. 앙헬리카 이네스는 천장에 매달린 부드러운 백열등 또는 의사의 움직이는 머리를 흐리멍덩한 회색빛 눈으로 쳐다보면서 자신의 몸이 찔리고, 잘리고, 붕대에 감기도록 가만히 있었다. 한 마디 말도 하지 않았다. 촘촘하게 땋은 머리채를 베고 진료대 위에 누운, 햇볕에 구릿빛으로 그을린 소녀의 둥근 얼굴은 다른 사람이 자기를 위해 뭔가를 해주기를 기대하는 버릇, 결코 그녀 자신을 실망시킨 적이 없는 그 버릇만을 드러냈다. 혹은 예전의 기분을 반드시 이어받게 될 기분 자체, 다른 기분에서 움튼 싹 같은 기분과 그 기분을 죽여버리는 기분, 소녀가 생전 처음으로 진료대에 눕기 오래전에 죽음을 영원히 무시해버렸기 때문에 중단되지 않고, 멈출 수도 없었던 기분만을 드러냈다.

두번째 경우는—이제 디아스 그레이는 페트루스라는 성이 의미하는 바를 이해했으나 주눅이 들지는 않았다—정확하게 말하자면, 이제 기억이 아니었다. 또는 살아왔던 순간은 잊혀 회복할 수 없는 상태였고, 그 의사가 단 한 번도 본 적이 없고, 그 누구도 그린 적이 없는 어느 동판화에 대한 기억이—정지된 상태로, 정확하게, 변덕스럽게 색이 칠해져—그 순간을 대체했다. 그 장면이 지닌 비현실성과 그 장면이 백 년 전에 일어났거나 기억되었다는 느낌은, 확실치는 않으나, 장면을 비추고 있던 전등 불빛의 부드러운 황토 색조에서 비롯되었다.

을 가리킨다.

160

중앙에 꼿꼿하게 서 있는 페트루스 노인은 자신의 구레나룻이 회색에서 하얀색으로 변하도록 내버려둔 채 미소를 머금고 있지는 않으나 자신이 웃을 수 있는 사람이라는 사실을 고의로, 진득하게 드러내고 있었다. 눈에는 냉정한 주의력과 온전한 젊음이 가득 차 있고, 막 불을 붙인 쿠바 산 시가를 든 왼손은 조끼 앞에 위치해 있었는데, 시가 향기가 사진 속 장면을 비치는 다양한 노란색의 기하학적 평면들처럼 동판화에 내재해 있었다.

한 소년이 페트루스의 형상을 오려내서 어느 공책에 붙였을 수도 있다. 그 형상을 본 사람은 모두 페트루스가 초상화를 위해 자세를 취했다고 믿을 것인데, 그가 오른팔을 살짝 올려놓은 둥그런 등받이의 나무 안락의자, 접시들이 걸린 배경 벽, 그리고 벽난로 위에 놓인 커다란 맥주잔들 말고 다른 것은 보이지 않았다. 페트루스의 오른쪽에는 소녀의 어머니 또는 고모가 자리에 앉아 뜨개질을 하고 있었는데, 보닛*의 꼭대기, 둥그스름한 뺨, 원기 왕성한 커다란 무릎이 빛에 희미하게 드러나 있었다. 디아스 그레이는 페트루스가 상처(喪妻)한 날짜를 잊고 있었다. 페트루스의 왼쪽 뒤에 있는, 어둑하게 보이는 여자 둘은 위선적인 표정, 당황스러워하는 표정을 짓고 있었다. 두 여자는 앙헬리카 이네스가 앉아 있는 커다랗고 불편한 안락의자를 에워싸고 있었고, 다리를 키양고**로 감싼 앙헬리카 이네스는 아무것도 기대하지 않는다는 표정으로, 불룩한 사각형 턱을 도발적이지 않게, 우유부단하게 치켜든 채 땀을 흘리며 미소를 머금고 있었다. 페트루스의 등 뒤에서는 벽난로 불이 소리 없이 혀를 날름거렸다. 정지된 것 같은 미지근한 가을날 오후였고, 동판화 속의

---

* bonnet: 여자나 어린아이가 쓰는 모자로, 턱 밑에서 끈을 매게 되어 있다.
** quillango: '동물 가죽으로 만든 담요'를 가리킨다.

배경도 마찬가지였다.

열다섯 살 정도 되었을 소녀는 점심을 먹다가 배[梨] 속에 든 구더기를 발견하고는 기절해버렸다. 안락의자에 앉아 있던 소녀는 이제 몸을 좌우로 흔들어대고, 평온해 보이는 넓은 얼굴을 치켜들고 묘한 표정을 지었으며, 침을 살짝 흘렸는데, 코 밑으로 땀이 송골송골 맺히고, 올해는 땋은 머리가 더욱더 두꺼워져서 더 이상 머리끝이 위를 향해 꼬이지 않았다.

디아스 그레이를 데리러 산타마리아까지 갔던 바로 그 차를 디아스 그레이를 데려다주기 위해 준비해놓았다고 페트루스가 갑자기 디아스 그레이에게 말했다. 층계참에서 페트루스가 디아스 그레이의 팔을 잡더니──당시 하얀색 대리석상들이 들어서기 시작하던 짙푸른 정원은 대칭이 약간 혼란스러웠는데, 잠들어 있는 정원 위쪽에서 페트루스는 디아스 그레이에게 우정 어린 태도를 보이지도, 디아스 그레이의 팔을 꽉 붙들지도 않았다──걸음을 멈추고 당당한 자부심을 드러내며 석양과 조선소 건물을 쳐다보았다. 자신이 석양과 조선소 건물을 모두 만들어냈다는 태도였다.

"진료비는 보내도록 하겠습니다, 선생님." 그 순간 디아스 그레이는 페트루스가 디아스 그레이 자신을 섬세하게 배려하고, 자기 딸의 건강을 돈 문제와 분리시키려고 그 순간에 돈을 지불하지 않았다는 사실을 깨달았다. 그리고 페트루스 자신이 디아스 그레이의 시간과 능력을 거래할 수 있다는 사실을 디아스 그레이가 잊지 않도록 약속은 늘 지켜졌다. "선생님, 내 딸은 완벽하게 정상입니다. 유럽 최고의 의사들이 서명한 진단서를 보여드릴 수도 있습니다. 그 의사들은 교수입니다."

"그럴 필요는 없습니다." 디아스 그레이가 자기 팔을 붙잡고 있던 페트루스의 손을 부드럽게 뿌리치면서 말했다. "저는 경미한 사고 때문에 진찰하러 왔습니다. 그처럼 경미한 사고는 전혀 문제될 게 없습니다."

"그렇습니다." 페트루스가 동의했다. "선생님께, 그리고 전 시민에게 내 딸은 정상, 완벽하게 정상입니다. 모든 사람에게 말입니다."

디아스 그레이는 자신의 구두 냄새를 맡고 있던 개를 어루만져준 뒤 계단을 내려갔다.

"물론입니다." 디아스 그레이가 고개를 돌려 말했다. "유럽에서만 의사들이 학위를 받을 때 선서를 하는 것은 아닙니다. 그리고 교수들만 하는 것도 아닙니다."

페트루스는 가슴께에 들고 있던 쿠바산 시가를 내리더니 양발을 모은 채 공손하게 상체를 숙여 인사했다.

"진료비는 보내도록 하겠습니다, 선생님." 페트루스가 반복했다.

이런 일이 두 번 있었다. 디아스 그레이는 몇 번 더 소녀를 멀리서 보았는데, 소녀가 산타마리아에서 미사를 마치고 나오고 있을 때, 또는 소녀가 배 속에 든 구더기를 발견하고 기절을 한 그날 오후 이후 성인 여자처럼 성숙한 모습으로 처음에는 고모와 함께, 나중에는 가족이 푸에르토아스티예로에 최종적으로 정착한 뒤부터 소녀의 시중을 들던 하녀 호세피나와 함께 물건을 사면서 도시의 몇 구역을 걷고 있을 때였다.

그렇게 멀리서 바라본 소녀는 노인 페트루스가 수집해놓은 모든 증세를 확인해주는 것 같았다. 키가 크고 풍만한 체격에 가슴과 엉덩이가 컸는데, 노처녀 친척이 치마의 형태를 선정하고 재단해주어 몇 년 동안 입은, 통이 넓은 종 모양의 검은색 치마도 엉덩이를 만족스럽게 숨겨줄 수 없었다. 아주 하얀 피부에 회색빛 눈이 반짝거리는 소녀는 둔하고 두꺼운 목의 도움을 받지 않으면 양옆을 바라볼 수 없을 것처럼 보였다. 최근에는 머리 주위로 동그랗게 올려 땋은 머리를 하고 있었다.

누군가는 소녀가 특별한 이유도 없이 한번 웃었다 하면 쉽사리 멈추지 못하는 발작증을 앓고 있다고 말했다. 하지만 디아스 그레이는 소녀의 웃음소리를 들어본 적이 단 한 번도 없었다. 그래서 친척들이나 어느 특이한 친구 또는 하녀의 뒤를 따라 비좁은 도시를 가로질러 가는 소녀의 육중한 몸이 디아스 그레이에게 알려주거나 또는 디아스 그레이 스스로 인정한 모든 사항 가운데 그의 전문가적 호기심을 일깨운 것은, 그녀가 애써, 과장스럽게 품위 있는 태도로 천천히 걷는 모습이었다.

디아스 그레이는 앙헬리카 이네스가 걷는 모습이 자신에게 무슨 기억을 불러일으켰는지 결코 확실하게 알 수 없었다. 앙헬리카 이네스는 한쪽 발이 땅에 안착했다는 것을 확인한 뒤에 다른 발을 떼는 식으로 조심스럽게 발을 앞으로 옮겼는데, 발끝이 약간 안으로 모아지게 걷거나 (실제로는 그렇지 않고) 단지 모아지게 걷는다는 인상을 주었다. 몸을 늘 꼿꼿하게 세우고, 발자취 쪽을 향해 상체를 뒤로 기울인 채 걸었기 때문에 가슴과 배가 더욱더 둥그렇게 보였다. 처음에 디아스 그레이는 앙헬리카 이네스가 마치 비탈길을 내려가는 것처럼, 걸음이 빨라지지 않게, 품위 있게 내려가기 위해 자세를 조절하는 것처럼 걷는다고 믿었다. 하지만 정확히 그렇지만은 않거나 더 이상의 것이 있었다. 마침내 어느 날 정오에 디아스 그레이는 전문적인 용어를 찾아냈고, 그 단어 덕분에 자신이 진실에 가까워지고 있다고 믿었다. 그녀가 행진을 할 때처럼 걷고 있었거나 그 순간부터는 행진을 할 때처럼 걸었다는 것이다. 소녀가 어느 종교 행렬의 느릿한 걸음걸이에 부하가 걸리고, 또 십자가나 커다란 양초나 캐노피의 기둥 같은, 그녀가 운반하는, 보이지 않는 어떤 상징물의 무거운 중량 때문에 이중으로 부하가 걸린 상태에서 살짝 흔들거리는 묵직한 몸을 앞으로 이끌어가는 것처럼 보였다.

조선소 V

라르센은 날씨가 춥다고 욕을 해대면서, 다른 것은 생각하지 않겠다고 다짐하며 선착장에서 사무실로 직행했다.

청명한 아침은 잿빛과 파란색이었고, 평화로운 햇빛이 확고하게, 열심히, 침착하게 비치고 있었다. 진흙이 파여 생긴 웅덩이들은 여전히 투명하고, 웅덩이를 덮고 있는 얼음은 거울처럼 빛을 반사했다. 걸음을 멈춘 라르센은 풍경이 지닌 의미를 파악하려 애쓰고, 고요의 소리를 들었다. 〈이건 두려움이야.〉하지만 이제는 걱정하지 않았다. 두려움은 만성적인 질병에서 비롯되는 은근하고, 익숙하고, 벗이 되는 고통 같은 것이었는데, 그 이유는 바로 그 질병 때문에 죽게 되지 다른 이유로 죽게 되지는 않기 때문이다.

라르센은 고개를 돌려 탁하고 적막한 강을 바라보고, 열쇠들, 바지 뒷주머니를 불룩하게, 우스꽝스럽게 만드는 열쇠꾸러미를 소리가 날 정도로 거칠게 흔들어보았다. 유치할 정도로 많은 열쇠는 중요도, 지배력, 소유를 상징했다. 그는 각각의 문에 맞는 열쇠를 한눈에 찾아내고, 눈썹을 찌푸리며 정확한 동작으로 문들을 열어나갔다. 움직이기도 어려울 정도로 육중한 철 대문을 열고, 각 부서의 사무실로 연결된 계단 문을 연다음, 위층으로 올라가 때가 덕지덕지 끼고 냉기가 흐르는 황량한 사무실 문을 열었다. 유리창도 나무판도 없고, 거짓 자물쇠가 달린 문들은 한 번 툭 치기만 해도, 갑자기 불어 닥친 한 줄기 바람의 압력에도 열릴 것 같았다. 갈베스는 즐겁고 집요하게, 괜히 이를 드러내 씩 웃으며, 매일 초저녁에 문을 닫고, 매일 아침에 문을 열었다.

이제 총지배인실에 있게 된 라르센은 양어깨와 탄력 있게 휘어지는 의자 등받이를 벽에 기댄 채 책상 앞에 앉아 휴식을 취했다. 휴식은 과거에 자신이 보낸 불행한 밤 때문에 필요한 것도, 그 밤에 했던 작업 때문에 필요한 것도 아니었다. 자신이 할 일을, 하나하나, 열을 내지 않고, 단지 몸이나 빌려주면서 하게 될, 아직은 잘 모르는 행위들 때문이었다. 두 손을 맞잡아 목 뒷덜미를 떠받치고, 검은 모자가 한쪽 눈으로 내려오도록 삐딱하게 눌러쓴 그는, 마치 그 휑뎅그렁한 방을 번창하고 활력 있는 어느 회사의 총지배인실로 여겨달라고 무관심한 증인을 설득하려는 듯, 그 겨울 동안 자신이 완수한 작은 과업들을 헤아려보았다. 문의 경첩과 문에 쓰인 글씨, 창에 붙은 마분지, 조각을 대서 수선한 리놀륨, 알파벳 순서로 정리되어 있는 문서, 먼지가 제거된 빈 책상, 직원을 부를 때 사용하는 완벽한 버저 등은 그가 해낸 작업이었다. 눈에 보이고 증명이 가능한 것 말고도, 작업하는 시간, 사무실에서 업무에 관해 숙고하는 것, 수백 명에 달하는 유령 같은 인부와 직원을 건사하겠다는 지속적인 의지 같은 것도 필요했다.

그는 태만하고 목적 없는 자기 정당화 과정에서 그 정당화가 허위로 보이게 만드는 어떤 것을 이용할 수도 있을 것이라고 생각했다. 트럭 한 대가 조선소 뒤에 정차하던 해 질 녘이면 수상쩍은 남자 한 쌍이 조선소 사무실과 선거 사이에 있는 공터, 갈베스 부부가 살고 있는 오두막 앞에 있는 공터 한가운데로 천천히, 전문가처럼 태연한 태도로 접근해서는 갈베스, 그리고 그들을 기다리고 있던 쿤스와 만났고, 가끔씩은 라르센과도 만났는데, 라르센은 자신이 공범이 아니라 재판관인 것처럼 그들의 이야기를 듣고 감시하고, 멸시하는 태도를 끈질기게 유지하면서 그들의 조직적인 거래를 지켜보았다.

그들은 거수경례로 인사를 나누고 진흙길을 걸어 선거의 문에 도착해 조용히 선거 안의 어둠 속으로 들어갔다. 방문자들은 재촉을 전혀 받지 않은 상태에서 차분하게 물건을 골랐다. 쿤스는 부탁받은 물건이 아니라 지나가는 김에 슬쩍 물어보는 투로 말한 물건마저도 부서진 천장에서 내리비치는 햇빛 아래로 질질 끌고 왔다. 트럭을 타고 온 남자들은 한두 걸음 다가와 그 물건을 쳐다보고는 얼굴을 찌푸리고, 동정심 어린 표정을 짓고, 말을 아끼면서, 물건들이 녹이 잔뜩 슬어 폐물이 되었다느니, 구식이라느니, 자신들이 찾고 있는 것과 자신들에게 제공되는 것 사이에는 차이가 있다느니, 말들이 많았다.

갈베스는 쌓여 있는 철물 위에 앉아 입을 벌린 채 그들의 말을 들으며 고개를 끄덕였다. 그 사내들이 끝없이 늘어놓던 트집을 끝내려는 시늉을 했을 때, 쿤스는 물건에 한 손을 올리더니 물건이 지닌 여러 가지 장점, 철물의 질, 기술적인 장점에 대해 설명하고, 물건이 방문객들의 필요와 이 세계의 온갖 필요나 관심에 부합하는 이유가 무엇인지 설명했다. 라르센은 늘 제2선에서, 물건을 중심으로 형성된 원으로부터 1미터 정도 떨어진 곳에서, 쿤스의 무표정한 얼굴을 쳐다보았는데, 쿤스는 일부러 외국인 같은 단조로운 목소리로, 선거의 정적이고 칙칙한 분위기 속에서, 마치 물건의 명백한 특징들을 언급하는 것이 지루하다는 듯이, 자기 말을 이해시키는 것 말고는 다른 관심도 희망도 없이 어느 기술학교에서 강의하고 있다는 듯이, 거짓말을 늘어놓고 있었다. 쿤스는 설명을 끝내고, 물건에 올려놓았던 손을 작별을 고하면서 거둬들이고, 물건과 원과 거래에서 물러났다. 이어서 정적이 흘렀는데, 가끔 개 짖는 소리나 바람 소리가 정적을 흔들었다. 트럭을 타고 온 사내들은 아무 말 없이 서로를 쳐다보다가 동정 어린 미소를 교환하고, 고개를 가로저었다.

그러고 나서 갈베스의 순서가 되었는데, 그곳에 있던 모든 사람은 그 사실을 알고 있었지만, 갈베스를 쳐다보려고도 하지 않았다. 갈베스가 아무 말도 하지 않자 그곳에 정적이 흘렀다. '오버롤'*을 입은 두 사내는 물건에서 약 1미터 정도 떨어진 곳에서 물건처럼 꼼짝도 하지 않은 채 굳은 모습으로 서 있었다. 쿤스는 벽에 붙은 선반에 몸을 기대고 서 있었지만, 그 장면으로부터 수 년 동안, 수 킬로미터 정도 떨어져 있다는 듯이 눈에 띄지 않았다. 모자를 쓰고 두꺼운 검은색 외투를 입고 있던 라르센은 일그러진 안면에 무시하는 표정과 인내하는 표정을 드러내면서도 냉정함을 유지했을 것이다. 몸을 움직인 사람이 아무도 없었건만 물건은 이제 원의 중심에 있지 않았고, 대신 갈베스의 대머리와 미소가 그 자리를 차지했다. 마침내 갈베스가 흥정을 하기 시작했다.

"먼저 물건에 관심이 있는지 없는지 말해보세요. 여러분이 아까 했던 얘기는 별 소용이 없으니 있는 그대로만 말해보시라고요. 여러분이 주문한 천공기(穿孔機) 한 대가 여기 있잖아요. 완전히 새것은 아니지만 그런대로 쓸 만해요. 물품 명세서에 따르면, 가격이 떨어졌다고 해도 5천 6백 페소는 나가는 물건이에요. 우리는 바쁜 사람들이니 예, 아니요라고

---

* overall: 가슴받이가 달린 작업 바지를 말한다.

만 대답하세요. 얼마면 되겠는지 말해보시라고요. 그냥 재미 삼아 어디 한번 말해보세요."

사내 하나가 말을 했고, 다른 사내가 그 말을 수긍했다. 사내는 마치 자신의 기다란 이가 자기 얼굴이거나, 적어도 뭔가를 표현할 수 있고 자신을 이해시킬 수 있는 자기 얼굴 가운데 유일한 부분이라도 된다는 듯이 이를 드러냈고, 갈베스는 머뭇거리는 어느 문장의 마지막 부분에서 늘 빙빙 돌다가 무겁게, 결정적인 어조로 떨어지는 숫자를 기다리고 있었다. 그러고는 자기 웃음소리를 그들이 들을 수 있도록 일부러 크게 웃고, 자신이 받아야겠다고 결정해놓은 가격의 20퍼센트를 더한 최종 가격을 제시했고, 구매자들이 독백으로 무기력한 욕설을 섞어 불평을 하면서 자신들이 처음에 제안했던 가격을 갈베스 자신이 생각해놓은 한계까지 올리기를 무관심한 척 기다리고 있었다. 이 단계에서 방문객들은 서로를 쳐다보지도 않은 채 물건만 쳐다보면서, 마치 자기들끼리 물건 값을 흥정하고 있다는 듯이 말을 했다.

그들이 마침내 적합한 가격에 도달했을 때, 영수증 철과 연필을 들고 자리에서 일어난 갈베스는 천장에 뚫린 구멍을 통해 들어오는 햇빛을 받아 우중충한 빛을 띠고 있던 물건을 향해 하품을 하면서 다가갔다.

"난 입씨름 같은 건 절대 안 해요. 현금으로 거래하고요. 운송비는 구매자가 내는 겁니다."

세 사람은 지폐를 나눠 가졌고, 그 사안에 관해서는 더 이상 언급하지 않았다. 이런 일은 한 달에 한두 번 있었다. 하지만 라르센은 페트루스에게서 또는 주식회사에서 도둑질을 하는 데 결코 개입한 적이 없었다. 그저 자기 몫만 받았고, 거래의 변하지 않는 의식이 거행되는 동안 조용히, 증오심을 가지고 한 쌍의 구매자들을 관찰했고, 그들이 막 산

물건을 트럭에 실을 때까지 늘 손 하나 까딱하지 않았다.

차갑고 화창한 아침 9시에 쿤스와 갈베스가 도착하는 소리를 들었을 때, 라르센은 모자와 외투를 벗었고, 그들이 도착하는 소리가 들렸다가 사그라질 때를 기다렸다가 신호를 절대 혼동할 수 없는 버저를 눌러 그들을 불렀다. 처음에는 아무도 부르지 않았고, 나중에도 아무도 부르지 않았다. 그러고 나서 먼저 기술이사를, 나중에 관리이사를 불렀다. 그는 그들에게 앉으라는 말도 하지 않고서, 미리 계산된 느릿한 태도로, 시선과 열정과 침묵을 과장하면서, 페트루스는 산타마리아에 있고, 판사는 조선소 문제에 개입했으며, 미리 예고되거나 예감했던 지배권을 획득하고 승리를 쟁취할 날이 막 시작되었다고 그들에게 설명했다. 그는 그들이 자기를 믿지 않는다는 사실을 깨달았는데, 그가 그 사실을 그리 중요하게 여기지 않았거나, 아마도 그렇게 되기를 원했을 수도 있다. 정오 무렵 그는 눈에 띄는 서류철을 들고 큰 창고까지 내려가서 전류계 하나를 훔쳤다. 창고에서 돌아온 그가 불을 지피려고 집 주변에서 나뭇가지를 주워 모으고 있던 갈베스의 아내에게 인사를 하자, 남자용 외투를 걸친 채 오전 끝 무렵의 팽팽하고 파란 공기 속에서 폭발해버릴 것처럼 볼록한 배를 지닌 그녀가 몸을 일으켜 세우며 라르센에게 미소를 지었다.

벨그라노의 주인 포에테르스에게는 전류계에 관심을 갖고 있는 친구가 있었다. 라르센은 전류계를 건네주고 4백 페소를 받은 뒤 외상값을 청산하려고 2백 페소를 되돌려 주었다. 라르센은 그곳에서 점심 식사를 하고, 커피 잔을 바라보면서 다음과 같은 계획을 세웠다. 우선 페트루스의 별장을 방문한다. 해 질 무렵에 앙헬리카 이네스를 찾아가 처음에는 정자에서, 나중에는 그가 발을 디딘 적이 없는 그 집 안에서 앙헬리카 이네스와 면담한다. 그녀에게 쳐들어가서 밤이 되기 전에 나룻배나 자동차로 그곳에 도착해 있을 페트루스 노인의 축복을 받는 결혼 약속을 그녀에게 받아낸다.

하지만 정작 앙헬리카 이네스는 라르센에게 틈을 주지 않았다. 왜냐하면 라르센이 4시 또는 5시에 총지배인실에서 습기로 얼룩이 지고, 타자기로 쓴 보고서, 즉 주식회사의 자산을 모두 판 뒤에 남은 돈으로 어선 몇 척을 건조해야 한다고 제안한 신원미상의 전임 총지배인이 서명한 보고서를 검토하고 있을 때, 기술이사 쿤스가 부드럽게 문을 두드렸고, 상황을 다 이해한다는 듯이, 과거가 그립다는 듯이, 조롱기가 역력하게 배어 있는 희미한 미소를 머금은 채 사무실로 들어왔기 때문이다.

"실례합니다. 총지배인님을 보고 싶어 하는 아가씨가 있어서요. 그리고 그 아가씨가 총지배인님을 어떻게든 보게 될 테니까, 총지배인님이 허락을 하든 하지 않든 상관이 없을 것 같네요. 갈베스가 그녀를 저지하려고 하지만 뜻대로 되지 않을 겁니다. 아가씨를 들어오라고 할까요, 아니면 아가씨가 밀고 들어오도록 내버려둘까요?"

쿤스가 은빛 턱수염으로 둘러싸인 미소, 이제는 향수만 드러나 있는 미소를 머금은 채 라르센의 책상 옆에 서 있을 때 갑자기 문이 열렸고, 이미 사무실 안으로 들어선 여자는 호흡을 가다듬으려고 멈춰 서더니, 언제 웃었는지도 모를 정도로 짧게 웃었다.

이야기의 이 부분은 어느 유령에 대한 충성심 때문에 쓰인 것이다. 이 이야기가 사실이라는 증거는 없고, 또 우리가 아무리 생각해보아도 사실 같지가 않다. 하지만 쿤스는 이 부분을 보고 들은 적이 있다고 확신했다. 여러 달이 지난 뒤, 하녀는 〈아가씨의 옷매무새가 약간 단정하지 않았다〉는 사실만을 인정했다. 쿤스는 아가씨와 라르센 두 사람만 놔둔 채 총지배인실 문을 닫은 뒤 자기 작업대로 돌아갔다. 쿤스는 철제 캐비닛에서 자기 책상으로 가져와서는 펼쳐놓지도 않은 회계장부 두세 권에 팔꿈치를 올려놓은 채 천장에 뚫린 구멍을 통해 파란 하늘을 쳐다보고 있던 갈베스에게 윙크를 했다. 쿤스는 자리에 앉아 자신의 우표 앨범을 살펴보기 시작했다.

쿤스는, 자신들이 일을 많이 할 정도로 시간이 많이 흐르지는 않았다고 했다. 쿤스는 비명 소리를 듣기 전에 라르센의 목소리를 들었는데, 그 목소리는 자신을 방어하려고 누군가를 설득하는 고통스러운 독백이었다. 비록 라르센이 부드러운 어조로 말하고, 목소리를 낮추려 애쓰고 있었다는 것이 명백하다 해도, 그가 아가씨하고만 얘기를 나누는 게 아닌 것처럼 들렸다. 그가 자리에서 일어나 다섯 손가락 끝으로 책상을 짚고, 고통스러운 표정을 짓고 끝없는 포용력을 발휘하면서, 인내심으로 얻어지는 이익들, 즉 믿고 기다릴 줄 아는 사람들에게 예정되어 있는 보상을 갈베스와 쿤스 같은 사람들에게 해주겠다고 헤아리면서 서 있었다고 상상하는 것은 쉬운 일이다. 페트루스 노인이 속임수를 써서 소집한 주주총회에서 주주들이 지루해 하품을 하면서 자신들을 자유롭게 풀어놓아주기만 하면 뭐든 양도해주는 서명을 할 준비가 되어 있었다고, 쿤스는 생각했다.

하지만 라르센은 호흡을 고르거나 아가씨가 이해할 만한 논거를 선택할 필요가 있었다. 그때 총지배인실에 잠시 침묵이 흐르는 것이 감지되더니, 그 침묵 안에 작은 소리가 들렸거나, 혹 쿤스는 그 소리를 들었다고 생각했는데, 그 소리는 갈베스가 손톱을 물어뜯는 소리였고, 강과 벌판 위로 저물어가는 겨울날이 멀리서 희미하게 파르르 떠는 소리였다. 그러고는 비명 소리가, 한 사람과 다른 사람의 비명 소리가 들리기 시작했는데, 아가씨는 특이할 정도로 청아한 목소리로 노래를 하듯 비명을 질렀고, 라르센은 다음과 같이 반복했다.

"정말 성스러운 마음으로 당신에게 맹세하오."

아가씨의 목소리가 아우성 속의 음악적 모티프처럼, 공중제비를 넘으려고 튀어 오르는 은빛 물고기처럼 다시 나타났고, 쿤스는 다음과 같은 목소리를 들었거나 들었다고 확신했다.

"그 더러운 여자와. 그 더러운 여자."

그러고는 이미 문 앞에 와 있던 그녀가 문을 열면서 소리를 질렀다.

"이봐요, 날 만지지 말아요."

라르센이 아가씨를 붙잡아두려고만 했거나, 그 실랑이에서 부드러운 태도로 이기려고만 했던 것이 확실하다. 아니면 아가씨를 덮치려 했을 것이다. 왜냐하면, 터무니없게도 갈베스가 〈그런 일이 일어나고 있음에도 불구하고, 뭔가를 들었거나 알아차렸다는 낌새를 전혀 드러내지 않은 채 내내 손톱을 깨물면서 깨진 유리창을 쳐다보고〉 있었기 때문에 갈베스를 증인으로 채택하지 않는 쿤스의 확실한 소견에 따르면, 그 후 곧바로, 아가씨, 즉 앙헬리카 이네스가 총지배인실을 나와 성큼성큼, 하지만 뛰지는 않고서, 몸을 꼿꼿하게 세우고 상체를 뒤로 젖힌 자세로, 한쪽 어깨를 칠이 벗겨진 벽에 부딪치면서, 집기도 별로 없고, 두 사내가 어깨를 움츠리고 있고, 불에 타서 연기로 변해버린 몇 미터짜리 칸막이 벽들이 서 있던 곳, 바닥에 때가 덜 묻은 직선 몇 개가 표식처럼 남아 있는 그 방의 넓은 공간을 통과했기 때문이다.

〈그곳에 도착한 그녀는 그 황폐한 광경을 전혀 보지 못했다는 듯이 어디에도 눈길을 주지 않은 채 그곳을 가로질렀다. 엄마와 고모 그리고 관습이 늘 그녀에게 어린 소녀 같은 옷을 입혔다. 그런데 그날 오후 그녀는 속옷, 속치마, 또는 뭐가 됐든지, 속에 입은 것이 비치는 검은색 긴 드레스를 입고, 아마도 빌렸거나 처음 신어보았을, 그리고 돌아가는 길에는 틀림없이 파손되었을, 굽이 엄청나게 높은 구두를 신은 성인 여자 같은 차림새였다. 구두 굽이 파손된 이유는 그녀와 그들이 별장에서 조선소까지 걸어왔기 때문이다. 그녀가 굽 없는 구두를 신고 걷는 모습을 본 적이 없는 사람들은, 바로 그 구두 때문에, 뚱뚱한 여자, 임신한 여자가 균형을 잡으려고 애쓰면서 특이하게 걷는 모습을 연상했을 것이다. 하지만 중요한 것은, 즉 내가 보류했거나 지루하게 여기지 않고 조금 더 보류할 줄 알았더라면 보류했을 수도 있는 부분은, 그녀가 입은 드레스의 보디스가 풀어져 내리다가 완전히 벗겨지지는 않은 상태로 몸에 매달려 있었다는 것이다. 그럼 그것에 관해 설명해보겠다. 그녀는 썩은 나무 바닥, 온갖 얼룩, 청사진, 상업통신문, 비와 세월로 인해 생긴 얼룩을 구둣발로 밟으며 불안정하게 지나갔다. 그녀는 황금빛 머리를 길게 땋아 도발적이지 않게 틀어 올리고, 다른 것에는 전혀 신경 쓰지 않은 채, 사람을 매혹하는 희미한 미소를 머금은 채, 우리를 보지도 않고, 쥐들과 파산의 냄새도 맡지 않은 채, 겨울의 악취 나는 공기를 뚫고 지나갔다. 그녀 뒤에는 자기 사무실로 들어가는 문 뒤에서 손을 꼭 쥐고 가볍게 흔들어대지만 보여줄 용기가 없는 사기꾼 양아치 하나, 즉 지저분하고, 늙고, 뚱뚱하고, 얼이 빠진 남자가 스페인 출신 갈베스와 내가 자기 말을 들을까봐 두려워 아무 말도 못하고 서 있었다. 여러분은 이 모든 이야기와 다른 수많은 이야기가 아주 길 것이라는 사실을 이해해주시라. 그래서 내가 이렇게 천천히 밝히고 있는 것이다. 하지만 그곳에 있지 않고, 보지 못하고, 그녀와 그가 누구인지, 조선소는 무엇인지, 그리고 심지어는 내가 누구인지, 즉 내가 이 나라의 자식이지만 법적으로 유용한 유럽인의 이름을 가지고 당시 그곳에서 그런 식으로 살아가는 사람이라는 사실을 모르는 사람에게 설명하는 것은 무용하거나 거의 무용한 일이다. 그럼, 상상할 수 있으면 상상해보시라. 이것은 쉬운 일이다. 젊고 강해 보이는 여자가 끝없이 넓고, 거의 비어 있다시피 한 어느 사무실의 벽을 따라, 세상에서 가장 멋진 젖가슴으로 공기를 가르며, 달리지는 않지만 빠르게 지나가는 모습을. 그녀가 입고 있던 드레스의 보디스를 끌러버린 사람은 그 불쌍한 악마 라르센이 아니었다. 그녀 자신이 단추를 풀지도 않고, 망사 천을 찢지도 않은 채 보디스를 끌러버린 것이다. 나는 그녀가 계단 맨 위에 다다를 때까지 그녀의 모습을 눈으로 뒤쫓고 있었는데, 그곳에서는 그녀의 하녀가 외투를 받쳐 들고서 그녀를 기다렸다가 발뒤축을 들어 올린 상태로 그녀의 어깨에 씌워주었다. 그리고 나는, 마치 하녀가 그녀를 화나게 만들었다는 듯이, 그녀에게 옷을 입혀 그곳으로 데려왔다는 듯이, 그리고 이제는 그녀의 어머니처럼, 그녀가 추문을 일으키지 못하게 막는 여자처럼 그녀의 팔을 부드럽게 잡아끌었다는 듯이, 그녀가 하녀의 뺨을 때렸다고 생각한다. 그리고 그 여자, 즉 아가씨가 소리를 질러가며 언급한 지저분한 여자는, 지금 이런 말을 할 필요는 없지만 내가 알고 있는 모든 것에 따르면, 나중에 즉시 밝혀졌다시피, 당시 임신 9개월째였던 갈베스의 아내 말고 다른 여자가 될 수 없을 것이다.〉

이것이 바로, 적어도 본질적으로는, 쿤스가 의심을 살 만큼 왜곡하지 않은 채, 파비에리 신부와 의사 디아스 그레이에게 여러 번 반복해서 들려준 이야기다. 하지만 의사 디아스 그레이는 쿤스의 말을 믿지 않았다. 의사 디아스 그레이의 이런 의구심은 몇 년 뒤에 그가 앙헬리카 이네스에 관해 알게 된 사실에 바탕을 두고 있을 뿐이다. 그리고 그는 쿤스—아마도 살아 있을, 그리고 아마도 이 책을 읽게 될—가 자발적으로 개입했으리라고도 생각하지 않았다. 앙헬리카 이네스가 조선소를 방문한 것은 순전히 성적인 이유 때문이었다고 쿤스가 해석했을 가능성이 있다. 쿤스의 독신 생활, 당시로서는 넘볼 수 없었던 갈베스의 아내와의 일상적인 만남 때문에 쿤스가 이런 식의 이야기를 하게 되었을 가능성이 있다는 것이다. 그리고 하녀가 앙헬리카 이네스에게 외투를 씌어주는 모습을 본 쿤스가 거꾸로 미혹되었을 가능성이 있고, 또 하녀가 앙헬리카 이네스를 단순히 추위가 아니라 수치심으로부터 보호해주었다고 생각했을 가능성이 있다.

오두막 V

하지만 라르센의 부인할 수 없는 쇠퇴는, 어찌 되었든, 그의 자질의 쇠퇴였지 자질의 변화가 아니었다. 몇 년 전만 해도 그는 자신이 생각하는 바에 따라 〈발광녀〉와 〈임신녀〉라고 이름 붙인 두 여자의 꽁무니를 더 열정적으로, 더 교묘하게 쫓아다녔을 것이다. 다른 것은 하지 않았을 것이다. 라르센이 젊었다 해도, 자신이 되찾겠다고 스스로 약속한 위조 증서를 자기 책상 위에 올려놓거나 손에 넣는 것이 불가능한 동안에는, 페트루스 노인에게 다가가려고 애쓰지도 않았을 것이다. 이제 아무도 정확하게 알아볼 수 없는 젊은 라르센이, 현재의 라르센 자신처럼, 대리석 상들 때문에 하얗게 변한 정원에서, 추위와 개 짖는 소리가 무자비하게 꿰뚫고 지나가는 정자에서, 다시 확실하게 되돌아온 깨뜨릴 수 없는 침묵 속에서, 낭만적이고 모호한 명성을 부정한 방식으로 재탈환하고 보존하는 일만 했으리라고 확신할 수 있다. 그리고 더 총명하고, 더 자발적이고, 덜 허위적이고, 이루 말할 수 없이 덜 혐오스러운 바로 그 젊은 라르센은 남자용 외투를 입은 그 여자, 갈베스의 아내, 털북숭이 통통한 개들과 함께 있는 그 여자가 불을 지피고, 고기를 썻고, 감자 껍질 벗기는 일을 도왔으리라.

마침내 라르센이 꽉 끼는 외투를 벗고 모자를 벗었을 때는 예상보다 대머리가 아니었는데, 그가 느릿한 솜씨로 칼을 다루면서 냄비에서 모락모락 피어오르는 김 위로 고개를 숙이자 이마 위로 회색 머리타래 하나가 쏟아져 내렸다. 중요한 점에서 라르센을 빼닮은 이 라르센은 라르센 자신의 아들일 수도 있으리라. 젊은 라르센은 현재의 라르센보다 더 침착하지 못하고, 반면에 그들이 부엌이라고 부르던 오두막 구석에서 얘기를 나누려고 몸을 웅크린 채 앉아 있는 라르센은 젊은 라르센보다 더 의뭉스러웠을 뿐이다.

이런 일은 단 며칠 동안만 지속되었다. 그는 음식을 조리하는 일을 돕고, 개들과 놀고, 장작을 팼는데, 그의 펑퍼짐한 엉덩이는 늘 그 장소, 연기 자욱하고 미지근한 공기 가득 찬 구석 자리를 선택했다. 그는 진득하게 감자 껍질을 벗기고, 음식의 간을 보았다. 혐오감을 가지면 모든 형태의 포기나 유약함에서 벗어날 수 있다고 확신하기 위해 자주 여자의 불룩한 배를 쳐다보았다. 그녀와 단둘이만 있게 될 때에도, 그녀의 남편이 생전 들어본 적도 없을 그런 헛칭찬을 그녀에게 단 한 번도 하지 않았다. 그 당시 그는 명랑하고, 얘기하는 것을 좋아하고, 속이 없고, 부드럽고, 감성적이었다. 그는 일부러 지쳐 있다는 인상을 주고, 노령을 과장했다.

소문에 따르면, 비록 라르센이 한 세기를 기다리거나 적어도 그 자신이 기다리고 있다는 사실을 생각하지 않을 정도로 기다릴 준비가 되어 있었다 할지라도, 그는 오래 기다리지 않았다. 그는 몸이 육중했지만, 민첩하고 고분고분하고 타인의 호감을 유발할 수 있는 사람이었다. 그는 수년 동안 여자들을 이용하고 여자들에게 고통을 주면서, 어렵지 않게,

저항도 받지 않고 흡수해왔던 그 허위적이고 구역질나는 친절을 이제 다시는 아낄 필요가 없었기 때문에 아낌없이 베풀었다.

이 일은 7월* 말에 일어났는데, 이때쯤이면 사람들은 이제 겨울에 익숙해지고, 겨울의 부드러운 자극을, 사물과 사람을 격리하고 키우는 겨울의 신비로운 방식을 즐길 줄 알게 된다. 사람들이 겨울을 싫어하기까지는, 눈에 띄지 않는 새싹들이 우리를 조바심으로 가득 채우기까지는, 그 새싹들이 서리와 묵직하게 떠 있는 뭉게구름의 적으로 변하고, 언제 찾아올지 모르는 봄으로부터 추방 당해 그리움에 사무치는 자식들로 변하기까지는 아직 많은 시간이 남아 있다.

그녀와 라르센은 밤이면 대부분 단둘이 있었는데, 그 이유는 이제 거의 웃지도 않는 갈베스가 식사를 하자마자 오두막을 떠났거나 오두막에서 식사를 하지 않았기 때문이다. 웃음기 없는 갈베스의 얼굴은 낯설고, 죽은 사람 같고, 부끄러움 같은 것이 전혀 드러나지 않아 섬뜩했다. 하얀 얼굴은 빛이 났음에도 불구하고, 고독, 자기 몰두, 역겨운 무관심을 명백하게 드러냈다. 어떤 때는 쿤스가 늦은 밤까지 머무르면서 개들에게 뒷발로만 걷는 법을 가르치려 애쓰는 바람에 개들이 도저히 잠을 잘 수가 없었다. 하지만 쿤스는 승리를 거두게 될 일이든, 아직 실행되지 않은 일이든, 모든 일에 몸을 바칠 준비가 되어 있는 공범이었다. 추위 때문에 그의 피부는 벌겋게 텄고, 그의 외국인 억양은 두드러졌다.

라르센과 그 여자는 위조 증서에 관해 얘기할 시점에 이미 도달해 있었다.

"그걸 갈베스에게는 부탁할 수 없습니다. 아주머니, 아시다시피 내

---

* 남아메리카에 위치한 우루과이의 7월은 겨울에 해당한다.

가 해코지하려고 이런 말을 하는 건 아닌데, 그 사람이 내 말을 듣지 않아요. 그는 그런 사람이라고요. 언제든 미쳐서 그걸 법원에 제출할 겁니다. 확실치는 않습니다만, 그렇게 되면 그가 아주 좋아할 겁니다. 내가 걱정하는 건 위험한 상황이 도래하고 있다는 겁니다. 가정입니다만, 그가 그걸 제출하면 페트루스가 수감될 겁니다. 아주머니는 채권자협의회가 뭔지 알아요? 한마디로 말하자면 하나의 집단이지요. 열다섯 명이나 스무 명이 아니에요. 우리와 조선소, 사업의 실패, 묻혀버린 돈에 대해서는 이미 잊었기 때문에 지금 우리가 살아갈 수 있도록 해주는 하나의 집단일 뿐이라고요. 하지만 판사가 구속영장에 서명하자마자 그들은 기억하기 시작할 겁니다. 그들은 다음과 같은 말만으로는 만족하지 않을 거라고요. 〈페트루스가 우리를 난처한 상황에 빠뜨려놓고는 참으라 하고, 그 역시 그것이 좋다고 믿고 있었는데, 사실은 그가 사기를 당해 현재 파산했기 때문에 우리보다 훨씬 더 열악한 상태입니다.〉 그들은 이렇게 말할 겁니다. 〈그 늙은 도둑놈, 사기꾼. 그는 우리에게서 모든 시간을 훔치고, 이제는 유럽의 어느 은행에 수백만 페소를 숨겨놓고 있을 겁니다.〉 그런 것이 바로 인간의 본성이잖아요. 인간의 본성에 관해서는 내가 조금 알고 있어요. 그렇다면 이제 어떻게 될까요? 나는 그걸 두 눈으로 보고 있는 것처럼 똑똑히 알고 있고요, 아주머니와 우리의 친구 쿤스 역시 그걸 이해할 건데요, 그들은 사냥개 무리처럼 우리를 덮쳐서 닥치는 대로 팔아치워, 자신들이 사업에 투자한 1백 페소당 적어도 1센타보는 빼내려 애쓸 겁니다. 그리고 그 모든 사람들 가운데 할 일이 가장 적은 사람, 즉 바쁘지 않은 어느 친척이나 의사에게서 시골에서 겨울나기를 하라고 권고 받은 어떤 사람이 아주 화창한 어느 날 아침에 나룻배에서 내려 문제를 일으키려고 우리 얼굴에 서류 뭉치를 흔들어대면 그만이죠.

그리고 그는 가격을 흥정하고, 물건 값을 받고, 2주 만에 선반이 비워지는 것을 보기 위해 오후에 러시아인들을 데리고 선거로 가는 그런 유형의 사람일 겁니다. 왜냐하면 당시에 보름 동안 이루어지던 상설 판매는 겨울 끝 무렵의 대대적인 재고 정리로 변하게 되거든요. 이제 생각해보세요. 만약 갈베스가 이런 일을 한다면, 우리 모두는 짐을 싸서 떠나야 할 겁니다. 우리는 군주처럼 살고 있지 않지만, 어떻게든 그럭저럭 살아갑니다. 물론 우리는 비할 데 없이 좋았던 시절을 잘 알고 있지요. 나 자신을 위해 이런 얘기를 하고 있는 건 아니에요. 하지만 나는 아주머니를 척 보기만 해도 다 알아요. 아주머니에게는 적어도 지붕 하나가 있고, 우리는 하루에 두 번씩 밥을 먹죠. 그리고 아주머니는 그럭저럭 살아요. 아주머니가 초라한 개집이라 부르는 이런 집 한 채도 없이 아주머니에게 고통이 시작되는 걸 하느님이 원치 않으시길 바라야죠. 그건 우리의 불행의 시작이고, 여러 말 할 것 없이 아주머니에게 가장 뼈아픈 불행이 될 겁니다. 하지만 우리는 바퀴가 막 돌아가려는 순간에 있는데, 이 순간에 페트루스 노인이 조선소의 운영을 재개하는 데 필요한 자산을 확보할 거라는 사실도 더불어 생각해보세요. 그런데 그뿐만이 아니에요. 정부의 도움, 즉 조선소, 철도, 그리고 페트루스가 생각하지 않고 있는 다른 모든 것을 할 수 있도록 정부가 보증하는 증서가 있어요. 난 아주머니에게 자신 있게 말할 수 있어요. 어찌 되었든, 아주머니가 처한 상태를 고려해보고, 갈베스가 그 증서를 호주머니에 넣고 있는 동안에는 내가 판매를 촉진해서 아주머니가 챙길 돈을 줄 생각이에요. 어찌 되었든, 아주머니의 아들은 아무 죄가 없잖아요."

그녀는 그렇다고 대답했으나 크게 신경 쓰지 않았다. 갈베스의 사라진 미소가 지닌 사나움이 그녀의 눈 속에, 그녀의 굳은 뺨 속에, 그녀가 타오르는 불과 개들의 머리 또는 허공을 응시하고 담배를 빨면서 몰두해 있는 깊은 생각 속에 은신해 있는 것처럼 보였다.

"당신은 이해하지 못해요." 어느 날 밤 그녀가 특이한 동정심이 묻어 있는 미소를 머금으며 라르센에게 말했다. 그곳에는 단 두 사람뿐이었는데, 라디오의 어느 선을 연결하려 애쓰고 있던 그녀는 도와주겠다는 라르센의 제의를 거절했다. "예를 들면, 당신은 하느님을 사랑할 수도 있고, 욕할 수도 있어요. 하지만 하느님의 의지는 이루어지고, 당신은 그것이 어떻게 이루어지는지 보게 되죠. 당신은 당신에게 일어날 일을 통해 하느님의 어떤 의지가 작용했는지 이해하게 될 거예요. 갈베스도 당신처럼 이해하게 될 거라고요, 알겠어요? 몇 년 전부터, 처음부터 말이에요. 그는 페트루스를 감옥에 보낼 수도 있고, 서류를 불태울 수도 있어요. 중요한 것은 그가 무엇을 할 것인지, 무엇을 선택할 것인지 내가 모른다는 거예요. 나는 그 사람에게 그걸 결코 물어보고 싶지 않았고, 지금은 더더욱 묻고 싶지 않은데요, 지금 우리는 이런 상태에, 우리가 지금까지 살아오는 동안 최악의 상태에 처해 있다고요. 하지만 내가 이런 말을 하는 이유는 가난하기 때문이 아니라 지금 우리가 갇혀 있기 때문이에요. 그 사람이 뭔가를 결정할 때면 나는 그게 무엇인지 알게 되고, 그러면 나는 내게 무슨 일이 일어날지 알아요. 그렇게 되는 거예요. 게다가, 나는 그렇게 될 수밖에 없다는 것도 알아요. 아들에게도 같은 일이 일어났어요. 당신이 이해하지 못하는 다른 것도 있는데요, 그건 당신이 그 사람을 이해하지 못한다는 거예요. 나는 그 사람이 페트루스를 감옥에 집어넣으려고 그 서류를 이용하는 일은 결코 없을 거라 확신해요. 그 사람은 페트루스를 믿었고, 자신이 페트루스의 친구라고 믿었고, 페트루스가 부를 축적하는 방법에 관해 그에게 해준 얘기를 모두 믿었어요. 페트루스는 그에게 돈을 빌려주고, 우리가 이곳으로 오는 차비를 지불해주었으며, 우리가 이곳에 오는 것이 이미 결정되어 있었기 때문에 새삼스럽게 그럴 필요도 없었는데, 우리를, 그러니까 갈베스뿐만 아니라 나까지도 식사에 초대했어요. 그리고 우리가 도착했을 때, 우리 역시 벨그라노에, 즉 〈내 조선소의 고위 직원들 가운데 많은 사람이 살고 있는 현대적인 호텔〉이었던 그 지저분한 동굴에 살러 갔지요. 그리고 그다음 날, 갈베스는, 당신도 알다시피 관리이사 직을 맡으러 갔고, 그때부터 자신의 능력 덕분에 현재까지 그 자리를 쭉 차지하고 있어요. 들어봐요. 그날 아침 그는 벨그라노에서 자신이 어떤 넥타이를 매고 어떤 와이셔츠를 입으면 좋겠느냐고 내게 물었어요. 양복에 관해서는 묻지 않았는데, 그 이유는 그에게 양복이 단 두 벌뿐이었고, 더 가벼운 것을 입는 수밖에 없었으니까요. 그는 출근 시각이 되기 훨씬 전에 떠났고, 현재만큼 비참하지는 않았다 해도, 그 돼지우리 같은 집을 만났으며, 조선소의 직원들, 즉 가장 발달된 법률도 아직 인정하지 않는 혜택을 향유한다는 수백, 수천, 수백만 명의 직원들과 인부들이 쥐, 벌레, 빈대처럼, 아마도 박쥐처럼 살고 있다는 사실을, 그리고 쿤스라 불리는 그린고가 어느 구석에서 설계도를 그리거나 수집한 우표를 만지작거리며 놀면서 사람들에게서 잊혔다는 사실을 발견했지요. 그리고 정오에 벨그라노로 돌아와서는 회계 업무가 몹시 지체되고 있기 때문에 자신은 퇴근해서도 일을 더 해야 할 것이라는 말만 했어요. 그때 나는 그가 미쳐 있는 것이 아니라 자살할 의지가 확고하거나 자살을 시작할 작정이었다고 생각했는데, 그 자살이 어찌나 느리게 이루어지는지 오늘까지 계속되고 있네요. 그는 그런 사람이기 때문에 그 서류를 판사에게는 결코 가져다주지 않을 거예요. 그는 페트루스에게 복수하기 위해서가 아니라, 단지 언젠가, 그게 언제든 간에,

자신이 복수할 수 있다고 믿기 위해, 자신이 강한 사람이라고, 페트루스보다 파렴치한 행위를 더 잘할 수 있는 사람이라고 느끼기 위해 서류를 보관하고 있을 뿐이에요."

하지만 이 일은 라르센이 그녀의 꽁무니를 따라다니기 시작할 무렵, 즉 라르센이 산타마리아에서 디아스 그레이, 페트루스 그리고 바리엔토스와 면담하고서 그 잃어버린 세계를 밟은 그날 밤 이후 불과 며칠 동안에 일어난 것이다. 왜냐하면 갈베스가 여러 날 밤을 계속해서 오두막에서 멀리 떨어진 곳에서 보냈고, 모두의 행복을 위해 그 여자더러 서류를 훔쳐달라는 라르센의 집요한 요구가 이내 성애적인 색조를 띠었기 때문이다. 라르센은 탁자에 팔꿈치를 괴고, 방심한 한 손을 개들이 핥도록 내버려두고, 비스듬하게 눌러쓴 검은색 모자로 머리의 추위를 막고, 진한 적포도주를 홀짝홀짝 들이켜면서, 자신이 여자를 유혹한 그 케케묵은 독백을, 컸지만 결정적이지는 않았던 자신의 패배를, 총체적이고 불명확한 제안들을, 협박하는 자신을 놀라게 만드는 협박들을, 그것들이 실제보다 더 나아졌다고 자신할 때까지 조금씩 바꾸어가면서 인내심을 가지고 끈질기게 반복했다.

여자는 더 말이 없어지고 더 분노한 상태가 되었다. 그녀는 갈베스가 저녁 식사를 끝낸 뒤에 자리에서 일어나 입고 있던 스웨터 위에 품이 낙낙한 파란색 선원용 스웨터를 껴입을 때조차도 그를 쳐다보지 않았다. 그녀는 갈베스가 무뚝뚝한 목소리로 내뱉은 작별 인사에 아무 대꾸도 하지 않고, 꽁꽁 언 진흙길로 멀어져가는 갈베스의 발소리도 듣지 않은 것처럼 보였다. 그녀는 입에 물고 있던 담배에서 피어오르는 연기에 얼굴을 찡그리며 설거지를 하고, 라르센에게 접시를 건네 물기를 닦도록 했다.

〈매우 아름답고 아주 완벽하다—라르센은 생각했다—목욕을 하고 머리를 빗기만 한다면. 하지만, 그 모든 것에도 불구하고, 설령 그녀가 미용실에서 오후를 보내고, 그녀에게 파리에서 만든 옷을 입히고, 그렇게까지 할 필요는 없지만 내가 열 살이나 스무 살을 덜 먹었다 할지라도, 그리고 그녀가 내게 관심을 기울인다 할지라도, 아무 소용이 없을 것이다. 그녀는 여름에 불타버린 들판처럼 황폐해지고, 타버리고, 메말라버렸으며, 내 할머니보다 더 무감각한 상태가 되었고, 그래서 그녀의 배 속에 든 아이 역시 죽지 않을 수 없으리라고 나는 확신한다.〉

그리고 나서 그녀가 목이 가는 큰 포도주 병을 끌어당겼고 두 사람은 식탁에 등을 웅크리고 앉아 서로를 쳐다보지도 않았다. 그들은 천천히 술을 마시며 담배를 피웠다. 오두막 주위로 쌩쌩 부는 바람이 오두막 안으로 들어와 집 안 공기를 차갑게 만들었다. 또한 밤의 추위에 얼어붙은 평화는 그들이 고요한 하얀 밤을 향해 팔다리를 쭉 뻗고 있는 개들과 잔잔한 강을 이리저리 미끄러지듯 배회하는 나룻배들을 상상하게 만들었다. 또한 그들은 오두막 안에서 생겨났다가 사라지는 서먹서먹한 감정을 느꼈는데, 바람이 불고 있었다 해도 그런 느낌이 들었다. 하지만 라르센은 결코 맹세할 수 없었을 것이고, 그녀는 과거를 기억하기 위해 꼼짝도 하지 않았다. 그녀는 외투 깃을 여민 채 담배를 피웠는데, 기름기 많은 머리카락이 치렁치렁 늘어진 머리의 윤곽이 오두막 문에 어른거렸다. 그녀는 어떤 과거도 없이, 이제는 꼴 수도 없게 된 다리를 향해 커가고 있는 태아를 배 속에 간직한 채 그렇게 앉아 있었다. 그녀는 말을 거의 하지 않았는데, 그녀가 얼굴을 아리송하게 찡그리고, 질문들의 의미를 무력화하는 아리송한 고갯짓을 하면서 다음과 같이 대답하는 것이 특이했다.

"나를 낳아주었기 때문에 내가 여기에 있는 거예요."

하지만 그녀의 분노와 고통도 심지어는 침묵도 자신의 빈한한 삶과 임박한 출산, 그리고 갈베스가 엘 차마메*에서 밤을 지낸다는 사실 때문인 것 같지는 않았다. 그녀를 그런 상태로 만든 동기는 확실하지 않았다. 아마도 그녀는 이미 하나의 인간이 아니라 어떤 호기심, 어떤 기대감이 들어 있는 용기(容器)일 수 있었다. 그녀가 탱고를 흥얼거렸는데, 그녀가 늘 탱고를 들었는지는 확실하지 않았고, 그녀의 미소가 또는 적어도 그녀가 입을 비쭉이는 것이 라르센의 느릿하고 자극적인 말 때문이었는지, 미래에 일어날 일에 대한 잡념 때문이었는지는 알 수 없었다. 〈마치 쉽사리 포기해버리는 습관, 어리석은 옛 습관이 그녀에게 모든 것이 가능하다고, 모든 것이, 이유가 있기 때문에, 헤아릴 수 없는 반대에도 불구하고, 지금 당장 일어날 수 있다고 믿게 하는 것 같았다〉고 라르센은 추측했다.

하지만 이것 역시 확실하지 않았고, 적어도 완전히 확실한 것은 아니었고, 그가 그녀를 규정하고 이해하는 데 도움이 되지 않았다고 라르센은 인정했다. 그는 포도주 잔을 입에 대자마자 한 모금을 벌컥 들이켜서 그대로 입안에 가둬놓고는 혀를 휘저어 포도주에 적신 뒤 조금만 마셨다. 그러고는 간절하게 애원하는 다급한 목소리로 대화를 재개했으나, 그녀가 결국 이해하고 받아들일 때까지 몇 날 밤이고 기다리기로 작정했다는 사실을 암시하려고 애써 목소리를 내리깔았다.

그는 그 증서에 관해서는 더 이상 언급하지 않았다. 그는 자기 생각을 미묘하게 암시했고, 자신의 욕망이 마치 음란한 생각을 유발하는 그

* 차마메Chamamé는 원래 아르헨티나 북부, 브라질 남부에서 탄생한 민속 음악을 가리키는데, 여기서는 카페 이름으로 차용되었다.

녀의 멋진 몸 때문이라는 듯이, 마치 그 증서를 자기에게 넘기라는 요청이 단지 상징적인 면에서가 아니라 그녀가 줄 수 있었던 모든 것을 그에게 넘기는 것을 의미하는 것처럼, 자기 욕망의 목적에 관해 언급했다.

어느 날 밤, 그리고 그다음 날 밤, 그는 처음 시작할 때는 늘 주저하다가도, 그녀가 참을성을 드러냈기 때문에, 그녀가 자신의 침묵, 머리카락 사이로 살짝 드러나 보이는 자신의 귀, 살짝 머금다 마는 자신의 미소가 사람을 헷갈리게 만드는 잠재적인 교태라고 그가 믿도록 해주었기 때문에 나중에는 마음을 편히 먹었다. 어느 날 밤에 실수로 튀어나온 증서—또는 서류 또는 그 종이—라는 말이 여자의 뺨에 부드러운 홍조를 띠게 만들었는데, 그는 그 뺨이 늘 똑같은 왼쪽 뺨이었다고 확신했다.

"당신은 내가 그에게서 종이를 훔쳐 당신에게 주기를 원하죠. 그렇게 하면 모든 게 정리되고, 우리는 계속해서 기계를 팔아 살아가게 되겠죠. 하지만 갈베스에게 이제 그 서류가 없어지게 되면 그 사람은 내가 죽었을 때보다 더 큰 외로움과 상실감을 느낄 거예요. 그가 내심 사랑하는 것은 내가 아니라, 매일 밤 잠을 자기 전에 가슴에 품는 그 초록색 종이라고요. 그가 그 종이를 진정으로 사랑한다는 말은 아니에요. 하지만 요즘 그는 나보다 그 종이가 더 절실하게 필요하다니까요. 내가 복수심 때문에 그 종이나 그의 사랑을 질투하는 건 아니에요."

하지만 그밖에도 엘 차마메 건이 있었는데, 물론 라르센은 그녀의 넋두리가 지닌 설득력을 높일 요량으로 그 '동굴'을 이용하는 짓은 결코 하지 않았다.

엘 차마메를 만든 목적은 공구, 농사 도구, 마대자루를 보관하고, 나무와 과일과 가축 냄새보다 훨씬 더 시골스러운 장작 냄새, 닭장 냄새, 오래된 지방 냄새가 확산되는 것을 막기 위해서였을 것이다. 엘 차마메는 결코 새롭게 만들었다고 보이지 않았고, 초보 미장이들이 다른 건물의 잔해를 이용해 세운 벽돌 벽 하나 또는 두 개가 있는 그런 작은 창고들 가운데 하나였다. 나머지는 인내심 외에 다른 도움은 받지 않은 채, 눈대중 외에 다른 건축학적인 지식이 없이 세워진 들보, 얇은 함석판, 두꺼운 널빤지였다. 폐허 상태로 방치되어 있던 그 오두막은 격리된 어느 진흙땅에 세워져 길모퉁이를 형성하고 있었기 때문에, 어떤 집에 추가되어 지어진 것이 아니라는 점은 분명해 보였다.

엘 차마메는 조선소에서 대여섯 구역 떨어진 넓은 도로 바로 옆에 있었는데, 과거에는 그 도로를 통해 가축 떼가 올라 다녔지만, 가축들이 푸에르토타블라다로 이주한 뒤 현재는 방치된 상태가 되어 도로의 진흙에는 동물 발굽으로 인한 구멍 하나 없고, 외로운 마부나 해변과 초라한 농장 창고들 사이를 뒤뚱뒤뚱, 덜컹거리며 오가는 '설키'*가 가끔 이용할 뿐이었다. 누군가는, 거의 항상, 건강상의 이유로, 돌팔이 의사 돈 알베스가 손쓸 수 없는 간단한 병을 치료하기 위해 산타마리아로 가는 나룻배를 타야 했다. 아무도 물건을 팔거나 사러 오지 않았고, 아무도 돈을 가져오지 않았으며, 아무도 돈을 쓸 생각조차 하지 않았다.

목부(牧夫)들이 활동하던 시대에, 아직 이름을 갖지 않고 이름을 가질 필요도 없던 엘 차마메에는 등 두 개가 달려 있었는데, 하나는 엘 차마메에 단 하나밖에 없는, 삼베 커튼으로 닫게 되는 출입문 위에 걸려 있고, 다른 하나는 들보에 달려 있었다. 가대(架臺)에 오목한 널빤지들을 놓아 만든 바가 있고, 바에는 럼주 병 하나와 진 병 두 개가 놓여 있었다. 인디오처럼 보이는 수다스러운 노인이 있었는데, 노인의 허리띠에서

---

* sulky: 말 한 필이 끄는 1인승 이륜마차다.

는 칼자루 하나──아마도 자루뿐이었을 것이다──가 삐죽 튀어나와 있었다. 노인은 늘 셔츠에 봄바차*를 입고, 몇 년 전부터 말을 타지 않은 것이 확실해 보이건만, 왼쪽 손목에는 채찍 하나가 매달려 있었다. 불빛이 거의 비치지 않는 한쪽 구석에는 가죽이 쌓여 있었다.

그것이 바로 그 창고에 있던 모든 것이었고, 또 그 정도면 충분했다. 창고가 이름──엘 차마메라는 이름과 '주인이 바뀌면서 아주 좋아진'이라는 부제(副題)──을 갖게 되었을 때는 창고에 넣어둘 만한 것이 그리 많지 않았는데, 그 이름은 그곳이 길모퉁이임을 알리면서 보도와 도로 사이의 경계를 설정하는 것처럼 서 있던 난쟁이 플라타너스에 못을 박고 삐뚤어지게 매달아놓은 나무판자에 쓰여 있었다. 가죽 더미가 있던 구석 자리에는 이제 악단의 연주대(臺)가 설치되고, 탁자, 의자, 술병이 놓이고, 등불 하나가 매달렸다. 수직으로 길게 늘어진 띠에는 다음과 같은 글귀가 쓰여 있었다. 〈무기 휴대 또는 사용 금지〉 이 글귀는 불필요하게 과장된 것으로 당국의 환심을 사려고 그곳에 놓여 있었는데, 당국이라는 것은 매일 밤 길모퉁이의 그 난쟁이 나무에 말고삐를 매던 경사 계급의 경찰관이었다.

노인이 허리띠에서 칼자루를 뽑을 필요는 전혀 없었다. 그가 하는 일이라고는 바에 있다가 자신을 받아들이는 테이블이 있으면 그곳으로 옮겨가는 것이었다. 그는 재치 있게 수다를 떨면서 그 테이블에 머물러 있었으나, 예전에 자신이 직접 이름을 붙여준 크고 두꺼운 널빤지, 등, 술병 같은 물건들보다 더 큰 의미는 갖지 못했다. 부지런한 데다 잠도 없는 노인은 해가 진 뒤부터 동이 트기까지, 〈이런 기억이 떠오르는데〉라

---

* bombacha: 아르헨티나와 우루과이 등지에서 스페인인이나 포르투갈인과 원주민 사이의 혼혈인 '가우초gaucho'들이 흔히 입는 헐렁하고 편한 바지를 말한다.

는 말과 닳고 닳은 거짓 이야기들 가운데 하나를 시작할 적당한 순간을 어김없이 기다리고 있었다. 노인은 그 경사와 더불어 공짜로, 적어도 돈은 지불하지 않은 채, 술에 취하는 특권과 채찍 줄 하나를 땅바닥에 질질 끌고 다니는──경사는 거만하고 뻐기는 태도로, 노인은 다정한 태도로──특권을 공유하고 있었다.

엘 차마메에는 어떤 것도 더 이상 추가할 필요가 없었는데, 실제로 어느 토론에서 좋은 점수를 받음으로써 보호 받게 된 것은 손님이 술에 취할 수 있도록 선반의 술을 신속하게 제공하는 것 말고, 음악가들, 기타, 아코디언뿐이었다. 그래서 당연히 탁자들은 두 벽이 만나는 구석 자리로 치워졌고, 축축한 먼지가 깔린 몇 미터의 공간은 춤을 추기 좋게 비워졌다.

엘 차마메에는 어떤 것도 더 이상 추가할 필요가 없었는데, 왜냐하면 나머지 것──즉 엘 차마메 자체──은 매일 밤 손님들이 공급했기 때문이다. 손님들은, 남자건 여자건, 각자 직소 퍼즐*을 한 조각씩 가져와서는 스스로 퍼즐의 한 조각이 되어 엘 차마메를 장식했다. 우연히 손님이 들지 않은 것마저도 엘 차마메를 만들어가는 데 공헌했다. 그리고 손님들은 엘 차마메를 유명하게 만드는 권리를 행사하려고 돈을 내기까지 했다.

그들이 돈을 어디서 뽑아내는지는 결코 밝혀지지 않았다. 페트루스 S. A.는 몇 년 전에 업무가 중단되었고, 그 지역 농장들은 너무 가난해서 상용 일꾼을 고용할 수 없었다. 아마도, 남자 몇이 나룻배와 관련된 일을 했을 것이나, 그 수는 두세 명을 넘지 못했다. 푸에르토아스티예로는 이

---

* Jigsaw puzzle: '실톱으로 잘라 만든 퍼즐'이라는 말에서 유래한 것으로, 흔히 '조각 그림 맞추기'라 불린다.

제 나룻배를 타고 이동하면서 중간에 기착하는 곳, 그리고 사람들이 최소한의 활동을 하는 곳일 뿐이었다. 가장 가까운 곳에 있는 공장들—생선 통조림 공장들—은 꽤 멀리 떨어진 남쪽, 즉 산타마리아와 엔두로 사이에 있었다. 엘 차마메의 손님들 가운데 하나는 벨그라노의 종업원이었다. 다른 손님은 마친이라 불리는 사람으로, 그가 나룻배 한 척을 갖고 있다가 엔두로에 빌려주었다는 소문이 있었다. 하지만 나머지 남자 손님들은 모두 이름이 알려지지 않았는데, 그들의 숫자가 평소에는 열두 명에서 열다섯 명 정도 되었다가 토요일에는 두 타(打)가 되었다. 그들의 아내들은 특이하기 이를 데 없는 옷차림에 화장을 한, 뭐라 명확히 규정할 수 없는 암컷들이었고, 굽이 엄청나게 높은 구두나 알파르가타*를 신고, 춤을 출 때 입는 드레스 차림이거나 아이들이 토하고 오줌을 싼 흔적이 남아 있는 앞치마를 두르고 있었기 때문에 다양한 색깔, 냄새, 구멍으로 이루어진 하나의 움직이는 집단이었다.

그들이 어디서 돈을 뽑아내는지 따져보는 것은 터무니없는 일이었는데—손님들에게 파는 작은 술 한 잔은 1페소였고, 물을 섞은 큰 잔은 2페소였다—, 그 이유는 그들 자신, 즉 손님들이 어딘가에서 나와 있다가, 악단이 재청곡의 연주를 거부하고 악기를 가방에 집어넣는 순간부터 허리띠에 칼자루를 차고 다니는 노인이 엘 차마메의 정확한 부활을 세상에 은근하게 알리는 외부 등을 밝히기 위해 불안정한 자세로 의자 위에 올라서는 다음 날 밤 시각까지는 어느 동굴 또는 어느 나무 또는 어느 바위 아래에 숨어들어가 있는지 아무도 알 수 없었기 때문이다.

---

* Alpargata: 일반적으로 '끈을 발목에 감고 신는 캔버스화' 혹은 '노끈을 꼬아 만든 신발 밑창에 천으로 발등을 붙인 신발'을 의미한다. 흔히 '에스파드릴Espadrille'이라는 프랑스어 명칭으로 통용된다.

라르센은 어느 토요일에 쿤스와 함께 엘 차마메로 들어가 바에서만 머물렀다. 그는 정신이 팔릴 정도로 매혹된 상태에서 여자들을 훑어보면서 어느 신이 불길이 활활 타오르는 총체적인 상상의 지옥을 각 개인의 작은 지옥으로 교체해야 할 것이라고 생각했을 것이다. 인간은 자신이 이룬 공과에 따라 신의 심판을 받아 각자 자신의 지옥을 배정받는 법이기 때문이다. 그리고 라르센은 토요일 자정이면 늘 똑같은 양상을 띠는 차마메, 새벽녘에 비페 아 카바요*를 달라며 연주를 멈추는 비정상적인 악단이 없는 차마메는 태초부터 라르센 자신을 위해 예정되어 있던 지옥이거나 차마메에 대한 사람들의 평가에 의거해 그가 만들어왔던 지옥이라고 생각했을 것이다.

어찌 되었든, 라르센은 그런 사실을 참을 수 없었다. 그는 그곳에 더 오래 머물며 한잔 더 하자는 쿤스의 제의를 받아들이지 않았고, 이제는 먼지가 잔뜩 끼어 있는 댄스 플로어에 침을 뱉지 않고——허리띠에 칼을 꽂은 노인은 물이 가득 든 물뿌리개의 무게 때문에 허리를 구부린 상태로 악단에게 왈츠를 반복해서 연주하지 말라는 신호를 보내고 있었다——, 입안에서 불어난 침을 두 사람이 밖으로 나올 때까지 뱉지 않았다. 그렇게 한 이유는 혐오스럽고, 또 뭐라 규정할 수 없는 약간의 공포를 유발하는 것에 불과한 침 뱉는 일을 사람들이 도발이라고 오해하지 않도록 하기 위해서였다.

---

* bife a caballo: 송아지고기에 계란프라이, 감자튀김 등을 곁들인 음식이다.

* * *

하지만 갈베스는 최근 들어 매일 밤 엘 차마메에 갔다. 그는 몸이 삐쩍 마르고 숱 많은 머리를 길게 기른 사내와 서로 말을 놓는 사이로 지냈다. 사내는 바 뒤에 있는 노인의 자리를 차지하고서 늘 코카* 잎을 씹으면서, 졸린 증오가 담긴 투명하고 멍한 시선을 연기와 소음과 냄새 사이로 무감각하게 끌고 다니면서 거의 아무 말도 하지 않은 채 아주 정확한 동작으로 테이블 시중을 들었다.

보수적이고 약간은 냉소적인 갈베스는 경사와 더불어 세상의 임박한 미래에 관해 토론했다. 경사는 자신이 더 좋은 곳들을 알고 있다고 주장하고, 증권 가격의 하락과 혼란스러운 상승을 통제하는 데는 자신의 방법이 훨씬 더 대담하다고 과시했다. 갈베스는 주인 없는 여자건, 친구가 주인인 여자건 아무렇지도 않다는 듯이 늘 쓰다듬었고, 음악이 끝나면 거의 항상 술에 취해 엘 차마메를 떠났다. 가끔, 아주 드물게 경사가 특별 비밀임무가 있다는 핑계를 대지 않는 새벽녘이면 경사는 말 위에서 구부정하고 어설픈 자세를 취하고, 갈베스는 등자의 가죽에 몸을 의지한 채 함께 조선소로 돌아가면서 자신들이 좋아하는 이야기를 줄줄이 늘어놓고, 기운을 새롭게 보충해가면서 케케묵은 얘기를 반복했다.

엘 차마메에서만 갈베스의 번득이고, 무표정하고, 정지되어 있는 커다란 미소를, 숨을 쉬기 위해 사용하는 것처럼 드러내는 커다란 이를 볼 수 있었다. 비록 두 사람 가운데 아무도 그 사실을 알아차리지 못했을지라도, 그 미소는 머리숱이 많고 긴, 코카 잎을 씹어대는──〈나는 코

* coca: 중남미에서 생산되는 마약 성분의 식물로, 흔히 '코카인'이라고 불리는 '코카이나 cocaína'의 원료다.

194

카 잎을 씹기 때문에 담배를 피우지도 술을 마시지도 않습니다〉──젊은 주인의 시선과 유사했는데, 주인은 자신이 결심한 바, 즉 그 유령들, 엘 차마메의 손님이자 공동묘지의 몇 안 되는 주민들로부터, 시간이 얼마나 걸리든 상관없이, 1페소씩 1만 페소를 비틀어 짜내겠다는 결심──하지만 자신이 그렇게 하는 목적이 아니라──을 갈베스에게 밝혔다.

무슨 이유 때문인지는 알 수 없지만, 라르센은 갈베스가 엘 차마메에 머무는 동안 그 여자더러 위조 증서를 훔치라고, 또는 위조 증서가 어떻게 도난당할 수 있었는지 말해달라며 밤새 채근했다는──성공하지도 못한 채──사실은 결코 언급하지 않았다.

정자 IV / 오두막 VI

그사이에, 즉 그 추문이 퍼진 뒤로, 라르센은 매일 오후 6시부터 7시까지, 토요일과 일요일에는 오후 5시부터 7시까지 페트루스의 별장에 있는 정자를 찾아갔다.

라르센은 페트루스가 집에 있는지 없는지도 모르고, 정자에서 그런 만남이 이루어지고 있다는 사실을 페트루스가 일부러 모르는 체하고 있었는지 그렇지 않았는지도 모르고 있었다. 어찌 되었든, 높이 치솟은 집과 겨울이라 일찍 찾아오는 어둠 속에서 저 멀리 평온하게 보이는 노르스름한 불빛은 페트루스가 집에 있다는 것을 의미했다. 그리고 라르센이 산타마리아의 호텔에서 이루어진 자신들의 만남이 과연 진실했는지 가끔 의심했다고 해도, 증서를 되찾는 임무가 라르센 자신에게 맡겨졌다는 사실과 두 사람 사이에 협약이 있었다는 사실과 페트루스가 그에게 보상해주겠다고 약속했다는 사실에 대한 확신을 바꿀 수 있는 것은 없었다. 라르센은 페트루스의 소재는 궁금해하지 않았다. 그 이유는 궁금증을 해소해주는 대답 한 마디 한 마디가 자신의 실패를 의미하거나 적어도 자신의 일이 늦어지는 것을 암시할 수 있다는 사실이 두려웠기 때문이다. 그리고 역시, 더 모호한 문제이긴 한데, 페트루스에 관해 알아본다는 것은 그가 페트루스를, 페트루스의 약속 이행 능력을 의심한다는 것을 의미할 수 있기 때문이다. 하지만 무엇보다도 그것은, 추상적이긴 한데, 의구심, 즉 그 며칠 동안 라르센이 스스로 허용할 수 없었던 유일한 것을 의미할 수도 있었기 때문이다.

하녀 호세피나는 라르센에게 지체 없이 집 대문을 열어주고, 그가 우정과 친절 사이에서 균형을 유지하면서 건넨 인사말에는 대꾸도 하지 않은 채 그를 인도하려고 혼자 또는 개를 데리고 앞장섰다. 그것은, 옛 꿈을 다시 꾸는 것처럼, 라르센을 갈수록 낙담시키고 더 낙담시키는 것이었다. 그리고 이제, 결국은, 매일 오후 사람을 멍하게 만드는 변함없는 목소리가 똑같은 단어들을 사용해 들려주는 똑같은 꿈 이야기를 듣는 것과 같았다.

가로수가 늘어선 긴 대로를 따라 걷는 것은 이제 신체적인 노력을 기울이는 것에 불과한 일이었는데, 걸어가는 동안 그는 웅덩이의 흙탕물에 구두 한 짝을 빠뜨리지 않으려고 조심하는 것처럼 조심스럽게 생각했다. 초인종, 대문, 활기 없는 황혼 속의 짧은 기다림을 생각하고, 검은 피부의 쌀쌀맞은 여자를 생각하고, 가끔씩은 개를 생각하지만, 쉿소리를 내며 멍청하게 짖어대는 소리를 늘 생각하고, 방치된 정원, 검푸르고 축축한 추위, 석상들의 범접할 수 없는 하얀색을 생각하고, 정자에 이를 때까지, 여자가 환영 인사로 신경질적인 웃음을 터뜨릴 때까지 공기의 벽에 가로막힌 듯 천천히, 지독히도 천천히 가는 순례 행렬을 생각하고, 집의 맨 위층에서부터 하늘을 향해 정말 믿을 수 없을 정도로 차분하게 차츰차츰 올라가는 노란 불빛을 생각했다. 그리고 그녀를, 그를 피곤하게 만드는 영원한 신비감을, 반드시 참례해야 하는 성체성사를 생각했다.

어느 날 초저녁과 그다음 날 초저녁, 그는 '벨그라노의 그곳'의 방 옷장 거울에 자기 모습이 어떻게 보이는지 최종적으로 비춰보았다. 그는 자신을 태우고 평일에는 한 시간 동안, 휴일에는 두 시간 동안 강을 따라 내려가는 배 같은 정자에 머물렀다. 왜냐하면 그녀가 그에게 묻고 그의 대답을 듣기만 했기 때문이고, 그의 대답에 대한 반응으로 그저 웃기만 하고, 묘한 태도를 취했기 때문이다.

그녀는 의심할 바 없이 여자였고, 아름답고 오만한 여자였는데, 어느 곳에선가 그녀는 자기를 보호하고 타락시킬 특권을 라르센에게 주게 될 미래의 모습을 하나하나 자세하게 완성해가고 있었다. 하지만 지금은 희 망의 시간이 아니라 영원한 기다림의 시간이었다.

라르센은 추위 때문에 몸을 움츠리고 상체가 탁자 위로 쓰러지지 않도록 돌 탁자 위에 한쪽 팔꿈치를 괸 채, 페트루스가 집 위층에서 적갈색 불빛과 따스한 공기가 마련해줄 행복에 둘러싸여 영화를 누리고 있거나 말거나 신경을 쓰지 않은 채, 일부러 퉁명스러운 어조로 말하기 시작했다. 처음에 라르센은 논리와 소통에 대한 명백한 규칙에 따라 정연하고 예의 바르게 말했다. 그는 자기 친구들, 열여덟 살 때의 일, 어떤 여자, 어느 길모퉁이가 보이는 재미없는 판화, 당구, 인동덩굴, 교묘하게 분배된 어느 혈통의 특징들에 관해 언급하면서 말을 하기 시작했다.

그리고 그녀가 하찮았기 때문에, 그녀가 콧방귀 소리와 침의 윤기 때문에 예쁘게 보이는 반쯤 벌어진 입으로만 대답할 수 있었기 때문에, 라르센은 이내 자신의 말을 듣는 사람에 관해서는 잊어버린 채, 아직은 그의 관심을 끌던 기억들을 초저녁마다 얘기해 나갔다. 그는 의심할 여지가 없는 일화들, 그가 현재 완전히 이해하는 것이 전혀 가능하지 않고, 자신이 연관될 수밖에 없었던 이유가 무엇인지 현재 전혀 발견할 수 없었기 때문에 여전히 시들지 않고 신선한 상태로 유지되는 일화들을 열정적으로 얘기했다.

그래서 그는 초저녁의 차가운 어스름 속에서 누군가에게 얘기하는 것이 아니라 간헐적으로 터져 나오는 히스테리컬하고 걸걸한 웃음소리를 듣는 것, 달처럼 붕긋 솟은 젖가슴을 보는 것 말고 다른 의도는 없이 오직 시간을 벌겠다는 생각으로 자기 얘기를 해나갔다. 그는 부끄러움과 허영심 때문에 이야기를 약간 변형시키면서 그녀에게 모든 것을 말하고 거짓말하는 것이 가능했는데, 그녀는 그의 말을 이해하지 못했다.

그리고 금방 8월 22일이 닥쳤다. 그날은 그가 어떤 약속도 위협도 하지 않은 날이었고, 마지막 순간까지 자신의 비밀을 유지한 날이었다. 그날은 구름이 약간 낀 상태로 시작되었으나, 느지막하게 떠오른 둥근 달이 휘영청 밝던 전날들처럼, 정오가 되기 전에 하늘이 청명하고 차분해졌다. 그날은 물, 조선소, 그리고 겨울의 농작물 위로 완강하게, 차갑게, 바람도 없이 퍼져나갔다.

나중에, 라르센이 예전에는 결코 느껴본 적이 없는 예감, 즉 라르센 자신에게 집요하게 나타났지만 인지할 수 없었던, 명백한 기호들을 떠올리고 있었다 할지라도, 그날은 다른 날과 다를 것 없는 여느 날이었다.

그는 6시에 총지배인실에서 나와 두번째 면도를 하려고 '벨그라노의 그곳'으로 갔고, 정확하게 오후 7시에 페트루스의 집 대문에 도착했다. 앙헬리카 이네스 아가씨는 말 꿈을 꾸었거나 말 꿈을 꾸었다고 꾸며댔다. 최근 며칠 동안 라르센은 앙헬리카 이네스의 꿈을, 즉 그녀의 꿈에 대한 간략한 이야기와 그녀가 갑자기 사람을 현혹하는 부드러운 목소리로 중얼거리는 문장들을 도전으로, 강요된 주제로 받아들였다. 그는 자신의 뛰어난 기억력을 확신하면서, 자신에게 적합한 이야기를 선택하는 문제 말고 다른 걱정 없이, 그 아가씨가 그에게 해주는 모호한 이야기가 의미하는 바를 미소를 머금은 채, 진득하게 듣고 있었다.

이번에 그녀가 들려준 꿈 이야기는 〈그 말은 자신이 죽기 전에 나를 깨우고, 내게 어떤 위험을 알려주려고 나를 핥고 있었어요〉였다. 그는 그녀가 말을 멈추기를 기다린 뒤에 지나간 세상, 죽은 세상에 존재했던 그 말과 그 밖의 많은 사물에 대한 자신의 애정을 얘기하고 싶어 했다. 처음으로 그는 자신이 실패했다고 느꼈다. 그것은 하나의 사랑 이야기였고, 그는 영웅의 역할을 포기해야 했다. 그는 정자의 어둠 속으로 녹아들어서 여러 날의 오후에서 몇 분(分)을 모아 햇살 좋은 오후 하나를 만들어내고 싶었는데, 이는 그 자신을 위한 것도 그녀를 위한 것도 아니었다. 그는 어느 말에 대한 사심 없는 사랑에 관해 얘기했다. 그 말은 털과 이름이 자주 바뀌었는데, 비록 배반당해 패할 수 있다고 해도 적수가 없는 어느 동물, 그 동물의 다리, 그 동물이 벌인 시합, 그 동물의 머리, 그 동물의 용기는 멸절된 어느 동물종의 가장 큰 자부심, 단 한 번의 그리고 영원한 자부심이었다. 사랑에 관해 말하는 것은 늘 어려운 일이고, 사랑에 관해 설명하는 것은 불가능하다. 사랑에 관해 듣거나 읽은 사람이 결코 경험해보지 않은 사랑에 관해서라면 더욱 불가능하고, 사랑에 관해 말하는 사람에게 남아 있는 모든 것이 그 사랑을 낳았던 단순한 행위들에 대한 기억뿐일 때는 훨씬 더 불가능하다.

겨울 해가 떠 있는 어느 날 오후, 어느 원형경기장, 어느 군중, 3분 동안의 열광. 아마도 그는 뭔가를 볼 수 있었을 것이다. 겉보기에는 애를 쓰는 것 같지 않지만 영원토록, 저 멀리 달려감으로써 작게 보이는 말들. 자신들이 예상했던 바를 적중시키기 위해 다급하게 요구하던 군중. 고래

고래 소리를 질러 목이 쉬어버린 그의 친구들. 그들이 지불한 값어치를 유지한 채 호주머니 속에 들어 있던 입장권 다발이 보여준 충성의 증거. 라르센은 그녀가 이 모든 것을 구분하고 이해할 수 있었는지 알 수 없었다. 그는 다음과 같은 단어들은 번역해주고 싶지 않았다. 'tribuna(정면에 있는 특별관람석)' 'place(선착)'* 'recta(마지막 직선 코스)' 'encierro(경주)' 'cincuenta y nueve(상대 말의 진로 방해)' 'dividendo(배당금)' 'acción contenida(경주 후 재결위원들이 지정한 심의경주)'. 하지만 그는, 어찌 되었든, 자신이 어느 말, 말 두 마리 또는 세 마리에 대한 자신의 사랑, 삶에 대한 기억과 자신이 삶을 사랑했다는 기억에 대한 사랑을 완곡하게 암시했을 뿐이라는 사실을 알고 있었다. 그는 8시에 이야기를 끝냈고, 입술을 오므린 채 건조한 입맞춤을 주고받으려고 정자의 문 위로 고개를 숙였다. 그는 겨울을, 자신의 많은 나이를, 자신의 가혹하고 광적인 행위에 대한 어떤 보상의 필요성을 다시 인식했다. 그는 다시 조선소로 돌아가는 길로 접어들고, 공터의 진흙 구덩이들을 총총걸음으로 피해 가고, 결국 오두막에서 나오는 노르스름한 빛에 이끌려갔다. 그는 나무 계단 세 개를 올라가서 여자를 보지 못한 채 따스한 곳으로 들어갔다. 개들이 그에게 다가와 추위 냄새를 맡았다. 그는 개들을 발로 밀어제치면서 주둥이를 차려 했고, 벽에 걸려 있는 달력으로 가서 얼굴을 가까이 갖다 댔다. 그렇듯, 별 걱정 없이, 해가 18시 26분에 졌다는 사실과 보름달이 뜨고, 그와 그 밖의 모든 사람이 '티 없이 순결한 성모 성심 기념일'**을 맞이했다는 사실을 깨달았다.

---

* '플레이스place'는 선착(先着)을 가리키는데, 미국에서는 2등까지, 영국에서는 3등까지 선착(place)으로 인정한다.
** '티 없이 순결한 성모 성심 기념일'은 6월 28일이다.

밖에서 비바람을 맞고 집으로 들어온 여자는 집 안의 중간쯤에 이를 때까지 발소리를 내지 않았다. 그가 고개를 돌려 그녀를 쳐다보며 모자를 벗었다. 아마도 그가 막 온전히 이해하게 된 마리아라는 이름이 모든 것을 바꾸었을 것이다. 아마도 변화는 여자의 얼굴, 눈, 얼굴을 관처럼 덮고 있는 먼지 긴 뻣뻣한 머리카락 아래로 드러난 미소 때문에 이루어졌을 것이다.

"좋은 밤입니다." 라르센이 천천히 고개를 숙이며 말했다. "아주머니." 라르센은 더 심해진 추위 같은 두려움, 다른 방식으로 체감하는 추위 같은 두려움을 느꼈다. "지나는 길에 아주머니를 만나러 왔습니다. 궁금해서요. '벨그라노의 그곳'에 가서 먹을 것 좀 가져올 수도 있는데요. 아니 아주머니가 나와 함께 식당에 가서 식사를 해준다면 내가 훨씬 더 행복해질 겁니다. 물론 식사가 끝나면 아주머니를 집까지 바래다주겠습니다. 갈베스가 집에 오게 될 경우에 대비해 두 줄짜리 전갈을 남겨두면 되겠지요. 아주머니도 달을 보았을 텐데, 대낮 같아요. 아주머니가 지치지 않게 천천히 걸어가면 됩니다. 이슬이 내릴 수 있으니 머리에 뭔가를 쓰세요."

여자는 집 문을 닫아놓지 않았고, 라르센은 그녀의 헝클어진 머리 위로, 그녀의 눈과 미소 위로 쏟아지는 하얀 달빛과 공손하게 얘기하면서 자신에게는 아무 소용도 없는 몇 분을 벌고 있었다.

그것은 그가, 되찾은 친구라면 누구에게든, 죽음과 망각으로부터 되살아날 사람이라면, 짓뭉개진 사람이라면, 자신이 아는 사람이라면 누구에게든, 솔직하게 얘기할 수 있을 만한 두려움이 아니었다. 〈중요하지 않고 의미 없는 어떤 것이 우리를 깨우고 우리가 사물을 있는 그대로 볼 수 있게 해주는 순간이 도래한다.〉 그것은 현재 자유롭게 전개되는 익살극에서 비롯한 두려움이었고, 게임이 그와 페트루스와는 무관하게 이루어졌고, 순전히 좋아서 게임을 하고 있었다고 확신하고 그래서 게임을 멈추려면 '그만'이라는 말만으로도 충분하다고 확신하는 모든 사람들과는 무관하게 이루어졌다는 첫번째 확실한 경고 앞에서 느끼는 두려움이었다.

그녀는 약간 지친 몸을 탁자에 의지한 채 고개를 높이 치켜들고 있었다. 개들이 그녀를 둘러싸고, 그녀의 불룩한 배를 덮고 있던 외투를 향해 별 의욕 없이 뛰어댔다.

라르센은 슬픔에 잠겨 왜소해진 자기 모습을 보고 있다가 나무판자로 만든 벽과 달력의 검은 숫자 쪽으로 물러나서 두 손으로 모자를 단단히 붙든 채 관대하고 얼빠진 표정을 유지했다. 그는 포기와 익살에서만 위안을 찾을 수 있다고 생각했다.

"아주머니, 멋진 밤입니다. 내일은 아주 추워서 밖이 온통 하얀 서리로 뒤덮일 겁니다. 하지만 우리 모두는 보름달이 뜨는 밤을 맞이할 거라는 사실을 알고 있었습니다."

그는 고개를 가로저으면서 한숨을 내쉬었고, 겨드랑이 밑에 꽂혀 있는 권총에 손목을 대보고 나서 손수건을 꺼내 이마를 닦았다.

"달밤이군요."

이제 개들은 바닥에 드러누운 채 이따금 뭔가를 기대하는 주둥이를 여자의 몸을 향해 들어 올렸다. 라르센이 다시 그녀를 쳐다보았는데, 그녀는 자신이 막 그곳에 도착했다는 듯한 태도를, 그의 말을 들은 적도 그를 본 적도 없다는 듯한 태도를 취했다. 그녀의 미소는 계속해서 변하지 않고, 공허하고, 애처로웠으나 참아줄 만했다. 그녀의 눈은 조롱하고, 비난하고, 궁금해하는 능력을 완전히 상실한 것처럼 보였다. 아니 그녀의 눈은 이중의 호기심, 인간의 것이 아닌 호기심만을 지닌 채 응시하고 있었다. 그녀는 인간이 아니라 행위였고, 응시하는 능력이었다. 그녀의 눈에 보이는 것, 라르센, 그 방, 노란 불빛, 그들이 숨을 쉴 때 나오는 희미한 입김은 단순한 참고사항, 어떤 확신을 확인해주는 것에 불과했다.

라르센은 〈지금 시작하겠다〉고 생각했다. 그는 다시 상체를 숙이고 쓸쓸해 보이기까지 하는 미소를 머금은 채 말했다.

"지금 시작하겠습니다."

그러자 그녀가 그렇게 하라고 고개를 끄덕이더니 잠시 기다려달라는 표시로 한 손을 치켜들었다. 그녀가 상체를 앞으로 숙이자 탁자에서 삐걱거리는 소리가 났고, 잠시 후 그녀가 고개를 저어 라르센을 피했다.

아주 먼 곳에서 음악 소리가 가느다란 실처럼 아련하게 들려왔다. 외지에서 오는 것 같은, 탈탈거리는 엔진 소리가 가축을 운반하는 길을 따라 가까워지고 있었다. 잠시 후 그녀가 이제는 덜 두려운 표정으로, 아이처럼 얼굴을 찡그린 채 그를 향해 천천히 고개를 돌렸는데, 그렁한 눈물 때문에 눈이 유난히 작아 보였다.

"오늘 밤 나를 홀로 내버려두지 않겠다고 약속해주면, 당신이 알고 싶은 것을 말해주겠어요. 내가 당신더러 내 곁을 떠나달라고 부탁할 때까지 나를 홀로 내버려두지 않겠다고 약속해줘요."

"약속할게요." 라르센은 이렇게 말하고 손가락 두 개를 치켜세웠다.

그녀는 체념한 표정으로 그를 쳐다보면서 잠시 뜸을 들였다.

"좋아요. 내가 당신에게 그렇게 해달라고 요청한 이유는, 당신을 믿고 싶기 때문이에요."

그녀는 허리를 구부린 채 긴 의자로 가서 앉았다. 라르센은 달력이 있는 곳에서 그녀의 옆모습을 보고 있었다. 냉기가 감도는 데도 그녀는 땀을 흘렸고, 소리를 듣고는 있지만 듣는 것을 두려워하는 것 같았고, 이로 깨물고 있던 입술 맛을 음미하는 것 같았다. 헝클어진 머리, 핏기 없이 누런 피부가 추해 보였다. 하지만 라르센에게는 비밀스럽고, 범접할 수 없는 그녀가 그 어느 때보다 무섭게 느껴졌다.

〈그가 오늘 밤 그녀를 취하는 것은──그녀의 배든, 질투심이든, 이 달빛이 갑자기 그녀에게 보여주는 것이든, 무엇이든 간에──그가 그렇게 하는 것은 그녀가 허락했기 때문이고, 그녀가 찬성했기 때문이다. 그는 그녀를 취하는 동안에 그녀에게 영양을 공급해준다. 밖에서 비치는 달빛이 그녀에게 그녀가 인간이라는 사실을, 그리고 내게는 더 유용하게도, 하나의 여자라는 사실을 상기시켰을 것이다. 그녀는 자신이 개집 같은 오두막에서 살고 있는데, 결코 혼자가 아니라, 한 남자, 이제 그녀를 사랑하지 않기 때문에 낯설어진 한 남자에 의해 사람들에게 노출되고 좌절을 겪은 여자라는 사실을 인식했다. 아니 그 반대인데, 그 이유는 그녀가 비록 여자처럼 보이지 않는다 할지라도 여자이기 때문이다. 그리고 그녀가 이제 그 남자를 사랑하지 않기 때문에 그 남자가 그녀에게 낯설어졌다. 아마도 그녀는 뭔가 필요했기 때문에 밖으로 나갔을 것이고, 본의 아니게 이쪽을, 널빤지들과 함석판들을, 쇠사슬로 연결된 계단 세 개를 쳐다보았을 것이다. 그녀에게는 달빛 아래 모든 것이 새롭고 낯설었다. 그녀는 자신의 불행과 나이를, 잃어버린 시간을, 그녀가 쓸 수 있도록 남아 있는 것이 얼마 되지 않는다는 사실을 헤아려봐야 했다.〉

"당신은 내가 가라고 하면 가고, 누구에게도 어떤 말도 하지 말아요. 그리고 갈베스를 만나면 나와 함께 있었다는 말은 하지 마요." 그녀가 말했다.

그녀는 소맷부리로 얼굴을 닦은 뒤, 평온해진 얼굴을 갑자기 들어

올렸다. 번들거리는 땀이 그녀를 더 젊게 만들어준 것 같았다. 그녀의 눈과 미소에는 그와 함께 일해보겠다는 의도만이 들어 있었다.

"아직은 아니에요." 그녀가 중얼거렸다. "이제 확신이 섰어요. 하지만 내가 약속을 지킬 거니까 상관없어요. 코냑이 조금 남아 있을 거예요. 갈베스는 늘 술에 취해 오지만 여기서는 절대 술을 마시지 않아요. 그 사람은 나를 존중해요. 나를 존중해요." 이 말을 반복하면서 그녀는, 두 단어의 의미를 찾는다는 듯이, 천천히 한 자 한 자 띄엄띄엄 말했다. 그러고는 살짝 웃었고, 어둠을 쳐다보았다. "문을 닫는 게 좋을 것 같아요. 담배 한 개비 주세요. 그 증서는 이제 이곳에 없는데, 내 생각에는 갈베스도 그걸 갖고 있지 않은 것 같아요. 사실, 난 그걸 훔쳐서 당신에게 주려고 이미 작정했어요. 하지만 갑자기 그 사람이 미쳐서 그 종이가 사람이나 되는 것처럼 간절히 원하더라고요. 나는 그가 그것을 세상 어떤 것보다 더 간절하게 원하는 것을 지켜보고 있었거든요. 초록색 종이죠. 그것이 없으면 그가 더 이상 살아갈 수 없을 거라고 나는 확신해요."

라르센은 그녀의 담배에 불을 붙여준 뒤 자신이 미로 속에 있는 것처럼 더듬더듬 문 쪽으로 가서 문을 닫고 술병을 찾았다. 술병은 마개가 씌워지지 않은 상태로 침대 밑에 놓여 있었다. 양철 맥주잔 하나를 찾아 탁자로 가져왔다. 나무 상자를 끌어당겨놓고 상체를 숙이며 앉았다. 무릎 위에 모자를 올려놓고, 자기 담배에도 불을 붙였다. 담배를 피우고 싶었던 것이 아니라 자기 손가락 사이에서 담배가 타들어가는 것을, 깨끗하게 손질하고 기름을 바른 손톱이 담배 불빛에 반짝이는 것을 보고 싶었던 것이다. 그는 그녀를 쳐다보려 하지 않았다.

"참, 아주머니는 술을 마시지 않죠, 그렇죠?" 그가 술 한 잔을 따라놓고 뭔가 생각하는 표정을 지었다. "그러니까 그 증서가 없다는 말이군요. 그리고 갈베스도 그걸 갖고 있지 않고요. 그럼 쿤스인가요?"

"그 독일인이 무엇 때문에 그걸 원하겠어요?" 그녀는 여전히 몸을 웅크린 상태였고, 얼굴은 평온했지만 재미있다는 표정이었다. "오늘 오후에 일어난 일이었고, 난 뭔가를 하고 싶어 할 거라는 생각이 들었는데도 아무것도 할 수 없었어요. 갈베스는 3시경에 조선소에서 돌아와 아무 말 없이, 나를 힐끗힐끗 쳐다보면서 잠시 앉아 있었죠. 내가 뭐 필요한 게 있느냐고 묻자 고개를 가로저어 아니라고 했어요. 오랜 세월 살아오면서 그가 행복감을 느끼는 표정을 지은 게 처음이었기 때문에 나는 깜짝 놀랐죠. 그가 소년처럼 나를 쳐다보더군요. 나는 더 이상 물어볼 수 없었기 때문에 빨래를 하러 밖으로 나와버렸어요. 빨래를 널고 있을 때 그가 내 뒤로 와서는 내 얼굴을 쓰다듬었어요. 막 면도를 끝내고, 내게 달라고 청하지도 않고서 깨끗한 셔츠를 입었더군요. 〈이제 모든 게 정리되어 가고 있소.〉 그가 이렇게 말했어요. 하지만 나는 그가 단지 그렇게 생각만 하고 있다는 사실을 눈치챘어요. 〈어떻게요?〉 그에게 물었지요. 그는 웃으며 나를 만지기만 했어요. 사실은 모든 게 그 자신만을 위해 정리되었을 것 같다는 생각이 들었어요. 그가 만족해하는 모습을 보니 기분이 좋더군요. 나는 그에게 더 이상 아무것도 묻지 않았고, 그가 원하는 시간 동안 나를 애무하고 내게 입을 맞추도록 가만히 있었어요. 아마도 그가 나와 작별을 하고 있었던 것 같은데, 나는 그것에 관해서도 묻지 않았어요. 잠시 후 그는 떠났어요. 조선소 쪽이 아니라 선거 뒤로 난 길을 통해 갔어요. 그가 훨씬 더 젊어 보였기 때문에 그를 쳐다보고 있었죠. 그가 걸어가는 모습이 날쌔고 박력 있었거든요. 그가 내 시야에서 사라지려는 순간 그가 걸음을 멈추더니 되돌아오기 시작했어요. 나는 미동도 없이 그를 기다렸고, 그가 가까이 다가오자 그가 후회를 한

게 아니었다는 사실을 깨달았죠. 지금 생각해보니 그가 그 증서를 법원에 직접 제출해 고발하려고 산타마리아에 가려 했다고 말했던 것 같아요. 그는 그것이 내게 아주 중요하다는 듯이, 나를 위해 그렇게 한다는 듯이, 그 말이 그가 내게 해줄 수 있는 가장 아름다운 말이고 내가 그 말을 듣고 싶어 한다는 듯이, 내게 그렇게 말했어요. 그러고 나서 그는 진짜로 가버렸고, 나는 이번에는 그가 걸어가는 모습을 바라보지 않은 채 계속해서 빨래를 널었어요."

라르센은 일부러 화가 난다는 태도를 취하며 그녀의 말에 관심을 두는 척했다.

"내가 그 사람을 보지도, 그 사람 소식을 듣지도 못했다는 게 특이하군요. 그가 푸에르토아스티예로에서 나룻배를 타지는 않았을 겁니다. 만약 그가 3시에 이곳에 와서 잠시 머물렀다면 고발을 하러 제 시각에 도착하지는 못했을 겁니다. 법원은 5시에 문을 닫거든요. 그리고 거기까지 가는 데도 한 시간이 걸리니까……"

"나는 빨래를 다 널고 나서 몸에 통증을 느꼈기 때문에 침대에서 편히 쉬려고 방으로 들어가서 기다렸어요. 하지만 통증이 가시기도 전에 잊어버렸어요. 마치 누군가가 여기, 이 안에서 큰 소리로 내게 말해준 듯이 갑자기 뭔가가 생각났기 때문이죠. 나는 침대를 박차고 일어나 장롱을 뒤졌어요. 이미 옷은 거의 남아 있지 않고, 조선소와 소송에 관한 내용이 실려 있는 신문을 오려 보관해놓은 서류철만 남아 있더군요. 나는 때가 되면 쓰려고 우리가 얼마간의 돈을 숨겨놓은 당밀 단지를 찾아냈어요. 단지는 목이 아주 길고 주둥이가 아주 좁은 것이에요. 그래서 돈을 꺼내기가 어려워요. 우리는 아이가 태어나면 우리 두 사람 중 누군가가 단지를 깨뜨려야 할 거라고 생각했었죠. 뜨개바늘로 단지 속을 후벼

보았어요. 그 사람도 떠나기 전에 단지 속을 후벼서 돈을 꺼내 갔더군요. 나는 우리가 돈을 얼마나 모았는지 전혀 알지 못해요. 그때 나는 그가 진짜로 떠나버렸다는 사실을 깨달았어요. 울고 싶지도 않았고, 화가 나지도 슬프지도 않더군요. 그저 놀랐을 뿐이에요. 앞서 말했다시피, 그가 떠나는 모습이 훨씬 더 젊게 보였어요. 나중에 나는, 내가 그를 처음 만난 날보다 훨씬 더 젊다고 생각했어요. 나를 만나기 전에 막 제대해서는 쐐기풀 숲 사이로 난 샛길을 따라 먼지를 털면서 걷던 갈베스라는 남자 말이에요. 그는 이제 다시는 돌아오지 않을 다른 사람이고, 나나 당신과는 더 이상 할 일도 없어요. 이제 당신은 어떻게 할 생각인가요? 하지만 당신은 아무것도 할 수 없기 때문에, 내가 당신더러 가라고 할 때까지 기다려야 해요."

그녀는 라르센에게 떠나지 말아달라고 한 말과 자신이 했던 모든 말이 농담에 불과하다는 듯이, 라르센을 붙들어놓고 그와 더불어 새롱대려고 얼떨결에 만들어낸 적절한 조롱에 불과하다는 듯이, 씩 웃었다.

"그렇다면, 그렇게 해야죠." 라르센이 말했다. "좋아요, 갈베스가 한 일이 우리 모두에게는 종말을 의미한다는 말을 해야겠군요. 그런데 모든 것이 정리되려는 시점에 그가 이런 미친 짓을 할 생각을 해버린 거예요. 모두에게 참 애석한 일이에요, 아주머니."

하지만 그녀는 라르센의 말에 관심을 기울이지 않았고, 긴 의자에 앉아 귀를 닫은 채 초라한 유리창을 통해 하얀 밤의 사각형 조각을 오만한 태도로 바라보았다.

〈아마도 그는 산타마리아로 가지 않았을 것이다. 만약 그가 돈을 가져갔다면 엘 차마메에서 취해 있는 그를 발견하게 될 것이다. 가서 그와 얘기를 해봐야겠다.〉 하지만 라르센은 지금도 분노나 흥미를 느낄 수 없었다. 그래서 두 사람은 아무 말 없이 가만히 있었고, 라르센은 여자를 쳐다보면서 양철 맥주잔에 든 술을 홀짝홀짝 마셨다. 그리고 여자는 마치 방금 전에 꾼 꿈의 엉터리 같은 장면을 떠올려보기라도 하듯이, 이제 놀리는 듯도 하고, 놀란 듯도 한 표정을 짓고 있었다. 그들은 오랫동안 그렇게, 얼어붙은 듯, 서로 한없이 떨어진 상태로 있었다. 그녀가 몸을 덜덜 떨며 이가 딱딱 부딪치는 소리를 내기 시작했다.

"이제 가봐요." 그녀가 창문을 쳐다보며 말했다. "당신을 쫓아내는 건 아니지만, 당신이 여기 있어봤자 아무 소용이 없어요."

라르센은 그녀가 자리에서 일어나기를 기다렸다. 그러고는 자리에서 일어나 모자를 탁자 위에 올려놓았다. 그녀를 향해 앞으로 나아가면서 그녀가 입고 있는 외투의 풍성한 곡선, 팽팽하게 잡아당겨진 단추걸이들, 옷깃을 여민 핀을 보고 있었다. 그런데 그녀를 범하고 싶은 마음이 들지 않았다. 그리고 그 욕망을 대체할 수 있는 것이 전혀 생각나지 않았다. 라르센은 누르스름하고 번들거리는 그녀의 얼굴, 라르센 자신에 대한 판단을 이미 내린 그녀의 감정 없는 눈을 쳐다보았다. 그는 자기 배로 그녀의 배를 살짝 눌렀고, 손가락으로 그녀의 거친 옷을 쓰다듬으면서 그녀의 어깨를 살짝 잡고 입을 맞추었다. 그녀는 그가 입을 맞추도록 허락하고 입을 벌렸다. 그녀는 라르센이 원하는 시간 동안 몸을 움직이지 않은 채 숨을 헐떡거렸다. 그러고는 탁자에 몸이 닿을 때까지 뒤로 물러나서 천천히, 분명한 태도로 한 손을 들어 올려 라르센의 뺨을 때렸다. 뺨을 맞은 것이 입맞춤보다 그를 더 행복하게 만들고, 희망과 구원에 대한 믿음을 더 많이 갖게 만들었다.

"아주머니." 라르센이 중얼거렸고, 두 사람은 지친 몸으로, 마치 자신들이 진정한 남자와 여자라는 듯이, 만족감을 살짝 드러내며, 일말의 애증을 드러내며 서로를 쳐다보았다.

"가세요." 그녀가 말했다. 그녀의 두 손은 외투 주머니 속에 들어 있었다. 그녀는 입가에 유순함과 만족감을 드러낸 채 졸리는 표정으로 조용히 있었다.

라르센은 모자를 집어 들고 소리를 내지 않으려 애쓰면서 문 쪽으로 걸어갔다.

"당신과 나는……" 그녀가 말하기 시작했다.

그녀의 부드러운 웃음소리가 들려왔고, 그는 그녀의 걸걸하고 나른한 소리를 들었다. 그는 잠시 침묵을 지킨 뒤 그녀를 쳐다보기 위해서가 아니라 향수에 젖은 자신의 얼굴, 이해심이 아니라 존경심을 요구하는 찡그린 표정을 보여주기 위해 그녀에게 고개를 돌렸다.

"우리는 과거에 언젠가 만날 수도 있었죠." 그가 말했다. "그리고, 아주머니가 말했다시피, 당연히 그 이전에 만날 수도 있었죠."

"가세요." 그녀가 다시 말했다.

라르센은 계단 세 개를 밟기 전에, 달빛을 느끼고 더 오래 견뎌낼 수 있는 고독을 느끼기 전에, 핑계처럼 중얼거렸다.

"그런 일은 누구에게나 일어나는 법이거든요."

조선소 VI

　그날 밤에도, 그날 밤 이후로 계속된 여러 날 밤에도 라르센은 갈베스를 만날 수 없었다. 산타마리아 법원에 고소장이 단 한 건도 접수되지 않았다는 사실이 확인되었다. 라르센은 오두막으로도, 조선소로도 돌아가지 않았다. 축축한 냉기가 흐르는 커다란 사무실에서 말수 적은 쿤스만이 무심하게 라르센을 맞이했다. 쿤스는 끝내 만들어지지 못한 배들과 기계들의 옛 청사진을 건성으로 펼쳐보면서 마테를 마시거나 우표 앨범에 끼워진 우표의 위치를 바꾸고 있었다.

　쿤스는 이제 총지배인실에 얼씬도 하지 않았고, 라르센은 서류철 속 내용물에 신경을 쓸 수 없는 상태가 되었다. 중병에 걸린 사람이 자신의 종말이 언제인지 알듯, 라르센은 자신의 종말이 가까워졌음을 알고 있었다. 그는 외부에서 발생하는 징후들을 속속들이 인지하고 있었으나 자기 몸이 알려주는 것을, 권태와 무관심의 의미를 훨씬 더 신뢰하고 있었다.

　그는 오전의 나른한 기력을 회의적인 태도로 이용했고, 상황을 제대로 파악하지 못했지만 그게 그다지 중요하지 않다는 듯 대부분을 해난 구조, 수리, 부채, 소송에 관한 이야기에 신경을 쓰면서 몇 시간을 한

가하게 보냈다. 유리창을 통해 들어오는 차가운 회색빛이 죽은 사람들에 관한 이야기에 관심을 두겠다는 그의 결심을 더욱 다지게 만들었다. 그는 입술을 움직이면서 음절들을 만들어내고, 자신의 양쪽 입가에 고인 침에서 나는 소리를 들었다.

정오가 될 때까지 한두 시간을 그렇게 보냈다. 쿤스의 등을 토닥거리고, 몸을 꼿꼿이 세우고, 넓은 어깨를 활짝 편 채, 얼핏 보면 생각에 잠겨 있는 것 같지만 실제로는 약간 풀이 죽은 상태로, 쿤스를 뒤따라 철 계단을 천천히 내려오는 것이 여전히 가능했다.

이제 쿤스가 음식을 만들었다. 어느 날 아침 쿤스는 여자의 동의도 구하지 않고 불을 지피더니 여자가 씻고 있던 채소를 낚아채 갔다. 세 사람은 날씨, 개, 특이하고 새로운 것에 관해, 그리고 날씨가 어업과 파종에 좋은지 나쁜지에 관해 얘기를 나누었다.

하지만 오후가 되면 라르센은 허리를 굽히고 서류철을 들여다보거나 죽어 있는 단어들을 조용히 발음할 수 없는 상태가 되었다. 오후가 되면 그의 고독과 패배감은 차가운 공기 속에서 더 단단해졌고, 그는 멍한 상태에 빠져들었다. 자신의 관심을 환기시키고 구원을 받겠다는 희망을 가져본 적이 있었으나 이미 그 희망을 잃어버린 상태였다. 희망이란 바로 갈베스를 증오하고, 그 증오심에서, 복수하겠다는 결심에서, 보복에 필요한 일련의 행위를 완수하는 데서 어떤 결말을 발견하겠다는 것이었다.

오후에는 음침한 하늘 또는 쓸쓸할 정도로 깨끗한 하늘이 깨진 창을 통해 들어와서는 자포자기 상태에 있는 한 노인, 즉 마구 뒤섞인 기억들, 생각의 파편들, 외부에서 온 이미지들이 머릿속을 헤집고 다닐 수 있도록 대수롭지 않게 머리를 빌려주고 있던 한 노인을 쳐다보고 감쌌다. 오후 2시부터 6시까지 공기는 건강 상태가 좋지 않은 노인의 얼굴, 입을 벌린 채 고개를 떨어뜨리고, 숨을 쉴 때마다 아랫입술이 떨리는 얼굴을 자극했다. 대머리가 다 된 그의 둥그런 두개골 위로 회색빛이 비쳐들어 이마에 납작하게 붙어 있는 한 줄기 머리카락을 검게 만들었다. 노쇠하고 기름기 많은 얼굴에서 의기양양하게 솟아 있는 코, 가늘고 굽은 코가 두드러져 보였다. 핏기 없는 입술이 뺨 아랫부분까지 늘어졌다가 갑자기 오므라들었는데, 늘어지는 시간과 오므라드는 시간이 동일했다. 좌절한 노인 하나가 살짝 침을 흘리고 엄지손가락 하나를 조끼에 걸어놓은 채, 누군가 자신을 납치해서 차에 태우고 울퉁불퉁한 길을 달리는 동안 몸이 흔들리는 것처럼, 의자와 책상 사이에서 몸을 흔들어대고 있었다.

그래도 살아가는 일은 멈출 수 없었기에 사람들은 북쪽에서, 섬들에서 강을 타고 내려오는 나룻배들이 작은 태양 같은 오렌지를 내리는 모습을 볼 수 있었다. 그리고 다른 사람들은 정오의 햇빛이 샘의 물을 미지근하게 만들고, 그 햇빛이 개, 고양이, 하릴없이 날아다니는 자잘한 파리들을 꾀는 것을 보았다. 그리고 다른 사람들은 몇몇 나무가 밤이면 추위 때문에 시들어버릴 싹을 집요하게 틔우는 모습을 보았다. 그 편지가 그 모든 미스터리와 연관되었을 가능성이 있다.

어느 목요일이었다. 나룻배 하나가 점심시간에 편지를 가져왔고, 벨그라노의 주인 포에테르스는 사환을 시켜 편지를 조선소로 보냈다. 사환 소년이 한참 동안 초인종을 눌렀다. 하지만 아무런 기척이 없자 소년은 쿤스가 희미한 도면을 사각형의 고급 송아지 피지(皮紙)에 필사하고 있던 관리부 사무실까지 올라갔다. 1분에 1백 번을 타격할 수 있는 천공기의 도면으로, 10년 전에 만들어진 디자인이었다. 쿤스는 바다 건너 저

먼 곳에서는 1분에 5백 번을 타격할 수 있는 천공기가 팔리고 있다는 사실을 알고 있었다. 쿤스는 막힌 배수관을 청소하는 동안 발견했던 그 오래된 계획을 개선할 수 있다고 확신했기 때문에 하루에 여섯 시간씩 작업했다. 일부를 수정하면 이론적으로는 60초에 150번을 타격할 수 있을 것이라 확신했다.

쿤스는 냉랭한 태도로 사환을 맞이했는데, 편지봉투가 그를 감동시켰다.

"라르센 씨에게 온 편지입니다." 소년이 말했다.

"다 읽어서 이미 알고 있다." 쿤스가 대꾸했다. "수고비를 기대한다면 올해 연말에 다시 오렴. 다른 것을 기대한다면 나는 네게 더 이상 줄 게 없다."

소년은 날카로운 목소리로 가벼운 욕설을 중얼거리고 나서 가버렸다. 쿤스는 커다란 사무실 한가운데에 가만히 서서 놀란 가슴과 의구심으로부터 천천히 평정심을 되찾아가면서, 공손하게, 미신에 사로잡혀, 후회를 하면서, 타자기로 쓴 평범한 봉투와 비스듬하게 붙어 있는 포도주색 우표를 보고 있었다. '페트루스 주식회사 총지배인님, 푸에르토아스티예로'.

아연해진 쿤스는 차마 믿기지가 않아서, 그런 믿음은 가질 필요가 없다고 느끼면서, 편지봉투를 눈앞에 갖다 댔다. 왜냐하면 처음에, 즉 페트루스가 그를 기술이사로 임명했을 때만 해도 부주의한 기계 제작업자들과 수입업자들이 발송하고 은행과 세무서들이 수도에 있는 채권자협의회에 회람한 편지, 안내장, 상품 목록이 간간이 왔었다. 하지만 조선소가 세상을 위해, 그리고 조선소가 숨겨주었던 이사들의 유령과 별개인 누군가를 위해 존재한다는 그 마지막 증거들은 불과 몇 개월 만에 끊

겨버렸다. 그래서 쿤스는 총체적인 회의주의에 빠져 초기의 믿음을 잃었고, 좀먹은 거대한 건물은 어느 소멸된 종교의 방치된 사원으로 변해버렸다. 페트루스 노인이 가끔 읊어대던 부활에 관한 예언, 라르센이 정기적으로 퍼뜨린 그 예언은 쿤스에게 은총을 되돌려 주지 못했다.

수많은 세월이 흐른 뒤 이제 그는 의심할 바 없이 그런 상태에 처해 있었고, 그의 손에는 어느 신학적인 논쟁에 종지부를 찍을 수 있는, 반박할 수 없는 어떤 증거처럼 외부 세계가 조선소에 보낸 편지 한 통이 쥐어져 있었다. 그 편지는 쿤스가 모독한 적이 있는 하느님의 현존과 진리를 알리는 기적 같은 것이었다.

쿤스는 타인의 믿음에 불을 붙이고, 그 믿음과 더불어 자신의 믿음을 고양하고 싶었기 때문에 노크도 하지 않고 총지배인실로 들어갔다. 그는 망연자실한 태도로 책상 뒤에서 몸을 흔들어대고, 어지럽게 놓여 있는 서류철 위에 괜히 손을 올려놓고, 불룩하게 튀어나온 눈이 아무런 질문도 하지 않는 그 노인을 보았다. 하지만 쿤스는 어떤 것에도 신경을 쓰지 않았다. 봉투를 책상 위 라르센의 팔이 닿는 곳에 놓고는 자신의 말이 모든 것을 표현한다고 확신하고서 이렇게만 말했다.

"보세요. 편지 한 통이 왔네요."

라르센은 무(無)에서 나와 고독으로 이동했는데, 고독은 이제 사람들에 의해서도 사건들에 의해서도 작아질 수 없는 것이었다. 라르센은 씩 웃더니 봉투를 찬찬히 살펴보기 시작했다. 그는 즉시 쿤스가 간과했던 것을 했다. 우표에 찍힌 소인을 조사하고, 반원형으로 찍힌 산타마리아라는 이름을 읽어갔다. 조심스럽게 봉투를 뜯으면서 어렴풋이 페트루스를 생각했다. 쿤스는 진중한 태도로 바람이 통하는 창가로 가서 파이프에 담배를 채웠다. 쿤스는 첫번째 욕설을 듣고 고개를 돌렸다. 기력을 회복한 라르센이 화를 내며 선 채 쿤스에게 편지를 건넸다. 쿤스는 갈수록 더 찬찬히 편지를 읽으면서 자신이 믿었던 것에 대해 부끄러움을 느꼈다.

〈헤레미아스 페트루스 주식회사 총지배인님께. 친애하는 총지배인님. 본인이 이 나라의 책임 있는 시민들로부터 전적인 신임을 받아 얼마 동안인지도 알 수 없는 기간 재임했던 귀사의 관리이사 직을 사임하는 이 편지를 귀하에게 보냄으로써 귀하의 걱정을 덜어주는 자유를 향유하려 합니다. 그리고 본인의 부주의로 체불되어 누적된 본인의 급료 또한 포기할 것입니다. 귀하가 창고에서 시킨 제반 절도 행위로 인한 이익금 3분의 1 또한 포기할 것입니다. 또 한 가지 첨가할 사항은, 오늘 아침에 헤레미아스 페트루스가 나룻배에서 내리자마자 체포할 수밖에 없었는데, 이는 본인이, 적당한 시기에 삼가 귀하에게 알려드린 바 있는 증서 위조 건으로 며칠 전에 그를 고소했기 때문입니다. 본인은 경찰관과 함께 부두에 있었는데, 페트루스 씨는 본인을 못 본 체했습니다. 페트루스 씨는 음흉한 배은망덕 행위를 받아들일 수 없었던 것 같습니다. 산타마리아 사람들은 본인에게 귀하가 이 도시에서 환영받을 만한 사람이 아니라고 말합니다. 이는 애석한 일인데, 그 이유는 귀하가 본인을 찾아와서 본인이 실수를 했다는 사실을 인정하게 만들어주기를, 내일 또는 그다음 날부터 우리가 향유하게 될 멋진 미래에 관해 본인에게 자세하게 설명해주기를 본인이 기대하고 있었기 때문입니다. 그렇게 되었더라면 우리는 재미를 볼 수 있었을 것입니다. A. 갈베스.〉

"이런 교활한 개자식." 놀란 라르센이 뭔가를 생각하면서 중얼거렸다.

쿤스는 편지를 내려놓더니 라르센이 바닥에 집어던진 우표 붙은 봉투를 허리를 굽혀 집어 들고서 천천히 자기 사무실로, 방금 전에 그림을 그리던 하늘색 송아지 피지 앞으로 되돌아갔다.

라르센은 자신이 해야 할 일이 무엇인지 즉시 깨달았다. 아마도 편지가 도착하기 전에 자신이 할 일이 무엇인지 알았을 것이고, 또는, 적어도 이제 자신이 예견할 수 있고 또 완수해야만 할 행위들을 씨앗처럼 간직했을 것이다. 할 필요가 있는 것이, 반드시 해야 하는 것이 무엇인지 알고 있었다. 그리고 그것을 하거나 하지 않는 것은 똑같이 위험하다는 사실 또한 알고 있었다. 왜냐하면 그 행위가 어떻게 이루어질지 어렴풋이 감지한 뒤에도 실행을 하지 않는다면 그 행위가 그가 요구하는 장소와 삶으로부터 벗어나 그의 내부에서 신랄하게, 소름끼치게 성장해가서 결국 그를 파괴할 것이기 때문이었다. 그래서 만약 라르센이 그 행위를 실행하기로 작정한다면―그리고 그는 그 행위를 수용했을 뿐만 아니라 이미 실행하기 시작했다―그 행위는 그가 가진 마지막 힘을 게걸스럽게 섭취할 것이다.

그는 그 어릿광대짓에서 도움을 모색하는 데 익숙해졌다. 매우 절망한 상태였기 때문에 증인도 필요하지 않았다. 그는 도전적인 미소, 동정 어린 미소를 지었고, 외투와 재킷을 벗었고, 빛바랜 와이셔츠 위로 어깨에 멘 권총집의 하얗게 변한 볼록 부위를 잠시 내려다보았다. 그러고는 권총을 책상 위에 꺼내놓고 총알을 제거했다.

그는 짐짓 깊은 생각에 잠긴 모습으로 자리에 앉아 겨울 끝 무렵의 고요한 오후가 기울 때까지 권총의 공이치기로 공이를 치고, 손가락으로 반복해서 방아쇠를 당기고, 개들과 송아지들과 저 멀리 강물 위로 넘실대는 뱃고동 소리가 살짝 핥아대던 가혹한 침묵의 중심에 침잠해 있었다.

6시경에 추위에 몸이 얼어붙은 그는 총알을 다시 탄창에 집어넣은 뒤 권총을 권총집에 넣었다. 다시 옷을 입고 기술이사를 부를 셈으로 버저를 눌렀다. 쿤스가 약간 피곤한 표정으로, 일과를 완수한 사람의 만족스러운 표정으로 문에 나타나서 라르센이 고개를 숙인 채 뒷짐을 지고, 한쪽 어깨를 앞으로 내밀고, 손톱으로 빗어 내린 머리 가닥을 이마에 늘어뜨린 채 창문과 전화 교환대 사이를 왔다 갔다 하는 모습을 보았다. 최근에 쿤스가 겪은 종교적 실망감은 라르센에 대한 그나마도 부족한 존경심마저 축소시켜버렸다. 쿤스는 골골 소리를 내는 파이프에 불을 붙인 뒤 자신이 라르센의 말을 불신하게 되리라 예상하면서 조용히 기다렸다. 라르센의 머리가 쿤스의 어깨 근처에서 멈추더니 천천히 들어 올려졌다. 쿤스는 라르센의 머리가 더 활기차고 더 강인하다고 느꼈다. 쿤스는 라르센의 눈에서 뿜어져 나오는 빛과 입술의 노쇠한 잔인성 앞에서 방어 태세를 취했다.

"그 구매자들." 라르센이 말했다. "지금 당장 그 러시아 사람들에게 전화해서 물건을 팔겠다고 해요. 우리가 가격을 놓고 이러쿵저러쿵 흥정하지 않겠다는 사실을 그 사람들에게 인지시키라고요. 하지만 몇 시라도 좋으니 그 사람들이 오늘 반드시 와야 해요. 알았어요? 내가 상대하겠소."

"그 사람들에게 전화는 걸 수 있습니다. 하지만 오늘 오는 것은 어려울 것 같습니다. 아마도 내일 일찍……"

"전화하세요. 그리고 당신도 참석해주면 좋겠소. 우리가 함께 팔 거니까요. 필요한 건 오직 산타마리아로 가서 그 개자식을 찾는 것이오. 아니면 페트루스에게 변호사를 구해주든지. 당신더러 나와 함께 가달라고 부탁하는 게 좋을지는 잘 모르겠소. 물론, 누군가는 반드시 조선소에 남아 있어야 할 테지만 말이오."

쿤스는 고개를 가로저었다. 그는 신과 인간의 문제에는 관심이 없다는 듯 평온한 상태였고, 자신이 만들어내겠다고 작정한 천공기를 통해 세상과 연계되어 있었다.

"그런데 갈베스를 찾게 되면 총지배인님은 무슨 이익을 얻는 겁니까?" 쿤스는 대답을 얻어내려고 애썼다. "그에게 욕설을 퍼붓고, 그와 싸우고, 그를 죽이는 거겠죠. 페트루스는 계속해서 감옥에 있게 될 거고, 우리를 여기서 쫓아내려고 누군가 올 테죠."

"그게 바로 내가 전부터 걱정해오던 바예요. 하지만 이 편지가 도착한 뒤부터, 이 편지가 쓰인 바로 그 순간부터 모든 것이 바뀌었소. 이 모든 건 이미 끝났거나 끝나가고 있소. 지금 할 수 있는 것이라고는 어떻게 해서든 이 일이 끝장나는 걸 선택하는 것뿐이오."

"될 대로 되라지요." 쿤스가 대답했다. "러시아 사람들에게 전화나 해야겠습니다."

그래서 그날 밤, 라르센은 벨그라노의 사환에게 전갈을 들려 페트루스의 별장으로 보낸 뒤, 자기 방에서, 사람을 속이는 옷장의 거울에서 자기 모습을, 처음에는 타인 같은, 그다음에는 죽은 어느 친구의 무표정한 얼굴 같은 존재, 그리고 단순히 인간일 가능성이 있는 존재를 연속적으로 본 뒤에, 두 명의 구매자 사이에서 거만하고 예의 바른 태도로, 저 멀리 떨어져 있는 트럭의 헤드라이트 불빛에 드러난 선거 입구까지 걸어갔다. 쿤스가 남포등 두 개를 들고 앞장섰다. 쿤스는 남포등을 걸어놓은 뒤

문까지 물러나서 거래에 개입하지 않았다.

라르센은 커다란 상자에 털썩 주저앉아 두 손을 외투 주머니에 찔러 넣은 채 아무 말 없이, 또는 화가 나서, 또는 단호한 태도로, 또는 그두 남자의 제안에 이의를 제기하지 않은 채 거래를 주도하는 모의실험을했다. 두 구매자는 선거 안을 돌아다녔다. 그들은 차갑고 어둑한 구석을살펴보려고 가끔 남포등을 들고 다녔다. 어떤 물건을 질질 끌고 돌아와서 라르센의 머리 위에 매달려 있는 남포등 불빛에 비춰보았다. 그러고는뒷걸음질을 치면서 곧바로 자신들의 선택을 후회했다. 라르센이 모질게동의했다.

"이봐요 친구, 당신이 옳소. 그건 썩었고, 녹이 슬고, 작동이 되지 않아요. 당신들에게 물건 값으로 단 1페소라도 더 받는다면 당신들에게 사기를 치는 것이 될 거요. 자, 얼마를 제시하겠소?"

라르센은 그들이 제시한 액수를 듣고, 고개를 한 번 끄덕임으로써액수를 받아들이고, 두 가지 의미를 지닌 욕 한 마디를 내뱉었다. 그는합당한 가격이라고 판단한 1천 페소에 물건을 팔고 나서 자리를 털고 일어서며 그들에게 담배를 권했다.

"미안하오만, 다 끝났소. 돈을 넘겨주고 짐을 실으시오. 영수증은 발급하지 않고, 회사는 수표를 받지 않소."

쿤스는 남포등을 챙기려고 선거 안으로 들어왔다가 양손에 각각 하얗고 둥그런 빛을 들고서, 남쪽에서 불어오는 바람 때문에 상체를 약간숙인 상태로, 공터를 가로질러 멀어져 갔다. 라르센은 움직이기 시작하는 트럭 옆에서 분노로 몸을 부르르 떨며 미동도 없이 서서 오두막 처마밑에서 남포등이 꺼지는 것을 보았다.

산타마리아 V

라르센이 그 빌어먹을 도시로 내려가는 마지막 여행은 그렇게 시작되었다. 도시로 가는 동안 자신이 작별 인사를 하기 위해 가고 있다는 사실을, 갈베스를 추적하는 것은 반드시 필요한 핑계, 즉 변명에 불과하다는 사실을 예감했을 가능성이 있다. 당시에 그를 알아보았던 우리는 그가 더 늙고, 기진맥진하고, 피폐한 상태라는 것을 알아차렸다. 하지만 그에게는 뭔가 달라진 점이 있었는데, 그것은 그가 지닌 새로운 면모 때문이 아니라 옛것, 잊혔던 것 때문이었다. 예전의 라르센, 즉 5, 6년 전에 희망과 망상을 품은 채 산타마리아에 도착한 라르센이 지니고 있던 모진 면모, 용기, 유머 같은 것이 남아 있었던 것이다.

라르센은 약간은 부정확하게, 약간은 수정된 상태로 그 당시 자신의 모습을 우리에게 보여주었는데—그리고 우리 가운데 일부는 그를 볼 수 있었다—, 그가 조선소에 머물렀음에도 예전의 상태를 어느 정도는 유지하고 있었다. 그의 몸과 옷은 더 낡았고, 이마에 늘어진 머리 가닥은 숱이 더 적었으며, 입과 어깨는 더 자주 오므라들었다. 하지만 우리가—지금 우리는 인식하고 있다—그의 동작에서, 그의 걸음걸이에서,

그리고 그의 시선과 미소가 유발하는 자극과 일시적인 자신감에서 젊은 사람의 자질을 떠올리는 것은 그리 어렵지 않은 일이었다. 비교 능력을 갖추고 있던 우리 모두는 그가 정오와 황혼 무렵에 자갈이 깔린 새 광장을 구두 굽 소리를 내며 끈기 있게 건너갔다는 사실을 이해해야 했다. 당시 그는 광장에 있던 바의 높은 걸상에 앉아서 희미한 오만을 드러내며 사람들 눈에 띄게, 조용히 술을 마셨는데, 그 오만이 그의 얼굴이나 말에서 발산되지는 않았다. 당시 그는 길거리에서 공손한 태도로 아무나 붙잡고 그 도시의 발전과 변화에 관해 여행자처럼 물었다. 당시 라르센은 베르나의 바에 한가하게 앉아 주인이 라르센 자신을 기억하지 못하는 척한다는 사실을 받아들이면서, 별다른 호기심을 드러내지 않고, 절대적인 확신을 지닌 채 우리를 쳐다보았다. 우리는 라르센이 자기 마음에서 우리를 지워버렸다는 사실을, 그리고 자신이 5년 전으로 되돌아감으로써 자신의 이별식을 쉽고 고통 없이 진행하고 있었다는 사실을 이해했다. 그는 어느 영역을 점유하고 있었는데, 그 영역에서 바라보면, 우리가 누구인지, 우리가 그에게 어떤 의미를 지니는지, 그리고 실제로 일이 어떻게 진행되는지 알 수 없었다.

그가 이틀 밤 동안 그 도시의 모든 카페, 모든 음식점, 모든 술집을 돌아다니는 모습이 사람들 눈에 띄기도 했고 우리가 직접 보기도 했다. 그는 고집스럽게 해변으로 내려가고, 핑계만 있으면 기타를 치며 파티를 벌이는 오두막들을 돌아다니고, 흔쾌히 말을 걸고, 그리 다급해 보이지 않는 태도로, 관대하게 술을 사고, 지금까지와는 전혀 다르게 세상사를 받아들이는 모습을 과시했다. 우리는, 대머리지만 여전히 젊고, 다른 사람과 혼동하기도 잊어버리기도 어려운 그가 갈베스에 관해, 늘 웃는 어느 남자에 관해 묻는 소리를 들었다. 하지만 우리 가운데 아무도 갈베스

를 본 적이 없거나, 확신하지 못했거나, 라르센을 갈베스에게 데려가려
하지 않았다.

그래서 라르센은 자신이 그곳을 돌아다니는 이유——복수——를 처음
에는 방기했고, 세번째 날에는 덜 터무니없고 덜 진실하지 않은 다른 이
유에 집중했는데, 그것은 바로 페트루스를 방문하는 것이었다고 유추할
수 있다.

산타마리아에 거주하는 서른 살이 넘은 시민들이 계속해서 〈파견
대〉라고 부르는 산타마리아의 감옥은 그날 오후에 보니 하얀색 새 건물
이었다. 감옥 입구에는 유리벽에 시멘트 지붕을 얹은 초소가 있었는데,
지붕에 아주 긴 깃대 하나가 여전히 꽂혀 있었다. 더 크게 만들어진 경
찰서라 할 수 있는 감옥은 구광장 북쪽 면의 4분의 1 구역을 점유하고
있었다. 비록 당시에 2층을 올리기 위해 이미 시멘트 포대, 계단, 비계가
쌓여 있는 상태였다고 해도, 그날 오후에는 1층밖에 없었다.

수감자 면회는 3시부터 4시까지 가능했다. 라르센은 어둡고 축축
한 초록색 원형 광장 가장자리에 있는 벤치에 앉았다. 광장은 이끼가 잔
뜩 낀 닳은 포석(鋪石)이 깔리고, 앞면을 분홍색과 크림색으로 칠하고, 매
번 비의 위협을 받아 얼룩이 갈수록 짙어지는 낡은 집들, 격자창이 달리
고 신비감을 자아내는 집들에 둘러싸여 있었다. 그는 청동상을 바라보았
는데, 청동상에는 놀랄 만큼 간결한 문구가 쓰여 있었다. '브라우센-창건
자.'* 그는 태양 아래에서 담배를 피우며, 모든 도시 안에는, 모든 집 안
에는, 그 자신 안에는 조용하고 어스름한 구역, 즉 삶이 부과해가는 사

---

* '브라우센-창건자(BRAUSEN-FUNDADOR)'는 오네티의 다른 소설 『짧은 삶La vida
  breve』(1950)에 등장하는 후안 마리아 브라우센Juan María Brausen이 가상의 공간 '산
  타마리아Santa María'를 만들었다는 사실을 암시한다.

건들이 스스로 살아남기 위해 도망치는 배수구가 존재한다는 생각을 무심코 해보았다. 그 배수구는 배제되고, 아무것도 보이지 않는 구역, 작고 느린 곤충이 있는 구역, 오랜 기간 진지 역할을 하는 구역, 갑작스럽고 결코 제대로 이해되지 않고 결코 시의적절하지 않은 반전(反轉)의 구역이었다.

라르센은 3시 정각에 초소의 유리 너머에 있던 파란 제복에게 인사했고, 겨울의 하얀 태양 아래에 있는 청동 남자와 말을 보려고 '파견대'의 문에서 고개를 돌렸는데, 설득력이 결여된 그 청동상들은 무기력하게 서 있었다.

(그 기념물이 세워졌을 때 우리는 몇 개월 동안 광장에서, 클럽에서, 가장 평범한 여러 공공장소에서, 식탁에서, 그리고 『엘 리베랄』 신문의 칼럼에서, 기념물을 만든 예술가가 영웅에게 씌워준 의상에 관해 토론했고, 주지사는 어느 연설에서 영웅의 이름이 "동상의 이름과 〈거의〉 동일하다"고 언급했다. 이 문장은 곰곰이 따져보아야 한다. 즉 이 문장은 산타마리아의 이름을 다시 지어야 한다고 명확한 형태로 제안하지는 않고, 주 당국자들이 산타마리아의 개명을 주장하는 어느 운동 단체와 연합할 수 있었을 것이라는 사실을 암시하는 것이었다. 논의는 다음과 같은 식으로 전개되었다. 영웅이 걸친 폰초*는 북부 지방 사람들 것이고, 장화는 스페인 사람들 것이고, 재킷은 군인들 것이고, 영웅의 옆모습은 셈족처럼 보이고, 그리고 앞에서 본 영웅의 머리는 잔인하고 냉소적이며, 두 눈은 너무 붙어 있다는 것이었다. 또 상체를 숙인 모습이 마치 말을 탄 애송이 같아 보인다고도 하고, 말은 아랍산인데 거세된 것처럼 보인다고도 했다. 그리고 마지막으로, 청동상을 앉힌

* poncho: 중남미 원주민들이 입는 망토 모양의 옷이다. 기다란 천 가운데에 구멍을 내서 머리를 집어넣고 앞뒤로 늘어뜨려 입는다. 흔히 '판초'로 알려져 있다.

장소가 반역사적이며 터무니없다고 평가되었는데, 그 장소는 창건자가 남쪽을 향해 영원히 말을 몰아가도록, 그리고 우리에게 이름과 미래를 주기 위해 그가 포기했던 아득히 먼 평원을 향해 후회하는 사람처럼 돌아가도록 강요하는 것같이 보인다는 것이었다.)

라르센은 판석이 깔린 복도의 냉기 속으로 들어갔고, 손에 모자를 든 채 책상 앞에, 제복 차림의 남자 앞에, 콧수염을 늘어뜨린 메스티소 앞에 멈춰 섰다.

"안녕하세요." 그는 40년 세월을 묵어 이미 부드러워진 경멸감과 조소를 담은 미소를 머금었다. 그리고 신분증을 펼치지 않은 상태로 건넸다. "페트루스 씨, 돈 헤레미아스 페트루스를 면회 왔는데요. 허락해주시면."

그러고 나서 그는 소리가 울려 퍼지는 휑한 공간으로 나가서 왼쪽으로 돌아간 뒤 멈춰 서서 마우저*를 차고 서 있는 제복 차림의 다른 남자가 자기에게 질문하기를 기다렸다. 카디건 차림에 슬리퍼를 신은 노인이 어딘가로 갔다가 돌아와서 라르센에게 고갯짓으로 신호를 하고, 라르센을 앞장서더니 소독약과 포도주 저장실 냄새가 스며들어 있는, 더 차가운, 직선들로 이루어진 새로운 미로로 라르센을 인도했다. 노인은 벽에 붙어 있는 소화기 옆에 멈춰 서서 잠겨 있지 않은 문을 열었다.

"저 얼마 동안 있을 수 있나요?" 라르센은 내부의 어스름을 바라보면서 물었다.

"지루하게 생각될 때까지죠." 노인이 어깨를 으쓱하면서 대답했다. "우리 나중에 정리합시다."

---

* Mauser: 나치 독일이 제2차 세계대전에 사용한 소형 자동권총이다.

라르센은 그곳으로 들어간 뒤 문이 닫히는 소리가 들릴 때까지 가만히 서 있었다. 그는 감방 안에 있지 않았다. 가구가 어지럽게 쌓여 있고, 발판 사닥다리, 페인트 통이 있는 사무실이었다. 그는 인사하는 것 같은 미소를 얼굴에 머금은 채 송진 냄새를 뚫고 묵직하게 비틀거리면서 엉뚱한 방향으로 나아갔다. 오른쪽 구석에서, 모서리를 둥글게 깎은 책상 뒤에 앉아 있는 수감자의 모습이 갑작스럽게 드러났다. 말끔하게 면도를 한 수감자는 몸집이 작았는데, 숨어서 라르센을 기다리고 있었다는 듯이, 그를 놀래주려고 가구를 그런 식으로 배치할 계획을 세워놓았다는 듯이, 초기의 우위가 그 면담에서 자신에게 어떤 승리를 보장해줄 수 있다는 듯이 경계를 하고 있었다.

수감자는 더 늙고 뼈가 더 앙상해 보이고, 구레나룻이 더 길고 희어 보였으며, 형형한 눈빛은 더 불온해 보였다. 그가 닫혀 있는 가죽 서류 가방 위에 두 손을 올려놓았다. 책상에 깔아놓은 사각형 베이즈* 위에는 다른 물건이 없었다. 라르센은 페트루스와 헤어져 있는 동안 잃었던 의욕과 막연한 질투심을 거의 첫눈에 되찾았다.

"우리가 여기서 만나는군요." 라르센이 말했다.

상대는 흥분했지만 자제하면서 이 끝을 살짝 보여주었다가 곧바로 입을 다물었다. 입술이 다시 얇아지고, 수평이 되고, 비틀어졌다. 아마도 페트루스가 그런 입을 갖기 위해 어린 시절부터 멸시와 거부를 반복할 필요는 없었을 것이고, 먹고 말하는 데 필수적인 단순한 틈새인 입 하나를 그에게 유산으로 물려주기 위해 다른 사람들이 아마도 몇 세기 동안 애를 썼을 것이다. 〈그 밖의 다른 사람들이 알지 못하는 사이에 없어졌

---

* baize: 당구대, 탁자, 커튼 따위에 쓰는 초록색 천을 말한다.

을 수 있는 하나의 입. 가까이 있을 때 유발되는 혐오감에서 그를 보호 해주고 유혹에서 그를 자유롭게 해주는 하나의 입. 하나의 구멍, 하나의 방벽.〉 부드러운 회색빛이 발코니를 거의 완벽하게 덮고 있는 커튼을 뚫고 들어왔다. 커튼의 한쪽 끝부분으로 기다란 삼각형의 8월 햇살이 감미롭게 흩어지고 있었다. 커튼 바로 옆에는 검은 가죽으로 만든 긴 소파가 있고, 소파 위에는 깔끔하게 접힌 담요와 납작하고 딱딱한 작은 쿠션이 놓여 있었다. 그 구석 자리가 바로 페트루스의 침실 역할을 하는 곳으로, 강변의 기둥 위에 지어진 집의 다른 침실들과는 확연하게 달랐다. 그 집의 침실들에는 배가 불룩한 큰 베개들이 있었는데, 베개를 감싼 테두리에는 여러 가지 색깔의 십자수로 가족의 생일이 새겨져 있고, 투박한 장식물이 달려 있고, 명백하게 중의적인 의미를 담은 속담이 펼쳐져 있었다. "Ein Gutes Gewissen ist ein sanftes Ruhekissen(훌륭한 양심은 부드러운 베개와 같다)."

"우리가 여기서 만나는군요." 페트루스가 고통스럽게 라르센의 말을 따라 했다. "하지만 예전과 같은 방식은 아니오. 앉아요. 난 시간이 많지 않소. 공부해야 할 문제가 많거든요."

"잠시 기다려주시기 바랍니다." 라르센이 말했다. 그는 복종심이 아니라 마땅히 존경심을 표해야 한다고 느꼈다. 그는 초록색 테이블 위에 모자를 놓고는 커튼 쪽으로 다가가서 특이하고 기계적인 동작으로 커튼 끝을 살짝 들어 올려 밖을 내다보았는데, 몇 년 뒤에 조사관 카르네르도 한 층 위에서 아침과 초저녁에 이 동작을 반복할 것이다.

라르센은 청동 말의 때 묻은 엉덩이와 'S' 자 형태로 구부러진 꼬리를 보았다. 하지만 플라타너스들의 가지 때문에 창건자의 두부를 가리고 있는 폰초의 술 장식과 말의 등자(鐙子)에 대충 놓여 있는 긴 장화만 보일 뿐이었다. 라르센은 충실하게, 진력을 다해, 자기 삶의 그 순간과 세상의 그 순간을, 즉 새로운 잎사귀를 가진 거무스름하고 비틀어진 나무들, 말의 청동 궁둥이를 비추는 빛, 정적, 시골 오후의 끈질긴 비밀을 이해하려고 애썼다. 그는 패배주의자처럼, 분노도 없이 치켜들고 있던 커튼 자락을 떨어뜨렸고, 기억을 가다듬으려고 몸을 앞뒤로 움직이면서 다른 진실과 거짓으로 되돌아왔다. 그가 손으로 의자를 탁 치고 나서 자리에 앉기 몇 초 전에 페트루스가 자제하는 듯 냉정한 목소리로 소리쳤다.

"좀 앉아주시오."

〈다른 것도 많은데 왜 하필이면 이것일까? 다 똑같은데. 왜 하필이면 다른 두 사람이 아니라 그와 나일까.〉

〈이제 감방에 갇혀 끝장이 난 상태인데, 하얗고 노란 그 해골이 나를 속이고, 스스로 살아남고, 이제는 열정이나 허세를 부리겠다는 구실을 얼굴 주름에 전혀 드러내지 않은 채 내게 말을 하는군.〉

"며칠 전부터 선생의 방문을 기다리고 있었소. 선생이 나를 버릴 것이라는 생각을 한 적은 없소. 나로서는 바뀐 게 전혀 없소. 우리가 마지막으로 대화를 나눈 뒤부터 여러 사안의 형편이 좋아졌다고 확실하게 말할 수 있을 정도요. 실제로 나는 잠시 쉬면서 격리되어 있는 것이오. 이렇게 잠시 나를 가둬두는 터무니없는 짓은 내 적들이 할 수 있는 마지막 수단이고, 그들이 가할 수 있는 가장 강력한 타격이오. 내가 이 사무실, 다른 사무실들보다 더 불편하지만 그런 사무실과 썩 다르지도 않은 이 사무실에 며칠만 더 있으면 우리에게 좋지 않은 시기는 끝나게 될 것이오. 이제 나는 시간을 허비하지 않겠소. 당국은, 누구도 내가 시간을 허비하게 만들지 못하도록 막아주는 호의를 내게 베풀었고, 덕분에 나는 내 문제들을 편안하게, 완전히 해결하게 될 것이오. 나는 회사의 운영을 방해하던 모든 어려움을 해결할 것이라고 선생에게 말할 수 있소."

"아주 좋은 소식입니다." 라르센이 말했다. "제가 조선소로 돌아가이 소식을 전하게 되면 모두 아주 좋아할 겁니다. 물론 사장님이 제게 허락해주신다면 말입니다."

"내가 처한 상황을 선생이 말해줄 수는 있어요. 하지만 간부들에게, 충성심에 대한 증거를 보여준 사람들에게만 말하시오. 나는 내가 수감된 이유가 무엇인지 알아볼 생각을 한 적이 없소. 하지만 보아하니, 고소는 우리가 말한 문제의 증서에 기반을 두고 이루어진 것 같소. 대체 무슨 일이 일어난 거요? 내가 선생에게 맡긴 임무가 결국 실패해버린 거요, 아니면 선생이 내 적들과 공조를 한 거요?"

라르센은 씩 웃었고, 담배에 불을 붙이려고 천천히 손을 움직이기 시작했다. 그러고는 뭔가를 기대하는 듯 깊은 관심을 드러내며 자기를 향해 기울어져 있는 그 새 대가리 같은 머리를 증오심 어린 눈초리로 쳐다보려고 애썼는데, 그 머리는 온전한 승리를 확신하고, 자신이 마지막 순간까지 옳다는 사실을 부정할 사람은 아무도 없다고 확신하고 있었다.

"사장님은 제가 그런 일을 하지 않았다는 사실을 알고 계시잖아요." 라르센이 천천히 말했다. "무슨 조치든 취해보려고 제가 이곳에 있는 것이고, 사장님이 수감되어 계시다는 사실을 알자마자 뭔가를 하려고 이곳으로 온 것입니다." 하지만 라르센은 다음과 같이 말하고 싶었을 것이다. 〈나는 할 수 있는 것을 모두 했습니다. 나는 몇 가지 굴욕을 견뎌냈고, 다른 몇 가지 굴욕을 주었습니다. 나는 나 자신이 알고 있는 것처럼, 더도 덜도 말고 내가 알고 있는 것처럼 당신도 알고 있는 폭력적인 방법을 동원했는데, 희생자가 자신이 당한 폭력을 이해하고, 그것을 자신이 받은 고통과 분리하고, 그것이 그 고통의 원인이라는 사실을 아는 것 또한 불가능했기 때문에, 경찰의 사건 조서에 그에 관해 기술할 수 없습니다. 당신은 이런 폭력적인 방식을 매일 사용해야 했습니다. 우리가 남자고, 또 파렴치한 행위를 할 가능성이 농후하지만 유한하기 때문에, 당신은 나머지 것도, 나보다는 잘 모르지만, 나처럼 모두 알고 있습니다. 그 파렴치한 행위에는 교활함, 충성심, 인내심, 그리고 희생정신까지 요구되는데, 이는 우리가 수영선수로서 다른 사람이 격류에 휩쓸리면 그 사람 옆구리에 달라붙어 격류에서 구해주기도 하고, 또 그 사람이 요청해 우리의 마음이 동하게 되면 그 사람이 물속에 가라앉지 않게 도와주기도 하는 것과 같습니다.〉 라르센이 말했다. "제가 잘못한 게 있다면 그건 바로 실패한 것이죠."

페트루스는 자라처럼 목을 움츠렸고, 자신의 노란 이를 다시, 이번에는 활짝 보여주었다. 그는 라르센을 전적으로 비난하지는 않았다. 그의 움푹 들어간 형형한 눈이 의심스러운 눈초리로 동정심과 함께 즐거운 호기심을 드러내며 라르센을 쳐다보았다.

"좋아요, 나는 선생을 믿소. 한 남자를 판단하는 문제에서 나는 절대 실수하지 않소." 마침내 페트루스가 말했다. "사실, 그건 그리 중요하지 않소. 내가 그 위조 증서들의 존재를 모르고 있었다는 사실을 증명할 수 있소. 또 내가 뭔가를 알고 있었다고 증명할 사람은 아무도 없소. 우리 그 문제는 잊어버립시다. 중요한 것은 결정적인 정의의 순간이 가까이 있다는 것이오. 며칠 내로, 아니 길게 잡아도 두어 주 내로 해결될 문제요. 조선소를 맡을 능력이 있고 충성스러운 사람이 어느 때보다 절실하게 필요하오. 선생은 자신이 그런 사람이 될 만한 힘과 믿음을 갖고 있다고 생각하는 거요?"

그러자 라르센은 시간을 벌어볼 속셈으로 고개를 끄덕이며 그렇다고 대담했고, 그사이에 추방 상태와 같은 터무니없는 분위기에 자신의 폐를 적응시키고 있었는데, 그가 겨울 내내 침잠해 있던 그 분위기가 지금 갑자기 견딜 수 없는 상태, 명백한 상태가 되어 있었다. 처음에는 참기가 어려웠고, 나중에는 다른 것으로 대체하는 것이 거의 불가능한 분위기였다.

"사장님은 제게 의지하셔도 됩니다." 라르센이 이렇게 말하자 노인은 라르센에게 미소를 지었다. "하지만 확실한 것은 제가 조선소에서 많은 시간을 허비했고, 이제는 젊지 않다는 것입니다. 업무에 대한 책임은 아주 크지만 현재 업무 자체는 쉽다는 사실을 저는 인정합니다. 지금 당장 제 급료에 관해 상의하고 싶지는 않습니다만, 급료가 아예 지불되지 않았거나 정기적으로는 지불되지 않았다는 사실은 사장님께 말씀드리는 것이 좋을 듯합니다. 좋은 시절이 도래할 때 제가 보상받을 수 있다는 보증 같은 것을 받는 게 합당하다고 생각합니다."

페트루스가 갑자기 고개를 뒤로 젖히자 얼굴 피부가 가냘픈 뼈 위로 팽팽하게 땅겼다. 라르센은 페트루스의 머리가 지극히 조심스러운 분위기 속에서, 잃어버린 그 옛 세계 안에서 솟아 나와 방의 어스름으로부터 아주 멀리 떠나버렸다고 잠시 확신하고 있었다. 페트루스는 양손 엄지손가락을 천천히 조끼 주머니까지 들어 올리고 얼굴을 라르센의 얼굴 가까이 갖다 댔다. 페트루스의 얼굴에는 경멸감, 즉 타인들과 타협하기로 단념해버린 남자의 조롱기 어리고 약간 애석해하는 흔적이 남아 있는 것 같았다.

"그쪽 조선소에서 선생의 급료를 지급하든 말든 내가 상관할 바 아니오. 우리에게는 관리이사 갈베스 씨가 있잖소. 선생의 문제를 그에게 제기해보시오."

"갈베스." 라르센이 안도하는 표정으로 페트루스의 말을 따라 했다.

라르센은 자신이 사면되었다고 느꼈고, 그러자 안도감이 들면서 따스한 활기가 그를 채워갔다. "그가 바로 그 증서를 넘겨 고소한 자입니다."

"맞아요." 페트루스가 동의했다. "그에게는 아주 불행한 일이었소. 그자를 대체하기 위해 선생이 어떤 조치를 취했는지 알고 싶소. 선생은 조선소 같은 회사가 전문적이고 확실한 관리를 받지 않아도 정상적으로 작동할 수 있을 거라고는 생각하지 않을 거요. 어쨌든 당신이 그를 해고해버렸죠?"

〈내가 갈베스를 껴안아주거나, 그를 위해 내 목숨을 바치거나, 그가 필요로 하는 돈보다 열 배는 많은 돈을 그에게 빌려줄 수 있다면 얼마나 좋을까.〉

"보세요." 라르센이 외투를 벗으면서 말했다. "관리이사 갈베스는 사장님을 고소하고 나서 사라져버렸습니다. 아니, 아주 용의주도하게도 그 전에 사라져버렸습니다. 그가 떠나기 사흘 전에 사의를 표하는 편지를 제게 보냈습니다. 저는 제 의무가 그를 해고하는 것이라는 사실을 그 즉시 이해했습니다. 제가 그를 찾아보려고 푸에르토아스티예로를 샅샅이 뒤지고 나서 산타마리아로 온 겁니다. 이렇게 해서라도 그를 해고하겠다고 생각했던 겁니다. 하지만 그는 나타나지 않았습니다."

라르센은 권총을 조용히 탁자에 내려놓은 뒤 조금 뒤로 물러나서 권총을 주시했다.

"스미스예요." 라르센이 희미한 자부심을 부적절하게 드러내며 알려주었다.

두 사람은 잠시 고개를 숙인 채 말이 없었고, 권총의 완벽한 형태, 총신의 금속 부위에서 발산되는 부드러운 연보랏빛, 검고 거칠거칠한 손잡이의 표면을 주의 깊게 쳐다보았다. 그들은 권총을 만질 생각을 하지 않았고, 권총이 하나의 존재이기는 하지만 그들이 결코 본 적이 없는 어떤 동물이나 된다는 듯이, 막 책상에 내려앉아 위협하고 위협을 받으면서, 하지만 이런 사실을 의식하지 못한 채, 조야한 인간은 전혀 감지할 수 없는 자신의 앞날개 떨림을 통해 조용히, 아리송하게 자신의 의사를 전달하려고 애쓰는 어느 곤충이라도 된다는 듯이, 이리저리 뜯어보고 있었다.

"그거 집어넣으시오." 페트루스는 이렇게 명령하고 다시 의자에 앉았다. "나는, 개인적으로는, 그런 식으로 일하는 걸 좋아하지 않소. 그런 건 지금 우리에게 전혀 소용이 없을 거요. 그런데 어떻게 권총을 들고 감옥 안까지 들어올 수 있었던 거요? 간수들이 선생의 소지품 검사를 하지 않던가요?"

"하지 않았습니다. 그 사람들도 나도 그런 생각을 하지 못했습니다."

"참 특이한 일이군요. 그러니 누구든 이 방으로 들어와 나를 죽일 수 있을 거요. 몇 번인지는 모르겠지만 어제도 그제도 내 면회를 요청한 그 갈베스라는 작자까지도 말이오. 나는 그를 만나고 싶지 않았고, 그와 할 얘기도 전혀 없소. 선생이 그 권총을 그에게 사용했더라면 그는 이미 죽었을 것이오."

"그래서 그가 왔습니까? 갈베스? 확실합니까? 좋습니다, 그렇다면 그가 이곳에서 그리 멀지 않은 곳에 있을 겁니다. 그를 찾아야 합니다. 그에게 총알 한 방을 박아버리기 위해서가 아닙니다. 그를 찾는 건 하나의 충동이고, 반드시 할 필요가 있는 일입니다. 하지만 그의 면상에 침을 뱉거나 제가 지칠 때까지 천천히 욕을 퍼부어주고 싶습니다."

"이해하오." 페트루스가 단호한 목소리로 거짓말을 했다. "권총을 집어넣고, 그 이야기는 잊어버리시오. 조선소를 관리할 능력이 있는 정직한 사람을 찾아보시오. 선생이 그 사람의 급료와 지위를 정하시오. 어떻게 해서든 조선소가 계속해서 운영되도록 신경을 써야 할 거요."

"알겠습니다." 라르센이 계속해서 권총을 보면서 대답했다. 그는 권총을 집어넣기 전에 손가락 하나를 뻗어 손잡이 밑바닥을 부드럽게 쓰다듬었다.

(먼저, 그는 여자들을 처음으로 만났을 때와 같은 느낌, 교외에 있는 어느 건물의 정자에서 겪은 것처럼 중요하고 위험스러운 일을 겪을 것이라는 첫 예감, 임시로 단기간에 만들어진 레저 스포츠 사교 클럽에 가는 것 같은 예감을 지닌 채 32구경 단총신(單銃身) 권총을 허리 주머니에 넣어 가져갈 수 있었다. 권총은 사춘기 시절 라르센이 솔로 문질러 광택을 내고, 바셀린을 발라주고, 밤에 정기적으로 시험을 해서 키운 사랑과 같은 것이었다. 그 후 그는 어느 징집병에게서 거의 공짜나 다름없는 값에 콜트 권총 한 정을 샀다. 무겁고 큰 데다 사용하기가 쉽지 않은 권총이었다. 시골로 소풍을 가서 점심을 먹거나, 깡통이나 나무에 사격 연습을 할 때를 제외하고는 전혀 사용하지 않았기 때문에 역시 아무 소용이 없었다. 그는 시골에서 소맷부리를 걷어붙인 채, 입 한쪽에 꼬나문 담배에 침을 적시고, 왼손에 베르무트와 럼주를 섞은 술잔을 들고서 바비큐를 준비했다. 가끔은 하늘이 끝없이 높고, 이륜 짐마차가 길에서 움직이지 않는 점처럼 보이고, 연기 냄새와 닭장 냄새가 나고, 노예들의 거주지를 보게 되는 운수 좋은 날도 있었다. 성숙의 시기, 곧 남자 어른이 될 시기였다. 권총이 어찌나 크던지 손으로 쥐기도 힘들었고, 권총을 차고 걸을 때는 몸이 한쪽으로 기울었으며, 갈비뼈에 잊을 수 없는 중압감이 느껴졌다. 포커 판이 지루해지는 황혼 무렵에 보여주고 자랑할 때만 좋은 권총이었다. 권총을 분해해서 소제할 때는, 눈을 밴드로 가린 상태로, 어느 여자가 물려준 담배를 목이 멜 정도로 빨아대면서, 눈이 보이지

않는 상태에서 친구들이 놀란 듯 웅성거리는 소리에 둘러싸여, 손가락의 충실한 기억력을 즐기면서 능수능란하게 조립해갔는데, 나무 판을 손잡이 양쪽에 딱 소리도 경쾌하게 고정시킴으로써 박수갈채를 받으며 묘기를 끝냈을 때는 완벽하게 만족스러웠다.)

"이제 우리 사이에 합의가 이루어졌습니다." 라르센이 외투 단추를 잠그면서 이렇게 주장했다. "조선소를 운영하는 게 최우선입니다. 필요한 모든 수단을 지체 없이 동원하겠습니다. 급료는 우리가 나중에 결정할 겁니다. 하지만, 재차 말씀드리겠습니다만, 저로서는 미래를 위해 어떤 보장을 받는 것이 아주 중요합니다."

페트루스가 두 손을 들어 올려 턱을 문질렀다. 그러고는 누르스름한 얼굴에 즐거움을 드러내고, 회심의 미소를 머금은 채 고개를 숙였다.

"이해하오, 선생." 그가 속삭였다. "선생은 자신의 희생을 돈으로 보상받고 싶은 거로군요. 아주 좋은 생각 같소. 현재의 급료에 관해서는 관리이사 한 명을 지명해서 그와 상의하시오. 미래에 관해서는 원하는 게 뭐죠?"

"어떤 보장, 계약서, 서류가 필요합니다." 그가 자위하듯 유순한 태도로 부드럽게 웃었다.

"그건 어렵지 않아요." 페트루스가 신이 나서 큰 소리로 말했다. 그가 느릿한 동작으로 익숙하게 가죽 서류가방을 열 때 둔탁한 지퍼 소리가 들렸다. "나는 원칙적으로 우리가 동의할 수 있을 거라 생각하오." 그는 가방에서 종이 몇 장을 꺼내고 나서 조끼 주머니에 꽂혀 있던 펜을 끄집어냈다. "어떤 종류의 증명서를 원하는지 말해봐요. 5년짜리 계약서요? 잠시 기다려봐요." 그는 웃옷 안주머니에서 안경집을 찾아 쓰고 나서 경멸적이고 도전적인 미소를 머금었다.

"좋습니다." 라르센이 친근한 미소를 머금은 채 말했다. "나중에 후회하지 않기 위해 서두르고 싶지 않습니다. 먼저, 5년 기한의 계약서에 서명하는 것은, 좋습니다. 영원히 얽매이고 싶지는 않으니까요. 급료에 관해서는…… 다 이해하시다시피, 회사의 총지배인 자리는 어느 정도의 생활수준을 유지해야 합니다."

"당연하오. 내가 먼저 그걸 선생에게 요구하고 싶군요." 이제는 위로 젖혀진 페트루스의 얼굴에 씁쓸한 만족감이 배어났다. "현재 급료는 얼마죠? 솔직히 말하자면, 더 중요한 문제들이 있어서 마지막 순간에 조선소의 월별 급료 총액을 조사해보지 못했소."

"우리…… 좋습니다. 현재는 4천을 받고 있습니다. 상황이 정상화되는 날부터 6천을 받기로, 우리끼리 합의하시죠."

"6천이라고요?" 페트루스는 펜 끝을 입술에 문질러대면서 망설였다. "6천. 반대할 이유가 전혀 없소. 선생이라면 그 정도는 벌어야 할 거요. 좋아요. 향후 5년 동안 선생의 직위와 보수를 보장하는 임시 서류를 작성하겠소. 그러고 나서 정식 계약을 체결합시다."

페트루스는 글씨를 쓰려고 상체를 숙이고, 아주 천천히 한 글자 한 글자 써나갔다. 뭔가를 선전하는 확성기가 침묵을 깨뜨리고 제대로 알아들을 수 없는 말을 늘어놓기 시작하더니 차츰 멀어져 갔다. 라르센은 자리에서 일어나 주변을 살펴보았다. 방치된 널빤지와 깡통, 붓. 고요와 긴박감이 담겨 있는 공기의 색깔. 책상 위에 상체를 숙이고 있는 노인. 그리고 도시의 거의 변하지 않는 그 옛 지역의 정적, 즉 눈에 보이는 것들 너머에 있지만 눈에 보이는 것들을 교란시키는 정적. 달려 나가려고 다리를 펴면서 놀라는 거대한 말, 흔들리는 말의 꼬리, 가을 잔디의 색채. 나무들이 가지를 서로 어지럽게 뒤섞고 있는 축축하고 둥그런 광장. 비어 있는 벤치들, 말라가는 모습을 그 누구도 거들떠보지 않을 웅덩이들. 강에서부터, 상업지역의 새롭게 색칠한 구역들로부터 퍼져나가는 해거름.

"읽어보시오." 페트루스가 말했다.

라르센은 종이를 집어 들어 꽃처럼 화려하고, 균형이 잡히고, 완벽한 필체를 살펴보았다. 〈본인은 주식회사 헤레미아스 페트루스 조선소의 이사회 의장으로서 본 문건을 통해 E. 라르센 씨를 총지배인으로 인정함. 총지배인의 임기는 계약서에 명시된 바대로 5년으로 정함……〉

라르센은 종이를 접어 호주머니에 간수했다. 페트루스가 자리에서 일어섰다.

"이제 모든 것이 완벽합니다." 라르센이 말했다. "저는 사장님을 결코 의심하지 않았습니다. 하지만 일을 하는 데는 법적인 면 또한 살펴봐야 하는 게 정석이지요. 사장님은 신사이십니다. 사장님의 시간을 더 이상 빼앗지 않겠습니다. 저는 가능하면 빠른 시일 안에 푸에르토아스티예로에 돌아가 있을 것입니다. 물론, 작별 인사차 사장님을 다시 뵈러 올 수도 있을 겁니다."

"아마도 그럴 필요는 없을 것이오." 페트루스가 대답했다. "나는 조용히 일을 하기 위해 이 휴식을 이용하고 싶소. 아직은 일부 세부 항목을 조정해야 할 필요가 있거든요."

"좋습니다." 라르센도 노인도 악수를 청하지 않았다. 라르센은 문으로 가서 뒤를 돌아보았다. 페트루스는 이미 그를 잊은 것처럼 보였다. 그는 다시 자리에 앉아 책상에 서류를 펼쳐놓고 있었다. "그런데요." 라르센이 목소리를 높여 말했다. "저는, 사장님이 제 이름을 기억하신다는 게 신기하고 반갑습니다. 제 세례명을, 적어도 이니셜로는 기억하고 계시니까요."

페트루스가 잠시 라르센을 쳐다보았다. 그러고 나서 자신의 서류와 서류가방을 쳐다보며 말했다.

"조사관은 아주 점잖은 사람이오. 가끔 나를 찾아오는데, 함께 점심을 먹은 적도 있소. 우리는 많은 것에 관해 얘기하오. 그는 선생이 푸에르토아스티예로에서 활동하면서 그 도시에서 나를 찾아온 적이 있다는 사실을 알고 있었소. 그가 내게 선생에 관한 서류철을 보여주었소, 선생. 실제로 선생은 조금밖에 변하지 않았소. 아마도 조금 뚱뚱해지고, 조금 늙었을 것이오."

라르센은 조용히 문을 열고 닫았다. 복도 끝에서 카디건을 입은 남자를 만나 몇 페소를 건네주고 그를 따라 무장 경찰관이 있는 곳까지 갔다. 그곳에서부터는 혼자서 천천히, 추위로 몸을 떨면서 판석 위를 조용히 걸어가 햇빛이 비치는 거리에 이르렀다.

그는 냉기가 흐르는 둥근 창건자 광장을 가로질렀고, 전체가 물보라 같은 덩굴식물의 마른 잎으로 뒤덮인, 나병에 걸린 것 같은 벽이 늘어서 있는 길을 따라 시내 쪽으로 걸었다. 공원들과 낡고 커다란 집들이 있는, 어둡고 인적 없는 길이었다. 〈아마도 그는 그 도시 이 지역에는 결코 있어본 적이 없을 것이고, 아마도 과거에는 모든 것이 달랐을 것이고, 아마도 이런 집들 같은 어느 집에서 영원히 살고 싶어 했을 것이다.〉 그는 패배하지 않겠다고 작정하고, 그곳에 방어해야 할 어떤 것이 남아 있는지도 모른 채, 자기 발소리를 더 크게 낼 수 있는 훨씬 더 조용한 장소를 찾아, 몸을 꼿꼿이 세우고 뚜벅뚜벅 걸었다.

〈안 될 이유가 없잖아? 만약 내가 5년 뒤 오후에 산타마리아의 옛 동네들을 돌아다니는 데 익숙한 남자가 될 수 있다면, 결과가 완전히 달라질 수도 있어. 다른 욕심은 전혀 없이 그저 이 한적한 거리를 찾아다니고, 일과 가난 걱정은 하지 않고, 빨리 도착해야겠다는 조바심을 내지 않은 채, 밤이 되면 부근에 불이 켜지는 새 광장에 도착해서 대리석 계단과 철 대문이 달린 이들 집에서 살았던 죽은 사람들의 삶에 관해 처음에는 변덕으로 나중에는 우정으로 생각하면서, 천천히 다가가고 싶을 뿐이야. 가능한 일이지. 어찌 되었든, 이제는 무엇이든 할 필요가 있다는 게 어느 때보다 절실해.〉

새 광장의 중간에서 그는, 어디서 밥을 먹고 어디서 잘 것인지 선택하느라 망설이는 사이에 푸에르토아스티예로로 돌아가고 싶지 않다는 유혹을 이겨내야 했다. 〈왜냐하면 이제 나는 지구상에서 다른 장소는 받아들일 수 없고, 이제 다른 일은 할 수도 없고, 그 일의 결과에 흥미를 가질 수도 없기 때문이야.〉

그는 항구까지 걷고, 건성으로 음식을 먹고, 밤을 보내기 위한 방값에 선선히 동의했다. 커피를 저으면서 자신의 죽음이 얼마 남지 않았다는 생각을, 정산(精算)을 받게 되는 은총의 시기가 곧 도래할 것이라는 생각을 하면서 그렇게 결정했다.

먼저 그는 아까, 그러니까 페트루스가 〈몇 번인지는 모르겠지만 어제도 그제도 내 면회를 요청한 그 갈베스라는 작자〉라고 말했던 순간에 왜 자신이 그런 생각을 해보지 않았는지 그게 놀라운 일이라고 생각했다. 그러고는 자신이 갈베스와 함께 있을 필요가 있고, 숨이 막힐 정도로 논리적인 세계와 연관되어 있는 어떤 사람의 우정 어린 얼굴을 쳐다볼 필요가 있다고 생각했다. 갈베스는 라르센 자신처럼 생무지로, 외지인으로, 다른 언어와 관습에 당황하면서, 도주 때문에 커져버린 문젯거리들을 지닌 채 산타마리아를 돌아다니고 있었을 것이다. 라르센은 자신들의 만남을, 대화를, 멀리 떨어진 고향을 생각나게 하는 것들을, 불필요하지만 위안을 주는 기억의 교환을, 야만인들에 대한 무의식적인 경멸을 상상했다.

그때 그는 5년 뒤의 산타마리아를, 기다리는 시간을, 승리의 몇 개월을, 비록 부당할지라도 예측할 수 있는 대재난을 생각했다. 그는 사람들, 밤들 그리고 사건들의 회오리를 벗어나 갈베스에게 도달할 수 있는 유일한 가능성을 뽑아냈다. 갈베스는 키가 아주 크고, 뚱뚱하고, 짐승같고, 우락부락하고, 경관 메디나*와 흡사한 외모를 지니고 있었다. 아마도 그는 여전히 그 도시에 있을 것이다. 라르센은 전화가 있는 곳으로 가서 별 확신 없이 번호를 돌렸다.

"경찰서 본부입니다." 남자의 졸리는 목소리가 말했다.

"메디나와 통화하고 싶은데요." 라르센은 상대가 잠시 망설이는 소리를 듣고, 이어서 메디나가 있다는 낌새를 풍기는 침묵을 들었다. 라르센은 고무된 듯 씩 웃으며 메디나를 기억해보려 애쓰고, 그가 비웃고 미심쩍어 하는 모습을 보고, 그가 경찰관으로 살아가는 것을 도와주고자 했다.

"경찰서 본부입니다." 경계심이 묻어 있는 다른 목소리가 들렸다.

"방금 전에 이 도시에 도착한 메디나의 친구인데요."

"누구시라고요?"

"라르센이라고 하는데요. 몇 년 전에 알게 된 친구예요. 말씀 좀 전해주세요."

그때 그는 밤의 소리, 아련하게 삐걱거리는 소리, 어느 벽처럼 비어 있는 얕은 침묵을 들었고, 곧이어 탄력 있고 긴장된 침묵, 사람이 많은

---

* Medina: 오네티가 1979년에 출간한 소설 『바람이 말하도록 합시다*Dejemos hablar al viento*』에 주인공으로 등장하는 인물이다. 그는 인생의 쓴맛을 본 뒤, 다시 의사와 화가로 살기 위해 다른 곳으로 떠나겠다고 결심한다.

넓은 방에서 나는 윙윙거리는 소리를 들었다.

"메디나인데요." 짜증이 섞인 투덜거리는 목소리가 한 자 한 자 또박또박 말했다.

"여긴 라르센인데, 혹시 기억할지 모르겠소. 라르센이라고." 그는 즉시 자신이 보인 의욕을, 고양된 자신감을 후회했다. 그는 상대방의 신중한 태도를 누그러뜨릴 요량으로 비굴한 표정을 지었다.

"라르센." 잠시 후 상대의 목소리가 마치 한숨을 내쉬듯 말했다. "라르센." 그 목소리가 놀라고 반가워하며 대답했다.

"조사관이요?"

"부조사관이오. 퇴직할 거요. 어디서 전화하는 거요?"

"생선을 먹으러 해변에 와 있소. 항구와 공장 사이."

"기다려요." 〈나는 도망칠 생각이 없다. 불행하게도 나는 잃을 것이 전혀 없고, 어떤 일도 내게 일어날 수 없다.〉 "라르센, 문제는 말이오, 내가 새벽까지는 여기서 꼼짝도 할 수가 없다는 거요. 전화해줘서 정말 고맙고 반가워요. 과거의 우정을 생각해서 날 보러 오시오. 산책길 입구로 가면 택시 한 대가 있을 거요. 택시가 없을 경우, 옴니버스 〈B〉를 타면, 광장 옆, 경찰서 본부 앞에서 내려줄 거요. 기다릴까요?"

라르센은 그러라고 말하고서 전화를 끊었다. 〈그들이 날 어떻게 할 수야 있겠어? 이제 나는 적이 한 명도 없으니 그들이 내게 덫을 놓지도 내게 손을 대지도 않을 거야. 이제 그들을 두려워할 필요가 없고, 그들과 얘기를 나누고 그들을 즐겁게 만들 수도 있어.〉

메디나는 눈부신 네온 불빛이 환하게 밝혀지고 담배 연기가 자욱하고, 책상과 책꽂이 여기저기에 지저분한 커피 잔들이 널브러져 있는 사무실에 홀로 앉아 있었다. 기다란 다리를 책상 위에 올려놓은 상태로 배

위에서 엄지손가락을 빙빙 돌리면서 미소를 머금고 있었다. 얼굴은 라르센이 기억하고 있던 것과 같았다. 마마 자국 때문에 주름살이 두드러져 보이지 않았고, 가느다란 백발 두 가닥이 관자놀이에서 목덜미까지 내려와 있었다. 〈과거에는 이곳에 사람들이 가득했는데, 그가 그들을 버렸군. 날 혼자 있게 해줘,라는 듯이. 그런데 그게 그에게 무슨 소용이 있을까.〉

두 사람은, 그래, 과거 시절 이야기를 나누었는데, 두 사람 가운데 누구도 그 매음굴은 언급하지 않았다. 메디나는 어려웠지만 희망을 품었던 지난 세월을 되살리려는 듯이 부드럽게 씩 웃었다. 그러고는 하품을 하고 천천히 자리에서 일어나더니 갈색 제복을 입은 더 뚱뚱하고 더 젊은 몸을 쫙 폈다.

"라르센." 그가 말했다. 그는 자신을 방어하는 것처럼 바보 같은 미소를 머금은 채 가죽 소파에 파묻혀 있는 남자를 주의 깊게 바라보고, 양미간으로 늘어져 있는 잿빛 머리채를 무의식적으로 훑어 내렸다. "내가 당신과 얘기하고 싶은 마음이 간절했다는 건 분명하오. 당신이 몇 개월 전부터 푸에르토아스티예로에 정착해 일을 하고 있다는 사실을 우리는 알고 있소."

〈당신은 나를 놀래주려고, 우리 사이를 가르는 것이 무엇인지 내가 절대 잊지 않게 하려고 어떤 게임을 만들어냈을 것이오.〉

"그렇소." 라르센은 서두르지 않고 조롱을 살짝 섞어, 일부러 허세를 부리며 대답했다. "잘 알고 있군요. 나는 거기 벨그라노의 호텔에 살고 있소. 페트루스의 조선소에서 일하오. 내가 경영자요. 우리는 회사를 재정비하느라 싸우고 있소. 모든 방책이 테이블 위에 있소. 게다가 당신도 기억하겠지만, 난 결코 숨지 않았소."

메디나가 이를 드러냈고, 고개를 흔들었다. 그러자 걸걸한 목소리가 뭔가에 막힌 듯 느릿느릿 흘러 나왔다.

"나 또한 당신에게 반대하는 짓은 결코, 전혀 하지 않았소. 주지사가 〈됐다〉고 말했을 때 우리는 명령에 복종해야 했소. 한 세기 전처럼 느껴지는군요. 당신이 내게 전화할 생각을 했다니 고맙소. 더군다나, 만약 내가 당신에게 어떤 호의를 베푼다면……" 그는 책상까지 물러나더니 책상 한쪽 모서리에 한쪽 허벅지를 걸쳐놓고 앉았다. "커피를 마시고 싶으면 말해요. 이곳엔 대접할 게 커피밖에 없소. 나는 이미 충분히 마셨소. 내 당신에게 말했다시피, 나는 부조사관이 되었고, 이제 다 끝났소. 퇴직까지 채 1년도 남지 않았소." 그가 운동선수 같은 몸으로, 모든 걸 포기한 듯, 기지개를 켜면서 씩 웃었다. "좋아요, 필요한 게 있으면 말해보시오. 당신이 내게 전화를 한 건 단순히 날 만나고 싶기 때문만은 아닐 거요."

"그렇소." 라르센이 말했다. 그는 다리를 꼬고, 무릎 위에 모자를 올려놓았다. "당신은 처음부터, 전화기에서 내 목소리를 인식했을 때부터 눈치를 챘을 것이오. 작은 부탁이오. 조선소의 어느 직원에 관한 것이오. 갈베스라는 사람인데, 간부들 가운데 한 명이오. 며칠 전에 사라져버렸소. 그가 산타마리아 소인이 찍힌 사직서를 내게 보냈소. 물론, 그의 아내는 아주 불안해하오. 내가 여기로 와서 그를 찾아야겠다고 그녀에게 제의했고, 온 도시를 샅샅이 뒤져보았지만 흔적을 전혀 찾을 수 없었소. 돌아가기 전에 혹시 당신이 뭔가를 알고 있지 않을까 하는 생각이 들었소. 내가 아무 소식도 없이 그녀에게 돌아간다고 생각해보시오."

메디나는 잠시 기다렸다가 아주 천천히 손목을 들어 올려 손목시계를 보고 나서 책상을 밀치듯 떨어져 나왔다. 구두의 고무 굽이 리놀륨 바닥에서 찍찍 소리를 내며 라르센에게 접근했다. 그는 라르센 옆으로 가서 섰는데, 그의 다리가 라르센의 무릎에 닿을락 말락 했다. 그는 상체를 숙여 포도주색 반점이 있는 얼굴, 잔인하고 권태로운 표정만 드러나 있는 노쇠한 얼굴을 의자에 앉아 있는 남자 쪽으로 갖다 댔다.

"라르센." 그가 말했다. 걸걸한 목소리가 조바심을 드러냈다. "또 뭐가 있소? 나는 떠나기 전에 할 일이 좀 있고, 지금 피곤한 상태요. 그 갈베스란 자에 관해 뭘 더 알고 있소?"

"많아요." 라르센이 동의했다. "난 숨길 게 전혀 없소." 라르센은 두 손을 들어 올려 미소를 머금은 채 손바닥을 쳐다보았다. 그는 두렵지 않았고, 그의 머리 위로 상체를 숙인 채 질문하는 수많은 타인에 관한 기억이 그를 새롭게 만들고 있었다. "또 뭐가 있느냐고요? 당신은 그것이 거래의 비밀에 관한 것이라고 말할 것이오. 하지만 내가 당신을 믿은 게 잘한 일이라 확신하오. 갈베스는 페트루스 씨를 고소하러 산타마리아로 왔소. 판사가 페트루스 씨를 체포하도록 했고요. 당신도 알다시피, 페트루스 씨는 지금 바로 이 건물에 있소. 오늘 오후에 나는 그와 얘기를 나누었고, 그는 갈베스가 여러 차례 자기를 면회하려고 시도했다고 말했소. 그뿐이오. 이건 간단히 이해할 수 있는 문제인데, 만약 갈베스가 이곳에서 돌아다니고 있다면, 그를 어디서 찾을 수 있을지 당신들은 알 거라 생각하오. 또 뭐가 있느냐고요? 전혀 없고, 난 더 이상 가진 게 없기 때문에 당신들이 내게서 뭘 뽑아낼 수는 없을 거요."

라르센의 머리 위에서 메디나는 그렇다고 대답했고, 다시 씩 웃었다. 그러고 나서 천천히 숨을 내쉬더니 졸리다는 표정을 지으며 웃옷 단추를 채워갔다. 그가 다시 시계를 보았다.

"갑시다, 라르센. 자, 일어나요. 나는 당신이 한 말을 믿고, 당신이 더 이상 아는 게 없다고 확신하오. 이리 와봐요. 나머지 것을 당신에게 얘기해주겠소."

두 사람은 사무실을 나와 타일이 깔린 복도를 걸었다.

희미한 불빛 아래에서 경비를 서던 경찰관 한 명이 구두 굽 소리가 날 정도로 곧추서며 그들에게 경례를 했다. 메디나가 거칠게 어느 문을 열었다.

"들어와요." 메디나가 짜증과 조롱이 섞인 목소리로 말했다. "오늘 우리는 선택하고 말고 할 게 없기 때문에 당신이 뭘 선택하도록 할 수가 없소."

그들은 희미한 불빛에 소독약 냄새가 나는 냉기 속으로 걸어갔다. 치과용 의자 앞을 지나, 작동하지 않는 라디에이터를 사이에 두고 놓여 있는 두 개의 진열장 쪽으로 다가갔는데, 진열장에는 반짝거리는 금속들이 가득 들어 있었다. 두 사람은 접이식 뚜껑이 달린 작은 책상을 에돌아갔다. 갈수록 추워지는 방의 구석, 즉 낙수 홈통을 타고 일직선으로 졸졸 흐르는 물길에 둘러싸인, 철제 캐비닛들이 벽처럼 늘어서 있는 곳에 이르자 거친 하얀 천으로 덮인 탁자가 나왔다. 메디나는 천을 들어올리고 나서 더듬더듬 손수건을 찾아 꺼내더니 재채기를 막으려고 입에 갖다 댔다.

"이것이 바로 이야기의 나머지 부분이오." 그가 말했다. "이게 바로 갈베스요, 그렇죠? 봐요, 그리고 감기에 걸리고 싶지 않으면 빨리 말해요. 갈베스가 맞죠? 나는 당신을 쫴치고 있는 게 아니오."

라르센은 석판 탁자 위에 놓인 새하얗게 굳은 얼굴, 얼굴의 다른 부위들은 차치하고 뒤집힌 눈자위의 촉촉하고 반짝거리는, 약간은 외설적인 느낌마저도 무감각해져 있는 그 얼굴에 증오도 동정심도 느끼지 않았다. 〈내가 늘 말했던 것과 같은 얼굴이다. 이제 그는 미소를 머금

고 있지 않고, 그는 늘, 자신이 살아 있다는 사실을 우리에게 믿도록 시
도하는 동안에는 언제나, 자신이 이미 잃어버린 임신한 여자와 주둥이
가 뾰족한 개 두 마리, 나, 그리고 쿤스, 끝없는 진흙길, 조선소의 그림
자, 그리고 진부한 희망 사이에서 지루해 죽을 지경이 될 동안에는 언제
나, 다른 얼굴 밑에 이 얼굴을 지니고 있었다. 이제 그는 진정한 남자의
진지함, 투박함, 자신의 삶에 감히 부여하지 못했을 어떤 만족감을 지니
고 있다. 이제 그에게 남은 것이라고는 부풀어 오른 눈꺼풀, 반달처럼 뜨
고 있어 가까운 곳만 볼 수 있는 시선이다. 하지만 그에겐 아무 잘못이
없다.〉

"그래, 그자요. 대체 무슨 일이 생긴 거요?"

"간단해요. 나룻배를 탔는데, 배가 라토레 섬을 지나갈 때 물로 뛰
어든 거요. 반시간 정도 수색해보았소. 하지만 해 질 무렵에 홀로 방파제
쪽으로 떠밀려 왔소. 나는 그가 바로 갈베스라는 걸 알아차렸고, 그저
당신에게 보여주고 싶었을 뿐이오."

메디나가 다시 재채기를 하고 나서 한 손을 라르센의 등에 갖다 댔
다. 다른 손으로는 재빨리 시체 위로 천을 펼쳤다.

"이뿐이오." 메디나가 말했다. "이제 서류에 서명하고 가시오."

메디나는 희미한 불빛이 밝혀진 복도로 라르센을 인도해 남자 둘이
체스를 두고 있는 사무실로 들어가게 했다. 그러고 나서 메디나는 그동
안 유지했던 정중한 기색을 갑자기 잃어버렸다.

"토사르." 메디나가 말했다. "이 사람이 방금 전에 익사자의 신분을
확인해주었소. 이 사람이 하는 말을 서류에 기록한 뒤에 내보내줘요."

남자들 가운데 하나가 책상 위에 놓여 있는 타자기를 끌어당겼다.
다른 사내는 건성으로 라르센을 주시하더니 체스판으로 시선을 돌렸다.

메디나는 작별 인사도 없고, 고개를 돌리지도 않은 채 그 방을 가로질러 다른 문으로 나가버렸다.

라르센은 미소를 머금은 채, 자신이 빈틈없이 처신했다는 사실에 기쁨의 몸서리를 치면서, 앉으라는 말을 듣기도 전에 자리에 앉았다. 라르센은 갈베스가 죽지 않았다고 생각했으며, 자신은 그런 유치한 속임수에 넘어가지 않을 것이고, 새벽녘에 푸에르토아스티예로로, 변하지 않은 그 세계로, 아무런 소식도 전하지 않은 심부름꾼으로 되돌아갈 것이라고 작정했다.

조선소 VII / 정자 V / 집 I / 오두막 VII

그러고 나서 라르센이 조선소를 향해 강을 거슬러 올라가는 마지막 여행이 시작되었다. 당시 그는 단순히 혼자였을 뿐만 아니라 놀란 상태였고, 자신들의 교활함과 의심 많은 성격을 마지못해, 허영심도 계산속도 없이 불신하기 시작하는 사람들처럼 그의 분별력과 판단력은 불안정하고 초보적이었다. 그가 알고 있는 사실은 많지 않았는데, 그는 세상에 알려지기를 바라면서 그를 둘러싸고 있던 사안들을 조롱하며 거부하고 있었다.

그는 결국 썩 극적인 일도 겪지 않은 채 홀로 있게 되었다. 그는 시간이 지날수록 지도가 오그라드는 어느 영토를 천천히, 의욕도 없이, 서두르지도 않고, 선택의 여지도 선택할 마음도 없이 가로질러 갔다. 그는—그가 아니라, 그의 뼈, 그의 무게, 그의 그림자가—자신이 모르는, 하지만 영원히 고정된 장소와 시각에 정확히 도착해야 한다는 문제를 갖고 있었다. 그는 그 약속을 지킬 것이라는 기약을—그 어떤 타인과도 하지 않았다—해놓고 있었다.

그래서 한 남자에 불과한 이 남자 라르센은 일찍 찾아오는 어느 겨울밤에 아무 배나 집어타고 강을 따라 오르면서 강변에서 여전히 볼 수 있는 수풀을 방심한 상태로 또는 스스로 방심하기 위해 물끄러미 쳐다보고 오른쪽 귀로는 이름을 알 수 없는 새들이 지저귀는 소리를 듣고 있었다.

그래서 그는 자신이 견뎌낼 수 있는 것 이상은 알지 못한 채, 하지만 배를 타고 가는 동안 그 창건자의 광장 앞에 있는 페트루스의 감옥 창문에서 찾았던 것을 어느 순간 발견한 상태로, 푸르스름한 빛이 수평선으로 사그라지고 있을 때 푸에르토아스티예로에 도착했다. 일의 각 단계가 부여하는 정리된 듯한 느낌을 스스로 강화하려고, 세수를 하고 술을 한잔하려고, 가게 주인은 유령이 아니라는 사실을 믿으려고 '벨그라노의 그곳'으로 들어갔다.

자기 방으로 올라간 그는 추위 때문에 몸을 벌벌 떨고 주눅이 든 상태로, 복도에 있는 세면대에서 세수를 하려고 와이셔츠 소매를 걷어붙이고 복도에 불을 켤 생각도 하지 않은 채 손을 더듬어 세면대로 갔다. 그 밤에 물이 콸콸 쏟아지는 소리 외에는 아무것도 없었다. 그는 얼굴의 물기를 닦으려고 고개를 쳐들었고, 희박한 공기가 얼굴을 톡 쏘는 느낌을 받았다. 달을 찾고 있었으나 창백한 은빛만 볼 수 있었다. 그가 자신이 죽었다는 솔직한 확신을 받아들인 것은 바로 그때였다. 그는 세면대에 배를 기대고 선 채, 손가락과 목덜미의 물기를 닦은 뒤, 호기심이 생겼지만 평온하게, 날짜는 신경 쓰지 않은 채, 마지막까지, 자신의 죽음이 더 이상 하나의 개인적인 사건이 아니게 될 어느 먼 훗날까지 시간을 점유하기 위해 자신이 하게 될 일들을 예상해보았다.

그는 옷을 다 입고 나서 싫증이 날 때까지 권총을 검사하고, 찰칵 소리가 날 정도로 권총의 허리를 꺾고, 비어 있는 드럼형 탄창을 한쪽 눈을 감고 빙 돌려보고, 총알을 장난감 병정처럼 탁자 위에 죽 늘어놓고 수를 세어보았다. 옷을 다 입고 머리를 빗은 상태로, 옷이 덮고 있지 않은 부분이 아주 깨끗해진 상태로, 향수를 뿌리고 수염을 깎은 상태로 탁자에 한쪽 팔꿈치를 괸 채 연기를 삼키지 않고 빨던 담배를 들어올렸다. 그는 몇 개 되지 않는 가구가 어울려 보일 정도로 우스꽝스럽게 작은 방 한가운데에서 추위에 벌벌 떨면서 홀로 앉아 있었다. 그는 과거를 떨쳐버렸고, 불가피한 미래를 만들 행위들이 자신에 의해서든 다른 사람에 의해서든 동등하게 수행될 수 있으리라는 걸 알고 있었다. 그는 행복한 상태였는데, 이런 행복은 별 소용이 없었다. 그때 사환이 들어와도 좋겠느냐고 물었다.

라르센은 사환이 들어오는 것을 보려고 애써 고개를 돌리지는 않았다. 그는 사환의 좁은 이마, 억세고 검은 머리카락, 평온하지만 경계하는 듯한 분위기를 풍기는 얼굴을 기억하고 있었다.

"저를 부르신 줄 알았어요. 요즘 잘 지내셨어요? 사람들은 총지배인님이 돌아오시지 않을 거라고들 말하던데요. 식사를 여기서 하실 것인지 물어보려고 왔어요. 나룻배가 신선한 고기를 싣고 왔거든요."

소년은 행주로 침대 옆 탁자를, 자명종이 놓인 선반을 톡톡 치면서 움직였다. 그러다가 탁자 가장자리의 먼지를 털려고 다가왔다.

"이봐." 라르센이 말했다. "여기서 조리하는 그 쓰레기 같은 음식은 전혀 먹을 생각이 없거든."

"요리 솜씨 좋은데요." 소년이 힘주어 대꾸했다. "고기가 싱싱해요. 총지배인님이 식사를 하시든 말든 저는 전혀 상관없어요." 소년이 탁자 다리를 행주로 닦으려고 상체를 숙였다가 라르센을 쳐다보지도 않은 채 씩 웃으며 상체를 일으켜 세웠다.

"이봐." 라르센이 다시 말했다. 라르센은 갑자기 담배를 바닥에 떨어뜨리고 나서 고개를 숙이며 놀란 듯 소년을 쳐다보았다. "너 대체 여기서 뭘 하고 있는 거냐? 내 말은 여기 푸에르토아스티예로에, 세상에서 가장 더러운 이 구석에 살면서 뭘 기대하는 거냐고."

소년은 라르센의 말에 아랑곳하지 않았는데, 아마도 라르센이 자기에게 말하는 것으로 믿지 않았던 것 같다. 소년은 탁자에 엉덩이를 걸친 뒤 행주, 수건, 냅킨으로 사용하는 지저분한 헝겊을 얼굴까지 천천히 들어 올렸다. 엄지손가락과 집게손가락으로 헝겊 끝을 잡아 들고는 하얀 이가 드러나도록 미소를 지으며 빙빙 돌렸다.

"저도 총지배인님께 같은 질문을 할 수 있어요. 그게 더 낫겠네요. 총지배인님은 여기서 뭘 기다리시는데요? 시간이 많이 흘렀지만 총지배인님이 원하시는 건 전혀 이루어지지 않잖아요. 제겐 그렇게 보여요."

"아하!" 라르센은 이렇게 말하고서 손을 비비기 시작했다.

소년은 탁자에서 떨어져 나와 헝겊을 높이 치켜든 채 춤을 추듯 두 번 빙글 돌았다.

"이제 정신 나간 할망구처럼 제게 소리를 지르시겠군요."

"아하!" 라르센이 더 강조해서 반복했다. 라르센은 일그러진 얼굴, 깊이 생각하고 감탄했다는 듯한 얼굴을 들어 올렸다. 파렴치한 행위를, 토닉워터나 술 한 잔을 주문하듯, 살짝 해보고 싶은 생각이 들었다. "그러니까, 내 말을 이해하고 싶지 않다는 거로구나. 그럼 활석 가루를 가져와 내 구두나 좀 닦으렴."

소년은 계속해서 춤을 추는 동작으로 옷장까지 가더니 밝은 노란색 바탕에 파란색 꽃무늬가 그려진 타원형 깡통 하나를 꺼냈다. 무릎을 꿇은 소년은 라르센이 불쑥 내민 구두에 활석 가루를 뿌린 뒤 헝겊으로 문질러댔다. 소년의 윤기 나는 머리카락만, 뚫려 있는 구멍 사이로 조끼가 드러나 보이는 낡은 하얀색 재킷만 볼 수 있었다.

"애야, 그러니까 넌 내 말을 이해하고 싶지 않은 게로구나." 라르센은 말의 여운이 오랫동안 지속되도록 낭랑한 목소리로 천천히 말했다.

라르센은 소년이 활석 가루를 챙겨 넣고 옷장 문을 닫을 때까지 기다렸다. 그러고는 소년이 움직이지 않을 것이라 확신하고 천천히 소년에게 다가가 한 손으로 뺨을 꼬집었다. 그리고 천천히 흔들어대다가 놔주었다. 소년은 움직이지 않았다. 눈을 내리깐 채 한쪽 어깨 높이에서 헝겊을 펼쳤다가 접었다.

"이렇게 해야 너한테 설명이 되고, 또 네가 이해할 수밖에 없을 거다." 라르센은 지루할 정도로 띄엄띄엄 말했다. "어느 착한 아저씨가 네 얼굴을 만진 거야. 그리 알아두럼. 난 너처럼 생긴, 외모까지도 너를 닮은 소년 하나를 알고 있는데, 그 소년은 네가 모르는 다른 세상인 코리엔테스 거리에서 새벽에 연예인, 창녀, 첩 들에게 꽃을 팔지. 내 기억에는 주로 제비꽃을 팔았던 것 같구나. 몇 년이 지나 내가 활동을 재개한 뒤 어느 날 밤에 한 카페에 들어가서 어떤 사람과 함께 탁자에 앉아 있을 때 그 소년이 제비꽃이 담긴 바구니를 들고 내게 다가오더구나. 순경 둘이 카페에 술을 마시러 오곤 했는데, 한 사람은 나가는 길에, 다른 사람은 들어오는 길에 소년 옆을 지나가다가 껄껄 웃으며 소년을 손으로 때렸어. 내가 하는 말을 네가 제대로 알아듣는지 모르겠다. 난 지금 아버지처럼 말하고 있는 거야. 내가 지금 들려준 이야기는 어떤 사람이 겪을 수 있는 최악의 상황인 것 같다는 생각이 드는구나."

라르센은 탁자로 가서 모자를 집어 들더니 거울 앞에서 제목도 가사도 생각나지 않는 옛 탱고 한 곡을 휘파람으로 불어보려 애쓰면서 모자를 썼다. 그사이 날쌔게 침대로 가 있던 소년은 라르센에게 등을 보인 채 구겨진 헝겊으로 다시 창틀을 닦았다.

"세상 일이 다 그렇단다." 라르센이 씁쓰레한 목소리로 말했다. 그는 외투 단추를 끄르고 지갑을 꺼내 10페소짜리 지폐 다섯 장을 탁자 위에 올려놓았다. "옜다. 이 50페소는 거저 주는 거니까, 받아라. 네 봉사료는 따로 주겠다. 하지만 주인에게는 내가 돈을 주었다는 얘길 하지 마라."

"알았습니다. 고맙습니다." 소년이 라르센에게 다가오면서 말했다. "그러니까, 우리와 함께 식사를 하시지 않겠다는 거로군요. 통보해야겠네요." 이제 소년의 목소리는 더 날카롭고, 더 거드럭거리고, 더 헐떡거렸다.

"몇 년 전이었다면 네게 충고를 하는 대신 면상을 부숴놓았을 거다. 내가 해준 얘기 기억하고 있지? 소년이 제비꽃 가지를 들고 다가왔다니까. 그때도 겨울이었어. 순경들이 소년을 손으로 쳤을 때 모든 사람이 소년을 보았기 때문에 순경들이 소년을 친 사실을 숨길 수 없었고, 순경은 순경이었기 때문에 소년은 화를 낼 수도 없었단다. 그래서 소년은 세상에서 가장 슬픈 일을 만들어버렸어. 하느님께서 네 얼굴에는 결코 허락해주지 않을 미소를 소년이 우리에게 보여준 거야."

"그렇군요." 소년이 눈을 깜박이며 재미있다는 듯이 대답했다. 소년은 헝겊을 탁자 위에 펼쳐놓고 그 위에 양손을 짚고 있었다. 가무잡잡한 얼굴이 아이 같은 느낌을 주었고, 꼬리가 추켜올라간 눈, 반쯤 벌어진 입은 꿈을 꾸는 것 같은 표정과 더불어 약간의 불신, 뭔가를 물어보고 싶은 억눌린 욕망을 드러내고 있었다.

"아주 늦게 돌아올 생각인가요? 혹시 제가 총지배인님을 위해 먹을 걸 좀 챙겨두는 게 좋을까요? 아 참, 깜박했네요. 총지배인님께 이걸 가

254

져왔더군요. 어제였던 것 같은데." 소년은 어깨를 움츠린 채 때가 덕지덕지 묻은 바지 주머니를 뒤적거려 뭔가를 찾더니 개봉된 채로 접힌 봉투를 꺼냈다.

라르센은 연보라색 종이쪽지를 읽었다. 〈8시 반에 위에서 호세피나와 함께 당신을 기다리겠어요. 저녁 식사 같이해요. 하지만 조금 일찍 오세요. 당신의 여자 친구 A. I.〉

"좋은 소식인가요?" 소년이 물었다.

라르센은 대답도 하지 않고 소년에게 눈길도 주지 않은 채 나가버렸다. 그는 아래층에서 주인과 술을 마시고 싶지 않았기 때문에 재빨리 거리의 추위 속으로 들어갔다. 오른쪽으로 꺾어져서 길로, 벌거숭이 가로수들이 경계를 이루는 넓은 도로로 접어들었는데, 아직 달이 뜨지 않은 상태에서 희뿌연 잔영만이 그를 인도하는 것처럼 보였다. 그는 아무 생각 없이 한 구역, 또 한 구역을 걸었다. 왜냐하면, 별장을 향해, 정자의 꽁꽁 얼어붙은 거무스름한 종 모양의 지붕을 향해, 석상들에서 떨어진 백토 가루 얼룩, 잡초가 침범해 들어온 오솔길, 말뚝과 시든 꽃나무들이 있는 화단으로 이루어진 정원을 향해 종종걸음으로 가고 있던 것은 어떤 생각이 아니라 라르센 자신의 모습이었기 때문이다. 그는 가장 큰 홍수 때의 최대 수위보다 더 높은 곳에 세워진 집의 심장부를 향해 추위를 뚫고 나아갔다. 따뜻한 기운이 감돌고 벽난로의 불길이 현기증 나게 탁탁 타오르는 커다란 응접실을 향해, 안락의자들 가운데서도 가장 오래되고 가장 장엄한 안락의자, 오직 페트루스의 몸을, 또는 죽은 엄마의 몸을 지탱하던 안락의자, 또는 역시 죽은 사람이 되어 이름을 부를 수 없는 고모의 몸을 지탱하던 안락의자를 향해 가고 있었다.

종종걸음으로 걸어가던 그는 자신이 따뜻하고, 깨끗하고, 정리가 잘

된 어떤 방의 중심을 향해, 자신이 자부심을 가지고 자연스럽게 주도하게 될 어떤 장면의 중심을 향해 종종걸음으로 가고 있는 모습을 보았는데, 그사이에 자신이 그 장면을 상상했을 때, 특히 처음에, 저지르게 될 오류를 인식했으며, 그가 자신의 방식에 따라 직접 만들 예정인 어떤 새로운 시대의 시작을 규정하는 역사적 필요성을 만족시킬 변화들을 계획하고 있었다.

그는 초인종을 누르고 기다리는 동안에 달의 가장자리가 나무 그림자 위로 떨어져 나와 어느 건초 더미 뒤에서 또는 그가 단 한 번도 발을 디딘 적이 없는 농촌 지역 마을의 허물어져 가는 커다란 집 뒤에서 나오는 모습을 바라보았다. 그러고는 자신이 장애를 지속적으로 극복하는 데서 오는 매혹적인 느낌만을 기억할 수 있는 마술 같은 동화들에서처럼, 문들을 지나고, 그가 인사를 해도 답례도 하지 않고 말없이 가만히 서 있는 여자 호세피나 앞을 가로지르고, 팔짝팔짝 뛰며 달려드는 개들을 벗어나고, 구불구불한 자갈길에서 일부러 구둣발 소리가 들리도록 애쓰면서 그의 얼굴을 덮치는 나뭇가지들을 피하고, 달빛을 반사하고 연못의 애수 어린 냄새를 풍겨대는 하얀 석상들이 그를 환대하도록 애썼다.

그는 정자 입구에 도달해 멈춰 섰고, 그의 등 뒤에서는 여자의 발소리와 개들이 헐떡거리는 소리가 들렸다.

"우린 당신을 기다리고 있지 않았는데요." 호세피나는 이렇게 말하고서 깔깔 웃었는데, 그 소리가 웃음소리처럼 들리지 않았다. "주인님은 아무 말도 없이 사라지신 데다, 언제 돌아오신다는 연락도 없네요."

라르센은 정자 입구의 아치 앞에서 호주머니에 손을 집어넣고 상체를 조금 숙인 채 계속해서 선 상태로 석판 탁자와 의자들을 응시하면서 달이 오른쪽 어깨 위로 조금 더 올라오기를 기다리고 있었다.

"늦었어요." 여자가 말했다. "내가 어째서 당신에게 문을 열어주러 내려왔는지 모르겠네요."

라르센은 호주머니 속에 든 앙헬리카 이네스의 쪽지를 만지작거렸으나 꺼내지는 않았다. 집의 창문 두 개가 황금색으로 반짝거렸다.

"내일 다시 오든지요. 지금은 너무 늦었어요." 그는 그녀의 도발적이고 조롱하는 어조를 익히 알고 있었다.

"내가 여기 와 있다고 아가씨에게 알려요. 아가씨가 집에서 저녁 식사를 함께하자는 초대장을 보냈거든요."

"이미 알고 있어요. 3일 전이죠. 내가 그 편지를 직접 '벨그라노의 그곳'에 가져다주었어요. 하지만 아가씨는 지금 몸이 아파 누워 있어요."

"상관없어요. 난 페트루스 씨가 불러서 산타마리아로 가야 했어요. 내가 아버지 소식을 갖고 왔다고 아가씨에게 말해줘요. 단 몇 분이라도 좋아요. 아가씨와 얘기를 해야 한다고요."

여자가 어떤 웃음소리를 기억나게 만드는 소리를 반복해서 냈다. 라르센은 고개를 뒤로 젖힌 채 집에서 새어 나오는 불빛을 쳐다보고, 당연히 자기 것이었던 곳에 발을 디디고, 활활 타오르는 벽난로 곁의 등받이 높은 나무 안락의자에 편안하게 앉아 있다가 결국 집으로 돌아갔던 그 순간으로부터 자신을 분리시키던 시간을 지워버리고 싶어 했다.

"아가씨가 아프다고 말했잖아요. 아가씨는 내려올 수 없고, 당신은 올라갈 수 없어요. 문을 닫아야 하니까 그만 돌아가는 게 좋을 거예요."

그러자 라르센은 망설이는 태도로, 증오심을 키우면서 천천히 몸을 돌렸다. 그러고는 몸집이 작고, 얼굴에 달빛이 가득한 그녀를 쳐다보았는데, 그녀는 입술을 떼지 않은 채 미소를 머금었다.

"나는 당신이 다시는 돌아오지 않을 거라 생각했어요." 그녀가 중얼거렸다.

"아가씨 아버지의 전갈을 가져왔다고요. 정말 중요한 거예요. 우리 올라갈까요?"

한 걸음을 뗀 여자는 그의 말이, 그리고 1초 뒤에는 그 말의 의미가 딱딱하게 굳어 사라지고 하얀 공기 속에서 그림자처럼 녹아버리기를 기다렸다. 그러고는 진짜로, 숨이 넘어갈 정도로, 도전적으로 웃기 시작했다. 라르센은 이해했다. 아마도 그는 자신을 이해한 것이 아니라, 자신의 기억, 즉 자기 안에서 웅크린 채 살았던 어떤 것을 이해했을 것이다. 그는 손을 뻗쳐 손등으로 여자의 목을 쓰다듬고 나서 손을 가만히, 묵직하게 그녀의 한쪽 어깨 위에 올려놓았다. 그는 개가 으르렁거리며 자리에서 일어나는 소리를 들었다.

"아가씨가 몸이 아파 지금은 자고 있을 거라고요." 호세피나가 말했다. 그녀가 라르센의 손이 놀라지 않게 주의하면서 몸을 살짝 움직이자 라르센의 손이 가하는 압력이 더 세졌다. "돌아가지 않겠다는 거예요? 여기 밖이 춥지 않아요?"

"추워요." 라르센이 수긍했다.

여전히 미소를 머금고 있던 그녀가 반짝이는 작은 눈을 가늘게 뜨더니 개가 조용히 있도록 쓰다듬었다. 그녀가 라르센에게 다가가자 그녀의 어깨에 올린 라르센의 손이 어깨에 붙어 있기라도 하듯이 아주 확실하게 따라왔다. 마침내 그는 그녀와 입을 맞추려고 상체를 살짝 숙였고, 어렴풋한 기억을 떠올렸고, 입술로 어떤 열망과 평화를 인지했다.

"바보." 그녀가 말했다. "이렇게 되기까지 참 오래도 걸렸군요. 바보."

라르센은 기분 좋게 고개를 끄덕였다. 그는, 자신들이 다시 만났다는 듯이, 그녀의 냉소적이고 번쩍번쩍 빛나는 눈, 이제 달빛에 이를 보여주고 있는 크고 특징 없는 입을 보았다. 여자는 머리의 균형을 잡으면서 남자들의 어리석음을, 삶의 불합리를 놀라면서 즐겁게 계산해보았고, 다시 그와 입을 맞추었다.

라르센은 호세피나의 손에 이끌려 정원 중앙에 있는 정자의 경계를 넘었고, 벌거벗은 석상들을 스치며 걸었고, 식물, 습기, 빵 굽는 화덕, 속삭이는 소리를 내는 거대한 새장의 새로운 냄새를 맡았다. 라르센은 마침내 그 집의 방들을 땅과 강물로부터 분리해주는 높다란 콘크리트 토대 아래에 있는 바닥의 타일을 밟을 수 있었다. 그녀 호세피나의 침실은 그곳, 정원과 같은 높이에 있었다.

라르센은 어스름 속에서 씩 웃었다. 그는 〈우리 가난한 사람들은〉이라고 체념했다. 그녀는 방에 불을 켜고 나서 그를 맞아들여 모자를 벗겨주었다. 라르센은 그녀가 방 안을 왔다 갔다 하면서 물건을 정리하거나 감추는 동안 방을 살펴보고 싶지 않았다. 그냥 선 채로 이마에 흘러내린 숱 적은 회색 머리 타래를 가지런히 고르면서 젊은 시절의 옛 섬광, 잊힌 섬광을 얼굴에 느끼고 있었고, 옛날의 그 거북하고 음탕한 미소를 억누를 수 없었다.

"편하게 있어요." 그녀는 그를 쳐다보지도 않은 채 차분한 목소리로 말했다. "아가씨가 뭐 원하는 게 없는지 가서 보고 올게요. 푼수 아가씨."

그녀는 서둘러 나가면서 소리 없이 문을 닫았다. 그때 라르센은 자신이 그곳으로 온 그날 하루 동안, 그리고 조선소에서 사람을 고갈시킬 정도로 가혹했던 기나긴 겨울 동안 그의 몸에 침투했던 모든 추위가 결국은 그의 뼛속까지 스며들어서는 그가 어디에 머물든지 간에 그 뼈에서 영원한 냉기를 발산한다고 느꼈다. 이것이 그의 미소와 그의 망각을 키웠다. 그는 하녀의 방을 맹렬하게, 열심히 살펴보기 시작했다. 재빨리 몸을 움직이면서 어떤 물건들을 만져보고, 다른 물건들은 더 잘 보기 위해 들어 올리고, 슬픔이 보상해주는 어떤 위안을 느끼면서, 마치 죽기 전에 고향의 공기 냄새를 맡아보는 사람처럼 냄새를 맡았다. 그곳에는 사람들이 누우면 철커덩 소리를 내게 될, 뼈대가 헐거워진 철제 침대가 있었다. 표면에 돋을새김으로 그려진 수생식물의 넓은 잎사귀가 더욱 도드라져 보이는 초록색 질 세숫대야와 물 항아리. 뻣뻣한 누런 망사에 둘러싸인 거울. 성모와 성인들이 그려진 판화들, 코미디언과 가수들의 사진들, 두꺼운 타원형 틀 속에 들어 있는 죽은 노파의 연필화. 냄새, 즉 공기가 통하지 않는 방, 여자, 튀김, 먼지, 향수, 옷장에 보관되어 있는 싸구려 천 조각 냄새가 뒤섞인 지울 수 없는 냄새.

잠시 후 그녀가 연한 색깔의 포도주 두 병과 잔 하나를 들고 돌아와서는 몹시 차가운 바깥 공기, 개의 발톱과 낑낑거리는 소리, 실수를 하느라 보낸 수많은 세월로부터 그를 떼어놓으려고 한숨을 내쉬면서 발로 문을 닫았을 때, 그는 자신이 두려움을 느껴야 할 순간이 이제 막, 진짜로 도래했다고 느꼈다. 그로 인해 그는 자신이 본래의 자신에게, 사춘기 시절에 짧은 순간 진실했던 자신에게 되돌아오게 되었다고 생각했다. 그는 다시 젊은 시절 초기로 되돌아갔고, 자기 것이나 어머니 것이 될 수 있었던 어떤 방에 자신과 어울리는 여자와 함께 있게 되었다. 그녀와 결혼할 수 있었고, 그녀를 때리거나 그녀 곁을 떠날 수 있었다. 그가 무슨 짓을 하더라도 그와 그녀 사이에 맺어진 우애, 깊고 짙은 유대감을 바꾸지 못할 것이다.

"잘했어요. 한잔 줘요." 그는 이렇게 말하고 나서야 비로소 침대 가장자리에 앉았다.

그는 잔 하나로 그녀와 술을 나눠 마시고, 그녀가 반복해서 쏟아내는 거짓말, 질문, 질책에 몇 시간 동안 일부러 멍하고 오만한 미소로 응대하면서, 그녀가 술에 취하도록 애쓰고는 말했다. 〈당신 조용히 좀 해요.〉 그리고 페트루스 노인이 그에게 서명해준, 행복으로 가는 허가증을 세숫대야 넣고 불태우려고 잎사귀와 꽃이 꽂힌 화병을 조심스럽게 옮겼다.

그는 위층에서, 자신이 차지하겠다고 스스로 약속했던 그 영역에서 자고 있던 여자는 생각하고 싶지 않았다. 그는 벌거숭이가 되어 살과 살의 조화를, 그녀의 솔직한 조바심을 인식해가면서 밤새 여자에게 계속해서 침묵을 요구했다.

그는 새벽녘에 그녀와 작별했고, 자신이 요구받은 모든 것을 또박또박 맹세했다. 그녀와 팔짱을 끼고, 그녀와 개를 옆에 세운 채, 달이 떠 있지 않은 정원의 무시무시한 정적을 가로질러 대문 쪽으로 갔고, 그녀와 입을 맞추기 전이든 후든 자신이 도달할 수 없는 그 집의 형태를 보기 위해 고개를 돌리고 싶어 하지는 않았다. 그는 큰길 끝 지점에서 오른쪽으로 돌아 조선소 방향으로 걸어가기 시작했다. 그 시각, 그 상황에서 그는 라르센도 다른 누구도 아니었다. 여자와 함께 지낸 것은 과거로의 여행, 어떤 미소, 어떤 위안, 누구든 자신이 머무는 곳에서 맞닥뜨릴 수 있는 어떤 안개였다.

그는 거대한 검은색 입방체를 마지막으로 보려고 조선소로 향했다. 갈베스가 자기 여자와 함께 살았던 오두막의 냄새를 조용히 맡아보려고 오두막 주위를 한 바퀴 돌았다. 유칼립투스 장작이 불타는 냄새를 맡고, 과거의 여러 날 밤에 자신들이 행한 흔적을 되밟아보고 난 뒤, 상체를 구부린 채 걸어가서 어느 상자에 앉아 담배에 불을 붙였다. 이제 세상에서 가장 높은 곳에서 몸을 움츠린 상태로 가만히 앉아 있었고, 자신이 아득히 먼 과거 몇 년 동안에 수없이 상상하고 바라기까지 했던 완벽한 고독의 중심에 있다고 인식했다.

그때 무슨 소리가 들렸다. 그리고 곧바로 오두막의 벽에 비슷한 크기와 모양으로 나 있는 틈새들을 통해 내비치는 누르스름하고 날카로운 불빛을 보았다. 처음에는 강아지가 반항하면서 날카롭게 내는 소리처럼 혼란스러웠다. 그 후 그는 소리에 더 가까이 다가가 듣는 실수를 범했는데, 그 소리는 바로 사람의 것, 겨우 알아들을 수 있는 소리, 저주하는 소리였다. 아마도 그 불길한 불빛은 숨이 막힐 듯 끊임없이 터져 나오는 비명 소리보다 더한 것을 그에게 말해주었을 것이다. 그는 그녀를 보지 않을 셈으로 눈을 감았고, 손가락이 델 정도까지 계속해서 담배를 피웠다. 그는, 즉 꽁꽁 언 밤의 절정에서 하나의 덩어리가 되어버린 누군가는 존재하지 않으려고, 자신의 고독을 없애려고 애를 쓰고 있었다.

그는 고통스럽게 자리에서 일어나 발을 질질 끌면서 오두막까지 갔다. 그리고 발꿈치를 든 채, 톱으로 깔끔하게 파놓은 구멍, 그들이 창문이라 부르는, 유리, 마분지, 헝겊 쪼가리로 막아놓은 구멍에 눈을 갖다 댈 수 있었다.

그는 거의 알몸이나 다름없는 여자가 침대에 누워 피를 흘리고, 격렬하게, 규칙적으로 움직이는 머리에 손가락을 찔러 넣은 채 버둥거리는 모습을 보았다. 그는 놀라울 정도로 부풀어 오른 배를 보고, 흐려진 눈과 앙다문 이에서 갑작스럽게 발산되는 빛을 포착했다. 시간이 조금 흐른 뒤에야 비로소 그는 이해했고, 그것이 함정이었다는 사실을 인지할 수 있었다. 그는 두려움과 역겨움으로 몸을 벌벌 떨면서 오두막 창문에서 떨어져 나와 강변을 향해 걷기 시작했다. 온몸이 진흙으로 뒤덮인 그는 잠들어 있는 '벨그라노의 그곳' 앞을 거의 달리다시피 지나갔고, 몇 분 뒤에 널빤지로 이루어진 부두에 도달했고, 보이지 않는 풀 냄새, 썩은 나무와 웅덩이 냄새를 눈물을 흘리며 들이마셨다.

동이 트기 전, 나룻배 사공들이 '푸에르토아스티예로'라 쓰인 간판 아래 잠들어 있는 그를 깨웠다. 그들이 북쪽을 향해 가고 있다는 사실을 알아낸 그가 뱃삯으로 시계를 주겠다고 하자 그들은 그 제의를 스스럼없이 받아들였다. 그는 추위 때문에 선미에서 몸을 웅크린 상태로 뱃사공들의 선적 작업이 끝나기를 기다렸다. 그들이 엔진을 작동시켰을 때 날이 밝아오기 시작했고, 그들은 소리쳐 작별 인사를 했다. 라르센은 조바심이 나고 몸이 차가워진 상태로 외투 속에 몸을 숨긴 채, 햇볕 잘 드는 곳에서 호세피나가 개와 함께 놀고 있는 풍경을 상상하고, 페트루스의 딸이 높다란 집에서 천천히 손을 흔드는 모습을 상상했다. 날이 밝아져 사물이 보이기 시작하자 자기 손을 보았다. 주름살의 형태, 핏줄들이 재빠르게 부풀어 오르는 모습을 응시했다. 고개를 돌려보려 애썼고, ── 부두를 출발한 나룻배가 강 가운데를 향해 기울어진 상태로 선회하는 동안에──조선소의 빠른 파멸, 벽들의 소리 없는 붕괴를 바라보았다. 고동치는 엔진 소리에 귀가 먹먹해졌는데, 그의 예리한 귀는 벽돌 무더기에서 자라는 이끼의 속삭임과 쇠를 삼키는 녹의 속삭임을 아직은 구분할 수 있었다.

(또는 이랬을 것이다. 뱃사공들이 그를 발견했을 때 하마터면 그를 밟을 뻔했다. 그의 시꺼먼 몸뚱이는 기름때에 전 모자가 씌워져 있는 무릎에 머리가 닿을 정도로 잔뜩 웅크린 자세였고, 이슬에 흠뻑 젖어 있었고, 헛소리를 늘어놓고 있었다. 자신이 도망쳐야 한다고 상스러운 말로 설명하고 겁에

질려 권총을 흔들어대자, 뱃사공들이 그의 입을 후려갈겼다. 누군가가 그를 불쌍히 여겼고, 그들이 진흙탕에서 그를 일으켜 세워주었다. 그에게 럼주 한 모금을 마시게 하고, 웃으면서 등을 토닥거려주고, 고난 때문에 닳아 문질러지고 몸이 불어나는 바람에 늘어난 검은색 제복을 닦아주는 척했다. 뱃사공은 셋이었는데, 사람들은 지금도 그들의 이름을 기억하고 있다. 그들은 서두르지도 않고 실수도 없이 배와 짐을 보관하는 작은 창고 사이를 돌아다니고, 화물을 싣고, 차분한 인내심을 발휘하고, 서로에게 욕을 해대면서 새벽녘의 추위를 가르고 있었다. 라르센은 그들에게 뱃삯으로 시계를 건넸고, 그들은 시계를 보고 감탄했으나 받지 않았다. 그들은 라르센에게 모욕감을 주지 않으려고 그를 배로 올라가도록 도와주고, 선미에 있는 벤치에 앉도록 했다. 엔진의 힘으로 나룻배가 흔들리는 사이에 라르센은 뱃사공들이 던져준 마른 마대 자루로 몸을 감싼 채 조선소 건물이 파괴되는 모습을 매우 구체적으로 상상하고, 쉬쉬 소리를 내며 부식하고 붕괴하는 소리를 들을 수 있었다. 하지만 그가 가장 참기 어려웠던 것은 9월의 혼동할 수 없는, 변덕스러운 공기, 쇠퇴해가는 겨울의 틈새에서 꾸역꾸역 미끄러져 나오는 봄의 희미한 첫 냄새였음에 틀림없다. 나룻배가 강을 전속력으로 거슬러 가는 동안, 그는 방금 전에 터진 입술에서 새어 나온 피를 빨면서 공기를 들이마셨다. 그는 그 주가 끝나기 전에 로사리오에서 폐렴으로 사망했고, 병원의 진료기록부에는 그의 진짜 이름이 온전하게 기록되어 있다.)

'문제적 인간'의 고독, 광기, 욕망, 무기력에 관해

중남미 소설의 새길을 연 작가 오네티

"오네티는 우루과이의 그레이엄 그린이다. 베케트와 카뮈를 연상시킨다." 영국 『선데이 텔레그래프』는 후안 카를로스 오네티Juan Carlos Onetti Borges(1909~1994)를 이같이 평가한다. 혹자는 오네티를 "소설가들의 소설가"라고 극찬한다. 2010년에 노벨문학상을 수상한 페루 소설가 바르가스 요사Mario Vargas Llosa는 오네티를 "중남미 소설의 새길을 연 작가"라고 평가하면서 "그토록 독창적인 작가인데도 이에 상응하는 인정을 받지 못했다"고 아쉬워한다.

이들 평가가 약간은 과장된 것일 수 있지만, 윌리엄 포크너, 셀린, 마르셀 프루스트, 도스토예프스키, 카뮈, 세르반테스 같은 작가들의 애독자였던 오네티가 중남미 '새로운 소설'의 지평을 여는 데 기여한 작가라는 사실은 몇 가지 점에서 분명하다. 그가 기존의 소설가들과 달리 도시 사람들의 삶을 천착하고, 현실과 몽환적인 세계를 뒤섞고, 전통적인 소설 기법을 혁신하면서 인간의 가장 보편적인 삶과 역사의 문제를 문학적으로 절묘하게 형상화함으로써 세계적인 명성을 얻었기 때문이다.

그럼에도 불구하고, 오네티는 여전히 한국의 독자들에게 생소한 작가다. 이런 의미에서 오네티의 '문학적' 생애를 간단하게나마 살펴볼 필요가 있을 것이다.

오네티는 우루과이의 몬테비데오에서 태어났다. 세관원인 아버지 카를로스 오네티Carlos Onetti와 브라질의 대지주 집안 출신 어머니 오노리아 보르헤스Honoria Borges의 2남 1녀 중 차남이다. 그는 어렸을 때부터 두드러진 문학적 소양을 보이며 많은 책을 탐독하는데, 중학교 1학년 때 미술 과목에서 낙제하는 바람에 학교를 자퇴하고, 그 뒤 식당 종업원, 경기장 매표원, 외판원, 경비원 등 온갖 잡다한 직업을 전전하며 밑바닥 생활을 체험했다.

결혼생활은 썩 평탄하지 않았다. 1930년에 사촌 마리아 아말리아María Amalia와 결혼한 뒤 아르헨티나의 수도 부에노스아이레스로 떠나 1931년에 아들을 낳고, 1933년에 이혼한 뒤 몬테비데오로 돌아와 1934년에 처제 마리아 훌리아María Julia와 결혼했다. 이후에도 몇 번의 결혼과 이혼을 반복했다. 1945년에는 로이터 통신사의 네덜란드 출신 동료와 결혼해 딸을 낳았다. 1955년경에 몬테비데오로 돌아온 그는 일간지 『악시온Acción』에 근무하면서 독일계 여성과 네번째로 결혼했다. 이처럼 결혼과 이혼을 반복한 것이 오네티의 문학에 어떤 영향을 미쳤을 수도 있으리라.

첫 결혼 후 아르헨티나의 수도 부에노스아이레스로 간 오네티는 1933년부터 신문에 단편소설을 기고하고, 1936년에는 스페인 내전에 참전하기 위해 국제여단에 입대하려고 애썼으나 뜻을 이루지 못했다. 1939

년에는 카를로스 키하노Carlos Quijano를 비롯한 문학 동료들과 함께 몬테비데오에서 문학 주간지 『마르차Marcha』를 창간해 편집장을 맡았는데, '행군'이라는 의미를 지닌 『마르차』는 1974년 폐간될 때까지 우루과이 문학계에 지대한 영향을 미쳤다.

오네티는 1939년에 첫 소설 『우물El pozo』을 출간했다. 가짜 피카소의 삽화를 넣어 질 낮은 종이에 인쇄한 초판 5백 부는 거의 대부분이 팔리지 않아 먼지와 독자들의 망각 속에 파묻힌 채 지하 창고에 처박히게 되었다. 이때까지만 해도, 오네티가 몇 년 뒤 독창적인 소설 미학을 통해 중남미 문학계를 뒤흔들 것이라 예상한 사람은 드물었다. 물론 바르가스 요사는 이 소설과 더불어 "라틴아메리카에서 현대적인 소설이 시작되었다"며 작품이 지닌 가치를 극찬했지만 말이다.

1941년에 오네티는 로이터 통신사에 취업하면서 다시 부에노스아이레스로 가서 1955년까지 근무했다. 그사이, 그는 문예지 『베아 이 레아 Vea y Lea』 『임페투Ímpetu』의 편집장으로 활동하면서 작품들을 발표했다. 이 시기에 발표한 소설로는 『주인 없는 땅Tierra de nadie』(1941), 『이 밤을 위해Para esta noche』(1943), 『짧은 삶La vida breve』(1950) 등이 있다. 이 중에서 우리의 관심을 끄는 것은 『짧은 삶』이다. 이 소설에서 오네티는 실존주의적 인간의 고뇌를 문학적으로 형상화하고, 소설의 새로운 형식에 관한 문제를 제기했을 뿐만 아니라, 1949년에 발표한 단편소설 「해변의 집La casa en la arena」에 처음으로 소개된 '산타마리아Santa María'가 소설의 주무대로 등장했기 때문이다. 오네티가 창조한 상상의 공간 산타마리아는 오네티가 『짧은 삶』 이후에 발표한 주요 소설들의 공간적 배경이 되고, 오네티의 독특한 소설 세계는 산타마리아를 중심으로 구축되었다.

1960년대에 들어서면서 오네티의 작품들이 영어를 비롯해 여러 나라 말로 번역되고, 로드리게스 모네갈Rodríguez Monegal 같은 유명 비평가들이 지대한 관심을 표명하기 시작했다. 1972년에는 『마르차』가 각기 다른 세대의 작가들을 대상으로 실시한 설문조사에서 오네티가 최근 50년 동안 우루과이 문단에서 가장 뛰어난 작가로 선정되었다.

1974년에 오네티의 삶에 극적인 변화가 일어났다. 당시 그는 『마르차』의 단편소설 문학상 심사위원으로 위촉되었는데, 후안 마리아 보르다베리Juan María Bordaberry의 군부독재에 반하는 넬손 마라Nelson Marra의 작품을 당선작으로 선정했다는 이유로 심사위원들이 모두 투옥되고, 그는 나중에 정신병원에 갇혔으며, 『마르차』가 폐간되어버린 것이다. 하지만, 스페인 시인 펠릭스 그란데Felix Grande가 그의 석방을 요구하는 인사들의 서명을 수합하고, 스페인 외교관 후안 이그나시오 테나 이바라Juan Ignacio Tena Ybarra가 갖은 애를 쓴 결과 오네티는 6개월 만에 석방된다. 그 후 그는 군부독재를 피해 조국을 떠나 스페인으로 갔고, 1975년에는 스페인 국적을 취득해버린다. 군부독재 정권에 대한 혐오감이 그가 이런 결정을 내리는 데 큰 영향을 미쳤을 것이다.

오네티는 그간의 문학적 성과를 인정받아 1962년에 '우루과이 국가문학상'을 수상하는 등 국내외의 권위 있는 문학상을 여러 차례 수상했다. 1980년에는 라틴아메리카 펜클럽의 추천으로 노벨문학상 후보에 오르고, 같은 해에 스페인어권에서 최고 권위를 지닌 세르반테스 문학상을 수상했지만, 우루과이의 독재정부는 그를 철저히 무시했다. 1985년에는 우루과이 민주정부의 대통령 당선자 훌리오 마리아 산기네티Julio María Sanguinetti가 새 정부 수립 기념식에 오네티를 초대했지만 오네티는 초대해줘서 고맙다고 하면서도 정작 응하지는 않았다.

1993년에 출간한 마지막 소설 『더 이상 상관없을 때Cuando ya no

importe』까지 오네티는 문학 생애 55년 동안 단편소설 수십 편, 문학 관련 글 수십 편과 함께 모두 16권의 장편소설을 발표했다. 오네티는 1994년 5월 30일, 19년 동안 살았던 마드리드에서 생을 마감하고, 그의 유해는 유언에 따라 화장되어 마드리드의 공동묘지에 묻혔다.

전하는 말에 따르면 오네티는 낯을 가리고 무뚝뚝하며 말수가 적은 사람으로, 혼자 사색과 고독을 즐겼다고 한다. 친구가 많지 않았으나 일단 친해지면 깊은 우정을 맺었다. 사실 그는 엄청난 열정을 지닌 사람이었다.

'문제적 공간' 산타마리아

타의 추종을 불허하는 오네티의 독창적인 문학 세계를 구축하는 요소들은 다양한데, 그 가운데 가장 대표적인 것은 다음과 같다.

첫째는 실존주의다. 허무, 절망, 고독, 고통 같은 주제를 담고 있는 그의 작품에는 실존에 대한 깊은 고뇌가 들어 있다. 우루과이 작가 크리스티나 페리 로시Cristina Peri Rossi도 오네티를 "스페인어권에서 많지 않은 실존주의적 작가"라 평가한다. 오네티의 실존주의는 염세주의와 결부되어 있다. 마리오 바르가스 요사는 "대단히 독창적인 작가인 오네티의 세계는 염세주의적인데, 이것이 그가 광범위한 독자층을 확보하지 못한 이유"라고 설명한다. 밝고 경쾌한 주제와 '해피엔딩'을 선호하는 현대인들의 일반적인 감수성과 잘 어울리지 않을 수 있다는 것이다.

둘째는 윌리엄 포크너의 애독자였던 오네티가 산타마리아라는 상상의 공간을 만든 것이다. 앞서 언급했다시피, 오네티의 소설은 대부분 산타마리아를 무대로 삼거나 산타마리아와 관련을 맺고 있기 때문에 이들을 '산타마리아 사가Saga de Santa María'라고 부르는데, 숙명론적·비관론적·염세주의적·퇴폐주의적 공간인 '산타마리아'는 윌리엄 포크너의 '요크나파토파'와 유사하다. 한 가지 차이는, 요크나파토파에서 살아가는 인물들은 각자 자신만의 운명을 갖고 있는데 반해, 산타마리아에서 살아가는 인물들은 모두 늘 동일한 숙명을 갖고 있다. 혹자는 산타마리아가 가르시아 마르케스의『백년의 고독』에 등장하는 '마콘도Macondo'와 유사한 특징을 갖고 있다고 주장한다.

앞서 언급했다시피,『짧은 삶』에 본격적으로 등장한 산타마리아는 그 후로 발표된 『이별Los adioses』(1954),『이름 없는 묘지Una tumba sin nombre』(1959),『조선소El astillero』(1961),『훈타카다베레스Juntacadáveres』(1964),『포옹의 시간Tiempo de abrazar』(1974)에 지속적으로 등장하고,『바람이 말하도록 합시다Dejemos hablar al viento』(1979)에서 화재로 파괴되는데, 특히『짧은 삶』『조선소』『훈타카다베레스』를 '산타마리아 삼부작'이라 부른다.

오네티 작품의 매력이자 단점으로 지적하는 복잡성과 미완결성은 바로 산타마리아에서 비롯된다. 간단한 예를 들자면,『훈타카다베레스』에서 '훈타카다베레스(시체 수집인)'라는 별명을 가진 포주로 등장하는 라르센Larsen이 이전에 발표된『조선소』에서는 산타마리아에서 포주 노릇을 하다가 추방된 지 5년 후 다시 산타마리아 근처에 위치한 조선소의 총지배인으로 근무한다. 다시 말해, 산타마리아를 공간적 배경으로 삼고 있는 소설들을 모두 읽어야만 각각의 작품에 등장하는 인물들과 사건들의 인과관계 및 전모를 포괄적으로 파악할 수 있다. 게다가 지시 대상 및 상황의 정확한 파악을 어렵게 만드는 불명료한 문체, 기본적이고 필수적인 정보의 누락이 작품의 완정성과 독립성을 위협한다는 평가를 받기도 한다. 하지만 이는 기우에 불과하다. 공간적 배경을 산타마리아로 삼고, 동일한 이름의 인물이 등장하는 작품이라고 해도 각각 완전하고 독특한 문학 세계를 구축하고 있기 때문이다.

고독, 광기, 욕망, 좌절의 문학적 형상화

오네티의 대표작 『조선소』는 세계에 대한 오네티의 관점이 가장 두드러지게 나타난 수작으로, 그 의미가 대단히 크다. 『조선소』는 '산타마리아 사가'에 속하는 다른 작품들과 달리 등장인물들의 전력과 사건의 전말에 대한 기본 지식이 없어도 읽을 수 있는 작품이다. 인물들과 사건의 전후 사정에 대한 정보를 다른 작품에 비해 비교적 자세하게 담고 있기 때문이다.

조선소를 구성하는 공간은 산타마리아, 조선소, 정자, 오두막(또는 집)이다. 이 네 개의 공간이 때로는 단독으로, 때로는 하나의 공간이 다른 공간(들)과 합쳐져, 총 18개의 장으로 이루어진 소설 각 장의 제목과 무대가 된다. 18개 장의 제목을 공간의 이름(고유명사 또는 일반명사)으로 설정해놓음으로써 약간은 단조롭고 심심하다는 느낌도 들지만, 이는 이 소설에서 공간이 차지하는 비중이 그만큼 크다는 것을 의미한다. 따라서 각 장의 제목으로 사용된 이들 공간과 이들 공간에서 이루어지는 인간의 삶과 욕망의 문제를 면밀하게 주시할 필요가 있다. 물론, 항구 푸에르토아스티예로, 호텔 벨그라노, 술집 차마메 등이 주요 공간들의 보조적인 공간으로 기능한다.

소설의 내용을 간단하게 살펴보자.

과거에 성매매업소를 운영했던 '반영웅적 인물'(라르센에게는 디오니소스 신의 이미지 또한 내포되어 있다) 라르센은 범법 행위를 저질러 5년 전 주지사에 의해 쫓겨난 산타마리아로 되돌아간다. 그는 푸에르토아스티예로에 방치되어 있는 헤레미아스 페트루스 소유 조선소의 총지배인 자리를 요구한다. '잃어버린' 과거를 복구해 멋지게 살고 싶기 때문이다. 의뭉스러운 라르센은 사장의 딸 앙헬리카 이네스에게 구애한다. 서른 살 정도 된 그녀는 아름답지만 정신질환을 앓고 있는 '푼수'다. 라르센의 구애 행위 뒤에는 헤레미아스 페트루스의 외동딸과 결혼함으로써 그의 재산을 상속받으려는 속셈이 도사리고 있다. 하지만 현실은 라르센의 의도와 어긋난다. 조선소가 파산 상태이기 때문이다. 장부상으로만 존재하는 조선소에는 관리이사 갈베스와 기술이사 쿤스만 남아 있는 상태다. 조선소가 이미 망한 회사인데도 냉소적이고 비협조적인 태도로 회사의 운영에 참여하는 갈베스와 쿤스는 조선소에 남아 있는 물품들을 몰래 팔아서 구차한 삶을 유지한다.

라르센은 사회적 지위나 경제적 조건은 다르지만 모두 물질적이고 정신적인 생존을 위해 허상을 추구하는 '문제적 인간들'과 복잡하고 미묘한 관계를 만들어 나간다. 의사 그레이는 살아남기 위해서는 이런 속임수와 술수를 수용해야 한다는 인간적인 필요성을 라르센에게 일깨워 준다. 하지만 이들 인간 사이의 타락한 관계들은 결국 완전히 파괴되고 만다. 헤레미아스 페트루스는 돈을 마련하기 위해 위조 증서를 발행하고, 그 위조 증서를 갖고 있는 갈베스는 페트루스를 몰락시키기 위해 법원에 고발함으로써 페트루스가 투옥된다. 하지만 결국 갈베스는 강물에 뛰어들어 자살하고, 라르센은 급성폐렴에 걸려 비참하게 삶을 마친다.

자신들의 욕망을 온전하게 실현하지 못한 채 비극적인 죽음을 맞이한 것이다.

『조선소』라는 독특한 소설 세계를 구축하는 데는 다양한 문학적 장치들이 동원되었는데, 이들 가운데 하나는 바로 서사다. 서사의 특징을 구체적으로 살펴보면 다음과 같다. 첫째, 삽입구, 종속절, 대등절 등으로 이루어진 문장은 아주 길고 복잡하다. 묘사적인 특징을 지닌 긴 문장들은 장면뿐만 아니라 등장인물의 기분 상태를 드러내는 데 사용된다. 둘째, 등장인물의 행위를 통한 기술이 등장하는데, 등장인물의 행위에 대한 기술은 독자에게 많은 것을 암시한다. 셋째, 사물과 사물의 특징을 의인화한다. 많은 경우 사물들이 보고, 느끼고, 감정을 전달한다. 넷째, 등장인물들 사이의 대화에 사용되는 중복어(重服語)는 등장인물들의 생각과 감정을 강조한다. 다섯째, 복잡한 시적 상징물이 동원된다. 오네티는 무엇이든 직접적으로, 쉽게 언급하지 않는데, 이는 이 소설에 리듬감을 부여한다. 이처럼, 『조선소』에는 오네티 특유의 서사기법, 독특한 문장, 시적인 기술 등이 동원되어 있기 때문에 문장의 정확한 의미를 파악하는 것이 대단히 어렵다. 독자가 문장의 의미를 제대로 파악하기 위해서는 고도의 지성을 동원해 어휘와 문장을 찬찬히 더듬으면서 분석하고 추론하는 논리적인 사고를 해야 하는데, 이는, 역설적으로, 독자를 지루하지 않게 만드는 효과를 발휘한다.

『조선소』는 폐허가 된 조선소에 남아 있는 '쓰레기'처럼 어둡고, 칙칙하고, 음울하고, 쇠락한 분위기를 독자에게 보여준다. 오네티의 서사 전략은 이 같은 분위기와 자신들의 몰락을 향해 무거운 걸음을 재촉하는 등장인물들의 존재 방식을 잘 보여준다. 오네티는 사건들을 전개해가면서, 처음에는 불투명하게 등장한 인물들의 면모를 차츰차츰 그려나간다.

물론, 주요 등장인물들에 관해서는 그들의 내적 독백을 통해 기술한다. 모든 등장인물에게는 희망이 없다. 어떤 의미에서 등장인물들은 유령처럼, 쇠락한 조선소처럼 황폐한 상태로, 생존의 수단으로서 광기와 증오에 사로잡힌 채 존재한다. 예를 들면, 라르센은 실현될 수 없는 장밋빛 미래를 얻기 위해 애쓴다. 갈베스는 헤레미아스 페트루스가 발행한 위조증서를 들고 복수를 계획하고 실행한다. 늙은 페트루스는 정신착란적인 환상에 젖어 산다. 페트루스의 딸 앙헬리카 이네스는 정신질환으로 푼수처럼 살아가며 라르센의 구애를 받아들이지 못한다. 갈베스의 임신한 부인은 가난하게 살다 남편에게 버림받고 홀로 아이를 낳는다. 늘 냉소적인 태도를 보이는 하녀 호세피나는 라르센과 하룻밤을 함께 보내나 결국 라르센은 그녀 곁을 떠난다.

『조선소』에서 화자가 행하는 역할 또한 독특하다. 3인칭 화자는 등장인물들과 깊은 '유대관계'를 맺고 있다. 화자는 산타마리아의 집단의식을 드러내고, 사건들의 증인이 되며, 가끔씩은 그 사건들을 감춤으로써 독자를 유혹한다. 이 같은 화자의 개입은 모호성을 유발하고, 이런 모호성 때문에 오네티의 소설이 어렵게 느껴진다고 할지라도 독자의 관심을 결코 제거하지 않는다. 화자는 등장인물들이 각자의 욕망을 실현하기 위해 고독하게 살다가 좌절하는 작은 우주 산타마리아 속으로 집요하게 독자를 끌어들인다.

비평가들은 삶과 죽음, 쇠퇴, 숙명주의, 실존주의, 염세주의, 고독, 광기, 무기력이 씨줄과 날줄을 이루는 『조선소』가 우루과이의 혼란스러운 정치·경제 상황, 부패한 관료제도, 불의한 인간 군상을 비판하는 서사시라고, 산타마리아가 우루과이 사회의 메타포라고 해석한다. 그렇기 때문에 우리는 우루과이의 '마콘도'라고 할 수 있는 '산타마리아'를 통해 우루과이 사회와 인간의 감추어진 면모를 문학적으로 살펴볼 수 있을 것이다.

감히 모방할 수 없는『조선소』의 맛

"오네티의 경험은 아주 독특하다. 독자들은 오네티의 기괴하고 감칠나는 세계에 머문 뒤에 인간의 삶을 더 심오하게 이해하게 된다는 사실을 체감한다. 소설의 형식은 교묘하고 섬세하며, 냉혹하게 보이는 주제가 문학적으로 워낙 견고하게 형상화되어 있기 때문에 소설의 맛은 감히 모방할 수 없을 정도다."

영국의 유력 일간지『가디언*The Guardian*』의 평가다.

오네티의 목소리와 주제는 독특하고, 예리하다. 어둡고, 칙칙하고, 몽환적인 분위기, 농밀하고 불투명하며 간접적인 문체는 오네티 소설미학의 결정체다. 특히 쉽사리 감을 잡을 수 없을 정도로 특이한 문체는 오네티의 작품에서 가장 난해한 점이다. 그럼에도 불구하고 그의 독창적인 문체는 산타마리아 같은 문학적 공간을 창조하는 데 매우 적합하다고 할 수 있다. 독특한 이미지와 분위기를 만들어내는 오네티의 창조적인 재주는, 희망이 결여된 서글프고 음울한 분위기 속에서 새로운 것은 거의 일어나지 않은, 억압적이고 음울한 이 소설에 독자들을 강렬하게 빨아들인다.

라틴아메리카 최고 작가의 반열에 올라 있는 후안 카를로스 오네티의 작품들, 특히 그의 대표작이라고 할 수 있는『조선소』의 경우는, 평단의 우호적인 평가와 인기를 얻어 여러 외국어로 번역되었다. 분량이 썩 많지는 않지만, 번역이라는 '회로'를 통과시키기에 대단히 난해한 이 소설을 한국어로 번역한다는 것은 아주 지난한 작업이었다. 한국어로 옮기는 과정에서 원문이 지닌 시적 긴장감, 함축성, 은유 등과 같은 문학적 요소가 훼손되었을지라도, 세상과 인간에 대한 오네티의 깊은 탐색과 문학적 실험성 및 성과를 어느 정도는 엿볼 수 있을 것이다. 오네티 문학의 최고 성과물이라 할 수 있는 이 소설을 통해 한국의 독자들이 그의 독특한 문학 세계를 접하고, 각자의 문학적 지평을 다양하게 넓힐 수 있기 바란다.

작가 연보

1909   7월 1일 세관원인 아버지 카를로스 오네티Carlos Onetti와 브라질의
대지주 집안 출신 어머니 오노리아 보르헤스Honoria Borges의 2남 1
녀 중 차남으로, 우루과이의 몬테비데오에서 태어남.

1928~29   비야 콜론Villa Colon의 청년들과 더불어 잡지 『라 티헤라La tijera(가
위)』 창간에 참여.
잡지 『크리티카Crítica(비평)』에 영화에 관한 글 발표.

1930   사촌 마리아 아말리아 오네티María Amalia Onetti와 결혼하고 3월에 아
르헨티나의 수도 부에노스아이레스로 이주.

1931   6월 16일에 아들 호르헤 오네티 오네티Jorge Onetti Onetti가 태어남.

1933   일간지 『라 프렌사La Prensa(언론)』가 주최한 공모전에 당선된 첫 번
째 단편소설 「5월가-대각선길-5월가Avenida de Mayo - Diagonal - Avenida
de Mayo」가 『라 프렌사』에 발표됨.

1934   첫 부인과 이혼한 뒤 몬테비데오로 돌아와 처제 마리아 홀리아 오
네티María Julia Onetti와 결혼함.

1936	스페인 내전에 참전하기 위해 국제여단에 입대하려고 애썼으나 뜻을 이루지 못함.
1939	첫 장편『우물*El pozo*』을 출간함. 라틴아메리카 최초의 현대 소설로 평가받음. 가짜 피카소의 삽화를 넣어 질 낮은 종이에 인쇄한 초판 5백 부는 거의 대부분 팔리지 않음.
	카를로스 키하노Carlos Quijano를 비롯한 문학 동료들과 함께 몬테비데오에서 문학 주간지『마르차*Marcha*(행군)』를 창간해 편집장을 맡음.
	두번째 부인(처제)과 이혼함.
1941	문예지『베아 이 레아*Vea y lea*(보고 읽으라)』『임페투*Impetu*(충동)』의 편집장으로 활동하면서 작품들을 발표함.
	카를로스 키하노와 견해 차이를 보여『마르차』를 그만두고, 로이터 통신사에 취업하면서 다시 부에노스아이레스로 가 1955년까지 근무함.
	두번째 장편『주인 없는 땅*Tierra de nadie*』을 출간함.
1943	장편『이 밤을 위해*Para esta noche*』를 출간함.
1945	로이터 통신사의 네덜란드 출신 동료 엘리자베스 마리아Elizabeth María Pekelharing와 결혼함.
1949	단편소설「해변의 집La casa en la arena」을 발표함. 허구적 공간 '산타마리아Santa María'가 처음으로 소개됨.
	딸 이사벨 마리아Isabel María가 태어남.
1950	대표작『짧은 삶*La vida breve*』을 출간함.
	이 소설에서 오네티는 '산타마리아'를 주 무대로 등장시킴으로써 실존주의적 인간의 고뇌를 문학적으로 형상화하고, 소설의 새로운

형식에 관한 문제를 제기함. 이 소설은 스페인어로 쓰인 주요 작품들 가운데 하나로 간주됨.

1954	장편 『이별Los adioses』을 출간함.
1955	몬테비데오로 돌아와 일간지 『악시온Acción(행동)』에 근무하면서 1945년부터 알고 지내던 독일계 아르헨티나 출신의 젊은 여성 도로시아 무어Dorothea Muhr와 네번째로 결혼함.
1959	장편 『이름 없는 묘지Una tumba sin nombre』를 출간함.
1961	장편 『하콥과 타인Jacob y el otro』을 출간함.
	장편 『조선소El astillero』를 출간하고, 작가의 최고작이라는 평가를 받음.
1962	그간의 문학적 성과를 인정받아 '우루과이 국가문학상Premio Nacional de Literatura de Uruguay'을 수상함.
1963	장편 『그녀만큼 슬픈Tan triste como ella』을 출간함.
1964	장편 『훈타카다베레스Juntacadáveres』를 출간함.
1967	『훈타카다베레스』가 '로물로 가예고스 상Premio Rómulo Gallegos'의 최종 후보에 오르나, 상은 마리오 바르가스 요사Mario Vargas Llosa의 『녹색의 집La casa verde』이 차지함.
	부에노스아이레스에서 첫번째 단편집을 출간함.
1970	멕시코에서 작품 전집이 출간됨. 젊은 시절에 쓴 일부 단편은 빠짐.
1972	『마르차』가 각기 다른 세대의 작가들을 대상으로 실시한 설문조사에서 최근 50년 동안 우루과이 문단에서 가장 뛰어난 작가로 선정됨.
1973	장편 『죽음과 소녀La muerte y la niña』를 출간함.
1974	장편 『포옹의 시간Tiempo de abrazar』을 출간함.

1974년에 오네티의 삶에 극적인 변화가 일어남. 당시 오네티는 『마르차』의 단편소설 문학상 심사위원으로 위촉되었는데, 후안 마리아 보르다베리Juan María Bordaberry의 군부독재에 반하는 넬손 마라 Nelson Marra의 작품을 당선작으로 선정했다는 이유로 심사위원들이 모두 투옥되고, 오네티는 나중에 정신병원에 갇혔으며, 『마르차』 가 폐간됨. 스페인 시인 펠릭스 그란데Felix Grande가 그의 석방을 요 구하는 인사들의 서명을 받고, 스페인 외교관 후안 이그나시오 테 나 이바라Juan Ignacio Tena Ybarra가 갖은 애를 쓴 결과 오네티는 6개 월 만에 석방됨. 그 후 군부독재를 피해 스페인으로 가서 사망할 때까지 거주함.

1975   스페인 국적을 취득함. 군부독재 정권에 대한 혐오감이 이런 결정 을 내리는 데 큰 영향을 미쳤을 것이라는 견해가 지배적임.

1979   후안 이그나시오 테나 이바라에게 헌정하는 장편 『바람이 말하도 록 합시다Dejemos hablar al viento』를 출간함으로써 '산타마리아 사가 Saga de Santa María'를 완성함.

1980   라틴아메리카 펜클럽의 추천으로 노벨문학상 후보에 오르고, 같은 해에 스페인어권에서 최고 권위를 지닌 '세르반테스 문학상Premio Cervantes'을 수상하는데, 우루과이의 독재정부는 오네티를 철저히 무시함.

1985   '우루과이 국가 문학 대상Gran Premio Nacional de Literatura de Uruguay'을 수상함.
우루과이 민주정부의 대통령 당선자 훌리오 마리아 산기네티Julio María Sanguinetti가 새 정부 수립 기념식에 오네티를 초대했으나, 오 네티는 고맙다는 인사만 전하고 초대에는 응하지 않음.

1987	장편 『그 당시*Cuando entonces*』를 출간함.
1990	'라틴 연합 문학상Premio de la Unión Latina de Literatura'을 수상함.
1991	'로도 대상Gran Premio Rodó'을 수상함.
1993	오네티의 문학적 증언이라고 할 수 있는 마지막 소설 『더 이상 상관없을 때*Cuando ya no importe*』를 출간함.
1994	5월 30일, 19년 동안 살았던 마드리드에서 간질환으로 생을 마감하고, 오네티의 유해는 유언에 따라 화장되어 마드리드의 라 알무데나La Almudena 공동묘지에 묻힘. 문학 생애 55년 동안 오네티는 장편소설 16권과 단편소설 수십 편, 문학관련 글 수십 편을 발표함.

'대산세계문학총서'를 펴내며

2010년 12월 대산세계문학총서는 100권의 발간 권수를 기록하게 되었습니다. 대산세계문학총서의 발간은 앞으로도 계속될 것이고, 따라서 100이라는 숫자는 완결이 아니라 연결의 의미를 지니는 것이지만, 그 상징성을 깊이 음미하면서 발전적 전환을 모색해야 하는 계기가 된 것은 분명합니다.

대산세계문학총서를 처음 시작할 때의 기본적인 정신과 목표는 종래의 세계문학전집의 낡은 틀을 깨고 우리의 주체적인 관점과 능력을 바탕으로 세계문학의 외연을 넓힌다는 것, 이를 통해 세계문학을 바라보는 우리의 시각을 전환하고 이해를 깊이 해나갈 수 있도록 한다는 것이었다고 간추려 말할 수 있습니다. 그리고 궁극적으로는 우리의 인문학을 지속적으로 발전시켜나갈 수 있는 동력이 될 수 있기를 희망하는 것이었습니다. 이러한 기본 정신은 앞으로도 조금도 흐트러지 않고 지켜나갈 것입니다.

이 같은 정신을 토대로 대산세계문학총서는 새로운 변화의 물결 또한 외면하지 않고 적극 대응하고자 합니다. 세계화라는 바깥으로부터의 충격과 대한민국의 성장에 힘입은 주체적 위상 강화는 문화나 문학의 분야에서도 많은 성찰과 이를 바탕으로 한 발상의 전환을 요구하고 있습니다. 이제 세계문학이란 더 이상 일방적인 학습과 수용의 대상이 아니라 동등한 대화와 교류의 상대입니다. 이런 점에서 대산세계문학총서가 새롭게 표방하고자 하는 개방성과 대화성은 수동적 수용이 아니라 보다 높은 수준의 문화적 주체성 수립을 지향하는 것이며, 이것이 궁극적으로 한국문학과 문화의 세계화에 이바지하게 되리라고 믿습니다.

또한 안팎에서 밀려오는 변화의 물결에 감춰진 위험에 대해서도 우리는 주의를 게을리하지 말아야 할 것입니다. 표면적인 풍요와 번영의 이면에는 여전히, 아니 이제까지보다 더 위협적인 인간 정신의 황폐화라는 그늘이 짙게 드리워져 있는 것이 사실입니다. 대산세계문학총서는 이에 대항하는 정신의 마르지 않는 샘이 되고자 합니다.

'대산세계문학총서' 기획위원회